Arthur Conan Doyle
Das Notizbuch von Sherlock Holmes

Arthur Conan Doyle

Das Notizbuch von Sherlock Holmes

Sämtliche Sherlock-Holmes-Erzählungen V

1990
Gustav Kiepenheuer Verlag
Leipzig und Weimar

Originaltitel: The Case-Book of Sherlock Holmes
Übersetzt, herausgegeben und mit Anmerkungen versehen von Alice und Karl Heinz Berger

ISBN 3-378-00013-9

Gustav Kiepenheuer Verlag
Leipzig und Weimar
Dritte Auflage
Lizenz Nr. 396/265/56/90 LSV 7324
Gesamtherstellung: Grafischer Großbetrieb
Völkerfreundschaft Dresden
Schrift: Garamond-Antiqua
Reihengestaltung: Gerhard Bunke
Printed in the German Democratic Republic
Bestell-Nr. 812 021 2
00640

Der berühmte Klient

»Jetzt kann es nicht mehr schaden«, war Sherlock Holmes' Kommentar, als ich ihn, zum zehnten Mal in zehn Jahren, um sein Einverständnis bat, diese Geschichte veröffentlichen zu dürfen. So erhielt ich schließlich die Erlaubnis, über etwas zu berichten, das in mancher Hinsicht als der Höhepunkt der Karriere meines Freundes betrachtet werden kann.

Holmes und ich hatten eine Schwäche für das Türkische Bad. Beim Rauchen im Ruheraum, von angenehmer Mattigkeit überwältigt, erlebte ich ihn weniger verschwiegen und menschlicher als an jedem anderen Ort. In der oberen Etage des Etablissements in der Northumberland Avenue gab es eine abgelegene Ecke, in der zwei Ruhebetten Seite an Seite standen. Dort lagen wir am 3. September 1902, und das ist der Tag, da meine Erzählung beginnt. Ich hatte ihn gefragt, ob irgend etwas im Gange sei, und als Antwort reckte er seinen langen, dünnen, kräftigen Arm aus den Laken, in die er eingewickelt war, und zog ein Kuvert aus der Innentasche seiner neben ihm hängenden Jacke.

»Kann sein, ein geschäftiger Narr macht sich wichtig, kann sein, es geht um Leben und Tod«, sagte er und gab mir den Brief. »Ich weiß nicht mehr, als darin steht.«

Er kam vom Carlton Club und trug das Datum vom vergangenen Abend.

Ich las folgendes:

›Sir James Damery empfiehlt sich Mr. Sherlock Holmes und möchte ihn morgen nachmittag um halb fünf besuchen. Sir James bittet auszurichten, daß die Angelegenheit, über die er sich mit Mr. Holmes beraten möchte, sehr delikat und auch sehr wichtig ist. Er rechnet deshalb darauf, daß Mr. Holmes bemüht sein wird, die Unterredung zustande kommen zu lassen, und bittet um telefonische Zusage im Carlton Club.‹

»Ich brauche Ihnen wohl nicht zu bestätigen, daß ich zugesagt habe, Watson«, bemerkte Holmes, als ich ihm das Papier zurückreichte. »Wissen Sie etwas über diesen Damery?«

»Nur, daß sein Name in der Gesellschaft täglich genannt wird.«

»Nun, da kann ich Ihnen ein bißchen mehr erzählen. Er hat einen ziemlichen Ruf als einer, der sich delikater Angelegenheiten annimmt, die aus den Zeitungen herausgehalten werden sollen. Vielleicht erinnern Sie sich an seine Verhandlungen mit Sir George Lewis über den Fall Hammerford Will. Er ist ein Mann von Welt mit einer natürlichen diplomatischen Begabung. So hoffe ich, daß die Sache kein blinder Alarm ist und daß er unsere Hilfe wirklich braucht.«

»Unsere?«

»Wenn Sie so gut sein wollen, Watson.«

»Es wird mir eine Ehre sein.«

»Dann merken Sie sich die Zeit – halb fünf. Bis dahin können wir die Angelegenheit vergessen.«

Zu dieser Zeit hatte ich eine eigene Wohnung in der Queen Anne Street; trotzdem war ich noch vor der angegebenen Zeit in der Baker Street. Genau um halb fünf wurde Colonel Sir James Damery gemeldet. Es ist wohl kaum nötig, ihn zu beschreiben, denn man erinnert sich der hochgewachsenen, derben, biederen Gestalt, des breiten, glattrasierten Gesichts und vor allem der angenehmen sanften

Stimme. Offenheit strahlte aus seinen grauen irischen Augen, und um seine beweglichen, lächelnden Lippen spielte gute Laune. Sein glänzender Zylinder, sein dunkler Gehrock, überhaupt jede Einzelheit von der Perle in der schwarzen Atlaskrawatte bis zu den lavendelfarbenen Gamaschen über den Lackschuhen zeugte von der Sorgfalt in seiner Kleidung, für die er berühmt war. Der große, gebieterische Aristokrat beherrschte das kleine Zimmer.

»Natürlich war ich darauf vorbereitet, Dr. Watson anzutreffen«, bemerkte er mit einer höflichen Verbeugung. »Wir könnten seine Mitarbeit sehr benötigen; denn bei dieser Gelegenheit, Mr. Holmes, haben wir es mit einem Mann zu tun, der als gewalttätig bekannt ist, der buchstäblich vor nichts zurückschreckt. Ich möchte sagen, es gibt in ganz Europa keinen gefährlicheren Mann als ihn.«

»Ich hatte bereits einige Gegenspieler, denen diese schmeichelhafte Charakterisierung angehängt wurde«, sagte Holmes lächelnd. »Sie rauchen nicht? Aber Sie werden es wohl entschuldigen, wenn ich meine Pfeife anzünde. Wenn Ihr Mann gefährlicher ist als der verstorbene Professor Moriarty oder der noch lebende Colonel Sebastian Moran, dann lohnt es sich wirklich, seine Bekanntschaft zu machen. Darf ich den Namen erfahren?«

»Haben Sie jemals von einem Baron Gruner gehört?«

»Sie meinen den österreichischen Mörder?«

Colonel Damery warf lachend die Hände hoch, die in Glacéhandschuhen steckten. »An Ihnen kommt aber auch keiner ungeschoren vorbei, Mr. Holmes! Herrlich! Sie haben ihn also schon in die Kategorie der Mörder gesteckt.«

»Es gehört zu meinem Beruf, die Einzelheiten des kontinentalen Verbrechens zu verfolgen. Wer könnte aber auch noch Zweifel an der Schuld des Mannes hegen, nachdem er gelesen hat, was in Prag geschehen ist! Nur ein rein formales Bestehen auf dem Gesetz und der verdächtige Tod eines Zeugen retteten ihn. Ich bin so sicher, daß er seine Frau bei diesem angeblichen Unfall am Splügen-Paß getötet hat, als wäre ich dabeigewesen. Ich weiß auch, daß er nach England gegangen ist, und ich hatte eine Vorahnung, daß er früher oder später dafür sorgen würde, daß ich Arbeit bekäme. Nun, was ist mit Baron Gruner los? Ich nehme an, es handelt sich nicht um die alte Tragödie, die jemand wieder hochgespielt hat.«

»Nein, es geht um etwas Ernsteres. Verbrechen zu rächen ist wichtig, wichtiger aber ist, Verbrechen zu verhindern. Es ist schrecklich, Mr. Holmes, anzusehen, wie sich ein furchtbares Ereignis, eine gräßliche Situation vor den eigenen Augen entwickelt; man begreift ganz klar, wohin es führen wird, und ist doch völlig außerstande, es abzuwenden. Kann sich ein menschliches Geschöpf in einer schlimmeren Lage befinden?«

»Vielleicht nicht.«

»Dann werden Sie mit meinem Klienten fühlen können, in dessen Interesse ich handele.«

»Ich war mir nicht bewußt, daß Sie lediglich als Vermittler kommen. Wer ist die Hauptperson?«

»Mr. Holmes, ich muß Sie bitten, in dieser Frage nicht in mich zu dringen. Es ist wichtig, daß ich ihm versichern kann, sein angesehener Name werde in keiner Weise in die Sache hineingezogen. Seine Motive sind ehrenhaft und ritterlich in jeder Beziehung, aber er wünscht unbekannt zu bleiben. Ich brauche nicht zu sagen, daß Ihr Honorar gesichert ist und daß Sie völlig freie Hand haben werden. Gewiß ist doch der wirkliche Name Ihres Klienten ohne Belang?«

»Dann tut es mir leid«, sagte Holmes. »Ich bin es gewohnt, daß an einem Ende meiner Fälle ein Geheimnis steht; aber Geheimnisse nach beiden Seiten sind mir zu verwirrend. Ich fürchte, Sir James, ich muß ablehnen.«

Unser Besucher war sehr verstört. Sein großes, ausdrucksvolles Gesicht verdunkelte sich vor Erregung und Enttäuschung.

»Sie ermessen wohl kaum die Wirkung Ihrer Ablehnung, Mr. Holmes«, sagte er. »Sie stellen mich vor das ernsteste Dilemma, und ich bin völlig sicher, daß Sie stolz wären, den Fall übernehmen zu können, wenn ich Ihnen alle Tatsachen mitteilen dürfte. Doch ein Versprechen verbietet mir die Enthüllung. Darf ich Ihnen wenigstens unterbreiten, was mir zu sagen erlaubt ist?«

»Gewiß, solange es als vereinbart gilt, daß es mich zu nichts verpflichtet.«

»Das ist klar. Zuerst einmal: Sie haben doch sicherlich schon von General de Merville gehört.«

»De Merville, der am Khyber-Paß Ruhm errang? Ja, von dem habe ich gehört.«

»Er besitzt eine Tochter, Violet de Merville, die jung ist, reich, schön, vollkommen, ein Wunder an Frau in jeder Beziehung. Diese Tochter, dieses liebliche, unschuldige Mädchen, müssen wir aus den Klauen eines Teufels zu befreien versuchen.«

»Dann hat also Baron Gruner Einfluß auf sie?«

»Den stärksten, der sich auf eine Frau ausüben läßt – den Einfluß der Liebe. Der Bursche – wie Sie vielleicht schon gehört haben – sieht außergewöhnlich gut aus, hat eine bestrickende Art, eine sanfte Stimme und ist von einem Hauch Romantik und Geheimnis umgeben, der Frauen soviel bedeutet. Es heißt, das ganze Geschlecht liege ihm zu Füßen und er habe reichlichen Gebrauch von diesem Umstand gemacht.«

»Aber wie konnte ein solcher Mann die Bekanntschaft einer Dame vom Stande der Miss Violet de Merville machen?«

»Das war bei einer Kreuzfahrt im Mittelmeer. Alle Teilnehmer, wenn sie auch ausgewählt waren, kamen für ihre Fahrtkosten auf. Zweifelsohne dürften die Veranstalter den wahren Charakter des Barons kaum gekannt haben; und dann war es zu spät. Der Schurke hängte sich an die Dame, mit dem Erfolg, daß er ihr Herz gewann. Zu sagen, daß sie ihn liebe, drückt ihren Zustand nicht recht aus. Sie ist verrückt nach ihm, von ihm besessen. Außer ihm gibt es nichts auf der Welt. Sie erträgt kein Wort gegen ihn. Alles wurde getan, sie von dieser Verrücktheit zu heilen, aber vergebens. Um ein Fazit zu ziehen: Sie hat vor, ihn nächsten Monat zu heiraten. Sie ist großjährig und hat einen eisernen Willen, und da fällt es schwer, ein Mittel zu finden, sie davor zu bewahren.«

»Weiß sie von dem Geschehnis in Österreich?«

»Der schlaue Teufel hat ihr alle die ekelhaften öffentlichen Skandale seines Lebens berichtet, aber immer so, als wäre er ein unschuldiger Märtyrer. Sie glaubt seiner Version aufs Wort und hört sich nichts anderes an.«

»Du lieber Himmel! Aber Sie haben jetzt sicherlich ungewollt den Namen Ihres Klienten preisgegeben. Es ist zweifellos General de Merville.«

Unser Besucher rückte nervös im Sessel hin und her.

»Ich könnte Sie hinters Licht führen, indem ich Ihnen zustimmte, Mr. Holmes, aber das möchte ich nicht. De Merville ist ein gebrochener Mann. Den tapferen Soldaten hat dieser Zwischenfall völlig demoralisiert. Er hat seine Kraft verloren, die ihn auf dem Schlachtfeld nie verließ, und er ist ein schwacher, zitternder alter Mann geworden, völlig ungeeignet, es mit einem glänzenden, erfolgreichen, wirkungsvollen Schurken wie dem Österreicher aufzunehmen. Mein Klient ist ein anderer, ein guter Freund, er kennt den General seit vielen Jahren und nimmt väterlichen Anteil an dem jungen Mädchen schon seit der Zeit, da sie noch in kurzen Röcken ging. Er kann es nicht mit ansehen, wie die Tragödie sich vollendet, ohne daß etwas unternommen wird, sie aufzuhalten. Es ist nichts daran, weshalb Scotland Yard eingreifen könnte. Es war sein Vorschlag, Sie zu beauftragen, aber, wie ich schon sagte, unter der ausdrücklichen Bedingung, daß er persönlich nicht in die Angelegenheit verwickelt wird. Ich hege keinen Zweifel, Mr. Holmes, daß Sie bei Ihren großen Fähigkeiten meinen Klienten über meine Person leicht aufspüren könnten, doch ich muß Sie bei Ihrem Ehrenwort bitten, davon Abstand zu nehmen und sein Inkognito nicht zu lüften.«

Holmes lächelte seltsam.

»Ich denke, das kann ich Ihnen fest zusichern«, sagte er. »Ich sollte hinzufügen, daß Ihr Problem mich interessiert und ich mich also damit beschäftigen werde. Auf welchem Wege soll ich zu Ihnen die Verbindung herstellen?«

»Der Carlton Club wird mich zu finden wissen. Aber wenn sich etwas Dringendes ergibt – hier ist eine private Telefonnummer: XX 31.«

Holmes schrieb sie sich auf und behielt, weiterhin lächelnd, das Notizbuch auf den Knien.

»Bitte, die jetzige Adresse des Barons.«

»›Vernon Lodge‹ bei Kingston. Es ist ein großes Haus. Er hat in einigen ziemlich dunklen Spekulationen Erfolg gehabt und ist ein reicher Mann, was ihn natürlich zu einem noch gefährlicheren Gegner macht.«

»Hält er sich gegenwärtig in London auf?«

»Ja.«

»Können Sie mir außer dem, was Sie bereits gesagt haben, noch weitere Informationen über den Mann geben?«

»Er hat einen teuren Geschmack. Er ist ein Pferdeliebhaber. Für kurze Zeit spielte er in Hurlingham Polo, aber die Prager Affäre wirbelte Staub auf, und er mußte aufhören. Er sammelt Bücher und Bilder. Er besitzt beträchtliche künstlerische Anlagen. Er ist, glaube ich, eine beachtete Autorität auf dem Gebiet der chinesischen Keramik und hat auch über den Gegenstand ein Buch geschrieben.«

»Ein vielseitiger Geist«, sagte Holmes. »Wie alle großen Verbrecher. Mein alter Freund Charlie Peace war Geigenvirtuose. Wainwright war kein schlechter Maler. Ich könnte noch viele anführen. Nun, Sir James, Sie dürfen Ihren Klienten davon in Kenntnis setzen, daß ich mich um den Baron Gruner kümmern werde. Mehr verspreche ich nicht. Ich verfüge über einige Informationsquellen, und ich glaube sagen zu können, wir werden Mittel und Wege finden, die Angelegenheit zu erledigen.«

Nachdem unser Besucher uns verlassen hatte, saß Holmes so lange in Gedanken versunken da, daß es aussah, als hätte er meine Gegenwart vergessen. Schließlich kam er aber doch plötzlich wieder auf die Erde zurück.

»Nun, Watson, irgendwelche Meinungen?« fragte er.

»Ich denke, Sie sollten die junge Dame einmal besuchen.«

»Mein lieber Watson, wenn ihr armer gebrochener alter Vater sie nicht bewegen kann, wie soll es da mir, einem Fremden, gelingen? Dennoch ist etwas an Ihrem Vorschlag, falls sonst alles fehlschlägt. Wir müssen an einer anderen Ecke beginnen. Ich könnte mir fast vorstellen, daß Shinwell Johnson eine Hilfe wäre.«

Ich hatte noch keine Gelegenheit, Shinwell Johnson in diesen Memoiren vorzustellen, denn ich habe selten über Fälle aus dem späteren Wirken meines Freundes berichtet. Während der ersten Jahre des neuen Jahrhunderts war er ein wertvoller Helfer geworden. Johnson, das muß ich leider sagen, hatte sich zuerst einen Namen als sehr gefährlicher Schurke gemacht und zwei Strafen in Parkhurst verbüßen müssen. Schließlich bereute er und verband sich mit Holmes. Er arbeitete als sein Agent in der riesigen Londoner Unterwelt und gelangte an Informationen, die sich als äußerst wichtig erwiesen. Als ein Zuträger der Polizei wäre Johnson bald bloßgestellt gewesen; aber da er an Fällen mitarbeitete, die nie direkt vor die Gerichte kamen, erfuhren seine Kumpane nichts von seiner Tätigkeit. Mit dem Ruhm zweier Vorstrafen ausgestattet, hatte er Zutritt zu jedem Nachtclub, jedem Obdachlosenasyl und zu jeder Spielhölle in der Stadt, und seine schnelle Beobachtungsgabe und sein wacher Verstand machten ihn zum idealen Agenten. An ihn also wollte sich Sherlock Holmes jetzt wenden.

Mir war es nicht möglich, meinem Freund sofort zu helfen, denn ich hatte einige dringende Berufspflichten zu erledigen; aber ich verabredete mich mit ihm und traf ihn eines Abends bei Simpson, wo er mir, an einem kleinen Tisch beim Fenster sitzend, den Blick auf den vorüberziehenden Strom des Lebens im Strand gerichtet, einiges von dem erzählte, was geschehen war.

»Johnson ist unterwegs«, sagte er. »Vielleicht kann er in den düsteren Schlupfwinkeln der Unterwelt einiges auftreiben, denn dort, bei den schwarzen Wurzeln des Verbrechens, müssen wir den Geheimnissen des Mannes nachjagen.«

»Aber wenn die Dame nicht auf das hören will, was schon bekannt ist, wieso sollte sie durch neue Entdeckungen, die Sie machen, von ihrem Vorsatz abgehalten werden können?«

»Wer weiß, Watson? Herz und Verstand einer Frau sind für den Mann ein unlösbares Rätsel. Mord wird vielleicht verziehen oder gerechtfertigt, und doch könnte ein kleineres Vergehen verbittern. Baron Gruner sagte mir…«

»Er sagte Ihnen?«

»Ach ja, ich hatte Ihnen meine Pläne nicht mitgeteilt! Nun, Watson, ich liebe es, möglichst nahe an meinen Mann heranzukommen. Ich stehe ihm gern Auge in Auge gegenüber, um selber festzustellen, aus welchem Stoff er gemacht ist. Nachdem ich Johnson meine Anweisungen gegeben hatte, nahm ich eine Droschke nach Kingston, fand auch den Baron in umgänglicher Stimmung.«

»Hat er Sie erkannt?«

»In dem Punkt konnte es keine Schwierigkeiten geben, denn ich ließ ihm einfach meine Karte bringen. Er ist ein ausgezeichneter Gegenspieler, kalt wie Eis, mit seidenweicher Stimme; besänftigend wie einer Ihrer Modeärzte und giftig wie eine Kobra. Ein Mann von Rasse, ein richtiger Aristokrat des Verbrechens, weiß eine Atmosphäre von Fünf-Uhr-Tee um sich zu verbreiten und hat hinter sich doch die Schrecken des Grabes. Ja, ich bin froh, daß ich meine Aufmerksamkeit auf Baron Adelbert Gruner gerichtet habe.«

»Sie sagten, er sei umgänglich gewesen?«

»Ein schnurrender Kater, der glaubt, er hätte Aussicht auf Mäuse. Die Umgänglichkeit einiger Leute ist tödlicher als die Gewalttätigkeit roherer Seelen. Seine Begrüßung war charakteristisch. ›Ich dachte es mir fast, daß ich Ihnen früher oder später begegnen würde, Mr. Holmes‹, sagte er. ›Sie sind wahrscheinlich von General de Merville beauftragt worden, meine Heirat mit seiner Tochter Violet zu verhindern. So ist es doch, oder nicht?‹

Ich nahm es schweigend hin.

›Mein lieber Herr‹, sagte er, ›Sie werden nur Ihren wohlverdienten Ruf ruinieren. Das ist kein Fall, in dem Sie erfolgreich sein können. Sie werden unfruchtbaren Boden beackern, nicht zu reden davon, daß Sie sich einiger Gefahr aussetzen. Ich möchte Ihnen dringend raten, die Finger davonzulassen.‹

›Es ist seltsam‹, antwortete ich, ›aber das ist genau der Ratschlag, den ich Ihnen geben wollte. Ich habe alle Achtung vor Ihrem Geist, Baron, und das Wenige, das mir über Ihre Person zur Kenntnis gelangte, hat meine Achtung nicht gemindert. Ich will mit Ihnen von Mann zu Mann sprechen. Niemand möchte Dinge Ihrer Vergangenheit aufrühren und Sie über Gebühr belästigen. Das ist alles vorbei, und Sie segeln jetzt in freundlichem Wasser; aber wenn Sie auf dieser Heirat bestehen, rufen Sie einen Schwarm mächtiger Feinde auf den Plan, und man würde keine Ruhe geben, bis der Boden Englands für Sie zu heiß wird. Ist das Spiel das wert? Sie wären sicherlich klüger beraten, wenn Sie die Dame in Frieden ließen. Es wäre nicht angenehm für Sie, wenn man sie mit Tatsachen aus Ihrer Vergangenheit bekannt machte.‹

Der Baron hat unter der Nase kurze gewachste Haare, wie Fühler eines Insekts. Und die bebten vor Vergnügen, während er zuhörte, und schließlich lachte er leise in sich hinein.

›Entschuldigen Sie, aber ich finde es vergnüglich,

Mr. Holmes‹, sagte er, ›es ist wirklich komisch anzusehen, wie Sie ein Spiel zu machen versuchen, ohne Karten in der Hand zu haben. Ich glaube, niemand könnte das besser als Sie, aber es ist trotzdem bloß rührend. Nicht eine Trumpffarbe haben Sie, Mr. Holmes, nur die kleinsten Luschen.‹

›Das glauben Sie.‹

›Das weiß ich. Lassen Sie mich Ihnen etwas klarmachen: mein Blatt ist so stark, daß ich es mir leisten kann, es aufzudecken. Ich bin glücklich, die ungeteilte Zuneigung der Dame gewonnen zu haben. Und sie hat sie mir trotz der Tatsache geschenkt, daß ich ihr ganz offen von all den unglücklichen Zwischenfällen meines Lebens erzählt habe. Ich sagte ihr auch, daß einige miese, ränkevolle Leute – ich hoffe, Sie erkennen sich selbst wieder – zu ihr kommen und ihr alle die Dinge erzählen würden, und ich habe ihr Ratschläge gegeben, wie sie die behandeln soll. Haben Sie schon etwas von posthypnotischer Suggestion gehört, Mr. Holmes? Nun, Sie werden sehen, wie sie funktioniert. Ein Mann mit starker Persönlichkeit kann Hypnose ohne vulgäre Bestreichungen oder ähnlichen Unsinn bewirken. Man ist also auf Sie vorbereitet und wird Ihnen, daran zweifle ich nicht, einen Besuch gewähren; die Dame gehorcht dem Willen ihres Vaters ganz – bis auf die eine kleine Ausnahme.‹

Nun, Watson, da gab es dann wohl nichts mehr zu sagen, und ich verabschiedete mich mit soviel kalter Würde, wie ich aufbringen konnte; aber ich hatte die Hand schon auf der Klinke, da hielt er mich zurück.

›Übrigens, Mr. Holmes‹, sagte er, ›kannten Sie Le Brun, den französischen Polizeiagenten?‹

›Ja‹, sagte ich.

›Wissen Sie, was ihm zugestoßen ist?‹

›Ich hörte, einige Apachen hätten ihn am Montmartre überfallen und zum Krüppel geschlagen.‹

›Ganz recht, Mr. Holmes. Es war ein seltsamer Zufall, daß er eine Woche zuvor in meinen Angelegenheiten Nachforschungen angestellt hatte. Tun Sie es nicht, Mr. Holmes, es geht nicht gut aus. Das haben schon einige begreifen müssen. Mein letztes Wort an Sie: Gehen Sie Ihren Weg und lassen Sie mich den meinen gehen. Alles Gute denn.‹

So war das, Watson. Jetzt wissen Sie alles.«

»Der Kerl scheint gefährlich zu sein.«

»Mächtig gefährlich. Um einen Prahlhans kümmere ich mich nicht, aber diese Art Mann sagt eher weniger, als sie im Sinn hat.«

»Müssen Sie sich wirklich einmischen? Macht es denn etwas aus, ob er das Mädchen heiratet?«

»Wenn man bedenkt, daß er seine letzte Frau zweifelsohne ermordet hat, möchte ich sagen, daß es sehr viel ausmacht. Außerdem gibt es den Klienten. Nun, wir brauchen das nicht zu bereden. Wenn Sie Ihren Kaffee ausgetrunken haben, kommen Sie am besten mit in meine Wohnung, denn der muntere Shinwell wird schon da sein mit seinem Bericht.«

Und er war tatsächlich schon da, als wir ankamen, der riesige, plumpe, rotgesichtige Mann, dem der Skorbut das Gebiß zerstört hatte und dessen lebhafte schwarze Augen das einzige äußere Zeichen eines sehr wachen Verstandes waren. Es schien, als hätte er einen Abstieg in die Regionen getan, die sein Reich waren, und neben ihm auf dem Sofa saß die Probe, die er von dort mitgebracht hatte, eine schlanke junge Frau mit bleichem, von Spannung beherrschtem Gesicht, noch jugendlich und doch so sehr von Sünde und Sorge gezeichnet, daß man die schrecklichen Jahre an den hinterlassenen Spuren ablesen konnte.

»Das ist Miss Kitty Winter«, sagte Shinwell Johnson, indem er sie mit einer Bewegung seiner fetten Hand vorstellte. »Was sie nicht weiß ... na, sie wird selber sagen, was los ist. Hab sie mir gleich gegriffen, Mr. Holmes, eine Stunde nachdem Sie mir den Auftrag erteilt hatten.«

»Bin ja auch leicht aufzustöbern«, sagte die junge Frau. »Verdammt, er findet mich immer, der Porky Shinwell. Wir sind alte Kumpels, Porky und ich. Aber es gibt bei Gott einen, der noch tiefer in den Dreck müßte als wir, wenn es auf der Welt Gerechtigkeit gäbe! Und das ist der Mann, hinter dem Sie her sind, Mr. Holmes.«

Holmes lächelte. »Scheint so, als hätten wir Ihren Segen, Miss Winter.«

»Wenn ich Ihnen helfen kann, ihn dahin zu bringen, wo er hingehört, dann steh ich zu Ihnen, bis zum Gehtnichtmehr«, sagte unsere Besucherin mit wildem Nachdruck. In dem weißen, entschlossenen Gesicht und den lodernden Augen lag so viel abgründiger Haß, wie ihn eine Frau selten, ein Mann nie aufzubringen vermag. »Um meine Vergangenheit brauchen Sie sich nicht zu scheren, Mr. Holmes. Das gehört nicht hierher. Ich bin, was Adelbert Gruner aus mir gemacht hat. Wenn ich ihn nur erledigen könnte!« Außer sich, schüttelte sie die Fäuste. »Oh, wenn ich ihn doch nur in die Hölle runterziehen könnte, in die er so viele gestoßen hat!«

»Sie wissen, worum es sich handelt?«

»Porky Shinwell hat's mir erzählt. Er ist hinter einer armen Idiotin her und will diesmal heiraten. Und Sie wollen ihm einen Strich durch die Rechnung machen. Sie wissen doch genug über diesen Teufel, um ein ehrliches Mädchen, das noch alle beisammen hat, davor zu bewahren, daß sie sich mit ihm zusammenschmeißt.«

»Sie hat sie nicht alle beisammen. Sie ist bis zum Wahnsinn verliebt. Ihr wurde alles über ihn erzählt. Sie schert sich nicht darum.«

»Auch über den Mord?«

»Ja.«

»Mein Gott, muß die bescheuert sein!«

»Sie hält es für Verleumdung.«

»Können Sie sie denn nicht mit ihrer dummen Nase auf Beweise stoßen?«

»Können Sie uns dabei helfen?«

»Bin ich nicht Beweis genug! Wenn ich mich vor sie stellen und ihr erzählen würde, wie er mich benutzt hat…«

»Würden Sie das tun?«

»Ob ich das tun würde? Mit dem größten Vergnügen.«

»Es wäre einen Versuch wert. Aber er hat ihr die meisten Missetaten gestanden, und ihm ist von ihr verziehen worden; sie will, soviel ich weiß, über so etwas nicht mehr sprechen.«

»Ich wette, er hat ihr nicht alles erzählt«, sagte Miss Winter. »Ich weiß ein bißchen über ein paar andere Morde außer dem einen, um den Geschrei gemacht worden ist. Er sprach von einem auf die sanfte Tour und sah mich fest an und sagte: ›Innerhalb eines Monats war er tot.‹ Und, was er abließ, war keine warme Luft. Doch ich hab kaum drauf geachtet – ich war ja damals in ihn verliebt. Was er tat, imponierte mir, genau wie jetzt diesem armen blöden Luder. Aber eine Sache hat mich umgehauen. Ja, beim Satan, ohne die giftige, verlogene Zunge, mit der er einem was erklärt und einen beruhigt, hätte ich ihn am selben Abend noch verlassen. Es geht um ein Buch – in braunes Leder eingebunden, abschließbar und mit seinem Wappen in Goldprägung vorn drauf. Ich nehme an, er war an dem

Abend ein bißchen besoffen – sonst hätte er's mir wohl nicht gezeigt.«

»Was für ein Buch ist das?«

»Ich sag Ihnen, Mr. Holmes, der Mann sammelt Frauen und ist stolz auf seine Sammlung, wie andere Motten oder Schmetterlinge sammeln. Und was war drin in dem Buch: Schnappschüsse, Namen, Einzelheiten, alles über sie. Ein hundsgemeines Buch – keiner sonst, und wenn er aus der Gosse wäre, hätte so etwas zusammengestellt. Aber Adelbert Gruner hat's gemacht. ›Seelen, die ich ruiniert habe‹, das hätt er vorn draufschreiben können, wenn's ihm eingefallen wäre. Aber das gehört nicht hierher, denn das Buch würde Ihnen nicht helfen, und wenn, Sie kämen nicht dran.«

»Wo ist es?«

»Wie soll ich wissen, wo es jetzt ist? Ich hab ihn vor mehr als einem Jahr verlassen. Ich weiß, wo er es damals aufbewahrte. In vielem ist er ein genauer und ordentlicher Kerl, und vielleicht liegt es wirklich noch in dem Fach von dem alten Schreibpult in seinem kleinen Arbeitszimmer. Kennen Sie sein Haus?«

»Ich war im Arbeitszimmer«, sagte Holmes.

»Was, schon? Da haben Sie aber schnelle Arbeit geleistet, wenn Sie erst heut morgen angefangen haben. Vielleicht hat der liebe Adelbert diesmal einen gefunden, der ihm über ist. Das große Arbeitszimmer ist der Raum, wo die chinesische Keramik steht, in der Vitrine zwischen den Fenstern. Hinter dem Schreibtisch ist eine Tür, durch die kommt man in das kleine Arbeitszimmer, und da bewahrt er seine Papiere und seinen Kram auf.«

»Hat er keine Angst vor Einbrechern?«

»Adelbert ist kein Feigling. Das muß ihm sein schlimmster Feind lassen. Der weiß sich zu helfen.

Außerdem wird abends eine Alarmanlage eingeschaltet. Und was soll da schon für einen Einbrecher zu holen sein, außer diesem Keramikzeug.«

»Nicht zu gebrauchen«, sagte Shinwell Johnson mit der Bestimmtheit des Experten. »Keiner von der Zunft gibt sich mit was ab, das sich nicht einschmelzen oder verkaufen läßt.«

»So ist es«, sagte Holmes. »Aber zu Ihnen, Miss Winter: Könnten Sie morgen nachmittag um fünf noch einmal kommen? Ich würde in der Zwischenzeit überlegen, ob sich Ihr Vorschlag, die Dame selbst zu besuchen, verwirklichen läßt. Ich bin Ihnen für Ihre Mitarbeit zu äußerstem Dank verbunden und brauche wohl nicht zu betonen, daß meine Klienten sich freigebig erkenntlich ...«

»Nichts da, Mr. Holmes!« rief die junge Frau. »Ich bin nicht auf Geld aus. Ich möchte den Mann im Dreck sehen – im Dreck, und mein Fuß auf dem verfluchten Gesicht. Das wär meine Belohnung. Ich bin für Sie da, morgen und wann Sie wollen, solange Sie ihm auf der Spur sind. Porky kann Ihnen immer sagen, wo Sie mich finden.«

Ich sah Holmes erst am Abend des folgenden Tages, als wir wieder in unserem Restaurant am Strand aßen. Er zuckte die Schultern, als ich ihn fragte, was er bei dem Gespräch erreicht habe. Dann erzählte er die folgende Geschichte, die ich mit eigenen Worten wiedergebe, da sein präziser, trockener Bericht ein bißchen Bearbeitung nötig hat, um ihn an die Sprache des wirklichen Lebens heranzuführen.

»Mit der Verabredung war es nicht im geringsten schwierig«, sagte Holmes, »denn das Mädchen glänzt geradezu mit kindlichem Gehorsam in Nebensachen und versucht so, den Vater damit zu versöhnen, daß sie ihren Gehorsam eben durch die Verlobung offenkundig gebrochen hat. Der General telefonierte, alles sei bereit, und die ungestüme Miss W. traf auch pünktlich ein. Eine halbe Stunde später stiegen wir vor dem Haus Berkeley Square 104, wo der alte Soldat residiert, aus der Droschke – es ist einer dieser scheußlichen grauen Londoner Paläste, gegen die sich sogar eine Kirche nichtig ausnimmt. Ein Diener führte uns in einen großen Salon mit gelben Vorhängen, und dort erwartete uns die Dame, spröde, bleich, verschlossen und so starr und abweisend wie der schneebedeckte Gipfel eines Berges.

Ich weiß nicht recht, wie ich es Ihnen erklären soll, Watson. Vielleicht lernen Sie sie kennen, ehe wir die Sache abschließen, und Sie können dann Ihre Sprachkraft an ihr erproben. Sie ist schön, von der ätherischen Schönheit einer anderen Welt, wie ein Fanatiker, der seine Gedanken auf ganz Hohes richtet. Ich habe solche Gesichter auf den Bildern der mittelalterlichen Meister gesehen. Wie ein halbtierischer Mensch seine nichtswürdigen Pranken auf solch ein Wesen aus dem Jenseits legen konnte, bleibt mir unvorstellbar. Sie haben sicherlich schon bemerkt, daß Gegensätze sich anziehen, das Geistige und das Animalische, der Höhlenmensch und der Engel. Sie können sich keinen schlimmeren Fall als diesen denken.

Sie wußte selbstverständlich, warum wir gekommen waren – der Schurke hatte keine Minute verloren und ihren Verstand vergiftet. Miss Winters Gegenwart verwirrte sie einigermaßen, aber sie wies uns unsere Stühle an wie eine ehrwürdige Äbtissin, die zwei Aussätzige empfängt. Wenn Sie Neigung fühlen, sich aufzublasen, dann, mein lieber Watson, gehen Sie bei Miss Violet de Merville in die Lehre.

›Sir‹, sagte sie mit einer Stimme wie der Wind

von einem Eisberg, ›ich kenne Ihren Namen. Ich weiß, Sie sind gekommen, meinen Bräutigam, Baron Gruner, herabzusetzen. Nur auf die Fürsprache meines Vaters hin empfange ich Sie, aber ich möchte Sie von vornherein darauf aufmerksam machen, daß nichts, was Sie mir möglicherweise sagen, auch nur die mindeste Wirkung auf mich ausüben wird.‹

Sie tat mir leid, Watson. Für einen Augenblick betrachtete ich sie, als wäre sie meine eigene Tochter. Ich bin selten eloquent. Ich gebrauche meinen Kopf, nicht das Herz. Und dennoch habe ich mit so viel Wärme auf sie eingeredet, wie ich irgend aufzubringen vermochte. Ich malte ihr die schreckliche Situation einer Frau aus, die den Charakter eines Mannes erst erkennt, wenn sie schon verheiratet ist – eine Situation, in der sie es sich gefallen lassen muß, von blutigen Händen gestreichelt und von geilen Lippen geküßt zu werden. Ich ersparte ihr nichts – die Schande, die Angst, die Todesnot, die Hoffnungslosigkeit, die vor ihr liegen. Meine Worte brachten nicht den leisesten Anflug von Rot auf ihre elfenbeinfarbenen Wangen noch einen Schimmer von Gefühl in ihren abwesenden Blick. Mir fiel ein, was der Schuft mir über posthypnotische Suggestion gesagt hatte. Man konnte wirklich glauben, sie schwebte in einem ekstatischen Traum über der Erde. Doch in ihren Antworten gab es nichts Unbestimmtes.

›Ich habe Ihnen geduldig zugehört, Mr. Holmes‹, sagte sie. ›Die Wirkung auf mich ist so, wie ich es vorhergesagt habe. Ich weiß, daß Adelbert, mein Verlobter, ein stürmisches Leben hinter sich hat, das ihm viel bitteren Haß und viele ungerechte Beschimpfungen einträgt. Sie sind nur der Letzte in einer Kette von Leuten, die mir Verleumdungen zutrugen. Vielleicht meinen Sie es gut, obwohl man mir sagte, Sie seien ein bezahlter Agent, der genausogut für den Baron wie gegen ihn arbeiten würde. Ich möchte, daß Sie begreifen: Ich liebe ihn, und er liebt mich, und die Meinung der Welt kümmert mich sowenig wie das Gezwitscher der Vögel dort draußen vorm Fenster. Wenn seine edle Natur auch einmal für einen Augenblick gestrauchelt sein mag – vielleicht bin ich eigens ausersehen, sie auf ihre wahre, lichte Höhe zu heben. Ich weiß nicht so recht‹ – hier sah sie meine Begleiterin an –, ›wer diese junge Dame sein könnte.‹

Ich wollte schon antworten, als Miss Winter wie ein Wirbelwind losbrach. Wenn man je Flamme und Eis gegeneinanderstehen sah, dann war das bei diesen beiden Frauen der Fall.

›Ich werd Ihnen sagen, wer ich bin‹, rief sie und sprang vom Stuhl auf, mit einem von Leidenschaft verzerrten Mund, ›ich bin seine letzte Geliebte, eine von hundert, die er verführt und benutzt und ruiniert und dann auf den Abfallhaufen geworfen hat, und genau das wird Ihnen auch passieren. Ihr Abfallhaufen wird wohl eher das Grab sein, und vielleicht wäre das auch das beste. Ich sage Ihnen, Sie Närrin, Sie heiraten diesen Mann, und er wird Ihr Tod sein. Vielleicht ist es ein gebrochenes Herz, vielleicht ein gebrochenes Genick – aber er schafft Sie, auf die eine oder andere Art. Ich sage das nicht, weil ich Sie vielleicht mag. Ob Sie leben oder sterben, ist mir schnurzpiepe. Mir geht's nur darum, ihn zu kränken, ihm heimzuzahlen, was er mir angetan hat. Aber abgesehen davon, brauchen Sie mich gar nicht so anzusehen, meine feine Dame, denn vielleicht sind Sie dreckiger dran als ich, wenn er mit Ihnen fertig ist.‹

›Ich würde es vorziehen, solche Dinge nicht zu hören‹, sagte Miss de Merville kalt. ›Lassen Sie mich ein für allemal erklären, daß ich von drei Frauen weiß, die sich meinem Verlobten mit Absichten genähert haben, und ich bin sicher, daß er von Herzen das Böse bereut, das er ihnen möglicherweise angetan hat.‹

›Drei Frauen!‹ schrie meine Begleiterin. ›Sie Närrin! Sie unsägliche Närrin!‹

›Mr. Holmes, ich bitte Sie, die Unterhaltung zum Ende zu bringen‹, sagte die eiskalte Stimme. ›Ich beugte mich dem Wunsch meines Vaters, mich mit Ihnen zu treffen, aber ich bin nicht verpflichtet, mir das Wüten dieser Person anzuhören.‹

Miss Winter sprang mit einem Fluch vor, und hätte ich sie nicht am Handgelenk zu fassen bekommen, wäre sie der sie rasend machenden Frau in die Haare gefahren. Ich zerrte sie zur Tür und war froh, als ich sie wieder in der Droschke hatte, ohne daß öffentliche Aufmerksamkeit erregt worden war, denn sie war außer sich. Mich selbst hatte eine kalte Wut erfaßt, Watson; die ruhige Gleichgültigkeit und die übersteigerte Selbstgefälligkeit der Frau, die wir zu retten gekommen waren, hatte mich unbeschreiblich verdrossen. Nun wissen Sie wieder genau, wo wir stehen, und es ist klar, daß ich mir eine neue Eröffnung einfallen lassen muß, denn dieses Gambit hat nicht geklappt. Ich halte mit Ihnen Verbindung, Watson, denn es ist mehr als wahrscheinlich, daß Sie noch Ihre Rolle in diesem Stück spielen werden, wenn es auch durchaus möglich ist, daß die Gegenseite den nächsten Zug macht.«

Und so war es denn auch. Sie schlugen zu, oder besser: er schlug zu, denn ich kann mir nicht vorstellen, daß er sie eingeweiht haben sollte. Ich könnte Ihnen genau den Pflasterstein zeigen, auf dem ich stand, als mein Blick auf das Plakat fiel, und der Schreck traf mich schmerzlich und tief in der Seele. Es war zwischen dem Grand-Hotel und Charing Cross Station, wo der einbeinige Zeitungshändler die Abendausgabe verkaufte. Es war genau zwei Tage nach unserer letzten Unterhaltung. Da stand es, schwarz auf gelbem Untergrund:

MORDANSCHLAG AUF SHERLOCK HOLMES.

Ich glaube, ich war für einige Augenblicke betäubt. Dann, so erinnere ich mich dunkel, ergriff ich ein Exemplar der Zeitung, und ich weiß auch noch, daß der Zeitungsverkäufer, dem ich kein Geld gegeben hatte, protestierte, und dann, im Eingang zu einer Drogerie, las ich den verhängnisvollen Artikel:

›Wir erfahren mit Bedauern, daß Mr. Sherlock Holmes, der bekannte Privatdetektiv, einem Mordversuch zum Opfer gefallen ist und sich in einem gefährlichen Zustand befindet. Genaue Einzelheiten sind nicht bekannt, aber der Vorfall scheint sich gegen zwölf Uhr in der Regent Street vor dem Café Royal ereignet zu haben. Zwei mit Knüppeln bewaffnete Männer griffen Mr. Holmes an, trafen ihn am Kopf und am Körper und fügten ihm Verletzungen zu, die von den Ärzten als äußerst gefährlich beschrieben werden. Er wurde ins Charing Cross Hospital gebracht; später bestand er darauf, in seine Wohnung in der Baker Street verlegt zu werden. Die Schurken, die ihn angriffen, sollen gut gekleidet gewesen sein; sie entkamen den Umstehenden, indem sie durch das Café Royal zum Hinterausgang hinaus liefen, der auf die Glasshouse Street führt. Zweifellos gehören sie dem Verbrecherring an, der bereits oft Gelegenheit hatte, die Aktivität und das Können des Verletzten zu beklagen.‹

Ich brauche wohl nicht zu betonen, daß ich in einen Hansom sprang, nachdem ich die Nachricht überflogen hatte, und sofort in die Baker Street fuhr. In der Halle traf ich auf Sir Leslie Oakshott, den berühmten Chirurgen; sein Brougham wartete vor der Tür.

»Keine unmittelbare Gefahr«, teilte er mit. »Zwei Platzwunden auf der Schädeldecke und beachtliche Hautabschürfungen. Einige Stiche waren nötig. Ich habe Morphium gespritzt. Ruhe ist wichtig, aber ein paar Minuten Unterhaltung sind nicht unbedingt verboten.«

Mit dieser Erlaubnis schlich ich mich in das verdunkelte Zimmer. Der Verletzte war hellwach, und ich hörte, wie er heiser flüsternd meinen Namen nannte. Die Jalousie war zu drei Vierteln herabgezogen, doch fiel noch ein Sonnenstrahl schräg auf den bandagierten Kopf. Auf dem weißen Leinen hatte sich ein tiefroter Fleck gebildet. Ich setzte mich neben ihn und beugte den Kopf zu ihm hinunter.

»Alles in Ordnung, Watson. Schauen Sie nicht so ängstlich drein«, murmelte er mit sehr schwacher Stimme. »Es ist nicht so schlimm, wie es aussieht.«

»Gott sei Dank.«

»Sie wissen, ich bin Spezialist im Stockfechten. Das meiste konnte ich abwehren. Nur der zweite Mann – das war zuviel.«

»Was kann ich für Sie tun, Holmes? Natürlich war es dieser verdammte Bursche, der sie auf Sie angesetzt hat. Wenn Sie es sagen, gehe ich hin und prügele ihm die Seele aus dem Leib.«

»Guter alter Watson! Nein, wir können da nichts machen, es sei denn, die Polizei kriegt sie. Ihr Fluchtweg war gut geplant, da können wir sicher sein. Bleiben Sie noch ein bißchen. Ich habe meine Pläne. Als erstes müssen wir meine Verletzungen schlimmer hinstellen, als sie sind. Man wird Sie aufsuchen, um Neuigkeiten zu erfahren. Tragen Sie dick auf, Watson. Wenn er Glück hat, überlebt er die Woche – Gehirnerschütterung – Delirium –, sagen Sie, was Sie wollen! Sie können gar nicht genug übertreiben.«

»Aber was ist mit Sir Leslie Oakshott?«

»Für den sorge ich. Dem werde ich einen Schwerkranken vorspielen.«

»Sonst noch etwas?«

»Ja. Sagen Sie Shinwell Johnson, er soll das Mädchen verschwinden lassen. Jetzt werden die süßen Jungs hinter ihr her sein. Sie wissen natürlich, daß sie mich in dem Fall unterstützt. Wenn sie so weit gegangen sind, mich aus dem Weg zu räumen, wird man sie nicht auslassen. Das eilt. Gehen Sie heute abend noch hin.«

»Ich gehe auf der Stelle. Noch etwas?«

»Legen Sie meine Pfeife auf den Tisch – und den Pantoffel mit dem Tabak. So ist es gut. Und kommen Sie jeden Morgen, damit wir unseren Schlachtplan entwerfen können.«

Mit Johnson kam ich am Abend überein, daß er Miss Winter in einen stillen Vorort bringen und aufpassen sollte, daß sie sich ruhig verhielt, bis die Gefahr vorüber war.

Die nächsten sechs Tage stand die Öffentlichkeit unter dem Eindruck, Holmes befände sich an der Schwelle des Todes. Die ärztlichen Verlautbarungen klangen sehr ernst, und in den Zeitungen standen düstere Berichte. Durch meine andauernden Besuche konnte ich mich davon überzeugen, daß es so schlecht nicht um ihn stand. Seine zähe Konstitution und sein unbedingter Wille wirkten Wunder. Er erholte sich schnell, und manchmal hegte ich den Verdacht, er erhole sich schneller, als er selbst mir gegenüber zugab. Dieser Mann hatte einen Hang zu Geheimnistuerei und dramatischen Wirkungen; sogar seinen engsten Freund beschränkte er derart, daß auch der nur Vermutungen in bezug auf seine genauen Pläne anstellen konnte. Er führte den Grundsatz, daß der Urheber eines Plans nur sicher sein könne, wenn er allein plane, ins Extrem. Ich stand ihm näher als irgend jemand anderer, aber ich blieb mir immer der Kluft zwischen ihm und mir bewußt.

Am siebenten Tag wurden die Fäden gezogen; trotzdem berichteten die Zeitungen am Abend von Rotlauf. Dieselben Abendzeitungen brachten eine Meldung, die ich, koste es, was es wolle, meinem Freund zu übermitteln entschlossen war. Es hieß schlicht, daß sich unter den Passagieren des Schiffes ›Ruritania‹ der Cunard-Linie, das am kommenden Freitag von Liverpool auslief, Baron Adelbert Gruner befinden würde, der in den Staaten ein wichtiges Finanzgeschäft tätigen müsse, ehe er die bevorstehende Hochzeit mit Miss Violet de Merville vollziehe, der einzigen Tochter, etc. etc. Holmes' bleiches Gesicht wurde beim Anhören der Nachricht kalt und konzentriert, was mir verriet, daß sie ihn hart traf.

»Freitag!« rief er. »Nur noch drei Tage zum Handeln. Ich glaube, der Schurke sucht sich außer Gefahr zu bringen. Aber das soll ihm nicht gelingen, Watson! Beim Himmel, das soll ihm nicht gelingen! Und jetzt, Watson, möchte ich, daß Sie etwas für mich unternehmen.«

»Ich bin hier, Holmes, damit Sie über mich verfügen.«

»Gut, dann verwenden Sie die nächsten vierundzwanzig Stunden darauf, chinesische Töpferkunst eingehend zu studieren.«

Er fügte keine Erklärung hinzu, und ich forderte keine. Durch lange Erfahrung hatte ich die Weisheit des Gehorchens gelernt. Doch als ich ihn verlassen hatte und in der Baker Street stand, überlegte ich hin und her, wie ich, um alles in der Welt, eine so seltsame Anordnung ausführen sollte. Schließlich fuhr ich zur Londoner Stadtbibliothek am St. James' Square, trug das Problem meinem Freund Lomax vor, dem Unterbibliothekar, und schied in Richtung meiner Wohnung mit einem ansehnlichen Band unterm Arm.

Man sagt, daß der Advokat, der sich so sehr in einen Fall hineinkniet, daß er am Montag einen Experten im Zeugenstand befragen kann, vor dem Wochenende bereits alles erbüffelte Wissen wieder vergessen hat. Ich möchte mich hier auf keinen Fall als Fachmann für Keramik aufspielen, auch wenn ich an jenem Abend und in der Nacht, unterbrochen von einer kurzen Ruhepause, sowie am nächsten Vormittag Wissen in mich aufgenommen und Namen im Gedächtnis gespeichert habe. Da erfuhr ich von den Signets der großen Dekorationsmaler, vom Geheimnis der zyklischen Daten, den Marken der Hung-wu und den Schönheiten der Yung-lo, den Schriften von Tang-yin und der Herrlichkeit der Arbeiten aus der primitiven Periode der Song und Yuan. Beladen mit all diesen Informationen, besuchte ich Holmes am nächsten Abend. Er hatte nun das Bett verlassen und saß, den dick bandagierten Kopf in die Hand gestützt, in den Tiefen seines Lieblingslehnstuhls.

»Wenn man den Zeitungen glaubt«, sagte ich, »liegen Sie im Sterben.«

»Das«, bemerkte er, »ist genau der Eindruck, den ich erwecken wollte. Wie ist es, Watson, haben Sie Ihre Lektion gelernt?«

»Ich habe es wenigstens versucht.«

»Gut. Sie könnten also eine sinnige Unterhaltung über dieses Gebiet führen?«

»Ich glaube, das könnte ich.«

»Dann geben Sie mir das Kästchen vom Kaminsims.«

Er hob den Deckel ab und nahm äußerst vorsichtig einen kleinen Gegenstand heraus, der in feine fernöstliche Seide gehüllt war. Er wickelte ihn aus und brachte eine feine kleine Untertasse von der herrlichsten tiefblauen Färbung zum Vorschein.

»Sie muß mit Sorgfalt behandelt werden. Eine echte Eierschalen-Keramik aus der Zeit der Ming-Dynastie. Ein kompletter Satz würde den königlichen Schatz kosten – tatsächlich ist zweifelhaft, ob es außerhalb des kaiserlichen Palastes in Peking einen kompletten Satz gibt. Der Anblick des Stückes könnte einen wirklichen Kenner zum Wahnsinn treiben.«

»Was soll ich damit tun?«

Holmes gab mir eine Visitenkarte, auf der gedruckt stand: Dr. Hill Barton, Half Moon Street 369.

»So heißen Sie für heute abend, Watson. Sie werden sich bei Baron Gruner melden lassen. Ich weiß einigermaßen über seine Gewohnheiten Bescheid. Um halb neun dürfte er keine Verpflichtungen haben. Ein Briefchen wird ihm Ihr Kommen vorher angekündigt haben und daß Sie ihm ein Muster eines absolut einmaligen Satzes Ming-Porzellan bringen möchten. Sie können auch ruhig als der Mediziner auftreten, der Sie sind, denn diese Rolle können Sie spielen, ohne doppelzüngig zu werden. Sie sind ein Sammler, Ihnen ist dieser Satz in die Hände gefallen, Sie haben von dem Interesse des Barons auf dem Gebiet gehört, und Sie sind nicht abgeneigt, den Satz zu einem gehörigen Preis zu verkaufen.«

»Zu welchem Preis?«

»Gut gefragt, Watson. Sie würden mit Gewißheit

einen Reinfall erleben, wenn Sie den Wert der Ware, die Sie anbieten, nicht kennten. Diese Untertasse hat mir Sir James zur Verfügung gestellt. Sie stammt, soviel ich weiß, aus der Sammlung seines Klienten. Sie werden nicht übertreiben, wenn Sie sagen, daß das Stück auf der Welt kaum seinesgleichen haben dürfte.«

»Ich könnte vielleicht vorschlagen, daß der ganze Satz von einem Experten geschätzt wird.«

»Hervorragend, Watson! Sie sprühen heute vor Einfällen. Schlagen Sie Christie's oder Sotheby's vor. Ihre Feinfühligkeit verbiete es Ihnen, selber einen Preis festzusetzen.«

»Aber wenn er mich nicht empfängt?«

»Er wird Sie empfangen. Er ist von der Sammelwut akutester Form befallen – besonders auf diesem Gebiet, da er als eine anerkannte Autorität gilt. Setzen Sie sich, Watson, ich werde Ihnen den Brief diktieren. Antwort brauchen wir nicht. Sie werden nur schreiben, daß Sie kommen und warum Sie kommen.«

Es wurde ein bewundernswürdiges Dokument, höflich und die Neugier eines Kenners erweckend. Ein Bote machte sich sofort mit ihm auf den Weg. Am selben Abend noch brach ich auf zu meinem Abenteuer, in der Hand die wertvolle Untertasse, in der Tasche die Visitenkarte auf den Namen eines Dr. Hill Barton.

Das herrliche Haus und das Grundstück wiesen darauf hin, daß Baron Gruner, wie Sir James gesagt hatte, ein Mann von beachtlichem Reichtum war. Eine lange gewundene Auffahrt mit seltenen Büschen zu beiden Seiten öffnete sich zu einem weiten, kiesbedeckten, mit Statuen geschmückten Platz. Das Anwesen war von einem südafrikanischen Goldkönig in den Tagen des großen Booms erbaut worden, und das langgestreckte niedrige Haus mit seinen Türmchen an den Ecken imponierte durch Größe und Gediegenheit, wenn es auch einen architektonischen Alptraum darstellte. Ein Butler, der einer Bischofsversammlung zur Zierde gereicht hätte, ließ mich ein und übergab mich an einen samtgekleideten Diener, der mich zu dem Baron führte.

Er stand vor einem offenen großen Glasschrank zwischen zwei Fenstern, der einen Teil seiner chinesischen Sammlung enthielt. Als ich eintrat, wandte er sich mir zu, eine kleine braune Vase in der Hand.

»Setzen Sie sich bitte, Doktor«, sagte er. »Ich bin gerade dabei, meine Schätze zu mustern, und frage mich, ob ich es mir leisten kann, ihnen noch etwas hinzuzufügen. Dieses kleine Exemplar aus der Tang-Zeit, aus dem siebenten Jahrhundert, wird Sie sicherlich interessieren. Ich bin sicher, Sie haben nie schönere Handwerkskunst und eine herrlichere Glasur gesehen. Haben Sie die Ming-Untertasse, von der Sie schrieben, dabei?«

Ich packte sie vorsichtig aus und gab sie ihm. Er setzte sich an den Schreibtisch, zog die Lampe heran, da es schon zu dunkeln begann, und untersuchte sie. Das gelbliche Licht fiel voll auf seine Züge, und ich konnte sie in aller Ruhe studieren.

Er war zweifellos ein bemerkenswert gut aussehender Mann. Den Ruf, er sei schön, der ihm vom Kontinent voraufgegangen war, fand ich vollauf bestätigt. Die Gestalt war nicht mehr als mittelgroß, aber ihre Linien spielten graziös und lebhaft. Das Gesicht war bräunlich, fast orientalisch; er hatte große, dunkle, matte Augen, die auf Frauen wohl faszinierend wirken mochten. Das Haar und der kurze, an den Enden hochgezwirbelte und sorgfältig gewachste Schnurrbart waren pechschwarz. Seine Züge waren gleichmäßig gebildet und angenehm anzuschauen, nur der gerade, dünnlippige Mund störte. Wenn ich je einen Mördermund gesehen habe, dann jetzt – ein grausamer, scharfer Riß im Gesicht, unerbittlich und schrecklich. Er war schlecht beraten, daß er den Schnurrbart so kurz hielt, denn so lag der Mund deutlich zutage, ein Warnzeichen für die Opfer, von der Natur gesetzt. Seine Stimme klang einnehmend, er besaß vollendete Manieren. Ich schätzte ihn auf ein wenig älter als dreißig – später erfuhr ich, daß er zweiundvierzig war.

»Sehr schön, wirklich sehr schön!« sagte er schließlich. »Und Sie haben einen Satz von sechs zusammenpassenden Teilen? Was mich verwirrt, ist der Umstand, daß ich bisher nie von diesen herrlichen Exemplaren hörte. Meines Wissens gibt es in England nur ein Exemplar, das sich hiermit messen könnte, und es ist nicht wahrscheinlich, daß es zum Verkauf steht. Wäre es indiskret, wenn ich Sie fragte, wie Sie das Stück erworben haben?«

»Tut das wirklich etwas zur Sache?« fragte ich möglichst unbekümmert. »Sie sehen, daß das Stück echt ist, und was den Wert angeht, so wäre ich damit einverstanden, es von einem Experten schätzen zu lassen.«

»Sehr mysteriös«, sagte er mit einem mißtrauischen Aufblitzen seiner dunklen Augen. »Bei Objekten solchen Wertes möchte man natürlich alles wissen, wenn man ein Geschäft tätigt. Das Stück ist echt, das steht fest. Daran zweifle ich nicht im mindesten. Aber nehmen wir einmal an – Sie sehen, ich ziehe jede Möglichkeit in Betracht –, es stellt sich hinterher heraus, daß Sie kein Recht hatten, es zu verkaufen?«

»Ich würde Ihnen gegen solcherart Ansprüche eine Garantie geben.«

»Das würde natürlich die Frage aufwerfen, wieviel Ihre Garantie wert ist.«

»Darauf würde meine Bank die Antwort geben.«

»Soweit, so gut. Und dennoch kommt mir der Handel ziemlich ungewöhnlich vor.«

»Sie können mit mir ins Geschäft kommen oder nicht«, sagte ich gleichmütig. »Ich habe Ihnen als erstem das Angebot gemacht, da ich hörte, Sie seien ein Kenner, aber ich werde woanders keine Schwierigkeiten haben.«

»Von wem wissen Sie, daß ich ein Kenner bin?«

»Ich weiß, daß Sie ein Buch über dieses Gebiet geschrieben haben.«

»Haben Sie es gelesen?«

»Nein.«

»Du lieber Gott! Das wird mir immer schwieriger zu verstehen. Sie sind ein Kenner und Sammler mit einem sehr wertvollen Stück in Ihrer Sammlung, und doch haben Sie sich nicht die Mühe gemacht, das einzige Buch zu Rate zu ziehen, das Ihnen die wahre Bedeutung und den wahren Wert dessen klargemacht hätte, was Sie da besitzen. Wie erklären Sie das?«

»Ich bin ein vielbeschäftigter Mann, ein praktizierender Arzt.«

»Das ist keine Antwort. Wenn ein Mann ein Hobby hat, dann geht er ihm bis ins letzte nach, ganz gleich, welche Unternehmungen er sonst betreibt. In Ihrem Brief haben Sie sich einen Kenner genannt.«

»Das bin ich auch.«

»Dürfte ich Ihnen einige Fragen stellen, den Umstand zu prüfen? Ich muß Ihnen erklären, Doktor – wenn Sie wirklich ein Doktor sind –, daß mir die

Sache doch recht verdächtig erscheint. Ich möchte Sie fragen, was Sie über den Kaiser Shomu wissen und in welche Verbindung Sie ihn mit dem Shoso-in bei Nara setzen. Lieber Himmel, verwirrt Sie die Frage? Erzählen Sie mir ein wenig über die Nördliche Wei-Dynastie und ihre Bedeutung für die Geschichte der Keramik.«

In gespieltem Ärger sprang ich auf.

»Das ist unerträglich, Sir«, sagte ich. »Ich bin gekommen, um Ihnen einen Gefallen zu tun, und nicht, damit Sie mich wie einen Schuljungen examinieren. Mein Wissen auf dem Gebiet mag sich mit dem Ihren nicht messen können, aber ich werde auf keinen Fall Fragen beantworten, die in einer so beleidigenden Art gestellt werden.«

Er sah mich unverwandt an. Seine Augen hatten die Mattigkeit verloren. Sie funkelten plötzlich. Und zwischen den grausamen Lippen glänzten jetzt Zähne.

»Was ist das für ein Spiel? Sie sind gekommen, mich auszuspionieren. Sie stehen im Dienst von Holmes. Sie wollen mich austricksen. Der Bursche liegt, wie ich höre, im Sterben, und da schickt er seine Gehilfen, mich im Auge zu behalten. Sie sind ohne Erlaubnis hier hereingekommen, und es könnte Ihnen, bei Gott, schwerfallen, wieder herauszukommen.«

Er war aufgesprungen, und ich trat einen Schritt zurück und machte mich auf einen Angriff gefaßt, denn der Mann war außer sich vor Wut. Er mochte mich von Anfang an verdächtig gefunden haben; auf jeden Fall hatte ihm die Befragung die Wahrheit zutage gebracht. Jetzt war klar, daß ich ihn nicht hinters Licht führen konnte. Er senkte die Hand in eine Schublade und wühlte darin herum. Dann mußte irgendein Geräusch an sein Ohr gedrungen sein, denn er stand plötzlich bewegungslos und lauschte.

»Ah!« schrie er, »ah!« und stürzte in das hinter ihm gelegene Zimmer.

Mit zwei Schritten erreichte ich die geöffnete Tür, und die Erinnerung an das, was dann geschah, wird mir immer bleiben. Das Fenster zum Garten war weit offen. Daneben stand, erschöpften weißen Gesichts, blutgetränkte Binden um den Kopf, Sherlock Holmes. Er sah aus wie ein Schreckgespenst. Im nächsten Augenblick war Holmes mit einem Sprung aus dem Fenster, und ich hörte, wie er krachend in den Lorbeerbüschen landete. Mit Wutgeheul stürzte der Hausherr hinter ihm her zum Fenster.

Und dann! Es dauerte nur einen Moment, und doch sah ich alles ganz deutlich. Ein Arm – der Arm einer Frau schoß aus den Blättern hervor. Gleichzeitig stieß der Baron einen schrecklichen Laut aus – einen gellenden Schrei, der mir immer in Erinnerung bleiben wird. Er schlug beide Hände vors Gesicht, raste durchs Zimmer und stieß mit dem Kopf fürchterlich an die Wände. Schließlich ließ er sich auf den Teppich fallen, wo er sich zukkend wälzte, während Schrei auf Schrei durch das Haus hallte.

»Wasser! Um Gottes willen, Wasser!« rief er immer wieder.

Ich riß eine Karaffe von einem Tischchen und eilte ihm zu Hilfe. Im selben Augenblick kamen der Butler und einige Diener aus der Halle herbeigerannt. Ich erinnere mich, daß einer von ihnen ohnmächtig wurde, als er neben dem verwundeten Mann kniete und das schreckliche Gesicht ins Licht der Lampe drehte. Überall fraß das Vitriol, und es tropfte von den Ohren und vom Kinn. Ein Auge war schon weiß und glasig. Das andere war rot und entzündet. Das Gesicht, das ich ein paar Minuten zuvor noch bewundert hatte, sah jetzt aus wie ein wundervolles Bild, über das der Künstler mit einem nassen, schmutzigen Schwamm gefahren war. Die Züge, verschwommen, verfärbt, wirkten unmenschlich, fürchterlich.

Mit wenigen Worten erklärte ich genau, was geschehen war, jedenfalls soweit es den Überfall mit dem Vitriol betraf. Einige kletterten durch das Fenster, andere liefen über den Rasen; aber es war dunkel, und es hatte zu regnen begonnen. Zwischen den Schreien tobte und raste das Opfer gegen die Rächerin.

»Es war das Satansweib Kitty Winter!« schrie er. »Oh, diese Teufelin! Das soll sie mir bezahlen! Das soll sie bezahlen! Gott im Himmel, der Schmerz ist unerträglich!«

Ich badete sein Gesicht in Öl, legte Baumwollwatte auf die rohen Stellen und spritzte subkutan Morphium. Durch den Schock war in ihm aller Verdacht gegen mich geschwunden, und er klammerte sich an meine Hände, als hätte ich die Macht, sogar die Augen, die wie die toter Fische auf mich blickten, wieder klar zu machen. Ich hätte über den Verfall weinen mögen, wäre in mir nicht das Wissen über sein schurkisches Leben ganz klar gewesen, das zu diesem scheußlichen Ende geführt hatte. Es war widerwärtig, das Krallen seiner fieberheißen Hände zu spüren, und ich atmete erleichtert auf, als sein Hausarzt und kurz darauf ein Spezialist kamen und mich von meiner Pflicht befreiten. Ein Polizeiinspektor erschien auch, und ihm übergab ich meine richtige Visitenkarte. Es wäre sinnlos und närrisch gewesen, anders zu handeln, denn man kannte mich beim Yard fast genausogut wie Holmes selber. Dann verließ ich das Haus der Düsternis und des Schrekkens. Eine Stunde später war ich in der Baker Street.

Holmes saß in seinem Lieblingssessel und sah sehr blaß und erschöpft aus. Nicht nur die Verletzungen plagten ihn; die Ereignisse des Abends hatten sogar seine eisernen Nerven angegriffen, und mit Entsetzen hörte er an, was ich über das Schicksal des Barons zu berichten wußte.

»Der Lohn der Sünde, Watson – der Lohn der Sünde«, sagte er. »Früher oder später stellt er sich immer ein. In seinem Spiel war, weiß Gott, viel Sünde«, fügte er hinzu und nahm ein Buch mit braunem Einband vom Tisch. »Das ist das Buch, von dem die Frau sprach. Wenn das nicht die Heirat verhindert, dann kann nichts sie verhindern. Aber es wird Erfolg haben, Watson. Es muß! Keine Frau mit Selbstachtung könnte all das ertragen.«

»Ein Tagebuch seiner Liebe.«

»Oder ein Tagebuch seiner Lüste. Nennen Sie es, wie Sie wollen. In dem Moment, da die Frau es erwähnte, wurde mir klar, welch wichtige Waffe es sein könnte, wenn wir es bekämen. Ich sagte damals nichts, wodurch meine Überlegung hätte offenbar werden können, denn die Frau hätte möglicherweise geplaudert. Aber ich brütete über dem Problem. Dann verschaffte mir der Überfall auf mich die Gelegenheit, den Baron glauben zu machen, daß gegen mich keine Vorsichtsmaßnahmen mehr ergriffen zu werden brauchten. So hat sich alles zu unseren Gunsten gewendet. Ich hätte noch eine Weile warten können, doch sein Amerikabesuch trieb mich zur Eile. Er hätte nie ein so kompromittierendes Buch hier gelassen. Deshalb mußte ich sofort handeln. Nächtlicher Einbruch war unmöglich. Er hat vorgesorgt. Aber es gab die Möglichkeit, es einmal zu versuchen, wenn seine Aufmerksamkeit abgelenkt war.

Das war der Punkt, an dem ich Sie und die blaue Untertasse ins Spiel brachte. Aber ich mußte den Platz, an dem das Buch aufbewahrt wurde, genau kennen, und ich wußte, mir blieben nur wenige Minuten, die Tat auszuführen, denn meine Zeit war durch Ihre schwache Kenntnis über chinesische Keramik begrenzt. Deshalb zog ich das Mädchen im letzten Moment ins Vertrauen. Wie konnte ich ahnen, was sich in dem kleinen Paket befand, das sie so vorsichtig unter ihrem Umhang trug? Ich dachte, sie spielte mein Spiel, aber wie es scheint, hat sie ihr eigenes gemacht.«

»Er argwöhnte, Sie hätten mich geschickt.«

»Das befürchtete ich. Aber Sie haben ihn lange genug beschäftigt, daß ich Hand an das Buch legen konnte, wenn auch nicht lange genug, mich unerkannt entwischen zu lassen. Ah, Sir James, ich bin sehr froh, daß Sie gekommen sind!«

Unser höflicher Freund war infolge einer kürzlich ergangenen Einladung erschienen. Mit höchster Aufmerksamkeit lauschte er dem Bericht Holmes' über das, was sich ereignet hatte.

»Sie haben Wunder vollbracht – Wunder!« rief er, nachdem er die Geschichte gehört hatte. »Aber wenn die Verletzungen so schrecklich sind, wie Dr. Watson sie beschreibt, dann ist doch sicherlich unsere Absicht, die Heirat zu durchkreuzen, erreicht, und wir brauchen von diesem furchtbaren Buch keinen Gebrauch zu machen.«

Holmes schüttelte den Kopf.

»Frauen der Art der Violet de Merville lassen sich durch solche Zwischenfälle nicht abhalten. Als entstellten Märtyrer würde sie ihn nur um so mehr lieben. Nein, nein. Es ist die moralische Seite der Sache, die wir zerstören müssen, nicht die körperliche. Dieses Buch wird sie wieder auf die Erde zurückbringen – ich kenne nichts anderes, was das zuwege bringen könnte. Es ist seine Handschrift. Daran kann sie nicht vorbei.«

Sir James nahm beides mit, das Buch und die kostbare Untertasse. Da ich bereits überfällig war, begleitete ich ihn auf die Straße. Unten erwartete ihn ein Brougham. Er stieg hastig ein, gab dem Kutscher, der eine Kokarde am Hut trug, eine Anweisung, und der Wagen fuhr schnell ab. Er ließ seinen Mantel halb aus dem Fenster hängen, um das Wappen außen an der Tür zu verdecken, aber ich hatte es dennoch in dem Licht erkannt, das durch die Scheiben der Haustür fiel. Mir stockte der Atem vor Überraschung. Dann kehrte ich um und stieg die Stufen zu Holmes' Wohnung hinauf.

»Ich habe herausgefunden, wer unser Klient ist«, rief ich und platzte fast vor Wichtigkeit. »Denken Sie nur, Holmes, es ist …«

»Es ist ein treuer Freund und ritterlicher Gentleman«, sagte Holmes und gebot mit erhobener Hand Einhalt. »Das soll uns für jetzt und immer genug sein.«

Ich weiß nicht, in welcher Weise das beschuldigende Buch verwandt wurde. Vielleicht hat Sir James die Sache in die Hand genommen. Oder – und das ist wahrscheinlicher – der Vater der jungen Dame wurde mit der delikaten Aufgabe betraut. Jedenfalls wirkte es ganz wie gewünscht. Drei Tage später erschien eine Nachricht in der *Morning Post* des Inhalts, daß die Hochzeit zwischen Baron Adelbert Gruner und Miss Violet de Merville nicht stattfinden werde. Dieselbe Zeitung berichtete über die erste polizeiliche Vernehmung im Verfahren gegen Miss Kitty Winter, die unter der schwerwiegenden Anklage stand, ein Attentat mit Vitriol begangen zu haben. Vor Gericht wurden dann so viele mildernde

Umstände bekannt, daß das Urteil, wie man sich erinnern wird, das niedrigst mögliche bei solcher Anschuldigung war. Holmes drohte ein Verfahren wegen Einbruchsdiebstahls; aber wenn eine Sache gut und ein Klient ausreichend berühmt ist, wird sogar das starre britische Recht menschlich und elastisch. Mein Freund hat bis jetzt noch nicht die Anklagebank gedrückt.

Der bleiche Soldat

Meines Freundes Watsons Vorstellungen sind begrenzt, wenngleich außerordentlich hartnäckig. Lange Zeit hat er mich belästigt, ich sollte auch einmal eines meiner Erlebnisse niederschreiben. Vielleicht habe ich mir diese Belästigungen selber eingehandelt, weil ich oft die Gelegenheit ergriff, ihn darauf hinzuweisen, wie oberflächlich ich seine Berichte fände, und ihn anzuklagen, er schmeichle zu sehr dem landläufigen Geschmack, statt sich strikt auf die nackten Tatsachen zu beschränken. »Versuchen Sie es doch selbst!« erwiderte er; und jetzt, da ich die Feder aufgenommen habe, muß ich eingestehen: Ich merke allmählich, daß eine Geschichte so dargeboten werden muß, daß sie den Leser interessiert. Der folgende Fall kann solches Interesse kaum verfehlen, da er zu den seltsamsten Begebenheiten meiner Sammlung zählt, auch wenn sich in Watsons Auswahl keine Bemerkung über ihn findet. Da ich einmal dabei bin, von meinem alten Freund und Biographen zu sprechen, möchte ich die Gelegenheit ergreifen, um klarzustellen, daß ich mich bei meinen verschiedenen kleinen Untersuchungen nicht aus Sentimentalität oder Laune mit einem Gefährten belastete, sondern deshalb, weil Watson einige bemerkenswerte Charaktereigenschaften besitzt, denen er in seiner Bescheidenheit und angesichts seiner übertriebenen Wertschätzung meiner Leistungen wenig Aufmerksamkeit zuteil werden ließ. Ein Verbündeter, der jemandes Schlüsse und den Gang der Ereignisse voraussieht, ist gefährlich, aber einer, für den jedwede Entwicklung einen Grund zu unausgesetztem Wundern bietet und für den alles Zukünftige als ein versiegeltes Buch erscheint, ist wirklich ein idealer Helfer.

Aus meinen Notizen ersehe ich, daß es im Januar 1903 war, kurz nach Beendigung des Burenkrieges, als Mr. James M. Dodd mir einen Besuch abstattete, ein großer, frischer, sonnengebräunter Mann, ein aufrechter Brite. Der gute Watson hatte mich zu diesem Zeitpunkt einer Gattin wegen im Stich gelassen, und das war während der Zeit unserer Zusammenarbeit die einzige selbstsüchtige Tat, an die ich mich erinnere. Ich war also allein. Ich habe die Angewohnheit, mich mit dem Rücken zum Fenster zu setzen und meine Besucher im gegenüberstehenden Sessel zu placieren, wo das Licht voll auf sie fällt. Mr. James M. Dodd schien einigermaßen verlegen, wie er das Gespräch beginnen sollte. Ich machte keinen Versuch, ihm zu helfen, denn sein Schweigen verschaffte mir Zeit zur Beobachtung.

Ich habe herausgefunden, daß es weise ist, Klienten zu beeindrucken, indem man ihnen eine Probe seines Könnens gibt, und also führte ich ihm einige meiner Schlußfolgerungen vor.

»Ich sehe, Sir, Sie kommen aus Südafrika.«

»Ja, Sir«, erwiderte er einigermaßen erstaunt.

»Imperial Yeomanry, nehme ich an.«

»Genau.«

»Ohne Zweifel Middlesex Corps.«

»So ist es. Mr. Holmes, Sie sind ein Hexenmeister.«

Ich lächelte über sein verwirrtes Gesicht.

»Wenn ein Gentleman betont männlichen Aussehens ins Zimmer tritt, mit einer Bräune im Gesicht, wie sie die Sonne Englands nie hervorzubringen vermag, und mit dem Taschentuch im Ärmelaufschlag statt in der Tasche, dann macht es keine

Schwierigkeit, ihn einzuschätzen. Sie tragen einen gestutzten Bart, und das zeigt, daß Sie nicht aktiv waren. Sie haben die Haltung eines Reiters. Was Middlesex angeht, so hat mir Ihre Visitenkarte schon verraten, daß Sie Effektenmakler aus der Throgmorton Street sind. In welches andere Regiment hätten Sie sonst eintreten sollen?«

»Sie sehen alles.«

»Ich sehe nicht mehr als Sie, aber ich habe mich darin geübt, auch zur Kenntnis zu nehmen, was ich sehe. Aber wie immer dem sei, Mr. Dodd, Sie haben mich heute morgen nicht deshalb aufgesucht, um mit mir die Wissenschaft der Beobachtung zu diskutieren. Was hat sich in ›Tuxbury Old Park‹ ereignet?«

»Mr. Holmes ...«

»Mein lieber Herr, in dieser Hinsicht gibt es kein Geheimnis. Ihr Brief trug diesen Absender, und da Sie unsere Verabredung in sehr drängenden Worten begehrten, war es klar, daß sich etwas Unerwartetes und Wichtiges ereignet hatte.«

»Ja, in der Tat. Aber den Brief habe ich am Nachmittag geschrieben, und seither ist noch ziemlich viel geschehen. Wenn Colonel Emsworth mich nicht rausgeschmissen hätte ...«

»Er hat Sie rausgeschmissen?«

»Nun, es kam jedenfalls einem Hinauswurf gleich. Er ist ein harter Bolzen, dieser Colonel Emsworth. Seinerzeit gab es in der ganzen Armee keinen unbarmherzigeren Schleifer. Zudem war es eine Zeit der rüden Worte. Ich hätte den Colonel nicht ertragen können, wenn es nicht um Godfrey gegangen wäre.«

Ich zündete mir eine Pfeife an und lehnte mich im Sessel zurück.

»Vielleicht erklären Sie einmal, wovon Sie reden.«

Mein Klient lächelte unglücklich.

»Sie haben mich zu der Annahme gebracht, Sie wüßten alles, ohne daß man Ihnen etwas zu erzählen braucht«, sagte er. »Aber ich werde Ihnen nun die Fakten mitteilen, und ich hoffe zu Gott, Sie wären in der Lage, mir mitzuteilen, was sie bedeuten. Die ganze Nacht habe ich wach gelegen und mir das Hirn zermartert, und je länger ich nachdenke, um so unglaublicher kommt mir das Ganze vor.

Als ich im Januar 1901 in die Armee eintrat, vor genau zwei Jahren, kam der junge Godfrey Emsworth in dieselbe Schwadron. Er ist Colonel Emsworths einziger Sohn – von dem Emsworth, der im Krimkrieg das Victoriakreuz erhalten hat –, und Godfrey hatte das Kämpferblut seines Vaters geerbt, und da war es kein Wunder, daß er sich freiwillig meldete. Im ganzen Regiment gab es keinen feineren Burschen als ihn. Wir schlossen Freundschaft, die Art Freundschaft, die nur entstehen kann, wenn zwei dasselbe Leben führen und alle Freuden und Leiden teilen. Er war mein Kamerad, und das bedeutet viel in der Armee. In einem Jahr voll harter Kämpfe gingen wir gemeinsam durch dick und dünn. Dann traf ihn bei einem Einsatz am Diamond Hill bei Pretoria ein Geschoß aus einer Elefantenflinte. Ich bekam einen Brief von ihm aus dem Krankenhaus in Kapstadt und einen aus Southampton. Seitdem habe ich kein Wort mehr gehört – kein einziges Wort, Mr. Holmes, seit über sechs Monaten. Und er ist doch mein engster Freund.

Als der Krieg vorbei war und wir alle zurückkehrten, schrieb ich an seinen Vater und fragte nach Godfrey. Keine Antwort. Ich wartete eine Weile und schrieb dann noch einmal. Nun erhielt ich eine Antwort, kurz und barsch. Godfrey befinde sich auf einer Weltreise, und er komme wahrscheinlich nicht vor Jahresfrist zurück. Das war alles.

Das befriedigte mich nicht, Mr. Holmes. Die ganze Sache wirkte auf mich verdammt unnatürlich. Er war ein guter Bursche, und er würde einen Kumpel nicht einfach fallenlassen. Dann erfuhr ich zufällig, daß er einen Haufen Geld erben würde, und auch, daß sein Vater und er nicht immer allzu gut miteinander auskamen. Der alte Mann war manchmal ein Eisenfresser, und Godfrey hatte zuviel Charakter, um sich das gefallen zu lassen. Nein, ich war nicht befriedigt, und ich beschloß, zur Wurzel der Sache vorzustoßen. Es ergab sich jedoch, daß nach zweijähriger Abwesenheit meine eigenen Angelegenheiten in Ordnung gebracht werden mußten, und so kam ich erst in dieser Woche dazu, Godfreys Fall wieder aufzunehmen. Und seit ich ihn aufgenommen habe, fühle ich mich gedrängt, alles andere liegenzulassen, um ihn zu ergründen.«

Mr. James M. Dodd schien zu der Art von Leuten zu gehören, die man besser zum Freund denn als Feind hat. Seine blauen Augen blickten streng, und seine eckige Kinnlade war beim Sprechen energisch vorgereckt.

«Und was haben Sie unternommen?« fragte ich.

»Als erstes wollte ich seinen Wohnsitz aufsuchen, ›Tuxbury Old Park‹ bei Bedford, und mir die Umstände einmal ansehen. Ich schrieb an die Mutter – ich hatte die Nase von dem mürrischen Vater ziemlich voll – und startete einen frontalen Angriff: Godfrey sei mein Freund, ich nähme an ihm sehr viel Interesse, wolle ihr gern mündlich von dem berichten, was wir gemeinsam erlebt hätten, würde mich in der Gegend aufhalten, ob es Einwände von ihrer Seite gebe und so weiter. Ich erhielt eine ganz freundliche Antwort und das Angebot, mich für eine Nacht zu beherbergen. Und so bin ich denn am Montag hingefahren.

›Tuxbury Old Hall‹ ist fast unerreichbar, es liegt fünf Meilen von jeder Ansiedlung entfernt. Am Bahnhof fand ich keine Kutsche, so mußte ich zu Fuß gehen und meinen Koffer schleppen, und es war fast dunkel, als ich ankam. Das große Haus liegt in einem ziemlich weitläufigen Park. Mir kam es vor, als trüge es alle Zeitalter und Baustile zur Schau, angefangen bei Grundmauern aus elisabethanischer Zeit und endend bei einem victorianischen Portiko. Innen war alles voll von Paneelen, gewirkten Tapeten und alten Gemälden, auf denen man kaum noch etwas erkennen konnte – ein Haus der Schatten und der Geheimnisse. Sie haben einen Butler, den alten Ralph, der fast so alt zu sein scheint wie das Haus selbst, und seine Frau ist womöglich noch älter. Sie war Godfreys Amme, und ich wußte von ihm, daß er ihr nach der Mutter die meiste Zuneigung entgegenbrachte, und so fühlte ich mich von ihr angezogen, trotz ihres seltsamen Äußeren. Die Mutter gefiel mir auch – eine sanfte kleine graue Maus von Frau. Es war nur der Colonel, den ich nicht leiden konnte.

Gleich anfangs schon hatten wir eine Kabbelei, und ich hätte gleich wieder abfahren sollen, wenn da nicht das Gefühl gewesen wäre, ich täte ihm damit einen Gefallen. Ich wurde direkt in sein Arbeitszimmer geleitet, und da traf ich ihn, einen sehr großen Mann mit gekrümmtem Rücken, dunkler Haut und einem spärlichen grauen Bart; er saß an einem unordentlichen Schreibtisch. Die von rötlichen Äderchen durchzogene Nase stach hervor wie ein Geierschnabel, und glühende Augen unter buschigen Brauen starrten mich an. Jetzt begriff ich, warum Godfrey selten von seinem Vater gesprochen hatte.

›Nun, Sir‹, sagte er mit krächzender Stimme,

›mich würde interessieren, warum Sie wirklich hierhergekommen sind.‹

Ich antwortete, daß ich das schon in meinem Brief an seine Frau dargelegt hätte.

›Ich weiß, ich weiß. Sie sagten, Sie kennen Godfrey von Afrika her. Da müssen wir uns natürlich ganz auf Ihr Wort verlassen.‹

›Ich habe Briefe von ihm in der Tasche.‹

›Kann ich die bitte mal sehen?‹

Er warf einen Blick auf die zwei, die ich ihm gegeben hatte, und reichte sie mir dann zurück.

›Worum geht es also?‹ fragte er.

›Ich mochte Ihren Sohn Godfrey, Sir. Viele gemeinsame Erinnerungen verbinden uns. Ist es da nicht nur natürlich, daß ich mich über sein plötzliches Schweigen wundere und wissen möchte, was aus ihm geworden ist?‹

›Mir scheint, Sir, als hätte ich Ihnen schon geschrieben und Ihnen mitgeteilt, was aus ihm geworden ist. Er befindet sich auf einer Reise rund um die Welt. Nach seinen Erlebnissen in Afrika war es um seine Gesundheit schlecht bestellt, und seine Mutter und ich kamen zu der Überzeugung, daß völliges Ausspannen und ein Wechsel vonnöten seien. Bitte, teilen Sie das auch anderen Freunden mit, die sich dafür interessieren.‹

›Das werde ich tun‹, antwortete ich. ›Aber vielleicht könnten Sie mir freundlicherweise den Namen der Linie des Dampfers, auf dem er sich befindet, mitteilen und auch den Tag der Abreise. Ich bin überzeugt, daß ich ihm einen Brief zukommen lassen könnte.‹

Meine Bitte schien den Gastgeber zu verwirren und zu verärgern. Seine schweren Brauen runzelten sich und senkten sich über die Augen, und er trommelte ungeduldig mit den Fingern auf der Tischplatte. Schließlich sah er mich mit einem Blick an, mit dem man einen Gegner beim Schach bedenkt, der einen gefährlichen Zug gemacht hat, nachdem man zu einer Entscheidung gekommen ist, wie man dem begegnen kann.

›Manch einer, Mr. Dodd‹, sagte er, ›würde sich von Ihrer verfluchten Hartnäckigkeit beleidigt fühlen und denken, daß Ihre Beharrlichkeit die Grenze zu verdammter Unverschämtheit überschritten hat.‹

›Sie müssen es, Sir, meiner Zuneigung zu Ihrem Sohn zuschreiben.‹

›Sie sagen es. Und ich habe dem auch schon soweit wie möglich Rechnung getragen. Trotz allem muß ich Sie bitten, Ihre Nachforschungen einzustellen. Jede Familie hat ihre Intimitäten und Motive, die Außenstehenden nicht immer klargemacht werden können, so freundlich auch deren Beweggründe sein mögen. Meine Frau brennt darauf, etwas aus Godfreys Vergangenheit zu erfahren, und Sie können ihr Auskunft geben. Aber ich möchte Sie bitten, seine Gegenwart und seine Zukunft in Ruhe zu lassen. Derartige Nachforschungen sind nutzlos, Sir, und bringen uns nur in eine heikle und schwierige Lage.‹

Da war ich denn mit meinem Latein am Ende, Mr. Holmes. Es ging einfach nicht weiter. Mir blieb nichts übrig, als so zu tun, als akzeptierte ich die Situation, und ich leistete im Innern den Schwur, nicht zu ruhen, bis das Schicksal meines Freundes aufgeklärt sein würde. Es war ein unerfreulicher Abend. Wir drei dinierten schweigend in einem düsteren, alten Raum mit verblaßten Vorhängen. Die Dame befragte mich eifrig nach ihrem Sohn, der alte Mann aber war mürrisch und niedergeschlagen. Ich wurde über allem so verdrossen, daß ich mich, sobald sich eine passende Gelegenheit ergab, entschuldigte und in mein Schlafzimmer zurückzog. Es war ein großer, spärlich möblierter Raum im Erdgeschoß, düster wie das ganze Haus, aber nach einem Jahr Kampieren im Feld, Mr. Holmes, ist man nicht mehr wählerisch, was die Unterbringung angeht. Ich zog die Vorhänge zurück, blickte in den Garten hinaus und stellte fest, daß es eine schöne Nacht mit hellem Halbmond war. Dann setzte ich mich an den hellodernden Kamin, die Lampe neben mir auf dem Tisch, und versuchte, mich mit einem Roman abzulenken. Ralph, der alte Butler, störte mich, als er Kohlen brachte.

›Ich dachte mir, sie könnten während der Nacht knapp werden, Sir. Es ist bitterkalt draußen, und die Zimmer sind kühl.‹

Er zögerte, den Raum zu verlassen, und als ich mich umsah, stand er da mit einem nachdenklichen Ausdruck im faltigen Gesicht.

›Ich bitte um Verzeihung, Sir, aber ich habe zufällig gehört, was Sie beim Dinner von Master Godfrey sagten. Sie wissen, Sir, daß meine Frau ihn aufgezogen hat, und so kann ich sagen, ich bin sein Pflegevater. Da ist es nur natürlich, wenn wir uns für ihn interessieren. Sie sagten, er hat sich gut gehalten?‹

›Im ganzen Regiment gab es keinen tapfreren Mann. Einmal hat er mich aus dem Gewehrfeuer der Buren gerettet, sonst säße ich jetzt nicht hier.‹

Der alte Butler rieb sich die dürren Hände.

›Ja, Sir, ja, das ist ganz Master Godfrey. Er war immer mutig. Im ganzen Park, Sir, gibt es keinen Baum, auf den er nicht geklettert wäre. Nichts konnte ihn aufhalten. Er war ein prächtiger Junge – und er war, Sir, selbstverständlich ein prächtiger Mann.‹

Ich sprang aus dem Sessel.

›Was heißt das?‹ rief ich. ›Sie sagen, er *war*. Sie reden, als wäre er tot. Was sind das für Geheimnisse? Was ist mit Godfrey Emsworth geschehen?‹

Ich packte den alten Mann an der Schulter, aber der schrak vor mir zurück.

›Ich verstehe nicht, was Sie meinen, Sir. Fragen Sie den Herrn nach Master Godfrey. Er weiß Bescheid. Es steht mir nicht zu, mich einzumischen.‹

Er wollte das Zimmer verlassen, aber ich hielt ihn am Arm fest.

›Hören Sie zu‹, sagte ich. ›Ehe Sie hinausgehen, werden Sie mir eine Frage beantworten, und wenn ich Sie die ganze Nacht festhalten müßte. Ist Godfrey tot?‹

Er konnte mir nicht in die Augen blicken. Er war wie ein Hypnotisierter. Die Antwort kam ihm schwer über die Lippen. Es war eine fürchterliche und nicht erwartete Antwort.

›Wollte Gott, es wäre so!‹ rief er und riß sich los. Dann stürzte er aus dem Zimmer.

Sie können sich denken, Mr. Holmes, daß ich nicht mit freundlichen Gedanken zu meinem Sessel zurückkehrte. Die Worte des alten Mannes schienen mir nur eine Deutung zuzulassen. Für mich stand fest, daß mein armer Freund in irgendeine kriminelle oder doch wenigstens unehrenhafte Handlung verwickelt worden war und dadurch die Familienehre in Gefahr gebracht hatte. Der starre alte Mann hatte seinen Sohn aus dem Haus geschafft und vor der Welt verborgen, um einen Skandal zu verhüten. Godfrey war ein sorgloser Bursche. Er ließ sich leicht von seiner Umgebung beeinflussen. Zweifellos war er in schlechte Hände geraten und verführt worden. Wenn dem so sein sollte, dann war es eine erbärmliche Angelegenheit, aber auch jetzt noch sah ich es als meine Pflicht an, in aufzustöbern und festzustellen, ob ich ihm helfen könnte. Bekümmert überdachte ich noch die Angelegenheit, als ich aufblickte und Godfrey Emsworth vor mir sah.«

Mein Klient hielt inne, wie jemand, den eine tiefe Gemütsbewegung erfaßt hat.

»Fahren Sie bitte fort«, sagte ich. »Ihr Problem offenbart einige sehr ungewöhnliche Züge.«

»Er stand draußen am Fenster, Mr. Holmes, das Gesicht war gegen die Scheibe gepreßt. Ich sagte Ihnen schon, daß ich zuvor in die Nacht hinausgesehen hatte. Dabei hatte ich die Vorhänge nicht wieder ganz zugezogen. Jetzt erschien seine Gestalt in dem Spalt. Das Fenster reichte bis zum Fußboden, und so konnte ich ihn in ganzer Länge sehen. Aber es war sein Gesicht, das meinen Blick fesselte. Er war totenblaß – nie habe ich einen Menschen so weiß gesehen. So sehen vielleicht Gespenster aus; aber seine Augen trafen die meinen, und es waren die Augen eines Lebenden. Er sprang zurück, als er bemerkte, daß ich ihn entdeckt hatte, und verschwand in der Dunkelheit.

Etwas an dem Mann erschütterte mich, Mr. Holmes. Es war nicht nur das gespenstische Gesicht, das weiß wie ein Laken in der Dunkelheit schimmerte. Es war etwas schwer Faßbares – etwas Heimliches, etwas Verstohlenes, etwas Schuldbewußtes – jedenfalls etwas, das nicht zu dem offenherzigen, männlichen Burschen paßte, den ich kannte. Das ließ in mir ein Gefühl des Entsetzens zurück.

Aber wenn einer ein paar Jahre lang Soldat gespielt hat mit Bruder Bure als Spielgefährten, behält er die Nerven und handelt schnell. Godfrey war kaum verschwunden, als ich auch schon am Fenster stand. Es hatte einen widerwärtigen Haken, und es dauerte eine kleine Weile, bis ich das Fenster geöffnet hatte. Dann sprang ich hinaus und eilte den Gartenweg entlang, in die Richtung, von der ich dachte, er habe sie eingeschlagen.

Der Weg war lang und das Licht nicht sonderlich gut, aber mir schien, als ob sich etwas vor mir bewegte. Ich lief weiter und rief seinen Namen, aber vergebens. Am Ende verzweigte sich der Weg in mehrere Pfade, die zu einigen Nebengebäuden führten. Während ich noch zögernd dastand, hörte ich deutlich, wie eine Tür geschlossen wurde, nicht im Haus hinter mir, sondern vor mir, irgendwo in der Dunkelheit. Das genügte, Mr. Holmes, mich zu überzeugen, daß ich etwas Wirkliches gesehen und keine Erscheinung gehabt hatte. Godfrey war vor mir weggelaufen und hatte eine Tür hinter sich geschlossen. Dessen war ich mir sicher.

Ich konnte nichts weiter unternehmen und verbrachte eine unruhige Nacht, indem ich mir die Sache wieder und wieder durch den Kopf gehen ließ und versuchte, eine Theorie zu finden, die den Fakten gerecht würde. Am nächsten Tag fand ich den Colonel verbindlicher, und als seine Frau mir gegenüber bemerkte, es gebe im Umkreis manches Interessante zu sehen, nahm ich die Gelegenheit wahr, zu fragen, ob man meine Gegenwart unter ihrem Dach für eine weitere Nacht beschwerlich finden würde. Eine recht mürrische Einwilligung des alten Mannes verschaffte mir einen freien Tag, so daß ich meine Beobachtungen anstellen konnte. Ich war schon völlig davon überzeugt, daß sich Godfrey irgendwo in der Nähe versteckt hielt, aber die Frage nach dem Wo und dem Warum blieb noch zu lösen.

Das Haus ist so groß und weitläufig, man hätte ein ganzes Regiment darin verstecken können. Wenn das Geheimnis in ihm liegen sollte, dann würde es schwerfallen, es zu lüften. Aber die Tür, die ich hatte gehen hören, befand sich auf keinen Fall im Haus. Ich mußte also den Garten erkunden und abwarten, was ich dort entdeckte. Schwierigkeiten stellten sich mir nicht in den Weg, denn die alten Leute waren alle auf ihre Weise beschäftigt und überließen mich ganz meinem Belieben.

Es gibt einige kleine Nebengebäude, doch am Ende des Gartens liegt ein einzelnes, etwas größeres Haus – groß genug, einem Gärtner oder Wildhüter als Wohnung zu dienen. War das Geräusch einer sich schließenden Tür vielleicht von dort gekommen? Ich näherte mich möglichst gleichgültig, als schlenderte ich ziellos über das Grundstück. Da trat ein kleiner, bärtiger, lebhafter Mann in schwarzem Mantel und mit einem steifen Hut auf dem Kopf – ganz und gar nicht der Typ eines Gärtners – aus der Tür. Zu meiner Überraschung schloß er hinter sich ab und steckte den Schlüssel in die Tasche. Dann sah er mich erstaunten Gesichts an.

›Sind Sie zu Besuch hier?‹ fragte er.

Ich erklärte ihm, ich sei ein Besucher, ein Freund von Godfrey. ›Schade ist nur‹, fuhr ich fort, ›daß er sich auf Reisen befindet, denn er hätte mich sehr gern gesehen.‹

›Ganz recht. So ist es‹, sagte er, und er sah dabei ziemlich schuldbewußt drein. ›Sicherlich werden Sie Ihren Besuch zu einem günstigeren Zeitpunkt wiederholen.‹

Er ging weiter, aber als ich mich umdrehte, sah ich, daß er stehengeblieben war und mich beobachtete, halbverdeckt von den Lorbeerbüschen am anderen Ende des Gartens.

Ich ging an der Hütte vorüber und sah sie mir genau an. Aber die Fenster waren dicht verhangen und sie stand nach meinem Eindruck leer. Ich hätte mir das eigene Spiel verderben und sogar des Hauses verwiesen werden können, wenn ich zu verwegen gewesen wäre; denn ich war mir bewußt, daß ich noch immer beobachtet wurde. So schlenderte ich zum Haus zurück und wartete den Abend ab, ehe ich meine Untersuchung fortsetzte. Als alles dunkel und still war, schlüpfte ich aus dem Fenster meines Zimmers und machte mich so leise wie möglich auf den Weg zu der geheimnisvollen Hütte.

Ich sagte, daß die Fenster dicht verhangen waren. Jetzt stellte ich fest, daß man sie zusätzlich mit Läden gesichert hatte. Dennoch fiel ein dünner Lichtschein aus einem der Fenster, und auf dieses konzentrierte ich meine Aufmerksamkeit. Glücklicherweise war der Vorhang nicht gänzlich geschlossen, und im Fensterladen befand sich ein Spalt, so daß ich in das Innere eines Zimmers blicken konnte. Es war ein recht freundlicher Raum mit einer hell brennenden Lampe und einem lodernden Feuer. Mir gegenüber saß der kleine Mann, den ich am Morgen gesehen hatte. Er rauchte Pfeife und las Zeitung ...«

»Welche Zeitung?«

Meinen Klienten schien die Unterbrechung seiner Erzählung zu ärgern.

»Tut das etwas zur Sache?« fragte er.

»Es ist äußerst wichtig.«

»Darauf habe ich nun wirklich nicht geachtet.«

»Vielleicht erinnern Sie sich, ob es sich um eine großformatige Zeitung handelte oder um einen kleineren Typ, den etwa die Wochenzeitschriften bevorzugen.«

»Jetzt, da Sie es erwähnen, würde ich sagen, sie war nicht groß. Es könnte der *Spectator* gewesen sein. Wie dem auch sei, mir stand der Kopf nicht danach, auf solche Kleinigkeiten zu achten, denn mit dem

Rücken zum Fenster saß ein zweiter Mann, und ich hätte schwören können, daß dieser zweite Mann Godfrey war. Sein Gesicht konnte ich zwar nicht sehen, aber der Umriß der Schultern war mir vertraut. In einer Haltung tiefer Schwermut hielt er den Kopf in die Hände gestützt und den Körper dem Feuer zugewandt. Ich überlegte noch, was ich tun sollte, als mir jemand heftig auf die Schulter klopfte. Neben mir stand Colonel Emsworth.

›Kommen Sie mit mir, Sir!‹ sagte er leise. Schweigend ging er auf das Haus zu, und ich folgte ihm. Er begleitete mich in mein Schlafzimmer, nachdem er einen Fahrplan vom Tisch in der Halle genommen hatte.

›Um acht Uhr dreißig fährt ein Zug nach London‹, sagte er. ›Der Trap wird um acht vor der Tür stehen.‹

Er war weiß vor Wut, aber ich fühlte mich in einer so schwierigen Lage, daß ich nur ein paar unzusammenhängende Entschuldigungen stammeln konnte, in denen ich erklärte, die Sorge um meinen Freund habe mich getrieben.

›Die Sache verträgt keine Diskussion‹, sagte er kurz angebunden. ›Sie haben sich auf eine höchst verdammenswerte Weise in das Privatleben meiner Familie eingemischt. Sie waren Gast und sind zum Spion geworden. Ich habe Ihnen nichts mehr zu sagen, Sir, ausgenommen, daß ich nicht den Wunsch verspüre, Sie jemals wiederzusehen.‹

In diesem Augenblick verlor ich meine Zurückhaltung und antwortete einigermaßen hitzig:

›Ich habe Ihren Sohn gesehen, und ich bin davon überzeugt, daß Sie ihn in Ihrem eigenen Interesse vor der Welt verstecken. Ich weiß nicht im geringsten, aus welchen Motiven Sie ihn so von allem abschneiden, aber ich bin sicher, daß er nicht mehr

Herr seines Willens ist. Ich erkläre Ihnen hiermit, Colonel Emsworth, daß ich so lange nicht in meinen Anstrengungen, dem Geheimnis auf den Grund zu kommen, nachlassen werde, bis ich von der Sicherheit und dem Wohlergehen meines Freundes überzeugt bin, und daß ich mich durch nichts, was Sie sagen oder unternehmen, einschüchtern lassen werde.‹

Der alte Bursche sah teuflisch drein, und ich dachte tatsächlich, er stünde kurz davor, sich auf mich zu stürzen. Ich sagte schon, er ist ein hagerer, grimmiger alter Riese, und wenn ich auch kein Schwächling bin, so wäre es mir vielleicht doch schwergefallen, gegen ihn zu bestehen. Jedenfalls machte er auf dem Absatz kehrt und verließ das Zimmer, nachdem er mir einen langen wütenden Blick zugeworfen hatte. Ich für meinen Teil nahm am Morgen den Zug, den er mir genannt hatte, mit dem festen Vorsatz, Sie sofort aufzusuchen und um Rat und Hilfe zu bitten.«

Das war der Fall, den mein Besucher vor mir ausgebreitet hatte. Ihn zu lösen, gab es, wie der gewitzte Leser inzwischen schon mitbekommen haben wird, wenig Schwierigkeiten, denn mit einer sehr kleinen Auswahl von Alternativen mußte man zur Wurzel der Angelegenheit vorstoßen können. Dennoch bot er, so einfach er war, interessante und neuartige Züge, und das macht erklärlich, weshalb ich ihn aufzeichne.

Nun, ich begann mit der Anwendung meiner Methode logischer Analyse, um die Zahl der möglichen Lösungen des Falles herunterzusetzen.

»Die Diener«, fragte ich, »wie viele gibt es in dem Haus?«

»Nach allem, was ich weiß, haben sie nur den alten Butler mit seiner Frau. Man scheint dort sehr einfach zu leben.«

»Dann wohnt also in dem einzeln stehenden Haus kein Diener?«

»Nein, es sei denn, der kleine Mann mit dem Bart betätigt sich als solcher. Aber der schien mir etwas Besseres zu sein.«

»Das klingt sehr einleuchtend. Gab es Anzeichen dafür, daß Essen von dem einen Haus in das andere gebracht wird?«

»Da Sie es erwähnen, fällt mir ein, daß ich den alten Ralph mit einem Korb durch den Garten in Richtung des kleinen Hauses habe gehen sehen. Daß es Essen sein könnte, war mir in dem Moment nicht in den Sinn gekommen.«

»Haben Sie irgendwelche Nachforschungen in der Umgebung angestellt?«

»Ja. Ich sprach mit dem Stationsvorsteher und auch mit dem Gastwirt im Dorf. Ich habe sie einfach gefragt, ob sie etwas über meinen alten Freund Godfrey Emsworth wüßten. Beide versicherten mir, er sei auf eine Reise um die Welt gegangen. Er sei nach Hause zurückgekehrt und unmittelbar danach wieder aufgebrochen. Die Geschichte ist offenbar allgemein geglaubt worden.«

»Und Sie haben nicht von Ihrem Verdacht gesprochen?«

»Nein.«

»Das war sehr weise. Man sollte der Sache sicherlich nachgehen. Ich werde mit Ihnen nach ›Tuxbury Old Park‹ zurückfahren.«

»Heute noch?«

Nun war ich in diesen Tagen mit der Klärung eines Falles beschäftigt, in den der Duke of Greyminster tief verstrickt war; mein Freund Watson hat ihn in der Geschichte ›Die Internatsschule‹ beschrieben. Außerdem hatte ich einen Auftrag vom türkischen Sultan, der augenblickliches Handeln erforderlich machte, da politische Konsequenzen ernstester Natur drohten, wenn er hintangesetzt worden wäre. So konnte ich erst – wie mein Tagebuch ausweist – zu Beginn der folgenden Woche gemeinsam mit Mr. James M. Dodd die Reise nach Bedfordshire antreten. Auf der Fahrt nach Euston lasen wir einen würdigen, schweigsamen Herrn von eisengrauer Erscheinung auf, mit dem ich die notwendigen Abmachungen getroffen hatte.

»Ein alter Freund«, sagte ich zu Dodd. »Möglicherweise ist seine Anwesenheit gänzlich unnötig, andererseits könnte es lebenswichtig sein, daß er mit uns fährt. Zum jetzigen Zeitpunkt scheint es mir nicht erforderlich, die Angelegenheit näher zu erklären.«

Watsons Erzählungen haben den Leser an die Tatsache gewöhnt, daß ich mit Worten nicht verschwenderisch umgehe, noch meine Gedanken enthülle, während ein Fall sich in der Schwebe befindet. Dodd schien überrascht, aber es wurde kein Wort mehr darüber verloren, und wir drei setzten die Reise zusammen fort. Schließlich stellte ich Dodd doch eine Frage, weil ich wollte, daß unser Begleiter sie hörte.

»Sie sagten, Sie hätten das Gesicht Ihres Freundes ganz klar am Fenster gesehen, so deutlich, daß Sie sicher sind, was seine Identität angeht?«

»Darin besteht für mich überhaupt kein Zweifel. Er hatte die Nase an die Scheibe gedrückt. Das Licht der Lampe fiel voll auf ihn.«

»Es kann also nicht jemand gewesen sein, der ihm ähnlich sah?«

»Nein, nein, das war er selbst.«

»Aber Sie sagten, er wirkte verändert.«

»Nur sein Teint. Sein Gesicht war weiß – wie soll ich es nur beschreiben? – wie der Bauch eines Fisches. Es war wie gebleicht.«

»War es überall gleich blaß?«

»Das weiß ich nicht. Ich habe nur die Stirn ganz klar gesehen, als er das Gesicht gegen die Fensterscheibe preßte.«

»Haben Sie ihm etwas zugerufen?«

»Ich war so überrascht und entsetzt in dem Augenblick. Ich lief ihm dann hinterher, wie ich Ihnen schon berichtete. Doch ohne Erfolg.«

Ich hatte meinen Fall nun praktisch beisammen, benötigte nur noch eine Nebensächlichkeit, um ihn abzurunden. Als wir dann nach einer ziemlich langen Fahrt das seltsame, weitläufige alte Haus, das mein Klient beschrieben hatte, erreichten, öffnete Ralph, der greise Butler, die Tür. Ich hatte den Wagen für den ganzen Tag gemietet und meinen guten Freund gebeten, in ihm sitzenzubleiben, bis wir ihn rufen sollten. Ralph, ein kleiner, verschrumpelter Bursche, stak in der herkömmlichen Tracht der Butler: schwarze Jacke und Pfeffer-und-Salz-Hose – mit einer seltsamen Abweichung. Er trug braune Lederhandschuhe, die er sofort von den Fingern pflückte und auf den Tisch in der Halle legte, als er unser ansichtig wurde. Wie mein Freund Watson vielleicht schon angemerkt haben wird, verfüge ich über einen Satz außergewöhnlich geschärfter Sinne, und so nahm ich einen schwachen, dennoch durchdringenden Geruch wahr. Er schien von diesem Tisch zu kommen. Ich drehte mich um, legte meinen Hut dort ab, warf ihn hinunter, bückte mich, um ihn aufzuheben, und war bemüht, meine Nase auf einen Fuß Entfernung an die Handschuhe heranzubringen. Ja, der seltsame teerartige Geruch ging ohne Zweifel von ihnen aus. So machte ich mich auf den Weg in das Arbeitszimmer in dem Bewußtsein, meinen Fall ganz beisammenzuhaben. Schade, daß ich meine Karten aufdecken muß, wenn ich meine eigene Geschichte erzähle! Gerade dadurch, daß Watson solche Kettenglieder unterschlagen durfte, war es ihm möglich, zu derart verführerischen Erzählungsschlüssen zu gelangen.

Colonel Emsworth war nicht in seinem Zimmer, aber er kam schnell, nachdem er Ralphs Mitteilung erhalten hatte. Wir hörten seinen eiligen, schweren Schritt im Flur. Die Tür wurde aufgerissen, und er stürmte herein, mit gesträubtem Bart und verzerrten Zügen – der schrecklichste alte Mann, den ich je gesehen habe. In der Hand hielt er unsere Visitenkarten, und er zerriß sie und stampfte auf den Schnipseln herum.

»Habe ich Ihnen nicht das Betreten meines Grund und Bodens verboten, Sie verfluchter Schnüffler? Sie wagen es, Ihr verdammtes Gesicht hier sehen zu lassen! Wenn Sie noch einmal ohne Erlaubnis hereinkommen, mache ich von meinem Hausrecht Gebrauch und wende Gewalt an. Ich werde Sie erschießen, Sir! bei Gott, erschießen! Und nun zu Ihnen, Sir!« Er wandte sich an mich. »Ihnen gegenüber spreche ich dieselbe Warnung aus. Ich weiß über Ihren schäbigen Beruf Bescheid. Tummeln Sie Ihre hochgeschätzten Talente gefälligst woanders. Hier sind Sie fehl am Platz.«

»Ich kann nicht weggehen«, sagte mein Klient fest, »bis ich nicht von Godfreys eigenen Lippen gehört habe, daß er keinem Zwang unterworfen ist.«

Unser unfreiwilliger Gastgeber klingelte.

»Ralph«, sagte er, »rufen Sie die Polizei an und bitten Sie den Inspektor, zwei Konstabler zu uns zu schicken. Sagen Sie ihm, es sind Einbrecher im Haus.«

»Moment mal«, sagte ich. »Mr. Dodd, Sie müssen sich darüber im klaren sein, daß Colonel Emsworth im Recht ist und wir keinerlei rechtlichen Status in diesem Haus in Anspruch nehmen können. Andererseits sollte er zur Kenntnis nehmen, daß unser Vorgehen einzig der Sorge um seinen Sohn entspringt. Ich wage zu hoffen, seinen Standpunkt ändern zu können, wenn er mir fünf Minuten zu einer Unterhaltung mit ihm zugesteht.«

»Mich bekommt man nicht so leicht herum«, sagte der alte Soldat. »Ralph, tun Sie, was ich Ihnen befohlen habe. Auf was, zum Teufel, warten Sie noch? Rufen Sie die Polizei an.«

»Daraus wird nichts«, sagte ich und lehnte mich mit dem Rücken gegen die Tür. »Jede Einmischung der Polizei würde genau die Katastrophe heraufbeschwören, die Sie fürchten.« Ich zog mein Notizbuch aus der Tasche und schrieb ein Wort auf ein loses Blatt. »Deshalb«, sagte ich, als ich es Colonel Emsworth reichte, »sind wir gekommen.«

Er starrte auf das Geschriebene mit einem Gesicht, aus dem außer Bestürzung jeglicher Ausdruck geschwunden war.

»Woher wissen Sie das?« stieß er hervor und ließ sich schwer in einen Sessel fallen.

»Es ist mein Beruf, Dinge zu wissen. Es ist mein Gewerbe.«

Gedankenverloren saß der alte Mann da, und seine hagere Hand zerrte an dem unordentlich gewachsenen Bart. Dann machte er eine Geste der Resignation.

»Wenn Sie Godfrey sehen wollen – Sie sollen Ihren Willen haben. Es ist nicht mein Entschluß, Sie zwingen mich. Ralph, sagen Sie Mr. Godfrey und Mr. Kent, daß wir in fünf Minuten bei ihnen sein werden.«

Als diese Zeit verstrichen war, betraten wir den Pfad und gelangten zu dem geheimnisvollen Haus am äußersten Ende des Gartens.

Ein kleiner bärtiger Mann stand vor der Tür; auf seinem Gesicht spiegelte sich großes Erstaunen.

»Das kommt plötzlich, Colonel Emsworth«, sagte er. »Das bringt alle unsere Pläne durcheinander.«

»Ich kann es nicht ändern, Mr. Kent. Man hat uns gezwungen. Kann Mr. Godfrey uns empfangen?«

»Ja, er wartet im Haus.«

Wir wurden in ein großes, einfach möbliertes Zimmer geführt. Ein Mann stand mit dem Rücken zum Feuer, und als mein Klient ihn erblickte, sprang er ihm mit ausgestreckten Armen entgegen.

»Godfrey, Alter, das ist schön!«

Aber der andere machte ihm Zeichen, zurückzubleiben.

»Rühr mich nicht an, Jimmie. Bleib auf Distanz. Ja, betrachte mich nur richtig! Ich sehe wohl nicht mehr aus wie der smarte Gefreite Emsworth von der Schwadron B, wie?«

Sein Aussehen war denn auch außergewöhnlich. Man konnte noch erkennen, daß er einmal ein hübscher Mann mit klargeschnittenen, von der Sonne Afrikas gebräunten Zügen gewesen war. Aber der dunklere Untergrund war mit seltsamen weißlichen Flecken gesprenkelt, die den Eindruck hervorriefen, als wäre seine Haut gebleicht.

»Deshalb empfange ich keine Besucher«, sagte er. »Daß du mich siehst, macht mir nichts aus, aber auf deinen Freund da hätte ich verzichten können. Ich nehme an, du hast ihn aus gutem Grund mitgebracht, aber mich hast du damit in eine ungünstige Lage versetzt.«

»Ich wollte sichergehen, daß alles mit dir in Ordnung ist, Godfrey. Ich hatte dich in der Nacht gesehen, als du durch mein Fenster gucktest, und ich konnte die Angelegenheit nicht auf sich beruhen lassen, mußte sie aufklären.«

»Der alte Ralph hatte mir gesagt, daß du da bist, und ich konnte es mir nicht verkneifen, einen Blick auf dich zu werfen. Ich hoffte, du würdest mich nicht sehen, und ich mußte in meinen Bau zurückrennen, als ich hörte, wie das Fenster aufging.«

»Aber was ist denn um Gottes willen geschehen?«

»Das ist schnell erzählt«, sagte er und zündete sich eine Zigarette an. »Erinnerst du dich an das Gefecht am Morgen bei Buffelsspruit in der Nähe von Pretoria, an der östlichen Eisenbahnlinie? Weißt du, daß ich verwundet wurde?«

»Ja, ich hörte davon, habe aber nie die Einzelheiten erfahren.«

»Vielleicht erinnerst du dich, es war ein sehr verwüsteter Landstrich. Wir wurden zu dritt von den anderen abgeschnitten: Simpson – der Bursche, den wir immer Kahlkopf-Simpson genannt haben –, Anderson und ich. Wir wollten die Buren vertreiben, aber sie krallten sich fest, und sie kriegten uns drei zu packen. Die beiden anderen wurden getötet. Ich bekam einen Schuß aus einer Elefantenbüchse durch die Schulter. Ich klammerte mich an meinem Pferd fest, und das galoppierte ein paar Kilometer; da verlor ich das Bewußtsein und fiel aus dem Sattel.

Als ich zu mir kam, war die Abenddämmerung hereingebrochen. Ich rappelte mich hoch und fühlte mich sehr schwach und krank. Zu meiner Überraschung stand in der Nähe ein Haus, ein ziemlich großes Haus mit vielen Fenstern und einer breiten Freitreppe. Es war schrecklich kalt. Du erinnerst dich an die betäubende Kälte, die abends aufkam, die entsetzliche, krank machende Kälte, die so ganz anders ist als ein frischer, gesunder Frost. Nun, die Kälte war mir bis ins Mark gedrungen, und meine ganze Hoffnung schien nur noch darin zu liegen, das Haus zu erreichen. Ich raffte mich auf und schleppte mich weiter. Ich wußte kaum, was ich tat. Ich habe eine dunkle Erinnerung daran, wie ich langsam die Stufen hinaufstieg, durch eine weitgeöffnete Tür ging, einen großen Raum betrat, in dem verschiedene Betten standen, und wie ich mich mit einem Seufzer der Erleichterung in eines der Betten warf. Es war nicht gemacht, aber das kümmerte mich nicht im geringsten. Ich zog die Decken über meinen zitternden Körper, und eine Sekunde später war ich eingeschlafen.

Es war Morgen, als ich erwachte, und da schien es mir, als sei ich statt in eine Welt voll Gesundheit in einen ganz ungewöhnlichen Alptraum hineingeraten. Die afrikanische Sonne durchflutete die großen, gardinenlosen Fenster, und jede Einzelheit des weiten, nackten, weißgestrichenen Schlafsaals war hart und klar abgezeichnet. Vor mir stand ein zwergenhafter Mann mit einem riesigen, aufgeblähten Kopf, der aufgeregt holländisch plapperte und dabei mit zwei schrecklich aussehenden Händen fuchtelte, die mir wie braune Schwämme vorkamen. Hinter ihm stand eine Gruppe von Leuten, die sich anscheinend über die Situation höchlich amüsierte, und als ich sie näher betrachtete, überlief mich ein Schauer. Nicht einer von ihnen war ein normales menschliches Wesen. Jeder war verrenkt oder angeschwollen oder auf sonst eine Weise entstellt. Das Gelächter dieser sonderbaren Abnormitäten war schrecklich anzuhören.

Es schien, als spräche keiner Englisch, aber die Situation mußte geklärt werden, denn die Kreatur mit dem großen Kopf wurde furchtbar wild und legte, während sie tierische Schreie ausstieß, ihre deformierten Hände an mich und wollte mich aus dem Bett zerrren, ohne sich um das Blut zu kümmern, das aus meiner frisch aufgebrochenen Wunde strömte. Das kleine Ungeheuer war stark wie ein Bulle, und ich weiß nicht, was er mir angetan hätte, wäre nicht ein älterer Mann, offensichtlich eine Autorität, durch den Tumult in den Raum gelockt worden. Er sagte ein paar strenge Worte auf Holländisch, und mein Peiniger ließ von mir ab. Dann wandte er sich mir zu und betrachtete mich äußerst verwundert.

›Wie um alles in der Welt sind Sie hier hereingekommen?‹ fragte er erstaunt. ›Antworten Sie nicht! Ich sehe gerade, daß Sie erschöpft sind und Ihre verwundete Schulter Behandlung braucht. Ich bin Arzt und werde Sie sogleich verbunden haben. Aber, beim lebendigen Gott!, Sie befinden sich hier in größerer Gefahr, als Sie es je auf dem Schlachtfeld waren. Sie sind in einem Lepra-Hospital und haben im Bett eines Leprösen geschlafen.‹

Muß ich dir noch mehr erzählen, Jimmie? Anscheinend waren diese armen Geschöpfe am Tag zuvor wegen der herannahenden Schlacht evakuiert worden. Dann, als die Briten vorgingen, hatte ihr medizinischer Betreuer sie wieder zurückgebracht, der mir jetzt versicherte, er hätte nie gewagt, zu tun, was ich getan hatte, obwohl er glaube, er sei immun gegen die Seuche. Er legte mich in ein Privatzimmer, behandelte mich freundlich, und nach einer Woche wurde ich in das allgemeine Krankenhaus von Pretoria überführt.

Jetzt kennst du meine Tragödie. Ich hoffte gegen alle Hoffnung, und es dauerte, bis ich meine Heimat erreichte; da sagten mir die schrecklichen Anzeichen, die du auf meinem Gesicht sehen kannst: Ich war nicht davongekommen. Was sollte ich tun? Ich befand mich in diesem einsamen Haus. Wir haben zwei Bedienstete, denen wir völlig vertrauen können. Wir hatten ein Haus, in dem ich leben konnte.

Unterm Siegel der Verschwiegenheit wurde Mr. Kent, der Chirurg ist, darauf vorbereitet, bei mir zu bleiben. Alles schien auf diese Weise ganz einfach. Die andere Möglichkeit war fürchterlich: Absonderung für den Rest des Lebens, ein Leben unter Fremden, ohne die Hoffnung, jemals wieder davon wegzukommen. Aber absolute Geheimhaltung war vonnöten, sonst hätte es selbst in dieser ruhigen Landgegend einen Aufschrei gegeben und man hätte mich dem schrecklichen Urteil überantwortet. Sogar du, Jimmie, sogar du mußtest im Dunkel gelassen werden. Warum mein Vater anders entschieden hat, kann ich mir nicht vorstellen.«

Colonel Emsworth deutete auf mich.

»Das ist der Gentleman, der mich zwang.« Er entfaltete das Blatt, auf das ich das Wort ›Lepra‹ geschrieben hatte. »Mir schien, er wisse so viel, daß es sicherer wäre, ihn in alles einzuweihen.«

»So war es«, sagte ich. »Und wer weiß, ob das nicht gut war. Soviel ich nun erfahren habe, hat sich nur Mr. Kent den Patienten angesehen. Darf ich Sie fragen, Sir, ob Sie Spezialist für solche, wenn ich recht sehe, Leiden tropischer oder subtropischer Herkunft sind?«

»Ich besitze die normale Kenntnis eines ausgebildeten Mediziners«, stellte er ziemlich steif fest.

»Ich hege keinen Zweifel an Ihrer Kompetenz, Sir, aber ich bin auch davon überzeugt, Sie stimmen mir zu, daß in einem solchen Fall eine zweite Meinung nützlich wäre. Dem sind Sie bisher aus dem Weg gegangen, weil Sie fürchteten, Sie könnten sich einem Druck ausgesetzt sehen, den Patienten absondern zu müssen.«

»Das stimmt«, sagte Colonel Emsworth.

»Ich habe diese Situation vorausgesehen«, erklärte ich, »und deshalb einen Freund mitgebracht, auf dessen absolute Verschwiegenheit Sie rechnen dürfen. Ich habe ihm auf meinem Gebiet einmal einen Dienst leisten können, und jetzt ist er bereit, seinen Rat zu erteilen, eher als Freund denn als Fachmann. Sein Name ist Sir James Saunders.«

Die Aussicht auf eine Unterhaltung mit Lord Roberts würde in einem erfahrenen Untergebenen nicht mehr Staunen und Freude hervorgerufen haben als dieser Vorschlag jetzt bei Mr. Kent, was dessen Gesicht deutlich widerspiegelte.

»Ich würde mich wirklich sehr geehrt fühlen«, murmelte er.

»Dann werde ich Sir James bitten, daß er kommt. Im Augenblick befindet er sich im Wagen draußen vorm Tor. In der Zwischenzeit, Colonel Emsworth, könnten wir uns in Ihrem Arbeitszimmer zusammenfinden, denn ich möchte Ihnen die notwendigen Erklärungen geben.«

Und hier nun fehlt mir mein Watson. Durch schlaue Fragen und bewundernde Ausrufe könnte er meine einfältige Kunst, die nichts ist als ein in ein System gebrachter gesunder Menschenverstand, ins Wunderbare erheben. Indem ich meine eigene Geschichte erzähle, muß ich solcher Unterstützung entbehren. Und doch will ich meine Gedankenkette hier genauso wiedergeben, wie ich sie vor dem kleinen Zuhörerkreis, zu dem auch Godfreys Mutter gehörte, in Colonel Emsworths Arbeitszimmer ausbreitete.

»Dieser Prozeß«, sagte ich, »basiert auf der Voraussetzung, daß, was übrigbleibt, wenn man alles Unmögliche abgezogen hat, die Wahrheit sein muß, wie unmöglich sie auch erscheinen mag. Es kann vorkommen, daß verschiedene Erklärungsmöglichkeiten übrigbleiben, und in einem solchen Fall muß man sie eine nach der anderen prüfen, bis die eine oder die andere genügend überzeugende Stützung erhält. Wenden wir nun dieses Prinzip auf unseren Fall an. Als er mir zum ersten Mal dargelegt wurde, sah ich drei mögliche Erklärungen für das Absondern des Gentleman, oder seiner Gefangenschaft, in einem Nebengebäude des Hauses seines Vaters. Entweder versteckte er sich wegen eines begangenen Verbrechens, oder er war geisteskrank, und man wollte nicht, daß er in eine Anstalt eingewiesen wurde, oder der Grund seiner Isolierung war eine ansteckende Krankheit. Andere hinreichende Lösungen konnte ich mir nicht vorstellen. Diese drei also mußten geprüft und gegeneinander abgewogen werden.

Die Möglichkeit, daß er ein Verbrechen begangen haben sollte, hielt der Prüfung nicht stand. Kein unaufgeklärtes Verbrechen war aus diesem Bezirk gemeldet worden. Dessen habe ich mich versichert. Hätte es sich um ein noch nicht entdecktes Verbrechen gehandelt, dann wäre die Familie daran interessiert gewesen, sich des Täters zu entledigen, und sie hätte ihn eher ins Ausland geschickt, als auf dem eigenen Anwesen versteckt. Ich fand also keine schlüssige Erklärung für den ersteren Grund.

Geisteskrankheit war da schon plausibler. Die Anwesenheit einer zweiten Person in dem Nebengebäude ließ an einen Wärter denken. Die Tatsache, daß der Mann hinter sich absperrte, als er das Haus verließ, unterstützte die Annahme und legte den Gedanken an zwangsweise Einschränkung nahe. Andererseits aber konnte die Einschränkung nicht streng gehandhabt worden sein, denn wie sonst hätte sich der junge Mann befreien können, um einen Blick auf seinen Freund zu werfen. Sie werden sich erinnern, Mr. Dodd, daß ich nach Anhaltspunkten suchte und Sie zum Beispiel fragte, welche Zeitung Mr. Kent gelesen habe. Wäre es *Lancet* oder das *British Medical Journal* gewesen, so hätte das für mich eine Hilfe bedeutet. Es ist nicht gesetzwidrig, einen Geisteskranken auf privatem Grund und Boden leben zu lassen, solange sich qualifizierte Leute um ihn kümmern und die Behörden verständigt worden sind. Aber warum all dieses verzweifelte Bemühen um Geheimhaltung? Wieder gelang es mir nicht, die Theorie mit den Tatsachen in Übereinstimmung zu bringen.

So blieb nur die dritte Möglichkeit, auf die, so selten und unwahrscheinlich sie sein mochte, alles zu passen schien. Lepra ist in Südafrika nicht ungewöhnlich. Durch irgendeinen außergewöhnlichen Zufall hätte der junge Mann sich angesteckt haben können. So wäre seine Familie in eine schreckliche Lage geraten, wenn sie den Wunsch hegte, ihn vor einer Aussonderung zu bewahren. Um Gerüchte und nachfolgendes Eingreifen der Behörden zu vermeiden, mußte strikte Geheimhaltung gewahrt werden. Ein ergebener Mediziner, der sich des Leidenden annahm, konnte leicht gefunden werden, wenn man gut bezahlte. Und es hätte auch kein Grund bestanden, den Kranken nach Einbruch der Dunkelheit an freier Bewegung zu hindern. Bleichen der Haut ist eine verbreitete Folge dieser Seuche. Die Wahrscheinlichkeit war also groß, so groß, daß ich mich entschloß, zu handeln, als wäre ein Beweis schon gefunden. Als ich dann bei meiner Ankunft bemerkte, daß Ralph, der dem Kranken das Essen brachte, Handschuhe trug, die mit Desinfektionsmittel getränkt waren, schwanden meine letzten Zweifel. Ein einziges Wort bewies Ihnen, Sir, daß Ihr Geheimnis entdeckt war, und es sollte Sie auch davon überzeugen, daß Sie meiner Verschwiegenheit vertrauen können.«

Ich war gerade dabei, meine kleine Analyse des Falles zu beenden, als sich die Tür öffnete und die strenge Gestalt des bedeutenden Dermatologen erschien. Doch diesmal waren seine sphinxhaften Züge entspannt, und in seinen Augen stand warme Menschlichkeit. Er trat zu Colonel Emsworth und schüttelte ihm die Hand.

»Es ist oft mein Los, schlechte Nachrichten zu überbringen, selten sind es gute«, sagte er. »So ist mir diese Gelegenheit um so willkommener. Es ist nicht Lepra.«

»Wie!«

»Ein ausgeprägter Fall von Pseudolepra oder Ichthyosis, eine schuppenähnliche Affektion der Haut, häßlich, hartnäckig, aber heilbar und auf keinen Fall ansteckend. Ja, Mr. Holmes, ein bemerkenswertes Zusammentreffen. Aber ist es überhaupt ein Zusammentreffen? Sind da nicht Kräfte am Werk, von denen wir wenig wissen? Wissen wir denn, ob nicht die Ängste, unter denen dieser junge Mann zweifellos gelitten hat, seit er der Ansteckung ausgesetzt war, die körperliche Wirkung hervorgebracht haben, die er fürchtete? Jedenfalls setze ich meine berufliche Reputation … Aber die Dame ist in Ohnmacht gefallen! Ich denke, es wäre gut, wenn Mr. Kent sich um sie kümmerte, bis sie sich von dem freudigen Schreck erholt hat.«

Der Mazarin-Stein

Dr. Watson fand es angenehm, wieder einmal in dem unaufgeräumten Zimmer in der ersten Etage des Hauses in der Baker Street zu sein, das Ausgangspunkt so vieler bemerkenswerter Abenteuer gewesen war. Er blickte sich im Raum um, sah die wissenschaftlichen Tabellen an den Wänden, den säurezerfressenen Experimentiertisch mit den Chemikalien, den Geigenkasten, der in einer Ecke stand, die Kohlenschütte, in der seit je die Pfeifen und der Tabak aufbewahrt wurden. Schließlich fiel sein Blick auf das frische, lächelnde Gesicht Billys, des sehr gescheiten und taktvollen jungen Dieners, der ein wenig dazu beigetragen hatte, den Abgrund aus Einsamkeit und Isolation, der den schwermütigen großen Detektiv umgab, aufzufüllen.

»Alles scheint unverändert, Billy. Sie ändern sich auch nicht. Hoffentlich kann man das auch von ihm sagen.«

Billy blickte ziemlich besorgt auf die geschlossene Tür zum Schlafzimmer.

»Ich nehme an, er liegt im Bett und schläft«, sagte er.

Es war sieben Uhr abends, ein lieblicher Sommertag, doch Dr. Watson kannte die Unregelmäßigkeit, mit der sein alter Freund die Zeit behandelte, gut genug, um bei dieser Eröffnung kein Erstaunen zu verspüren.

»Ich schließe daraus, daß er an einem Fall arbeitet.«

»Ja, Sir. Er ist gerade hart am Ball. Ich mache mir Sorgen um seine Gesundheit. Er wird blasser und dünner, und er ißt nichts. ›Wann soll ich das Dinner fertig haben, Mr. Holmes?‹ fragte Mrs. Hudson. ›Übermorgen um halb acht‹, hat er da geantwortet. Sie wissen ja, wie er sich aufführt, wenn die Fährte heiß ist.«

»Ja, Billy, das weiß ich.«

»Er beschattet irgend jemanden. Gestern ging er als Arbeiter auf die Straße, der einen Job sucht, heute war er als alte Frau verkleidet. Fast hätte er mich überlistet, wirklich, und dabei sollte ich doch inzwischen seine Mittel kennen.« Billy deutete grinsend auf einen bauschigen Sonnenschirm, der am Sofa lehnte. »Das ist ein Stück von dem Altweiber-Kostüm.«

»Aber worum geht es denn, Billy?«

Billy dämpfte die Stimme wie jemand, der über ein wichtiges Staatsgeheimnis spricht. »Ich möchte es Ihnen ja gern erzählen, Sir, aber darf nicht mehr sagen, als das: Es ist der Fall um den Krondiamanten.«

»Was – es geht um die Hunderttausend-Pfund-Beute?«

»Ja, Sir. Der Stein muß gefunden werden, Sir. Der Premierminister und der Innenminister haben beide da drüben auf dem Sofa gesessen. Mr. Holmes war sehr nett zu ihnen. Im Nu hatte er sie beruhigt, und er versprach ihnen, alles zu tun, was in seiner Macht steht. Dann war Lord Cantlemere …«

»Ah!«

»Ja, Sir. Sie wissen, was das heißt. Er ist ein ganz Strammer, Sir, wenn ich mal so sagen darf. Mit dem Premier komme ich aus, und ich hab auch nichts gegen den Innenminister, der ist von der höflichen, verbindlichen Sorte, aber Seine Lordschaft kann ich nicht ausstehen. Mr. Holmes geht es ebenso, Sir. Der glaubt nämlich nicht an Mr. Holmes und war dagegen, ihm den Auftrag zu geben. Der möchte nur zu gern, daß er keinen Erfolg hat.«

»Und Mr. Holmes weiß das?«

»Mr. Holmes weiß immer alles, was er wissen muß.«

»Dann wollen wir hoffen, daß er Erfolg hat und Lord Cantlemere beschämt wird. Aber, Billy, sagen Sie, was soll denn der Vorhang vor dem Fenster?«

»Mr. Holmes hat ihn vor drei Tagen aufgehängt. Dahinter ist etwas Komisches.«

Billy ging und zog die Draperie beiseite, die den Erker vom Zimmer trennte.

Dr. Watson konnte einen Ausruf der Überraschung nicht zurückhalten. Da saß, tief in einen Lehnstuhl gekauert, das Ebenbild seines alten Freundes – in Morgenrock und allem –, drei Viertel des Gesichts dem Fenster zugekehrt und abwärts gerichtet, so als läse er in einem nicht sichtbaren Buch. Billy nahm den Kopf ab und hielt ihn hoch.

»Wir können die Kopfhaltung verändern, so daß es lebensechter aussieht. Ich würde das Ding ja nicht anrühren, wenn die Jalousie nicht heruntergelassen wäre. Wenn sie hoch ist, können Sie von der anderen Straßenseite alles sehen.«

»Etwas Ähnliches haben wir früher auch einmal benutzt.«

»Das war vor meiner Zeit«, sagte Billy. Er öffnete den Vorhang ein wenig und blickte auf die Straße hinaus. »Da drüben sind welche, die uns beobachten. Jetzt seh ich einen Burschen am Fenster. Gukken Sie selbst mal.«

Watson hatte gerade einen Schritt auf das Fenster zu gemacht, als die Schlafzimmertür sich öffnete und die lange dünne Gestalt von Holmes zum Vorschein kam, mit bleichem und erschöpftem Gesicht. Doch sein Schritt und sein Verhalten waren lebhaft wie je. Mit einem einzigen Satz war er am Fenster und zog den Vorhang wieder zu.

»Das reicht, Billy«, sagte er. »Sie waren in Lebensgefahr, mein Junge, und gerade jetzt kann ich Sie nicht entbehren. Ach, Watson, es ist schön, Sie wieder einmal in der alten Wohnung zu sehen. Sie erscheinen hier in einem kritischen Augenblick.«

»Das habe ich schon mitbekommen.«

»Sie können gehen, Billy. Der Junge ist ein Problem, Watson. Inwieweit bin ich berechtigt, ihn der Gefahr auszusetzen?«

»Welcher Gefahr, Holmes?«

»Des plötzlichen Todes. Ich erwarte für heute abend etwas.«

»Was erwarten Sie?«

»Ermordet zu werden, Watson.«

»Nein, nein, Sie scherzen, Holmes.«

»Sogar mein begrenzter Sinn für Humor könnte einen besseren Scherz als den entwickeln. Aber inzwischen machen wir es uns gemütlich, nicht wahr? Wie ist es mit einem Schluck Alkohol? Feuerzeug und Zigarren sind am alten Platz. Lassen Sie mich Sie noch einmal im gewohnten Lehnstuhl erleben. Ich hoffe doch nicht, daß Sie mittlerweile meine Pfeife und den elenden Tabak verabscheuen? Er muß mir in diesen Tagen die Nahrung ersetzen.«

»Aber warum essen Sie nicht?«

»Weil sich die Geisteskräfte verfeinern, wenn man ihnen den Brotkorb höher hängt. Als Arzt, mein lieber Watson, müssen Sie sicherlich einräumen, daß alles, was sich Ihre Verdauung auf dem Weg über das Blut nimmt, dem Hirn verlorengeht. Ich bin ein Hirn, Watson. Alles übrige an mir ist Beiwerk. Also ist es das Hirn, dem ich meine Aufmerksamkeit zuzuwenden habe.«

»Und was ist mit dieser Gefahr, Holmes?«

»Ach ja, für den Fall, daß sie real wird, könnte es vielleicht gut sein, Sie bewahren den Namen und die Adresse des Mörders in Ihrem Gedächtnis. Sie können das Scotland Yard übermitteln, mit schönen Grüßen und dem Abschiedssegen. Der Name ist Sylvius – Graf Negretto Sylvius. Schreiben Sie es mit, Mann, schreiben Sie's auf! Moorside Gardens 136, N.W. Haben Sie das?«

Watsons ehrliches Gesicht zuckte vor Besorgnis. Er wußte nur zu gut um die gewaltigen Wagnisse, die Holmes auf sich nahm, und er merkte, daß Holmes, was er auch sagen mochte, die Gefahr eher verharmloste als übertrieb. Watson, jederzeit ein Mann der Tat, ergriff die Gelegenheit.

»Rechnen Sie mit mir, Holmes. Ich habe ein, zwei Tage lang nichts zu tun.«

»Ihre Moral ist auch nicht gerade besser geworden, Watson. Zu Ihren anderen Lastern hat sich noch das Lügen gesellt. Sie sehen ganz wie ein vielbeschäftigter Mediziner aus, dessen Terminkalender voll besetzt ist.«

»So Wichtiges steht nun auch nicht an. Aber können Sie den Burschen nicht einsperren lassen?«

»Ja, ich könnte. Das ist es, was ihm solche Kopfschmerzen bereitet.«

»Aber warum tun Sie es nicht?«

»Weil ich nicht weiß, wo sich der Diamant befindet.«

»Ach! Billy erzählte mir – das verschwundene Kronjuwel!«

»Ja, der große gelbe Mazarin-Stein. Ich habe mein Netz ausgeworfen und den Fisch gefangen. Doch den Stein habe ich nicht. Was würde es nützen, wenn man *sie* festnimmt? Wir könnten die Welt um einiges bessern, indem wir sie ins Gefängnis bringen. Aber nicht darauf bin ich aus. Es ist der Stein, den ich kriegen will.«

»Und dieser Graf Sylvius ist einer von Ihren Fischen?«

»Ja, und er ist ein Hai. Er beißt. Der andere ist Sam Merton, der Boxer. Kein schlechter Bursche, der Sam, aber der Graf hat ihn zu seinem Werkzeug gemacht. Sam ist kein Hai. Er ist ein großer, dicker, dummer, starrköpfiger Gründling. Aber er zappelt genauso in meinem Netz.«

»Wo steckt der Graf?«

»Den ganzen Morgen war ich ihm dicht auf den Fersen. Sie haben mich als alte Dame gesehen, Watson. Nie war ich überzeugender. Er hat mir tatsächlich einmal den Sonnenschirm gereicht. ›Mit Ihrer Erlaubnis, Madame‹, sagte er – Halb-Italiener, verstehen Sie, und mit den südländisch liebenswürdigen Manieren, wenn ihm danach ist, aber in anderer Stimmung der Teufel in Menschengestalt. Das Leben ist voller launischer Zufälle, Watson.«

»Es hätte tragisch ausgehen können.«

»Nun, vielleicht wirklich. Ich folgte ihm auf dem Weg zur Werkstatt des alten Straubenzee in den Minories. Straubenzee ist Hersteller des Luftgewehrs – ein sehr schönes Stück, soviel ich gehört habe, und ich kann mir fast vorstellen, daß man sie jetzt am Fenster dort drüben placiert hat. Haben Sie die Wachsbüste gesehen? Natürlich, Billy hat sie Ihnen gezeigt. Nun, vielleicht bekommt sie irgendwann eine Kugel in ihren schönen Kopf. Ah, Billy, worum geht's?«

Der Junge hatte den Raum wieder betreten, auf dem Tablett lag eine Karte. Holmes warf mit gehobenen Augenbrauen und belustigtem Lächeln einen Blick drauf.

»Er kommt persönlich. Das hatte ich kaum erwartet. Sie kennen das Sprichwort, Watson: Pack die Nessel entschlossen an. Ein Mann mit Nerven. Möglicherweise haben Sie von ihm als Schützen gehört. Es wäre in der Tat ein triumphaler Abschluß seiner hervorragenden sportlichen Leistungen, wenn er mich auch auf seine Abschußliste setzen könnte. Daß er kommt, ist der Beweis dafür, daß er mich dicht auf den Fersen weiß.«

»Rufen Sie die Polizei.«

»Vielleicht sollte ich. Aber nicht gerade jetzt. Würden Sie vorsichtig aus dem Fenster blicken und schauen, ob sich auf der Straße jemand herumdrückt?«

Watson spähte besorgt durch den Spalt zwischen Vorhang und Fensterrahmen. »Ja, in Türnähe sehe ich einen groben Burschen.«

»Das wird Sam Merton sein – der treue, aber ziemlich einfältige Sam. Wo ist der Gentleman, Billy?«

»Im Vorzimmer, Sir.«

»Bringen Sie ihn, wenn ich klingle.«

»Ja, Sir.«

»Wenn ich nicht im Zimmer bin, führen Sie ihn trotzdem herein.«

»Ja, Sir.«

Watson wartete, bis die Tür geschlossen war, und wandte sich dann ernst seinem Gefährten zu.

»Schauen Sie, Holmes, das ist einfach unmöglich. Sie haben es mit einem verzweifelten Mann zu tun, der vor nichts zurückschreckt. Vielleicht ist er gekommen, Sie zu ermorden.«

»Es sollte mich nicht überraschen.«

»Ich bestehe darauf, bei Ihnen zu bleiben.«

»Sie wären entsetzlich im Weg.«

»*Ihm* im Wege?«

»Nein, mein lieber Junge – mir.«

»Also, ich kann Sie auf keinen Fall allein lassen.«

»Doch, Sie können, Watson. Und Sie werden gehen, denn Sie waren nie ein Spielverderber. Ich bin sicher, Sie werden bis zum Schluß mitspielen. Dieser Mann ist gekommen, seine eigenen Absichten zu verwirklichen; vielleicht dient er meinen.« Holmes zog ein Notizbuch und kritzelte einige Zeilen. »Nehmen Sie eine Droschke, fahren Sie nach Scotland Yard und geben Sie dies Youghal vom C.I.D. Kommen Sie wieder mit der Polizei. Dann wird der Bursche verhaftet werden.«

»Das tue ich mit Freuden.«

»Ehe Sie zurückkommen, müßte Zeit genug sein, herauszufinden, wo der Stein ist.« Er drückte die Klingel. »Ich denke, wir gehen durchs Schlafzimmer. Dieser zweite Ausgang ist äußerst nützlich. Ich bin ziemlich begierig, meinen Hai zu sehen, ohne daß er mich sieht, und ich habe, wie Sie sich wohl erinnern werden, meine eigene Art, das einzurichten.«

So kam es, daß Billy eine Minute später den Grafen Sylvius in ein leeres Zimmer führte. Der berühmte Jäger, Sportsmann und Mann von Welt war ein großer, dunkelhäutiger Bursche mit einem gewaltigen dunklen Schnurrbart, in dessen Schatten ein grausamer, dünnlippiger Mund lag, den eine lange gebogene Nase wie der Schnabel eines Adlers überragte. Er war gut gekleidet, aber seine prächtige Krawatte, die glänzende Krawattennadel und die glitzernden Ringe wirkten aufdringlich. Als die Tür hinter ihm geschlossen war, schickte er wilde, unruhige Blicke in jede Richtung, wie einer, der überall eine Falle argwöhnt. Dann, als er den reglosen Kopf und den Kragen des Hausmantels über dem Armsessel am Fenster sah, zuckte er zusammen. Zuerst zeigte sein Gesicht nur reines Erstaunen. Dann erglomm in den dunklen mörderischen Augen das Licht einer grauenhaften Hoffnung. Er warf noch einen Blick in die Runde, um sich zu vergewissern, daß es keine Zeugen gab, und danach, auf Zehenspitzen, den dicken Stock halb erhoben, näherte er sich der schweigenden Gestalt. Er krümmte sich zum Sprung vor dem entscheidenden Schlag, da grüßte ihn eine kalte, zynische Stimme von der Schlafzimmertür her:

»Zerbrechen Sie's nicht, Graf! Zerbrechen Sie's nicht!«

Der Mörder wankte rückwärts, in sein zuckendes Gesicht trat Staunen. Noch einmal hob er kurz den mit Blei gefüllten Stock, als wollte er den Angriff vom Abbild auf das Original wenden; aber da lag etwas in diesen steten grauen Augen und dem spöttischen Lächeln, das ihn bewog, die Hand sinken zu lassen.

»Ein so nettes kleines Ding«, sagte Holmes, indem er auf sein Ebenbild zuschritt. »Tavernier, der französische Bildhauer, hat es angefertigt. Er ist mit seinen Arbeiten in Wachs so gut wie Ihr Freund Straubenzee in Luftgewehren.«

»Luftgewehre, Sir, was meinen Sie damit?«

»Legen Sie Hut und Stock dort auf das Tischchen. Danke. Nehmen Sie Platz. Würden Sie vorsichtshalber auch Ihren Revolver herauslegen? Oh, wenn Sie es vorziehen, auf ihm zu sitzen, mir ist es gleich. Ihr Besuch kommt mir wirklich sehr gelegen, denn ich verspürte das dringende Verlangen, mit Ihnen ein paar Minuten zu plaudern.«

Der Graf blickte ihn unter schweren drohenden Augenbrauen finster an.

»Auch ich wollte ein paar Worte mit Ihnen sprechen, Holmes. Ebendarum bin ich hier. Ich leugne nicht, daß ich soeben die Absicht hatte, Sie anzugreifen.«

Holmes schwang seine Füße auf die Tischkante.

»Ich habe es mir fast gedacht, daß Ihnen so ein Gedanke im Kopf sitzt«, sagte er. »Aber wieso diese Aufmerksamkeit für meine Person?«

»Weil Sie es darauf abgesehen haben, mich zu belästigen. Weil Sie mir Ihre Kreaturen auf die Spur gesetzt haben.«

»Meine Kreaturen! Ich versichere Ihnen, nein!«

»Unsinn! Ich habe sie verfolgen lassen. Dieses Spiel kann man zu zweit spielen, Holmes.«

»Nur eine Kleinigkeit, Graf Sylvius: Vielleicht gestehen Sie mir, wenn Sie mit mir sprechen, freundlicherweise die Anrede ›Mister‹ zu. Sie werden verstehen, ich stünde sonst bei meiner Arbeit auf vertrautem Fuß mit der halben Unterwelt, und mir zustimmen, daß Ausnahmen den andern gegenüber boshaft wären.«

»Also dann: *Mr.* Holmes.«

»Hervorragend! Doch ich versichere Ihnen, daß Sie sich hinsichtlich meiner vermeintlichen Agenten im Irrtum befinden.«

Graf Sylvius lachte geringschätzig.

»Andere Leute sind ebenso gute Beobachter wie Sie. Gestern handelte es sich um einen alten Sportsmann. Heute war es eine ältere Dame. Sie behielt mich den ganzen Tag im Auge.«

»Wirklich, Sir, Sie schmeicheln mir. Der alte Baron Dowson äußerte am Abend, bevor man ihn hängte, daß in meinem Fall das Gesetz gewonnen habe, was die Bühne verlor. Und nun erhalte ich für meine kleinen Darbietungen Ihr freundliches Lob!«

»Sie waren das – Sie selbst?«

Holmes zuckte die Schultern. »Sie können da in

der Ecke den Sonnenschirm sehen, den Sie mir in den Minories so höflich reichten, ehe Sie Verdacht schöpften.«

»Hätte ich das gewußt, hätten Sie niemals ...«

»Ich habe dieses schlichte Heim wiedergesehen. Ich habe mich gut in acht genommen. Wir alle können vertane günstige Gelegenheiten beklagen. Wie es eben einmal so ist, erkannten Sie sie nicht, und da sind wir nun.«

Die buschigen Brauen über den drohenden Augen des Grafen zogen sich noch mehr zusammen. »Was Sie sagen, verschlimmert die Sache nur. Es waren nicht Ihre Agenten, sondern Ihr schauspielerndes zudringliches Selbst. Sie geben zu, daß Sie mich beschattet haben. Warum?«

»Kommen Sie, Graf. Sie pflegten in Algerien Löwen zu schießen.«

»Nun?«

»Warum?«

»Warum? Der Sport – die Erregung – die Gefahr!«

»Und zweifellos, um das Land von einer Seuche zu befreien?«

»Exakt.«

»Das sind, in knappster Form, auch meine Gründe.«

Der Graf sprang auf, und seine Hand bewegte sich unwillkürlich nach hinten zu seiner Hüfttasche.

»Setzen Sie sich, Sir, setzen Sie sich. Ich habe noch einen praktischeren Grund. Ich verlange den gelben Diamanten.«

Graf Sylvius lümmelte sich mit bösem Lächeln im Sessel.

»Wirklich?« sagte er.

»Sie wußten, daß ich deswegen hinter Ihnen her

war. Sie sind heute nur zu mir gekommen, um herauszufinden, wieviel ich in der Angelegenheit weiß und ob es absolut notwendig ist, mich aus dem Weg zu räumen. Nun, dazu sage ich nur: Von Ihrem Standpunkt aus ist es absolut notwendig, denn ich weiß alles, mit einer Ausnahme, und die werden Sie mir verraten.«

»Oh, tatsächlich! Und, bitte, was wäre die fehlende Tatsache?«

»Wo sich der Krondiamant jetzt befindet.«

Der Graf sah seinen Gesprächspartner scharf an. »Oh, darauf wollen Sie hinaus. Wie, zum Teufel, soll ich Ihnen sagen können, wo er ist?«

»Sie können, und Sie werden es mir sagen.«

»Tatsächlich!«

»Sie können mich nicht bluffen, Graf Sylvius.«

Holmes' Augen, als er sein Gegenüber nun anblickte, blitzten und zogen sich zusammen, bis sie nur zwei drohende stählerne Punkte waren. »Sie sind durchsichtig wie eine Fensterscheibe. Ich sehe auf den tiefsten Grund Ihrer Gedanken.«

»Dann sehen Sie natürlich auch, wo der Diamant ist.«

Holmes klatschte vor Vergnügen in die Hände und richtete höhnisch den Finger auf den Mann. »Also Sie wissen es. Sie haben es zugegeben.«

»Ich gebe nichts zu.«

»Nun, Graf, wenn Sie vernünftig sein wollen, können wir miteinander ins Geschäft kommen. Wenn nicht, werden Sie Beulen davontragen.«

Graf Sylvius verdrehte die Augen zur Decke. »Und *Sie* reden von Bluff!« sagte er.

Holmes sah ihn gedankenvoll an, wie ein Schachmeister, der über seinen krönenden Zug sinnt. Dann zog er die Tischschublade auf und holte ein dünnes Notizbuch heraus.

»Wissen Sie, was ich in diesem Buch aufbewahre?«

»Nein, Sir, weiß ich nicht.«

»Sie!«

»Mich?«

»Ja, Sir, *Sie.* Hierin sind Sie vollständig enthalten – jede Tat Ihres nichtswürdigen und gefährlichen Lebens.«

»Verdammt, Holmes!« schrie der Graf mit flammendem Blick.

»Meine Geduld kennt Grenzen!«

»Alles steht hier, Graf. Zum Beispiel die wirklichen Tatsachen um den Tod der alten Mrs. Harold, die Ihnen den Blymer-Besitz hinterließ, den Sie so geschwind verspielten.«

»Sie phantasieren!«

»Und die ganze Geschichte von Miss Minnie Warrender.«

»Quatsch. Daraus können Sie nichts machen.«

»Ich habe noch viel mehr, Graf. Hier ist der Überfall im Luxuszug zur Riviera am 13. Februar 1892. Und der gefälschte Scheck aus demselben Jahr, eingelöst bei der Crédit Lyonnais.«

»Nein, da irren Sie.«

»Dann habe ich in den anderen Dingen recht. Nun, Graf, Sie sind Kartenspieler. Wenn der Mitspieler alle Trümpfe auf der Hand hat, ist es an der Zeit, Ihre Karten wegzuwerfen.«

»Was hat das ganze Gerede mit dem Edelstein zu tun, von dem Sie sprachen?«

»Immer mit der Ruhe, Graf. Zügeln Sie Ihre Ungeduld. Lassen Sie mich in meiner langweiligen Manier die Punkte durchgehen. All dieses habe ich gegen Sie in der Hand; und darüber hinaus bin ich im Besitz klarer Beweise gegen Sie zwei, Sie und Ihren Kampfstier, im Fall des Krondiamanten.«

»Tatsächlich!«

»Ich habe den Droschkenkutscher ausfindig gemacht, der Sie nach Whitehall brachte, und ebenfalls den Droschenkutscher, der Sie wieder wegfuhr. Ich kenne den Beamten, der Sie in der Nähe der Vitrine gesehen hat. Ich habe Ikey Sanders, der sich weigerte, sie für Sie aufzubrechen. Ikey hat geplaudert, das Spiel ist aus.«

Die Adern auf der Stirn des Grafen waren angeschwollen. Seine dunklen, behaarten Hände krampften vor unterdrückter Erregung. Er versuchte zu sprechen, aber die Worte wollten sich nicht bilden.

»Das sind also meine Karten«, sagte Holmes. »Ich lege sie auf den Tisch. Nur eine Karte fehlt mir. Es ist der Diamant-König. Ich weiß nicht, wo der Stein sich befindet.«

»Sie werden es nie erfahren.«

»Nein? Seien Sie vernünftig, Graf. Bedenken Sie Ihre Lage. Sie werden für zwanzig Jahre eingesperrt. Sam Merton ebenfalls. Was haben Sie dann von Ihrem Diamanten? Absolut nichts. Wenn Sie ihn aber herausgeben – nun, dann werde ich einen Vergleich arrangieren. Wir wollen Sie oder Sam nicht einsperren. Wir wollen den Stein. Geben Sie auf, und was mich angeht, so können Sie so lange frei herumlaufen, wie Sie sich anständig benehmen. Wenn Sie wieder ausrutschen – nun, das wäre dann das letzte Mal. Aber dieses Mal besteht mein Auftrag darin, den Stein und nicht Sie zu liefern.«

»Aber wenn ich mich weigere?«

»Ja nun, dann – leider! – sind Sie's und nicht der Stein.«

Auf ein Klingelzeichen hin trat Billy ein.

»Ich glaube, Graf, es wäre schon gut, Ihren Freund Sam bei dieser Verhandlung dabeizuhaben.

Schließlich sollte er seine Interessen vertreten können. Billy, Sie werden draußen vor der Eingangstür einen großen, häßlichen Gentleman sehen. Bitten Sie ihn herauf.«

»Wenn er nicht kommen will, Sir?«

»Keine Gewalt, Billy. Seien Sie nicht grob mit ihm. Sagen Sie ihm, daß Graf Sylvius nach ihm verlangt, dann kommt er bestimmt.«

»Was haben Sie vor?« fragte der Graf, als Billy verschwunden war.

»Gerade eben war mein Freund Watson bei mir. Ich erzählte ihm, ich hätte einen Hai und einen Gründling in meinem Netz; nun ziehe ich das Netz ein, und beide kommen herauf.«

Der Graf erhob sich, eine Hand am Rücken. Holmes' Hand hielt einen Gegenstand, der die Tasche des Hausmantels beulte.

»Sie werden nicht in Ihrem Bett sterben, Holmes.«

»Den Gedanken habe ich oft. Ist das denn so wichtig? Nach allem, Graf, wird sich Ihr Abgang aus dieser Welt sehr wahrscheinlich eher in der Senkrechten als in der Horizontalen abspielen. Aber solche Vorwegnahmen der Zukunft sind morbide. Warum geben wir uns nicht dem uneingeschränkten Genuß der Gegenwart hin?«

Ein plötzliches raubtierhaftes Licht sprang auf in den dunklen drohenden Augen des Meisterverbrechers. Holmes' Gestalt schien mit zunehmender Anspannung und Bereitschaft noch zu wachsen.

»Es ist sinnlos, am Revolver herumzufummeln, mein Freund«, sagte er mit ruhiger Stimme. »Sie wissen ganz genau, daß Sie ihn nicht zu benutzen wagen, selbst wenn ich Ihnen die Zeit ließe, ihn zu ziehen. Schlimme Krachmacher, diese Revolver, Graf. Halten Sie sich lieber an Luftgewehre. Ah, ich glaube, ich höre den sanften Schritt Ihres geschätzten Partners. Guten Tag, Mr. Merton. Ziemlich langweilig auf der Straße, wie?«

Der Preisboxer, ein wuchtig gebauter junger Mann mit einem dummen, eigensinnigen, langgezogenen Gesicht, stand linkisch neben der Tür und blickte verwirrt drein. Holmes' heitere Art bedeutete für ihn eine neue Erfahrung, und obwohl er dumpf fühlte, daß sie feindlich gesinnt war, wußte er ihr nicht zu begegnen. Er wandte sich hilfesuchend an seinen schlaueren Kameraden.

»Was wird hier gespielt, Graf? Worauf will dieser Bursche hinaus? Was ist los?« Seine Stimme klang tief und rauh.

Der Graf zuckte die Schultern, und es war Holmes, der antwortete.

»Wenn ich es auf die knappste Form bringen sollte, Mr. Merton, würde ich sagen, alles ist los.«

Der Boxer richtete seine Worte weiter an seinen Kumpan.

»Versucht die Type spaßig zu sein, oder was? Ich bin nicht zum Scherzen aufgelegt.«

»Das nehme ich auch nicht an«, sagte Holmes. »Ich glaube, ich kann Ihnen versprechen, daß Sie mit dem Voranschreiten des Abends noch weniger Sinn für Humor haben werden. Nun schauen Sie mal, Graf Sylvius, ich bin ein vielbeschäftigter Mann und kann meine Zeit nicht vergeuden. Ich gehe jetzt dort in das Schlafzimmer. Bitte, fühlen Sie sich beide während meiner Abwesenheit wie zu Hause. Sie können Ihrem Freund, ohne sich durch meine Gegenwart gehemmt zu fühlen, erklären, wie die Dinge liegen. Ich werde die Barcarole aus ›Hoffmanns Erzählungen‹ auf der Violine durchspielen. In fünf Minuten bin ich wieder da, um Ihre endgültige Antwort zu hören. Sie haben die Alternative doch begriffen, nicht wahr? Sollen wir uns an Sie halten, oder bekommen wir den Stein?«

Holmes zog sich zurück und angelte im Vorübergehen die Violine aus der Ecke. Wenige Minuten später drangen dünn die langgezogenen, klagenden Töne des bezauberndsten aller Musikstücke durch die geschlossene Tür des Schlafzimmers.

»Was ist los?« fragte Merton drängend, als sein Kumpan sich ihm zuwandte. »Weiß er von dem Stein?«

»Er weiß verdammt zuviel darüber. Ich bin nicht sicher, ob er alles weiß.«

»Großer Gott!« Das bleiche Gesicht des Boxers wurde noch einen Schein blasser.

»Ikey Sanders hat uns verraten.«

»Das hat er, wirklich? Dem werde ich eins reinwürgen, daß ihm die Augen übergehen.«

»Das würde uns nicht helfen. Wir müssen uns jetzt entschließen, was wir tun sollen.«

»Momentchen«, sagte der Boxer und blickte mißtrauisch zur Schlafzimmertür hinüber.

»Der da drin ist ein hinterhältiger Hund. Ob der wohl lauscht?«

»Wie kann er denn lauschen, bei der Musik.«

»Das stimmt. Vielleicht steht einer hinter einem Vorhang. Hier gibt es zu viele Vorhänge im Zimmer.« Als er in die Runde blickte, sah er plötzlich Holmes' Abbild am Fenster, und er stand und starrte und wies mit dem Finger auf die Puppe und war zu erstaunt, um Worte zu finden.

»Unsinn! Das ist nur eine Wachsfigur«, sagte der Graf.

»'n Schwindel, wie? Da hört sich doch alles auf! So 'ne Art Madame Tussaud, oder wie seh ich das? Der Kerl wie ausgespuckt, Morgenmantel und alles. Aber was ist mit den Vorhängen, Graf?«

»Ach, der Teufel soll die Vorhänge holen! Wir vergeuden unsere Zeit, und wir haben ohnehin nicht genug davon. Er kann uns wegen des Steins ins Zuchthaus bringen.«

»Den Teufel kann er!«

»Aber er läßt uns laufen, wenn wir ihm nur sagen, wo das Ding ist.«

»Was? Aufgeben? Hunderttausend Eier einfach sausen lassen?«

»Entweder – oder.«

Merton kratzte sich das kurzgeschnittene Haar.

»Er ist allein da drin. Wir machen ihn fertig. Wenn wir ihm das Licht auspusten, brauchen wir keine Angst mehr zu haben.«

Der Graf schüttelte den Kopf.

»Er ist bewaffnet und auf der Hut. Wenn wir ihn erschießen, kommen wir aus dem Haus nicht heraus. Außerdem ist es wahrscheinlich, daß die Polizei alle Beweise kennt, die er zusammengetragen hat. Aber, hallo! was ist denn das?«

Vom Fenster her schien ein unbestimmbarer Laut gekommen. Die beiden Männer wandten sich schnell um, aber alles war still. Außer ihnen und der seltsamen Puppe im Sessel befand sich niemand sonst im Zimmer.

»Sicher etwas unten auf der Straße«, sagte Merton. »Nu machen Sie mal, Chef, Sie sind für die Kopfarbeit zuständig. Sie können sich bestimmt einen Weg aus dem Schlamassel einfallen lassen. Wenn es mit dem Ballermann nicht geht, dann lassen Sie sich was einfallen.«

»Ich habe schon Bessere an der Nase herumgeführt«, antwortete der Graf. »Der Stein ist in meiner Geheimtasche. Ich werde ihn doch nicht irgendwo zurücklassen. Heute abend kann er außer Landes sein und noch vor Sonntag in Amsterdam, in vier

Teile zerschnitten. Er weiß nichts von van Seddar.«

»Ich denke, van Seddar fährt erst nächste Woche.«

»Das wollte er. Aber jetzt muß er ab mit dem nächsten Schiff. Einer von uns schafft den Stein in die Lime Street und sagt ihm Bescheid.«

»Aber der doppelte Boden ist doch noch nicht fertig.«

»Wir müssen uns eben der Lage anpassen und das Beste daraus machen. Wir dürfen keine Sekunde verlieren.« Wieder blickte er mit dem Instinkt für Gefahr, die einem Sportsmann eigen ist, scharf zum Fenster. Ja, der schwache Laut war sicherlich von der Straße gekommen.

»Was Holmes angeht«, fuhr er fort, »den können wir leicht an der Nase herumführen. Der blöde Narr will uns nicht verhaften lassen, wenn er den Stein bekommt. Da werden wir ihm also den Stein versprechen. Und dann setzen wir ihn auf die falsche Fährte, und ehe er merkt, *daß* es die falsche Fährte ist, wird der Stein in Holland sein und wir außer Landes.«

»Klingt großartig!« rief Sam Merton und grinste.

»Du gehst zu dem Holländer und machst ihm Beine. Ich spreche mit diesem Blödmann und werde ihm ein Geständnis hinlegen, das sich gewaschen hat. Ich sage ihm, der Stein sei in Liverpool. Verfluchte Jammer-Musik, die geht mir auf die Nerven! Wenn der feststellt, daß er nicht in Liverpool ist, wird der Stein längst in vier Teile zerschnitten sein, und wir sind auf der blauen See. Tritt ein bißchen zurück, daß man dich nicht durchs Schlüsselloch sehen kann. Hier ist der Stein.«

»Daß Sie sich trauen, das Ding mit sich herumzuschleppen!«

»Wo könnte der Stein sicherer aufgehoben sein? Wenn wir ihn aus Whitehall herausholen konnten, dann wird es bestimmt auch jemanden geben, der ihn aus meiner Wohnung rausholt.«

»Ich möchte ihn mir mal ansehen.«

Graf Sylvius warf einen wenig schmeichelhaften Blick auf seinen Partner und ignorierte die ungewaschene Hand, die sich ihm entgegenstreckte.

»Was – Sie denken wohl, ich will Ihnen das Ding wegschnappen? Sehen Sie, Mister, allmählich langweilt mich Ihre Art etwas.«

»Schon gut, war nicht böse gemeint, Sam. Wir können uns Streit nicht leisten. Komm mit ans Fenster, wenn du die Schönheit richtig sehen willst. Nun halt ihn gegen das Licht! Da!«

»Danke sehr!«

Mit einem Satz war Holmes vom Stuhl der Wachspuppe aufgesprungen und hatte das kostbare Juwel erhascht. Jetzt hielt er in der einen Hand den Stein, während die andere einen Revolver auf den Kopf des Grafen richtete. Die beiden Schurken wichen in höchster Überraschung zurück. Ehe sie sich wieder fassen konnten, hatte Holmes die elektrische Klingel gedrückt.

»Keine Gewaltanwendung, Gentlemen – keine Gewaltanwendung, ich bitte Sie! Denken Sie an die Möbel! Es muß Ihnen doch ganz klar sein, daß Ihre Lage hoffnungslos ist. Die Polizei wartet unten schon.«

Beim Grafen siegte die Bestürzung über Wut und Angst.

»Aber wie zum Teufel ...«, japste er.

»Es ist ganz natürlich, daß Sie überrascht sind. Sie waren nicht darauf gefaßt, daß hinter dem Vorhang eine zweite Tür zum Schlafzimmer führt. Ich glaubte, Sie müßten mich gehört haben, als ich die

Figur von ihrem Platz entfernte, aber das Glück war auf meiner Seite. So bot sich mir die Gelegenheit, Ihrem geistreichen Gespräch zu lauschen, was mit schmerzlicher Gewalt verhindert worden wäre, hätten Sie mein Erscheinen bemerkt.«

Der Graf machte eine Geste der Resignation.

»Ich glaube, Sie sind der Teufel persönlich, Holmes.«

»Jedenfalls nicht weit entfernt davon«, antwortete Holmes mit einem höflichen Lächeln.

Sam Mertons langsam arbeitender Intellekt hatte die Lage nur teilweise richtig eingeschätzt. Jetzt, da das Geräusch schwerer Schritte von der Treppe hörbar wurde, brach er schließlich das Schweigen.

»Auf frischer Tat ertappt!« sagte er. »Aber was, frag ich, war mit der verdammten Fiedel los? Ich hör sie doch noch.«

»Je nun«, gab Holmes zur Antwort, »sie haben völlig recht. Lassen Sie es spielen. Diese modernen Grammophone sind eine bemerkenswerte Erfindung.«

Polizisten brachen in den Raum, die Handschellen klickten, und die Verbrecher wurden zur wartenden Droschke geführt. Watson blieb noch bei Holmes und beglückwünschte ihn zu dem neu seinem Lorbeer hinzugefügten Blatt. Ihr Gespräch wurde wieder durch den unerschütterlichen Billy unterbrochen, der mit dem Tablett kam.

»Lord Cantlemere, Sir.«

»Führen Sie ihn herauf, Billy. Das ist der erhabene Peer, der die allerhöchsten Interessen repräsentiert«, sagte Holmes. »Ein trefflicher, gesetzestreuer Herr, aber mehr vom alten Regime. Sollen wir ihn auftauen? Wollen wir uns auf gut Glück eine kleine Freiheit mit ihm erlauben? Er weiß vermutlich nichts von dem, was sich hier ereignet hat.«

Die Tür öffnete sich für eine dünne, feierliche Gestalt mit scharfgeschnittenen Gesichtszügen und hängendem Schnurrbart, wie man ihn in der mittelvictorianischen Zeit trug und der von einem glänzendem Schwarz war, das mit dem gerundeten Rükken und der hinfälligen Haltung schwerlich übereinstimmen wollte. Holmes trat ihm freundlich entgegen und schüttelte die schlaffe Hand des Mannes.

»Wie geht es Ihnen, Lord Cantlemere. Es ist für die Jahreszeit zu kalt, aber hier im Zimmer haben wir's ziemlich warm. Darf ich um Ihren Mantel bitten?«

»Nein, ich danke sehr, ich lege nicht ab.«

Holmes legte ihm beharrend die Hand auf den Ärmel.

»Bitte, erlauben Sie! Mein Freund, Dr. Watson, könnte Sie davon überzeugen, daß diese Temperaturwechsel sehr heimtückisch sind.«

Seine Lordschaft schüttelte die Hand ziemlich ungeduldig ab.

»Ich fühle mich sehr wohl, Sir. Es besteht keine Veranlassung zum Verweilen. Ich schaue nur einfach herein, um zu erfahren, wie Sie mit Ihrer selbstgewählten Aufgabe vorankommen.«

»Sie ist schwierig – sehr schwierig.«

»Ich habe befürchtet, daß Ihnen das aufgehen würde.«

In den Worten wie in der Haltung des alten Höflings lag eine gewisse Stichelei.

»Jeder Mensch stößt einmal an seine Grenzen, Mr. Holmes, aber zum mindesten kuriert dies uns von der Schwäche der Selbstzufriedenheit.«

»Ja, Sir, das war eine bestürzende Erfahrung.«

»Zweifellos.«

»Speziell in einem Punkt. Vielleicht können Sie mir in der Frage helfen?«

»Sie suchen recht spät am Tage um meinen Rat nach. Ich dachte, Sie hätten Ihre eigenen, für alles hinlänglichen Methoden. Jedoch finden Sie mich bereit, Ihnen zu helfen.«

»Schauen Sie, Lord Cantlemere, zweifellos können wir einen Prozeß gegen die Diebe des Steins führen.«

»So Sie sie gefaßt haben.«

»Exakt. Die Frage ist nun – wie sollen wir gegen den Empfänger des Steins vorgehen?«

»Ist das nicht ziemlich voreilig?«

»Es wäre schon gut, fertige Pläne zu besitzen. Nun, was würden Sie als entscheidenden Beweis gegen den Empfänger erachten?«

»Den Besitz des Steins.«

»Sie würden ihn daraufhin verhaften?«

»Auf jeden Fall.«

Holmes lachte selten, aber jetzt war er so nahe daran, wie es sein alter Freund Watson nie zuvor erlebt hatte.

»Dann also, mein lieber Herr, stehe ich vor der schmerzlichen Notwendigkeit, Ihre Inhaftnahme zu empfehlen.«

Lord Cantlemere war sehr ärgerlich. Einiges von seinem alten Feuer flackerte in den bleichen Wangen auf.

»Sie nehmen sich sehr viele Freiheiten heraus, Mr. Holmes. In fünfzig Jahren Dienstes für den Staat kann ich mich an einen solchen Vorfall nicht erinnern. Ich bin ein beschäftigter Mann, Sir, mit bedeutenden Angelegenheiten betraut, und habe weder Zeit für alberne Scherze, noch kann ich ihnen Geschmack abgewinnen. Ich möchte Ihnen offen sagen, Sir, daß ich nie zu jenen gehörte, die an Ihre Fähigkeiten glauben, und daß ich immer der Ansicht war, der Fall wäre bei der regulären Polizei in weitaus sichereren Händen. Ihre gegenwärtige Aufführung bestätigt mich in meiner Schlußfolgerung. Ich habe die Ehre, Sir, Ihnen einen guten Abend zu wünschen.«

Holmes wechselte flink den Platz und stand nun zwischen dem Peer und der Tür.

»Einen Moment, Sir«, sagte er. »Mit dem Mazarin zu verschwinden wäre ein ernsteres Vergehen, als wenn man ihn bei jemandem in zeitweiligem Besitz fände.«

»Sir, das ist unerträglich! Lassen Sie mich vorbei.«

»Stecken Sie die Hand in die rechte Tasche Ihres Mantels.«

»Was soll das bedeuten, Sir?«

»Kommen Sie, kommen Sie – tun Sie, worum ich bitte.«

Ein Weilchen später stand der erstaunte Peer da, in der Fläche der zitternden Hand den großen gelben Stein, und konnte nur blinzeln und stammeln.

»Was! Was! Wie kommt das, Mr. Holmes?«

»Zu schlimm, Lord Cantlemere, zu schlimm!« rief Holmes. »Hier mein alter Freund wird mir bestätigen, daß ich eine boshafte Gewohnheit habe, handfeste Späße zu machen. Auch, daß ich dramatischen Situationen nicht widerstehen kann. Ich gestattete mir die Freiheit – die zugegeben sehr große Freiheit –, Ihnen zu Anfang unseres Gesprächs den Stein in die Tasche zu stecken.«

Der alte Edelmann starrte auf den Stein und dann in das lächelnde Gesicht vor ihm.

»Sir, ich bin verwirrt. Aber – ja – das ist wirklich der Mazarin-Stein. Wir stehen tief in Ihrer Schuld, Mr. Holmes. Vielleicht ist Ihr Humor, Sie erlauben, einigermaßen verdreht und seine Äußerung bemerkenswert unpassend; zum mindesten aber muß ich alles zurückziehen, was ich in bezug auf Ihre erstaunlichen beruflichen Fähigkeiten gesagt habe. Nur wie ...«

»Der Fall ist erst halb erledigt; die Einzelheiten sind jetzt nicht so wichtig. Zweifellos, Lord Cantlemere, wird für Sie die Freude, in dem erhabenen Kreis, in den Sie zurückkehren, von diesem erfolgreichen Abschluß erzählen zu können, doch eine kleine Entschädigung für meinen Schabernack sein. Billy, Sie werden Seine Lordschaft hinausführen, und sagen Sie Mrs. Hudson, ich wäre glücklich, wenn sie so bald wie möglich ein Dinner für zwei Personen heraufschickte.«

Das Haus ›Zu den drei Giebeln‹

Kein anderes der Abenteuer, glaube ich, die ich mit Mr. Sherlock Holmes erlebte, setzte so plötzlich ein wie jenes, an das mich der Name des Hauses ›Zu den drei Giebeln‹ gemahnt. Ich hatte Holmes ein paar Tage nicht gesehen und besaß keine Ahnung, in welches Bett sich der Strom seiner Aktivitäten ergoß. Jedenfalls traf ich ihn an dem Morgen in gesprächiger Stimmung an, und gerade hatte er mich in den abgenutzten niedrigen Lehnstuhl neben dem Kamin dirigiert und sich selber, die Pfeife im Mund, auf den gegenüberliegenden Sessel gehockt, als unser Besucher eintrat. Würde ich sagen, ein wütender Bulle kam herein, so wäre ein klarerer Eindruck von dem, was sich ereignete, vermittelt.

Die Tür wurde aufgestoßen, und ein riesiger Neger platzte ins Zimmer. Er hätte eine komische Figur abgegeben, wenn er nicht so furchteinflößend ausgesehen hätte, denn er war in einen auffallenden grauen großkarierten Anzug gekleidet und trug eine Krawatte von überwältigendem Lachsrot. Das breite Gesicht mit der platten Nase war vorgereckt, als seine finster blickenden schwarzen Augen, in denen Funken von Bosheit glommen, zwischen uns hin und her wanderten.

»Wer von Sie Herrn is Masser Holmes?« fragte er.

Holmes hob mit schwachem Lächeln die Pfeife.

»Aha, Sie also«, sagte unser Besucher und kam mit unangenehm schleichenden Schritten um den Tisch herum. »Hörn Sie, Masser Holmes, lassen Sie die Hände weg von die Sache von andere Leute. Die könn' mit ihre Sachen selber fertig werden. Klar, Masser Holmes?«

»Fahren Sie fort«, sagte Holmes. »Es ist so nett.«

»Aha! Nett is das?« knurrte der Wilde. »Wär aber nich so nett, wenn ich Sie 'n bißchen zurechtstutzen tät. So was wie Sie hab ich schon früher in der Mache gehabt, und die sahn hinterher gar nich mehr so nett aus. Sehn Sie mal, Masser Holmes!«

Er fuchtelte meinem Freund mit einer riesigen Faust unter der Nase herum. Holmes musterte sie eingehend und höchst interessiert.

»Sind Sie damit auf die Welt gekommen?« fragte er. »Oder hat sich das Ding erst allmählich entwikkelt?«

Vielleicht war es die eiskalte Art meines Freundes, vielleicht war es aber auch das leise Klirren, als ich den Schürhaken aufhob, jedenfalls kühlte sich die Leidenschaft unseres Gastes merklich ab.

»Wollt Sie nur 'ne Warnung zukommen lassen«, sagte er. »'n Freund von mir intressiert sich für Sache draußen in Harrow – Sie wissen, was ich meine –, un er will nich, daß Sie sich reinmischen. Klar? Sie sinn nich das Gesetz, ich auch nich, un wenn Sie da rauskomm', dann bin ich auch da. Vergessen Sie das nich.«

»Ich wollte Sie schon immer mal kennenlernen«, sagte Holmes. »Leider kann ich Ihnen keinen Platz anbieten, denn ich mag Ihren Geruch nicht. Aber Sie sind doch Steve Dixie, der Boxer?«

»So heiß ich, Masser Holmes, un Sie wern das richtig zu spüren kriegen, wenn Sie 'ne Lippe riskieren.«

»Lippen sind ja nun gerade nicht das, was Sie brauchen«, sagte Holmes, auf den üppigen Mund unseres Gastes starrend. »Aber der Mord an dem jungen Perkins vor der Holborn Bar … Wie denn? Sie wollen doch nicht schon gehen?«

Der Neger hatte einen Satz rückwärts gemacht, und sein Gesicht war bleigrau.

»Auf so'n Quatsch hör ich nich hin«, sagte er. »Was hab ich mit Perkins zu tun, Masser Holmes? Ich war in Birmingham und hab im Bull Ring trainiert, als der Junge im Schlamassel war, ehrlich.«

»Das können Sie der Polizei erzählen, Steve«, sagte Holmes. »Ich hatte ein Auge auf Sie und Barney Stockdale …«

»Ich will auf der Stelle tot umfallen, Masser Holmes …«

»Genug. Machen Sie, daß Sie rauskommen. Wenn ich Sie brauche, finde ich Sie.«

»Morgen, Masser Holmes. Hoffentlich tragen Sie mir's nich nach, den Besuch hier.«

»Nur, wenn Sie mir sagen, wer Sie geschickt hat.«

»Is kein Geheimnis dabei, Masser Holmes. Sie haben doch selbst den Namen genannt.«

»Und wer hat ihn beauftragt?«

»Wirklich, Masser Holmes, weiß ich nich. Er hat nur gesagt: ›Steve, geh hin und besuch Mr. Holmes und sag ihm, sein Leben is nich mehr sicher, wenn er sich in Sache in Harrow einmischt.‹ Das is die ganze Wahrheit.«

Ohne eine weitere Befragung abzuwarten, schoß unser Besucher aus der Tür, so eilig, wie er eingetreten war. Holmes klopfte kichernd die Asche aus seiner Pfeife.

»Ich bin froh, daß Sie ihm den Wollkopf nicht zertrümmern mußten, Watson. Ich habe beobachtet, wie Sie mit dem Schürhaken hantierten. Aber er ist wirklich ein harmloser Bursche, ein großes, muskulöses, dummes, großmäuliges Baby, und, wie Sie gesehen haben, kann man ihm leicht das Gruseln beibringen. Er gehört zur Bande von Spencer John und hat kürzlich bei einigen faulen Sachen mitgemacht, um die ich mich kümmern werde, wenn ich mal Zeit habe. Sein jetziger Auftraggeber, der Bursche heißt Barney, ist noch verschlagener. Sie sind auf tätliche Angriffe, Einschüchterung und dergleichen spezialisiert. Was ich gern wüßte, ist, wer in diesem Fall hinter ihnen steht.«

»Aber warum versuchen die, Sie einzuschüchtern?«

»Wegen des Falles in Harrow Weald. Das bestärkt mich in meinem Entschluß, mich um die Sache zu kümmern; denn wenn jemand deshalb so viel Mühe aufwendet, wird etwas dran sein.«

»Aber worum handelt es sich denn?«

»Ich wollte Ihnen die Geschichte erzählen, als dieses komische Zwischenspiel zur Aufführung kam. Hier haben Sie Mrs. Maberleys Brief. Wenn Sie mich begleiten wollen, telegraphieren wir ihr und brechen sofort auf.«

Ich las:

›Lieber Mr. Sherlock Holmes!
Eine Reihe seltsamer Zufälle sind mir im Zusammenhang mit dem Haus, in dem ich wohne, begegnet, und ich würde Ihren Rat sehr gern einholen. Morgen können Sie mich zu jeder Tageszeit antreffen. Das Haus liegt einen kleinen Spaziergang vom Bahnhof Weald entfernt. Ich glaube, mein verstorbener Gatte, Mortimer Maberley, war einer Ihrer ersten Klienten.

Ihre ergebene
Mary Maberley

Die Adresse lautet: Haus ›Zu den drei Giebeln‹, Harrow Weald.‹

»So, das wär's«, sagte Holmes. »Und wenn Sie Zeit haben, sollten wir uns auf den Weg machen.«

Nach kurzer Eisenbahnfahrt und einer noch kürzeren Fahrt mit dem Wagen erreichten wir das feste Landhaus, das inmitten unerschlossenen Graslandes lag. Drei kleine Giebel über den oberen Fenstern verwiesen auf die Herkunft des Namens. Hinter dem Gebäude erstreckte sich ein lichter Wald aus melancholischen halbhohen Föhren. Der Ort wirkte ärmlich und bedrückend, aber das Haus erwies sich als gut eingerichtet, und die Dame, die uns empfing, war eine höchst verbindliche ältere Frau, die einen feinen und kulturvollen Eindruck machte.

»Ich erinnere mich gut an Ihren Gatten, Madam«, sagte Holmes, »wenngleich es einige Jahre her ist, daß er meine Dienste in einer unbedeutenden Angelegenheit in Anspruch nahm.«

»Wahrscheinlich ist Ihnen der Name meines Sohnes Douglas eher vertraut.«

Holmes sah sie mit großem Interesse an.

»Du lieber Himmel! Sie sind die Mutter von Douglas Maberley? Ich kannte ihn nur flüchtig. Aber natürlich wußte ganz London, wer er war. Welch ein großartiger Mensch! Wo ist er jetzt?«

»Er ist tot, Mr. Holmes, tot! Er war Attaché in Rom und ist dort im vergangenen Monat an Lungenentzündung gestorben.«

»Das tut mir leid. Man kann sich den Tod in Verbindung mit diesem Mann nicht vorstellen. Ich wüßte niemanden, der so wie er das Leben verkörperte. Er lebte intensiv – mit jeder Faser.«

»Zu intensiv, Mr. Holmes. Das hat ihn zerstört. Sie erinnern sich an ihn, wie er früher war – freundlich, glänzend. Sie haben nicht das launische, mürrische, grübelnde Geschöpf gesehen, das aus ihm geworden war. Er litt an gebrochenem Herzen.

Mir kam es so vor, als hätte sich mein großmütiger Junge in einem einzigen Monat in einen zerrütteten Zyniker verwandelt.«

»Eine Liebesgeschichte – eine Frau?«

»Oder ein Feind. Nun, ich habe Sie nicht hergebeten, Mr. Holmes, um über meinen armen Jungen zu sprechen.«

»Dr. Watson und ich stehen zu Ihrer Verfügung.«

»Es haben sich einige seltsame Dinge ereignet. Seit einem Jahr wohne ich in diesem Haus, und da ich zurückgezogen leben wollte, habe ich wenig von meinen Nachbarn gesehen. Vor drei Tagen besuchte mich ein Mann, der sich als Immobilienmakler vorstellte. Er sagte, dieses Haus sei ganz nach dem Geschmack eines seiner Klienten, und wenn ich mich davon trennen wolle, spiele Geld keine Rolle. Das kam mir sehr sonderbar vor, da viele Häuser zum Verkauf stehen, die ähnlich passend erscheinen dürften. Aber natürlich war ich interessiert, und ich nannte einen Preis, der fünfhundert Pfund über dem liegt, den ich bezahlt habe. Er akzeptierte das Angebot sofort, fügte jedoch hinzu, sein Klient wolle auch die Möbel kaufen und ich solle auch deren Preis nennen. Einige Stücke stammen aus meinem alten Haus und sind sehr schön, wie Sie sehen, und so verlangte ich eine recht nette Summe. Auch da stimmte er sofort zu. Seit langem schon möchte ich auf Reisen gehen, und der Handel war so gut, daß es aussah, als würde ich den Rest meines Lebens als unabhängige Frau verbringen können.

Gestern kam der Mann mit einem schon aufgesetzten Vertrag. Glücklicherweise zeigte ich ihn Mr. Sutro, meinem Rechtsanwalt, der in Harrow wohnt. Er sagte mir: ›Das ist ein sehr befremdliches Dokument. Wissen Sie, daß Sie, wenn Sie es unterschreiben, absolut nichts aus dem Haus entfernen dürfen, nicht einmal Ihre persönlichen Habseligkeiten?‹ Als der Mann am Abend erschien, wies ich darauf hin und erklärte ihm, daß ich nur die Möbel hätte verkaufen wollen.

›Nein, nein‹, sagte er, ›alles.‹

›Und meine Kleider? Mein Schmuck?‹

›Nun gut, was Ihre persönlichen Dinge angeht, so könnte man einige Konzessionen machen. Aber nichts darf ungeprüft aus dem Haus entfernt werden. Mein Klient ist sehr großherzig, doch er hat seine Marotten und einen sehr eigenen Kopf. Für ihn gibt es nur alles oder nichts.‹

›Dann eben nichts‹, sagte ich. Und dabei blieb es. Aber das Ganze erschien mir so ungewöhnlich, daß ich dachte ...«

Hier gab es eine unerwartete Störung.

Holmes gebot mit einem Handzeichen Ruhe. Dann schlich er durchs Zimmer, riß die Tür auf und zog eine große, hagere Frau herein; er hielt sie bei der Schulter gepackt. Sie wehrte sich mit ungeschickten Bewegungen, wie ein riesiges, plumpes Huhn, das man vom Nest genommen hat.

»Lassen Sie mich los! Was wollen Sie von mir?« kreischte sie.

»Was soll das, Susan?«

»Ich wollte gerade reinkommen und fragen, ob die Gäste zum Lunch bleiben, da überfällt mich dieser Mann.«

»Ich höre sie schon seit fünf Minuten, wollte aber Sie, Madame, in Ihrer interessanten Erzählung nicht unterbrechen. Sie sind wohl ein bißchen asthmatisch, Susan? Für solches Tun atmen Sie zu laut.«

Susan wandte dem Mann, der sie gefangen hatte, ein trotziges, doch auch erstauntes Gesicht zu.

»Wer sind Sie überhaupt, und was für ein Recht haben Sie, mich durch die Gegend zu zerren?«

»Ich möchte nur, daß Sie anwesend sind, wenn ich eine Frage stelle. Haben Sie, Mrs. Maberley, irgend jemandem gegenüber erwähnt, daß Sie mir schreiben und mich um Rat fragen wollten?«

»Nein, Mr. Holmes.«

»Wer hat den Brief aufgegeben?«

»Susan.«

»Na also. Und jetzt, Susan, verraten Sie uns, wem haben Sie geschrieben oder sonstwie zu verstehen gegeben, daß Ihre Herrin mich um Rat fragen wollte?«

»Das ist eine Lüge. Von mir hat keiner Bescheid gekriegt.«

»Hören Sie mal, Susan, Leute mit Asthma leben unter Umständen nicht lange. Und Lügen ist eine schlimme Sache. Also: Wem haben Sie davon erzählt?«

»Susan!« rief ihre Herrin. »Ich glaube, du bist eine schlechte, treulose Person. Jetzt erinnere ich mich, daß du mit jemandem an der Hecke gesprochen hast.«

»Das ging um meine Angelegenheiten«, sagte die Frau störrisch.

»Und wenn ich Ihnen sage, daß es Barney Stockdale war, mit dem Sie gesprochen haben?« sagte Holmes.

»Wenn Sie es eh wissen, wieso fragen Sie mich denn?«

»Ich war mir nicht sicher, aber jetzt weiß ich es. Nun, Susan, ich würde es mich zehn Pfund kosten lassen, wenn Sie mir verraten, wer hinter Barney steckt.«

»Jemand, der tausend Pfund hinblättert und nicht bloß zehn, womit Sie angeben.«

»So reich ist der Mann? Nein, Sie grinsen – also eine reiche Frau. Da wir nun einmal schon bis hierher gelangt sind, könnten Sie auch den Namen nennen und sich den Zehner verdienen.«

»Eher sehen wir uns in der Hölle wieder.«

»Aber Susan! Solche Worte!«

»Ich hau jetzt ab. Ich hab die Nase voll von Ihnen allen. Morgen laß ich meinen Kram holen.«

Sie stürmte erregt zur Tür.

»Auf Wiedersehen, Susan. Und Sie sollten Opiumtinktur nehmen ...« Dann aber, nachdem sich die Tür hinter der aufgebrachten, wütenden Frau geschlossen hatte, fuhr er, von Munterkeit auf Ernsthaftigkeit umschaltend, fort: »Mit der Bande ist nicht zu spaßen. Beachten Sie nur, mit welchem Eifer sie das Spiel betreibt. Ihr Brief an mich trug den Stempel von zehn Uhr abends. Und doch sagt Susan so spät noch Barney Bescheid. Barney hat nun Zeit, seinen Auftraggeber aufzusuchen und sich Instruktionen zu holen; er oder sie – ich neige letzterem zu, denn Susan hat gegrinst, weil sie dachte, ich mache einen Schnitzer – entwickelt einen Plan. Der schwarze Steve wird einbezogen, und am Morgen drauf um elf Uhr erhalte ich eine Warnung. Das nenne ich schnelle Arbeit.«

»Aber was wollen sie?«

»Das ist die Frage. Wer war vor Ihnen Eigentümer des Hauses?«

»Ein Kapitän im Ruhestand mit Namen Ferguson.«

»Gab es irgend etwas an dem Mann, das Ihnen bemerkenswert erschien?«

»Nicht daß ich wüßte.«

»Ich habe mich gefragt, ob er vielleicht etwas vergraben hat. Heutzutage vergraben die Leute natürlich ihre Schätze eher auf der Bank. Aber Narren gibt es immer wieder. Ohne sie wäre die Welt öde. Zunächst also dachte ich, es handle sich um einen vergrabenen Schatz. Doch warum sollte jemand in einem solchen Fall Ihre Möbel kaufen wollen? Sie besitzen wohl nicht zufällig einen Raffael oder eine Erstausgabe der Shakespeare-Werke, ohne es zu wissen?«

»Ich glaube, mir gehört nichts Wertvolleres als ein Crown-Derby-Teeservice.«

»Das würde wohl kaum die ganze Geheimnistuerei rechtfertigen. Und außerdem: Warum, wenn dies der Fall wäre, legten sie nicht einfach ihre Absicht dar? Wären sie auf Ihr Teeservice scharf, könnten sie doch einen Preis bieten und brauchten das Haus nicht bis auf den Nagel in der Wand aufzukaufen. Nein, wie sich mir die Sache darstellt, haben Sie etwas in Ihrem Besitz, von dem Sie nichts wissen und das Sie nicht hergeben würden, wenn Sie wüßten, daß Sie es besitzen.«

»So stellt es sich mir auch dar«, sagte ich.

»Dr. Watson stimmt zu, dann ist alles klar.«

»Aber was könnte es nur sein, Mr. Holmes?«

»Wir wollen versuchen, ob wir nicht durch reine Gehirnakrobatik ein Stück weiterkommen. Sie wohnen seit einem Jahr in diesem Haus.«

»Seit fast zwei Jahren.«

»Um so besser. Während dieser langen Zeit hat nie einer etwas von Ihnen gewollt. Und nun plötzlich binnen drei oder vier Tagen macht man Ihnen dringende Angebote. Was schließen Sie daraus?«

»Das kann nur bedeuten«, erwiderte ich, »daß der Gegenstand, was immer es sein mag, gerade erst ins Haus gekommen ist.«

»Wieder einmal alles klar«, sagte Holmes. »Nun, Mrs. Maberley, ist irgendein Gegenstand gerade erst ins Haus gekommen?«

»Nein, ich habe in diesem Jahr nichts Neues gekauft.«

»Wirklich? Das ist bemerkenswert. Nun, ich denke, wir lassen die Dinge sich ein bißchen weiterentwickeln, bis wir etwas deutlicher sehen. Ist Ihr Rechtsanwalt ein fähiger Mann?«

»Mr. Sutro ist sehr fähig.«

»Arbeitet bei Ihnen noch jemand, oder war die süße Susan, die eben die Tür hinter sich zugeworfen hat, die einzige Angestellte?«

»Ich habe noch ein junges Mädchen.«

»Versuchen Sie, Sutro dazu zu bringen, für eine Nacht oder auch zwei im Haus zu bleiben. Womöglich brauchen Sie Schutz.«

»Gegen wen?«

»Wer weiß? Jedenfalls ist die Angelegenheit finster. Wenn ich nicht herausfinde, wonach sie suchen, muß ich vom anderen Ende her beginnen und den Auftraggeber feststellen. Hat Ihnen der Grundstücksmakler vielleicht eine Adresse genannt?«

»Er gab mir nur seine Karte. Haines-Johnson, Auktionator und Schätzer.«

»Ich glaube nicht, daß wir ihn im Adreßbuch finden werden. Ehrliche Geschäftsleute verschweigen ihre Geschäftsadresse nicht. Gut denn, unterrichten Sie mich über alle Entwicklungen. Ich habe Ihren Fall übernommen, und Sie können sich darauf verlassen, daß ich Ihnen helfe.«

Als wir die Halle durchquerten, glänzten Holmes' Augen, denen nichts entging, plötzlich auf, als er einige Koffer und Kisten sah, die in einer Ecke gestapelt waren. Die Aufschriften waren deutlich zu erkennen.

»Mailand. Luzern. Die kommen aus Italien.«

»Das sind die Sachen des armen Douglas.«

»Sie haben sie noch nicht ausgepackt? Seit wann sind sie hier?«

»Seit letzter Woche.«

»Aber Sie sagten doch ... Natürlich, hier könnte das fehlende Kettenglied liegen. Woher sollten wir wissen, ob sie nicht etwas Wertvolles enthalten?«

»Das kann kaum sein, Mr. Holmes. Der arme Douglas hatte nur sein Gehalt und eine kleine Jahresrente. Was konnte er schon Wertvolles besitzen?«

Holmes verlor sich in Gedanken.

»Zögern Sie nicht länger, Mrs. Maberley«, sagte er schließlich. »Lassen Sie die Koffer in Ihr Schlafzimmer hinauftragen. Untersuchen Sie sie so bald als möglich, damit wir wissen, was sie enthalten. Morgen komme ich wieder und lasse mir von Ihnen berichten.«

Ganz offensichtlich wurde das Haus ›Zu den drei Giebeln‹ genau überwacht; denn als wir hinter der hohen Hecke am Ende des Weges hervorkamen, sahen wir den schwarzen Preisboxer dort im Schatten. Wir standen ihm plötzlich gegenüber, und er wirkte an diesem einsamen Ort finster und drohend. Holmes schlug mit der Hand auf seine Jackentasche.

»Suchen Sie Ihren Ballermann, Masser Holmes?«

»Nein, mein Riechfläschchen, Steve.«

»Sie sind aber komisch, Masser Holmes.«

»Das wird gar nicht komisch sein, wenn ich erst hinter Ihnen her bin. Ich habe Sie heute früh gewarnt.«

»Schon gut, Masser Holmes, ich hab alles überlegt, was Sie gesagt haben, und ich will nix mehr mit Sache von Masser Perkins zu tun haben. Wenn ich Ihnen helfen kann, Masser Holmes, will ich es gern tun.«

»Dann sagen Sie mir, wer hinter diesem Job steht.«

»Beim Himmel, Masser Holmes, ich hab Ihnen

schon die Wahrheit gesagt. Ich weiß nix. Barney is mein Boss, da kriege ich die Befehle, das is alles.«

»Gut, aber denk immer dran, Steve: Die Dame in dem Haus und alles, was sich unter ihrem Dach befindet, steht unter meinem Schutz. Vergiß das nicht.«

»Schon gut, Masser Holmes. Ich werd dran denken.«

»Dem habe ich ordentlich Angst um die eigene Haut eingejagt, Watson«, bemerkte Holmes, als wir weitergegangen waren. »Ich glaube, er würde seinen Auftraggeber verraten, wenn er wüßte, wer es ist. Es fügt sich glücklich, daß ich einiges über die Bande von Spencer John weiß und daß Steve dazugehört. Aber der Fall, Watson, ist etwas für Langdale Pike, und den suche ich jetzt auf. Wenn ich zurück bin, sehe ich vielleicht in der Angelegenheit klarer.«

Für den Rest des Tages sah ich von Holmes nichts mehr, konnte mir aber sehr wohl vorstellen, wie er ihn verbrachte, denn Langdale Pike war etwas wie ein lebendes Buch, das über alle gesellschaftlichen Skandale Auskunft erteilte. Dieses sonderbare, matte Geschöpf verbrachte die Stunden seines Wachseins im Erker eines Clubs in der St. James' Street. Er war der Empfänger und Übermittler allen Klatsches der Hauptstadt. Es hieß, er verdiene eine vierstellige Summe damit, daß er jede Woche die Skandalblätter, die ein neugieriges Publikum versorgten, mit Artikeln belieferte. Wann immer in den brodelnden Tiefen des Londoner Lebens ein Wirbel entstand, wurde das von diesem menschlichen Automaten exakt registriert. Holmes verhalf Langdale diskret zu Kenntnissen, wofür der sich gelegentlich revanchierte.

Als ich am nächsten Morgen meinen Freund in seiner Wohnung wiedersah, merkte ich an seinem

Verhalten, daß alles gut stand. Dennoch gab es bald eine sehr unerfreuliche Überraschung in Gestalt des folgenden Telegramms:

›Bitte sofort kommen. Nächtlicher Einbruch ins Haus der Klientin. Polizei benachrichtigt.

Sutro‹

Holmes pfiff. »Das Drama hat seinen Höhepunkt erreicht, und viel schneller, als ich erwartete. Hinter der Angelegenheit steckt eine mächtige Triebkraft, Watson, aber das setzt mich, nach allem, was ich gehört habe, nicht in Erstaunen. Ich beging einen Fehler, als ich nicht Sie bat, die Nachtwache zu halten. Sutro, der Rechtsanwalt, hat sich eindeutig als ein schwaches Rohr im Wind erwiesen. Nun, da müssen wir eben noch einmal nach Harrow Weald hinausfahren.«

Wir fanden das Anwesen der Mrs. Maberley in einem Zustand vor, der sich wesentlich von dem geordneten Haushalt vom vergangenen Tag unterschied. Eine kleine Gruppe Neugieriger stand am Gartentor, und zwei Konstabler untersuchten die Fenster und die Geranienbeete. Drinnen trafen wir einen grauhaarigen alten Herrn, der sich als der Rechtsanwalt vorstellte, und einen geschäftigen, rotgesichtigen Inspektor, der Holmes wie einen alten Freund begrüßte.

»Ich fürchte, Mr. Holmes, hier gibt's für Sie keine Gelegenheit, sich auszuzeichnen. Ein ganz gewöhnlicher Einbruch, den die gute alte Polizei längst im Griff hat. Experten werden nicht benötigt.«

»Ich bin sicher, der Fall liegt in guten Händen«, sagte Holmes. »Sie meinen, es ist nur ein gewöhnlicher Einbruch?«

»Ganz recht. Wir wissen sehr genau, was für

Leute das gewesen sind und wo wir sie finden können. Es handelt sich um die Bande von Barney Stockdale, zu der auch der große Neger gehört. Sie sind in der Gegend gesehen worden.«

»Ausgezeichnet! Was haben sie erbeutet?«

»Nun, wie es scheint, ist ihnen nicht viel in die Finger gefallen. Mrs. Maberley wurde chloroformiert, und das Haus … Ah, da kommt ja die Dame selbst.«

Unsere Freundin von gestern sah sehr blaß und schlecht aus; auf eine junge Bedienstete gestützt, betrat sie das Zimmer.

»Sie gaben mir einen guten Rat, Mr. Holmes«, sagte sie mit einem kläglichen Lächeln. »Zu dumm, daß ich ihn nicht befolgte. Ich wollte Mr. Sutro nicht belästigen, und so war ich ohne Schutz.«

»Ich hörte erst heute morgen von der Sache«, erklärte der Rechtsanwalt.

»Mr. Holmes hatte mir geraten, einen Freund ins Haus zu nehmen. Ich schlug den Rat in den Wind und mußte dafür zahlen.«

»Sie sehen bejammernswert krank aus«, sagte Holmes. »Fühlen Sie sich überhaupt in der Lage, mir zu erzählen, was geschehen ist?«

»Steht alles hier drin«, sagte der Inspektor und klopfte mit dem Finger auf ein dickleibiges Notizbuch.

»Dennoch würde ich, wenn die Dame nicht zu erschöpft ist …«

»Es gibt wirklich sehr wenig zu erzählen. Ich zweifle nicht daran, daß die abscheuliche Susan ihnen den Weg ins Haus gewiesen hat. Sie müssen sich bis zum letzten Quadratzoll ausgekannt haben. Es war nur für einen Augenblick, daß ich merkte, wie man mir einen mit Chloroform getränkten Lappen auf Mund und Nase preßte, aber ich besitze keine Vorstellung davon, wie lange ich bewußtlos blieb. Als ich zu mir kam, sah ich einen Mann an meinem Bett und noch einen anderen, der, ein Bündel in der Hand, inmitten des Gepäcks meines Sohnes stand; einige Kisten waren aufgebrochen, und der Inhalt lag am Boden verstreut. Ehe der Mann sich davonmachen konnte, war ich aufgesprungen und hatte mich auf ihn gestürzt.«

»Sie haben viel riskiert«, sagte der Inspektor.

»Ich klammerte mich an ihm fest, aber er schüttelte mich ab, und der andere wird mich dann wohl auf den Kopf geschlagen haben, denn ich erinnere mich an nichts weiter. Mary, mein Dienstmädchen, hörte den Lärm und schrie aus dem Fenster um Hilfe. Dadurch wurde die Polizei aufmerksam, aber die Strolche waren schon weg, als sie eintraf.«

»Was wurde gestohlen?«

»Ich glaube, es fehlt nichts von Wert. Im Gepäck meines Sohnes, dessen bin ich sicher, wird nichts Wertvolles gewesen sein.«

»Haben die Kerle nichts zurückgelassen, was als Hinweis dienen kann?«

»Vielleicht das Stück Papier, das ich dem Mann wohl entrissen haben muß, als ich ihn umklammerte. Es lag zerknüllt am Boden. Es trägt die Handschrift meines Sohnes.«

»Was bedeutet, daß es nichts Wichtiges sein kann«, sagte der Inspektor. »Wenn es die Handschrift der Einbrecher ...«

»Genau das meine ich«, sagte Holmes. »Welch starker, gesunder Menschenverstand! Trotzdem würde ich gern einen Blick auf das Blatt werfen.«

Der Inspektor entnahm seiner Brieftasche einen gefalteten Briefbogen.

»Mir entgeht nichts, so geringfügig es auch sein mag«, sagte er ziemlich prahlerisch. »Das rate ich Ihnen auch, Mr. Holmes. In fünfundzwanzig Jahren Erfahrung habe ich meine Lektion gelernt. Immer besteht die Möglichkeit, Fingerabdrücke oder dergleichen zu entdecken.«

Holmes untersuchte das Blatt.

»Was halten Sie davon, Inspektor?«

»Scheint mir das Ende von einem sonderbaren Roman, soviel ich sehen kann.«

»Es könnte sich wirklich als das Ende einer sonderbaren Geschichte herausstellen«, sagte Holmes. »Haben Sie die Zahl am Kopf der Seite beachtet? Sie lautet zweihundertfünfundvierzig. Wo sind die übrigen zweihundertvierundvierzig Seiten?«

»Nun, ich nehme an, die haben die Einbrecher. Denen wünsche ich viel Vergnügen beim Lesen!«

»Ich finde es seltsam, daß Leute in ein Haus einbrechen, um ein Bündel Papier wie dieses zu stehlen. Fällt Ihnen dabei nichts ein, Inspektor?«

»Doch, Sir. Mir fällt dabei ein, daß die Schufte in der Eile das Erstbeste zusammenrafften, was ihnen unter die Finger kam. Ich wünsche ihnen viel Vergnügen an ihrer Beute.«

»Aber warum nur hatten sie es auf die Sachen meines Sohns abgesehen?« fragte Mrs. Maberley.

»Nun, als sie unten nichts Wertvolles entdeckten, haben sie ihr Glück eine Etage höher versucht. So sehe ich das. Was meinen Sie, Mr. Holmes?«

»Ich muß es durchdenken, Inspektor. Kommen Sie ans Fenster, Watson.« Wir standen beieinander, und er las, was auf dem Papier geschrieben war. Es begann mitten im Satz und lautete folgendermaßen:

»... Gesicht blutete stark aus den Schnitten und Schlägen, aber das war nichts, verglichen mit dem Bluten seines Herzens, als er das liebliche Gesicht sah, das Gesicht, für das er sein Leben geopfert hätte und das jetzt auf seinen Todesschmerz und seine Demütigung herniederblickte. Sie lächelte – ja, beim Himmel, sie lächelte! – wie eine herzlose Teufelin, als die er sie jetzt erkannte. In diesem Augenblick starb die Liebe und gebar den Haß. Ein Mensch muß für etwas leben. Und wenn ich nicht für deine Umarmung leben kann, dann allenfalls für deine Vernichtung und meine volle Rache.‹

»Komischer Stil«, sagte Holmes, als er dem Inspektor das Papier zurückgab. »Haben Sie bemerkt, wie das Er plötzlich zum Ich überwechselt? Der Schreiber war von seiner eigenen Geschichte derart mitgerissen, daß er sich auf dem Höhepunkt einbildete, selber der Held zu sein.«

»Scheint mir ziemlich armseliges Zeug«, sagte der Inspektor und steckte das Blatt wieder in seine Brieftasche. »Wie, Mr. Holmes? Sie wollen gehen?«

»Ich denke, hier gibt es für mich nichts mehr zu tun, da der Fall in solch bewährten Händen ruht. Übrigens, Mrs. Maberley, sagten Sie nicht, Sie würden gern reisen?«

»Das war von jeher mein Traum, Mr. Holmes.«

»Wohin würden Sie denn gern fahren – nach Kairo, nach Madeira, an die Riviera?«

»Ach, wenn ich das Geld hätte, würde ich rund um die Welt reisen.«

»Recht so. Rund um die Welt. Na denn, guten Morgen. Vielleicht lasse ich Ihnen heute abend eine Nachricht zukommen.« Als wir draußen am Fenster vorübergingen, sah ich, wie der Inspektor lächelte und den Kopf schüttelte. »Diese schlauen Jungs haben doch immer einen Sparren lose«: das war es, was ich aus dem Lächeln des Inspektors las.

»Und jetzt, Watson, liegt vor uns die letzte Etappe unserer kleinen Reise«, sagte Holmes, als uns wieder der Tumult der Londoner City umgab. »Ich denke, wir sollten die Geschichte sofort zu Ende bringen, und da wäre es gut, Sie könnten mit mir kommen. Denn es ist immer gut, einen Zeugen zu haben, wenn man es mit einer Dame wie Isadora Klein aufnimmt.«

Wir saßen in einer Droschke, die uns zu einem Haus am Grosvenor Square fuhr. Holmes saß in Gedanken verloren, aber plötzlich kam er in die Gegenwart zurück.

»Übrigens, Watson: Ich nehme an, Sie sehen klar?«

»Nein, das kann ich nicht behaupten. Ich vermute nur, wir fahren zu der Dame, die hinter all dem Übel steckt.«

»Genau! Aber weckt der Name Isadora Klein in Ihnen nichts? Sie war doch *die* gefeierte Schönheit. Keine andere reichte an sie heran. Sie ist rein spanischer Abstammung, aus dem Blut der mächtigen Conquistadoren, und ihre Familie herrschte generationenlang in Pernambuco. Sie heiratete den ältlichen deutschen Zuckerkönig Klein und war bald die reichste und wunderschönste Witwe von der Welt. Es folgte eine Zeit der Abenteuer; sie lebte ganz nach ihrem Geschmack. Sie hatte mehrere Liebhaber, und Douglas Maberley, eine der auffallendsten Erscheinungen Londons, war es auch.

Für ihn bedeutete die Beziehung in jeder Hinsicht mehr als ein Abenteuer. Er war kein Gimpel aus der besseren Gesellschaft, sondern ein starker, stolzer Mann, der alles gab und alles erwartete. Aber sie ist die *belle dame sans merci*, wie aus einem Roman entstiegen. Wenn ihre Laune befriedigt ist, hat sich die Angelegenheit für sie erledigt, und wenn der Partner es nicht glauben will, dann weiß sie, wie sie es ihm begreiflich macht.«

»Dann war das also seine eigene Geschichte ...«

»Aha, Sie fügen jetzt die Stücke zusammen. Wie ich erfuhr, steht sie vor der Hochzeit mit dem jungen Duke of Lomond, der fast ihr Sohn sein könnte. Die Mama Seiner Gnaden würde über den Altersunterschied hinwegsehen, aber ein großer Skandal wäre natürlich etwas anderes. Also ist es unumgänglich ... Ah, wir sind schon da!«

Es war eines der schönsten Eckhäuser im West End. Ein Diener, der sich wie ein Automat bewegte, nahm unsere Visitenkarten und kam mit dem Bescheid zurück, die Dame sei nicht zu Hause.

»Dann warten wir, bis sie zu Hause ist«, sagte Holmes fröhlich.

Der Apparat geriet durcheinander.

»Nicht zu Hause, heißt: für *Sie* nicht zu Hause«, sagte der Diener.

»Gut«, antwortete Holmes. »Das bedeutet also, wir brauchen nicht zu warten. Dann überbringen Sie Ihrer Herrin diese Nachricht.«

Er kritzelte ein paar Worte auf ein Blatt aus seinem Notizbuch, faltete es und reichte es dem Mann.

»Was haben Sie geschrieben, Holmes?« fragte ich.

»Einfach: ›Soll ich die Sache der Polizei übergeben?‹ Ich nehme an, damit werden wir vorgelassen.«

Und so geschah es – erstaunlich schnell. Eine Minute später befanden wir uns in einem Salon aus Tausendundeiner Nacht, weit und wunderschön in einer dämmerigen Beleuchtung, gespendet von einigen rosafarbenen elektrischen Lampen. Die Dame schien nach meinem Gefühl in das Alter gekommen, in dem auch die stolzeste Schönheit gedämpftes Licht bevorzugt. Als wir eintraten, erhob sie sich von einer Polsterbank: hochgewachsen, königlich, vollkommene Figur und ein liebliches maskenhaftes Gesicht mit zwei wundervollen spanischen Augen, aus denen uns Mord entgegenblitzte.

»Was bedeutet Ihr Eindringen – und diese beleidigende Botschaft?« fragte sie und hielt uns das Blatt Papier hin.

»Das brauche ich wohl nicht zu erklären, Madam. Dafür empfinde ich zuviel Hochachtung vor Ihrer Intelligenz – wenn ich auch gestehen muß, daß Ihre Intelligenz letzthin überraschenderweise versagt hat.«

»Und bei welcher Gelegenheit, Sir?«

»Als Sie annahmen, Ihre gemieteten Schläger könnten mir eine Arbeit vergraulen. Kein Mann würde meinen Beruf erwählen, der sich nicht von der Gefahr angezogen fühlte. So waren Sie es persönlich, die mich zwang, den Fall des jungen Maberley zu untersuchen.«

»Ich weiß nicht, wovon Sie reden. Was habe ich mit gemieteten Schlägern zu tun?«

Holmes wandte sich gelangweilt ab.

»Ja, ich habe Ihre Intelligenz wirklich überschätzt. Schönen Nachmittag noch.«

»Halt! Wohin gehen Sie?«

»Zu Scotland Yard.«

Wir waren noch nicht halbwegs zur Tür, als sie uns einholte und seinen Arm ergriff. Binnen eines Augenblicks hatte sie sich aus Stahl zu Samt verwandelt.

»Setzen Sie sich doch, Gentlemen. Bereden wir die Angelegenheit. Ich fühle, daß ich Ihnen gegenüber offen sein kann, Mr. Holmes. Sie sind ein Gentleman. Der Instinkt einer Frau findet so etwas schnell heraus, Ich werde Sie als Freund betrachten.«

»Ich kann Ihnen gleiches nicht versprechen, Madam. Ich bin zwar kein Vertreter des Gesetzes, aber so weit meine schwachen Kräfte reichen, verkörpere ich die Gerechtigkeit. Ich bin bereit, Ihnen zuzuhören, und dann sage ich Ihnen, wie ich handeln werde.«

»Es war natürlich töricht von mir, einem tapferen Mann wie Ihnen zu drohen.«

»Ihre wirkliche Torheit, Madam, haben Sie begangen, als Sie sich einer Bande von Strolchen in die Hand gaben, die Sie erpressen oder verraten kann.«

»Nein, nein! So einfältig bin ich nicht. Ich habe Ihnen versprochen, offen zu sein, so dürfen Sie auch wissen, daß keiner von ihnen, Barney Stockdale und Susan, seine Frau, ausgenommen, den blassesten Schimmer hat, wer der Auftraggeber ist. Und was diese beiden angeht: Ich bediene mich nicht zum ersten Mal ...« Sie lächelte und nickte uns mit bezaubernd koketter Vertraulichkeit zu.

»Ich verstehe. Sie sind bereits erprobt.«

»Sie sind gute Jagdhunde, die keinen Lärm machen.«

»Bei solchen Jagdhunden findet sich die Eigenart, daß sie früher oder später die Hand beißen, die sie füttert. Sie werden wegen des Einbruchs eingesperrt. Die Polizei ist ihnen schon auf den Fersen.«

»Sie nehmen an, was ihnen beschieden ist. Dafür bezahle ich sie. Ich werde in der Angelegenheit nicht erscheinen.«

»Es sei denn, ich bringe Sie hinein.«

»Nein, nein, das werden Sie nicht tun. Sie sind ein Gentleman. Und es handelt sich um das Geheimnis einer Frau.«

»Vor allem müssen Sie das Manuskript zurückgeben.«

Sie brach in perlendes Gelächter aus und ging zum Kamin. Dort lag eine verkohlte Masse; sie stocherte mit dem Schüreisen darin herum. »Soll ich Ihnen das zurückgeben?« fragte sie.

Sie sah so schelmisch und köstlich aus, wie sie mit herausforderndem Lächeln vor uns stand, daß mir der Gedanke kam, sie könnte von allen Verbrechern diejenige sein, mit der Holmes in die größten Schwierigkeiten kommen würde. Doch er war gegen Gefühle unempfindlich.

»Das besiegelt Ihr Schicksal«, sagte er kalt. »Sie handeln sehr entschlossen, Madam, aber diesmal haben Sie den Bogen überspannt.«

Sie warf das Schüreisen klirrend zu Boden.

»Wie hart Sie doch sind!« rief sie. »Soll ich Ihnen die ganze Geschichte erzählen?«

»Ich schätze, ich könnte sie Ihnen erzählen.«

»Aber Sie müssen sie mit meinen Augen sehen, Mr. Holmes. Sie müssen sie vom Standpunkt der Frau betrachten, die im letzten Moment die Gefahr erkennt, daß all ihr Streben vereitelt wird. Kann man einer solchen Frau einen Vorwurf daraus machen, wenn sie sich schützt?«

»Die ursprüngliche Sünde haben Sie begangen.«

»Ja, ja! ich gebe es zu. Douglas war ein lieber Junge, aber es fügte sich, daß er in meine Pläne nicht paßte. Er wollte die Heirat – Heirat, Mr. Holmes, mit einem Bürgerlichen ohne einen Penny. Nichts anderes hätte ihn zufriedengestellt. Dann wurde er halsstarrig. Weil ich gegeben hatte, dachte er offenbar, daß ich immer weiter geben müsse, und nur ihm. Es war unerträglich. Schließlich mußte ich ihm das deutlich zu spüren geben.«

»Indem Sie Schläger engagierten, die ihn unter Ihrem Fenster verprügelten.«

»Sie scheinen wirklich alles zu wissen. Ja, es

stimmt, Barney und seine Jungs vertrieben ihn und taten das, ich gebe es zu, ein bißchen ungehobelt. Und daraufhin, was tat er? Konnte ich ahnen, daß ein Gentleman so handeln würde? Er schrieb ein Buch, in dem er seine eigene Geschichte erzählte. Ich war darin natürlich der Wolf, er das Lamm. Das Buch enthielt die ganze Geschichte, selbstverständlich unter anderen Namen. Aber wer in London hätte die Personen und Umstände nicht erkannt? Was sagen Sie nun, Mr. Holmes?«

»Aber es war sein Recht.«

»Es war nicht anders, als sei ihm die Atmosphäre Italiens ins Blut gegangen und mit ihr der alte grausame italienische Geist. Er schrieb mir und übersandte eine Kopie seines Buches, damit ich eine Vorahnung der Qual erfahren sollte. Er schrieb, es gebe zwei Kopien – eine für mich und eine für den Verleger.«

»Woher wußten Sie, daß der Verleger keine Kopie erhalten hatte?«

»Ich kannte seinen Verleger. Sie müssen wissen, daß dies nicht der erste Roman war, den er geschrieben hat. Ich bekam heraus, daß der noch nichts gehört hatte. Dann starb Douglas plötzlich. Solange das zweite Manuskript existierte, gab es für mich keine Sicherheit. Es mußte sich natürlich in seinem Nachlaß befinden, und der würde seiner Mutter überstellt werden. So bediente ich mich denn der Dienste der Bande. Ein Mitglied wurde ins Haus geschmuggelt. Ich wollte die Angelegenheit ehrlich zu Ende bringen. Ich zeigte mich bereit, das Haus mit allem, was sich darin befand, zu kaufen. Und ich wollte jeden Preis zahlen, den seine Mutter forderte. Erst als das Angebot fehlschlug, versuchte ich es auf die andere Art. Zugegeben, Mr. Holmes, ich bin mit Douglas zu hart verfahren – und es tut mir, weiß

Gott, leid –, doch was hätte ich sonst tun sollen, da meine ganze Zukunft auf dem Spiel stand?«

Sherlock Holmes zuckte die Achseln.

»Na gut«, sagte er, »ich nehme an, ich werde wohl ein Verbrechen aus der Welt schaffen müssen. Wieviel würde wohl eine Weltreise Erster Klasse kosten?«

Die Dame starrte ihn überrascht an.

»Vielleicht fünftausend Pfund?«

»Nun, ich glaube schon.«

»Sehr gut. Ich denke, Sie schreiben mir einen Scheck über die Summe aus, und ich werde dafür sorgen, daß Mrs. Maberley ihn erhält. Sie schulden ihr ein bißchen Luftveränderung. Und im übrigen, meine Dame –«, er drohte ihr mit dem Finger, »nehmen Sie sich in acht! Wirklich, nehmen Sie sich in acht! Sie können nicht auf ewig mit scharfen Instrumenten spielen, ohne sich die zarten Händchen zu zerschneiden.«

Der Vampir von Sussex

Holmes hatte einen Brief, der mit der letzten Post gekommen war, sorgfältig gelesen. Dann warf er ihn mit einem trockenen Kichern, seiner Art zu lachen, mir hin.

»Als Mischung aus Modernem und Mittelalterlichem, Wirklichkeit und wild Phantastischem ist dies, denke ich, gewiß der Gipfel«, sagte er. »Was halten Sie davon, Watson?«

Ich las das Folgende:

Old Jewry 46
19. Nov.

Betrifft: Vampire

Sir,

Unser Kunde Mr. Robert Ferguson, von Ferguson & Muirhead, Teehändler aus der Mincing Lane, bittet uns um Mitteilung von Daten, Vampire betreffend. Da unsere Firma ausschließlich auf das Taxieren von Maschinen spezialisiert ist, fällt diese Sache kaum in unser Fachgebiet. Wir haben Mr. Ferguson deshalb empfohlen, sich an Sie zu wenden und Ihnen seine Fragen vorzutragen. Wir haben Ihr erfolgreiches Wirken in Sachen Matilda Briggs nicht vergessen.

Wir sind, Sir, Ihre ergebenen
Morrison, Morrison und Dodd

»Matilda Briggs war nicht der Name einer jungen Frau, Watson«, sagte Holmes, in Erinnerungen kramend. »Es war ein Schiff, das mit der Riesenratte auf Sumatra in Zusammenhang steht, eine Geschichte, für die die Welt jedoch noch nicht bereit ist. Aber was wissen wir über Vampire? Fällt das etwa in unser Fachgebiet? Wiederum ist es besser, ein bißchen was zu tun, als untätig zu bleiben, obwohl mir doch scheint, wir sitzen in dem Falle einem Grimmschen Märchen auf. Recken Sie einmal den Arm, Watson, und schauen Sie nach, was der Buchstabe V uns mitteilen kann.«

Ich lehnte mich zurück und langte den großen Index-Band herunter, den er meinte. Holmes legte ihn sich auf den Knien zurecht, und seine Augen bewegten sich langsam und liebevoll über das mit Informationen aus einem Lebensalter gespickte Verzeichnis alter Fälle. ›Verhängnisvolle Fahrt der ‚Gloria Scott'‹ las er. »Das war ein schlechter Auftrag. Ich habe vage die Erinnerung, daß Sie darüber einen Bericht anfertigten, aber ich konnte Sie zu dem Resultat wohl nicht beglückwünschen. Victor Lynch, der Fälscher. Vergiftung durch Krustenechse (Gila). Bemerkenswerter Fall! Vittoria, die Schöne vom Zirkus. Vanderbilt und der Geldschrankknacker. Vipern. Vigor, das Wunder von Hammersmith. Hallo! hallo! Gutes altes Register. Es ist unschlagbar. Hören Sie sich das an, Watson: Vampirismus in Ungarn. Und hier wieder: Vampire in Transsylvanien.« Eifrig schlug er die entsprechenden Seiten auf, aber nachdem er eine kleine Weile gespannt gelesen hatte, warf er das große Buch mit enttäuschtem Schnaufen beiseite.

»Das ist ausgemachter Plunder, Watson. Was haben wir mit umgehenden Toten zu schaffen, dic nur in ihren Gräbern festgehalten werden können, wenn man ihnen Pflöcke in die Herzen treibt. Das ist reiner Wahnsinn.«

»Aber muß denn«, sagte ich, »ein Vampir notwendigerweise ein Toter sein? Auch eine lebende Person kann solche Gewohnheiten zeigen. Ich habe zum Beispiel von Alten gelesen, die das Blut Junger saugen, um ihre Jugend wiederzuerlangen.«

»Sie haben recht, Watson. Hier wird die Legende auch erwähnt. Aber sollten wir wirklich im Ernst derartige Dinge beachten? Unsere Agentur steht fest auf dem Boden der Tatsachen, und das muß so bleiben. Die Welt ist groß genug für uns. Wir brauchen keine Gespenster. Ich fürchte, wir können Mr. Robert Ferguson nicht sehr ernst nehmen. Vielleicht kommt dieses Schreiben hier von ihm und wirft ein Licht auf das, was ihm Sorgen bereitet.«

Er nahm einen zweiten Brief, der, während er mit dem ersten beschäftigt war, unbeachtet auf dem Tisch gelegen hatte. Er begann ihn mit amüsiertem Lächeln zu lesen, aber allmählich verlor sich das Lächeln, und ein Ausdruck intensiver Anteilnahme und Konzentration trat in sein Gesicht. Als er zu Ende gelesen hatte, saß er kurze Zeit in Gedanken verloren und hielt den Brief lose zwischen den Fingern. Mit einem Ruck fuhr er endlich aus seinen Träumen.

»Cheeseman's Haus, Lamberley. Wo liegt Lamberley, Watson?«

»In Sussex, südlich von Horsham.«

»Nicht sehr weit, wie? Und Cheeseman's?«

»Ich kenne die Gegend, Holmes. Sie ist voller alter Häuser, die man nach den Männern benannt hat, die sie vor Jahrhunderten erbauten. Es gibt Oldleys und Harveys und Carritons – die Leute sind vergessen, aber ihre Namen leben in ihren Häusern fort.«

»Sehr gut«, sagte Holmes kühl. Es war eine Eigenart seiner stolzen, verschlossenen Natur, daß er, der seinem Gedächtnis jede neue Information sehr rasch und präzise einprägte, dem Spender nur sehr selten

Anerkennung zollte. »Ich glaube fast, wir werden viel mehr über Cheeseman's Haus in Lamberley wissen, ehe wir dies hier hinter uns haben. Der Brief stammt, wie ich hoffte, von Robert Ferguson. Übrigens behauptet er, mit Ihnen bekannt zu sein.«

»Mit mir!«

»Lesen Sie lieber selber.«

Er reichte mir den Brief. Oben stand der genannte Absender.

Lieber Mr. Holmes (hieß es) – Meine Rechtsanwälte haben mich an Sie verwiesen, aber die Angelegenheit ist so außerordentlich heikel, daß es mir schwerfällt, sie zur Sprache zu bringen. Es handelt sich um einen Freund, für den ich mich bemühe. Der Herr heiratete vor fünf Jahren eine Dame aus Peru, die Tochter eines peruanischen Kaufmanns, den er gelegentlich eines Importgeschäfts mit Nitraten kennengelernt hatte. Die Dame war schön, aber der Umstand ihrer fremdländischen Herkunft und ihre andersgeartete Religion bewirkten eine bleibende Trennung der Interessen und Gefühle des Mannes und der Frau, so daß wohl nach einer gewissen Zeit seine Liebe zu ihr abgekühlt war und er die Verbindung als einen Irrtum angesehen haben mag. Er empfand, daß es in ihrem Charakter einige Züge gab, die er sich nie erklären oder nie würde verstehen können. Das war um so schmerzlicher, als sie eine liebevolle Frau war, wie ein Mann sie sich nur wünschen konnte – in jeder Hinsicht ihm völlig ergeben.

Nun zu dem Punkt, den ich Ihnen näher erklären werde, wenn wir zusammentreffen. Denn diesen Brief schreibe ich nur, um Ihnen einen allgemeinen Eindruck von der Lage zu vermitteln und um festzustellen, ob Sie sich für den Fall interessieren.

Die Dame begann einige Sonderbarkeiten an den Tag zu legen, die ihrer sonst angenehmen und freundlichen Natur fremd waren. Der Herr ist zum zweitenmal verheiratet; er besitzt einen Sohn aus erster Ehe. Der Junge ist fünfzehn, ein sehr liebenswürdiger und herzlicher Bursche, wenn auch unglücklich durch einen Unfall in der Kindheit verletzt. Die Frau ist zweimal dabei ertappt worden, wie sie den armen Jungen angriff, ohne herausgefordert worden zu sein. Einmal schlug sie ihn mit einem Stock, so daß auf seinem Arm eine dicke Strieme zurückblieb.

Das ist aber eine Kleinigkeit, verglichen damit, wie sie ihr eigenes Kind behandelt, einen lieben Jungen von noch nicht einem Jahr. Es war vor etwa einem Monat, als das Kind einmal für einige Minuten von seiner Kinderfrau allein gelassen wurde. Ein lauter Schrei des Babys, wie im Schmerz ausgestoßen, rief die Kinderfrau zurück. Als sie ins Zimmer stürzte, sah sie ihre Diensthertrin, die Dame des Hauses, über das Baby gebeugt; anscheinend biß sie es in den Hals. Dort fand sich auch eine kleine Wunde, aus der Blut trat. Die Kinderfrau war so entsetzt, daß sie den Hausherrn rufen wollte, aber die Dame flehte sie an, es nicht zu tun, und versprach ihr fünf Pfund zur Belohnung für ihr Schweigen. Eine Erklärung gab es nie, und für den Augenblick war die Sache abgetan.

Dennoch hat der Vorfall bei der Kinderfrau einen schrecklichen Eindruck hinterlassen, und seit dieser Zeit begann sie, ihre Herrin scharf zu beobachten und das Baby, das sie zärtlich liebt, aufmerksamer zu bewachen. Dabei kam es ihr vor, als ob sie selber, während sie die Mutter beobachtete, von dieser beobachtet würde, und als ob die Mutter nur darauf wartete, an das Baby heranzukommen, wenn sie, die

Amme, gezwungen war, es allein zu lassen. Tag und Nacht beschützte die Kinderfrau des Kind, und Tag und Nacht schien die schweigende, aufmerksame Mutter auf der Lauer zu liegen, wie der Wolf, der auf ein Lamm lauert. Das alles muß Sie sehr unglaubwürdig anmuten, doch bitte ich Sie, es ernst zu nehmen, denn das Leben eines Kindes und die Gesundheit eines Mannes hängen davon ab.

Schließlich kam der schreckliche Tag, da die Tatsachen nicht länger vor dem Gatten verborgen bleiben konnten. Die Nerven der Kinderfrau versagten; sie konnte die Spannung nicht mehr ertragen, und sie redete sich vor dem Mann alles von der Seele. Der hielt es für eine wilde Geschichte, ganz so, wie es auch Ihnen erscheinen mag. Er kannte seine Frau als liebende Gattin und – die Angriffe auf ihren Stiefsohn ausgenommen – als liebende Mutter. Warum also sollte sie ihr geliebtes Baby verletzen? Er beschuldigte die Kinderfrau, sagte, sie müsse das geträumt oder bei diesen Schmähungen ihren Verstand nicht beisammen haben, er wolle derartige Verdächtigungen ihrer Herrin nicht dulden. Noch während sie sprachen, ertönte wieder ein Schmerzensschrei. Kinderfrau und Hausherr liefen gemeinsam zum Kinderzimmer. Stellen Sie sich seine Gefühle vor, Mr. Holmes, als er, da seine Frau sich neben der Wiege von den Knien erhob, am Hals des Kindes und auf dem Laken Blut erblickte. Mit einem Schreckensschrei drehte er das Gesicht seiner Frau ins Licht und sah Blut rund um ihren Mund. Es war sie – sie, ohne alle Frage –, sie hatte das Blut des armen Babys getrunken.

So steht die Sache. Sie hat sich jetzt in ihrem Zimmer eingeschlossen. Es gab keine Erklärung. Der Gatte ist halb wahnsinnig. Er weiß wenig vom Vampirismus, und mir geht es auch so. Wir hatten geglaubt, das sei solch eine wilde Mär aus fernen Ländern, und doch: hier im Herzen des englischen Sussex … Nun, das könnte alles morgen früh mit Ihnen besprochen werden. Werden Sie mich empfangen? Werden Sie Ihre großen Fähigkeiten einsetzen, einem verstörten Mann zu helfen? Wenn ja, telegrafieren Sie bitte an

Ferguson
Cheeseman's Haus, Lamberley,
und ich werde gegen zehn Uhr in Ihrer Wohnung sein.

Hochachtungsvoll
Robert Ferguson

P. S. Ich glaube, Ihr Freund Watson spielte bei Blackheath Rugby, als ich Dreiviertelspieler bei Richmond war. Das ist das einzige, womit ich mich persönlich empfehlen kann.

»Natürlich erinnere ich mich an ihn«, sagte ich, als ich den Brief hinlegte. »Big Bob Ferguson, der beste Dreiviertelspieler, den Richmond je hatte. Er war immer ein gutmütiger Bursche. Das sieht ihm ähnlich, daß er sich über das Schicksal eines Freundes bekümmert.«

Holmes sah mich nachdenklich an und schüttelte den Kopf.

»Ich komme nie dahinter, wo Ihre Grenzen liegen. In Ihnen schlummern unentdeckte Möglichkeiten. Seien Sie ein guter Junge und bringen Sie ein Telegramm zur Post: ›Werde Ihren Fall gern übernehmen‹.«

»*Ihren* Fall!«

»Wir dürfen ihm nicht den Eindruck machen, diese Agentur sei eine Herberge für Debile. Natürlich ist es sein Fall. Schicken Sie ihm das Telegramm, und lassen Sie die Sache bis morgen ruhen.«

Pünktlich um zehn Uhr am nächsten Morgen betrat Ferguson unser Zimmer. Ich hatte ihn in Erinnerung als einen langen schlaksigen Mann mit lockeren Gliedern und von einer beachtlichen Schnelligkeit, die ihn oft in den Rücken der gegnerischen Mannschaft trug. Sicherlich ist im Leben nichts schmerzhafter, als dem Wrack eines guten Athleten zu begegnen, den man in seiner Blüte gekannt hat. Die große Gestalt war in sich zusammengefallen, sein flachsfarbenes Haar war dünn geworden und sein Rücken gekrümmt. Ich fürchte, daß ich ähnliche Gefühle in ihm erweckte.

»Hallo, Watson«, sagte er, und seine Stimme klang noch tief und herzlich. »Du siehst nicht mehr ganz so aus wie damals, als ich dich im Old Deer Park über die Absperrung in die Menge warf. Ich nehme an, ich habe mich auch ein bißchen verändert. Aber es sind die letzten Tage, die mich alt gemacht haben. An Ihrem Telegramm habe ich erkannt, Mr. Holmes, daß es sinnlos ist, mich als jemandes Vertreter auszugeben.«

»Es ist einfacher, direkt zu verhandeln«, sagte Holmes.

»Natürlich. Aber Sie können sich vorstellen, wie schwierig es ist, von der Frau zu sprechen, die zu schützen und der zu helfen man gehalten ist. Was soll ich tun? Wie könnte ich mit solch einer Geschichte zur Polizei gehen? Und doch, die Kleinen müssen geschützt werden. Ist es Irrsinn, Mr. Holmes, ist es etwas, das im Blut liegt? Sind Sie in der Praxis schon einem ähnlichen Fall begegnet? Geben Sie mir um Gottes willen einen Rat, denn ich bin mit meiner Weisheit am Ende.«

»Das ist nur natürlich, Mr. Ferguson. Nehmen Sie

Platz, fassen Sie sich und geben Sie mir ein paar klare Antworten. Ich kann Ihnen versichern, daß ich weit vom Ende meiner Weisheit entfernt und überzeugt bin, daß wir eine Lösung finden werden. Erzählen Sie mir vor allem, welche Schritte Sie unternommen haben. Ist Ihre Frau immer noch bei den Kindern?«

»Wir hatten einen schrecklichen Auftritt. Sie ist eine sehr liebevolle Frau, Mr. Holmes. Wenn je eine Frau einen Mann von Herzen, mit ganzer Seele geliebt hat, dann sie. Sie war im Innersten getroffen, daß ich dieses fürchterliche, dieses unglaubliche Geheimnis entdeckt hatte. Sie wollte nicht einmal reden. Sie beantwortete meine Vorwürfe nicht, starrte mich nur an mit einem wilden, verzweifelten Ausdruck in den Augen. Dann rannte sie in ihr Zimmer und schloß sich ein. Seitdem weigert sie sich, mich zu empfangen. Sie hat eine Zofe, die schon vor der Heirat bei ihr gewesen ist. Dolores ist ihr Name – eher eine Freundin als eine Dienerin. Sie bringt ihr das Essen.«

»Dann befindet sich das Kind nicht in unmittelbarer Gefahr?«

»Mrs. Mason, die Kinderfrau, hat geschworen, daß sie Tag und Nacht nicht von seiner Seite gehen wird. Ich kann ihr absolut vertrauen. Mehr Sorgen mache ich mir um den armen kleinen Jack, denn er ist, wie ich Ihnen in meinem Brief mitteilte, zweimal von ihr angegriffen worden.«

»Aber er wurde nie verletzt?«

»Nein. Sie hat ihn wild geschlagen. Das ist um so furchtbarer, da er ein armer kleiner, harmloser Krüppel ist.«

Fergusons scharfe Züge wurden weich, als er von seinem Jungen sprach.

»Man sollte meinen, daß die Verfassung des lieben Burschen jedermanns Herz sänftigen müßte. Ein Sturz in der Kindheit, und ein verbogenes Rückgrat ist die Folge, Mr. Holmes. Aber er hat das freundlichste, liebevollste Herz.«

Holmes hatte den Brief vom Tag zuvor genommen und überflog ihn.

»Wer wohnt sonst in Ihrem Haus, Mr. Ferguson?«

»Zwei Diener, die noch nicht lange bei uns sind, ein Stallknecht, Michael, der im Haus schläft, meine Frau, ich, mein Junge Jack, das Baby, Dolores und Mrs. Mason. Das sind alle.«

»Ist es richtig, daß Sie Ihre Frau zur Zeit der Hochzeit noch nicht gut kannten?«

»Ich kannte sie erst ein paar Wochen.«

»Wie lange ist die Zofe Dolores bei ihr?«

»Einige Jahre.«

»Dann kennt Dolores den Charakter Ihrer Frau wohl besser als Sie?«

»Ja, das kann man sagen.«

Holmes machte sich eine Notiz.

»Ich stelle mir vor, daß ich in Lamberley nützlicher bin, als wenn ich den Fall von hier aus behandle. Er erfordert meine persönliche Untersuchung. Wenn die Dame in ihrem Zimmer bleibt, wird unsere Anwesenheit sie nicht belästigen und beunruhigen. Natürlich würden wir im Gasthof wohnen.«

Ferguson machte eine Geste der Erleichterung.

»Ich hatte gehofft, daß Sie kommen, Mr. Holmes. Um zwei Uhr fährt ein ausgezeichneter Zug ab Victoriastation.«

»Selbstverständlich kommen wir. Es gibt hier gegenwärtig eine Flaute. Ich kann Ihnen meine Kraft ungeteilt zur Verfügung stellen. Watson wird natürlich dabeisein. Aber da sind zwei Punkte, in denen ich ganz sichergehen möchte, ehe ich beginne. Die unglückliche Dame hat, wie ich das verstehe, beide Kinder angegriffen, ihr eigenes Baby und Ihren Sohn.«

»So ist es.«

»Aber es waren unterschiedliche Angriffe, oder nicht? Ihren Sohn hat sie geschlagen.«

»Einmal mit einem Stock und einmal sehr heftig mit den Händen.«

»Hat sie denn keine Erklärung abgegeben, weshalb sie ihn geschlagen hat?«

»Keine, außer daß sie ihn haßt. Wieder und wieder hat sie das gesagt.«

»Nun, so etwas ist bei Stiefmüttern nicht selten, eine Eifersucht über den Tod hinaus, würde ich sagen. Ist die Dame von Natur eifersüchtig?«

»Ja, sie ist sehr eifersüchtig – eifersüchtig mit aller Kraft ihrer glühenden tropischen Liebe.«

»Aber der Junge – er ist fünfzehn, wie Sie sagten, und wahrscheinlich geistig sehr entwickelt, da er körperlich behindert ist. Hat *er* Ihnen keine Erklärung gegeben?«

»Nein. Er sagte, es sei ohne Grund geschehen.«

»Standen sie sonst gut miteinander?«

»Nein, zwischen ihnen hat es nie so etwas wie Liebe gegeben.«

»Und doch sagten Sie, er sei zärtlich.«

»Auf der ganzen Welt gibt es keinen zärtlicheren Sohn. Mein Leben ist sein Leben. Er ist ganz von dem eingenommen, was ich sage oder tue.«

Wieder machte Holmes eine Notiz. Einige Zeit saß er gedankenverloren da.

»Ohne Zweifel waren Sie und der Junge richtige Freunde vor dieser zweiten Heirat. Sie gingen wohl sehr vertraulich miteinander um.«

»Sehr.«

»Und der Junge, der von Natur so liebevoll ist, hängt zweifellos in Gedanken weiter an seiner Mutter?«

»Ja, sehr.«

»Er ist sicherlich ein hochinteressanter Bursche. Da habe ich noch eine Frage wegen der Angriffe: Das Baby und Ihr Sohn, wurden sie zur selben Zeit attackiert?«

»Das erstemal ja. Es war, als hätte ein Wahnsinn meine Frau gepackt, sie richtete ihre Wut gegen beide. Beim zweitenmal war es nur Jack, der leiden mußte. Mrs. Mason hatte keine Klagen wegen des Babys vorzutragen.«

»Das kompliziert die Angelegenheit.«

»Ich kann Ihnen nicht ganz folgen, Mr. Holmes.«

»Wie sollten Sie auch. Man stellt vorläufige Theorien auf und wartet dann, bis Zeit oder größere Kenntnis sie widerlegen. Eine schlechte Angewohnheit, Mr. Ferguson, aber die menschliche Natur ist schwach. Ich fürchte, daß Ihnen Ihr alter Freund eine übertriebene Beschreibung meiner wissenschaftlichen Methoden gegeben hat. Wie dem aber sei, ich möchte nur sagen, daß mir Ihr Problem im gegenwärtigen Stadium nicht unlösbar erscheint und daß Sie uns um zwei Uhr auf Victoria Station erwarten können.«

Es war am Abend eines trüben, nebligen Novembertages, als wir, nachdem wir unser Gepäck im ›Schachbrett‹ in Lamberley abgestellt hatten, über eine lange gewundene Straße durch den Lehm von Sussex fuhren und schließlich das altertümliche Landhaus erreichten, in dem Ferguson wohnte. Es war ein großes, weitläufiges Gebäude mit einem sehr alten Mittelbau und sehr neuen Seitenflügeln, mit hohen Tudor-Schornsteinen und einem flechtenbedeckten, steilen Dach, das mit Schiefer aus Horsham gedeckt war. Die Stufen waren ausgetreten, und die alten Fliesen, die das Portal einfaßten, zeigten Bilder von einem Käse und einem Mann – Versinnbildlichung des Namens des Bauherrn. Innen waren die Decken von schweren Eichenbalken durchzogen, und der unebene Fußboden hatte an einigen Stellen tiefe Wellen. Ein Geruch von Alter und Verfall hing in dem ganzen bröckelnden Gebäude.

Es gab einen sehr großen zentralen Raum, dorthinein führte uns Ferguson. In einem riesigen, altmodischen Kamin mit einer eisernen Platte an der Rückseite, auf der die Jahreszahl 1670 zu erkennen war, loderte und prasselte ein herrliches Holzfeuer.

Ich sah mich um in dem Raum, der eine höchst einmalige Mischung von Zeiten und Moden präsentierte. Die bis zu halber Höhe mit Paneel bedeckten Wände mochten sehr wohl zu jenem ersten bäuerlichen Besitzer im 17. Jahrhundert gepaßt haben. Sie waren jedoch mit einer Reihe gut ausgesuchter moderner Aquarelle geschmückt, und oben, wo der gelbe Putz begann, hing eine schöne Kollektion südamerikanischer Gebrauchsgegenstände und Waffen, die zweifellos die peruanische Dame mitgebracht hatte. Holmes erhob sich mit jener schnellen Neugier, die seinem beweglichen Geist entsprang, und er prüfte die Sachen mit Sorgfalt. Seine Augen waren gedankenschwer, als er zurückkehrte.

»Hallo!« rief er, »hallo!«

Ein Spaniel lag in seinem Korb in der Ecke. Langsam kam er zu seinem Herrn, das Laufen machte ihm Schwierigkeiten. Seine Hinterbeine bewegten sich unregelmäßig, und der Schwanz schleifte am Boden. Er leckte Fergusons Hand.

»Was gibt's, Mr. Holmes?«

»Der Hund. Was ist mit ihm?«

»Das machte auch dem Tierarzt Kopfschmerzen. Eine Lähmung. Spinale Meningitis, nimmt er an. Aber das geht vorüber. Er wird bald wieder in Ordnung sein – stimmt's, Carlo?«

Ein zustimmendes Beben lief durch den hängenden Schwanz. Die traurigen Augen des Hundes blickten von einem zum anderen. Er wußte, daß wir über seinen Zustand sprachen.

»Ist das plötzlich aufgetreten?«

»Ja, in einer einzigen Nacht.«

»Wie lange ist es her?«

»Vielleicht vier Monate.«

»Sehr bemerkenswert. Sehr bedeutsam.«

»Was sehen Sie denn darin, Mr. Holmes?«

»Eine Bestätigung dessen, was ich mir schon dachte.«

»Aber was, um Gottes willen, denken Sie, Mr. Holmes? Für Sie mag das ein intellektuelles Puzzle sein, für mich geht es um Leben und Tod! Meine Frau womöglich eine Mörderin – mein Kind in dauernder Gefahr! Spielen Sie nicht mit mir, Mr. Holmes. Es ist schrecklich ernst!«

Der große Dreiviertelspieler zitterte am ganzen Leib. Holmes legte ihm beruhigend die Hand auf den Arm.

»Ich fürchte, Mr. Ferguson, daß die Lösung Ihnen Schmerz bereiten wird, wie immer sie aussieht. Ich möchte Ihnen soviel ersparen, wie in meinen Kräften steht. Für jetzt kann ich nicht mehr sagen, als daß ich hoffe, etwas Endgültiges herausgefunden zu haben, ehe ich das Haus verlasse.«

»Ich bete zu Gott, daß es so sei! Wenn Sie mich jetzt entschuldigen wollen, meine Herren, werde ich zum Zimmer meiner Frau hinaufgehen und sehen, ob sich etwas verändert hat.«

Er blieb einige Minuten fort, und Holmes nahm währenddessen die Musterung der Kuriositäten an der Wand wieder auf. Als unser Gastgeber zurückkam, wurde uns durch sein niedergeschlagenes Gesicht klar, daß er keinen Fortschritt gemacht hatte.

Mit ihm kam ein großes, schlankes braungesichtiges Mädchen.

»Der Tee ist fertig, Dolores«, sagte Ferguson. »Achten Sie darauf, daß Ihre Herrin alles hat, was sie wünscht.«

»Sie sehr krank«, rief das Mädchen und blickte ihren Herrn unwillig an. »Sie nicht mag essen. Sie sehr krank. Sie braucht Doktor. Ich Angst, allein mit ihr sein ohne Doktor.«

Ferguson sah mich mit fragendem Blick an.

»Ich wäre froh, wenn ich von Nutzen sein könnte.«

»Würde Ihre Herrin Dr. Watson sehen wollen?«

»Ich nehme ihn mit. Ich frage nicht, ob erlaubt. Sie braucht Doktor.«

»Dann gehe ich sofort mit Ihnen.«

Ich folgte dem in einer starken Gefühlsaufwallung zitternden Mädchen über die Treppe und den altmodischen Korridor, an dessen Ende sich eine eisenbeschlagene massive Tür befand. Als ich sie sah, kam mir der Gedanke, daß Ferguson, wenn er sich den Weg zu seiner Frau gewaltsam bahnen wollte, keine leichte Aufgabe hätte. Das Mädchen zog einen Schlüssel aus der Tasche, und die schweren Eichenplanken kreischten in den alten Angeln. Ich trat ein, sie folgte schnell und schloß die Tür hinter sich ab.

Auf dem Bett lag eine Frau, die offensichtlich hohes Fieber hatte. Sie war nur halb bei Bewußtsein, doch als ich eintrat, richtete sie die furchterfüllten, aber unverkennbar schönen Augen auf mich und starrte mich argwöhnisch an. Dann sah sie, daß ich ein Fremder war, und sie schien erleichtert und ließ sich seufzend in die Kissen fallen. Ich ging mit beruhigenden Worten auf sie zu, und sie lag still, während ich ihren Puls und ihre Temperatur maß. Beide Werte waren hoch, und doch hatte ich den Eindruck, daß ihr schlechtes Befinden eher geistiger und nervöser Aufregung entsprang als wirklicher Krankheit.

»Sie liegt so ein Tag, zwei Tag. Ich Angst, sie stirbt«, sagte das Mädchen.

Die Frau wandte mir ihr gerötetes, schönes Gesicht zu.

»Wo ist mein Mann?«

»Er ist unten und würde Sie gerne sehen.«

»Ich will ihn nicht sehen. Ich will ihn nicht sehen.« Dann schien sie ins Delirium abzudriften. »Der Böse, der Böse! Ach, was soll ich mit diesem Teufel anfangen?«

»Kann ich Ihnen irgendwie helfen?«

»Nein. Keiner kann mir helfen. Es ist aus. Alles ist zerstört. Ich kann tun, was ich will, alles ist zerstört.«

Die Frau mußte sich in einem seltsamen Wahn befinden. Ich konnte mir Bob Ferguson, die ehrliche Haut, in der Rolle des Bösen oder Teufels nicht vorstellen.

»Madame«, sagte ich, »Ihr Mann liebt Sie sehr. Es schmerzt ihn tief, was geschehen ist.«

Wieder richtete sie ihre glänzenden Augen auf mich.

»Er liebt mich. Ja. Aber liebe ich ihn nicht? Liebe ich ihn nicht so sehr, daß ich mich eher opfern als sein liebes Herz brechen würde? So sehr liebe ich ihn. Und doch denkt er so von mir – kann er so von mir sprechen ...«

»Er ist bekümmert und kann es nicht verstehen.«

»Nein, er kann es nicht verstehen. Aber er sollte Vertrauen haben.«

»Möchten Sie ihn nicht sehen?«

»Nein, nein. Ich kann die fürchterlichen Worte nicht vergessen und den Ausdruck auf seinem Gesicht. Ich will ihn nicht sehen. Gehen Sie jetzt. Sie können nichts für mich tun. Sagen Sie ihm bloß das eine: Ich will mein Kind. Ich habe ein Recht auf mein Kind. Das ist meine einzige Botschaft für ihn.«

Sie drehte den Kopf zur Wand und sagte nichts mehr.

Ich ging nach unten in den großen Raum zurück, wo Ferguson und Holmes noch beim Feuer saßen. Ferguson hörte sich niedergeschlagen meinen Bericht an.

»Wie kann ich ihr das Kind bringen lassen?« sagte er. »Woher soll ich wissen, welche seltsame Anwandlung ihr kommen mag? Wie kann ich jemals vergessen, wie sie sich aufrichtete, das Blut des Kindes an den Lippen?« Ihn schauderte bei der Erinnerung. »Das Kind ist bei Mrs. Mason sicher, und da muß es bleiben.«

Ein flottes Dienstmädchen, das einzig Moderne, das wir in diesem Haus zu sehen bekamen, brachte den Tee. Als sie servierte, ging die Tür auf, und ein Knabe betrat den Raum. Es war ein bemerkenswerter Bursche, mit blassem Gesicht, blonden Haaren, erregbaren hellblauen Augen, die in plötzlicher Gefühlsaufwallung und Freude blitzten, als sie sich auf seinen Vater richteten. Er stürzte vor und warf Ferguson die Arme um den Hals mit der Hingebung eines liebenden Mädchens.

»Oh, Papa«, rief er, »ich wußte nicht, daß du

schon wieder da bist. Ich hätte hier sein sollen, um dich zu begrüßen. Ach, ich bin so froh, daß du da bist.«

Sanft, doch mit einiger Verlegenheit, löste Ferguson sich aus der Umarmung.

»Na, alter Junge«, sagte er und tätschelte den Blondschopf mit sehr zarter Hand. »Ich bin so früh wieder zurück, weil ich meine Freunde überreden konnte, den Abend mit uns zu verbringen.«

»Ist das Mr. Holmes, der Detektiv?«

»Ja.« Der Junge sah Holmes durchdringend und, wie mir schien, unfreundlich an.

»Was ist mit Ihrem anderen Kind, Mr. Ferguson?« sagte Holmes. »Könnten wir die Bekanntschaft des Babys machen?«

»Richte Mrs. Mason aus, sie soll das Baby herunterbringen«, sagte Ferguson.

Der Junge lief mit seltsamem, watschelndem Gang, der meinem Chirurgenauge sofort verriet, daß er an einem schwachen Rückgrat litt. Bald kam er wieder zurück, gefolgt von einer großen hageren Frau, die auf dem Arm ein sehr schönes Kind trug, dunkeläugig und goldblond, eine wundervolle Mischung des Angelsächsischen mit dem Lateinischen. Ferguson war ihm offensichtlich sehr zugetan. Er nahm es in die Arme und koste es überaus zärtlich.

»Stellen Sie sich vor, jemand hat das Herz, ihm weh zu tun«, murmelte er und blickte auf das kleine hochrote Mal an der Kehle seines Engels.

In diesem Moment sah ich zufällig zu Holmes hinüber, und ich nahm eine höchst ungewöhnliche Spannung in seinen Zügen wahr. Sein Gesicht wirkte wie aus altem Elfenbein geschnitzt, seine Augen, die einen Moment auf Vater und Kind verweilt hatten, waren mit wacher Neugier auf etwas am Ende des Raums gerichtet. Ich folgte seinem Blick und glaubte, er sähe durch das Fenster in den melancholischen, triefenden Garten. Allerdings war einer der draußen angebrachten Läden halb geschlossen und behinderte den Blick, dennoch mußte es das Fenster sein, dem Holmes seine konzentrierte Aufmerksamkeit widmete. Dann lächelte er, und seine Augen wandten sich wieder dem Baby zu. Holmes untersuchte sorgfältig das kleine Mal am Hals des Kindes, ohne ein Wort zu sagen. Schließlich schüttelte er eines der pummeligen Fäustchen, die sich vor ihm hin und her bewegten.

»Auf Wiedersehen, kleiner Mann. Du hast einen seltsamen Start ins Leben gemacht. Mrs. Mason, ich möchte mit Ihnen ein Wort im Vertrauen sprechen.«

Er nahm sie beiseite und redete ernst einige Minuten mit ihr. Ich hörte seine letzten Worte: »Ihre Angst wird hoffentlich bald vorbei sein.« Die Frau, die ein säuerliches, schweigsames Geschöpf zu sein schien, zog sich mit dem Kind zurück.

»Was ist Mrs. Mason für ein Mensch?« fragte Holmes.

»Äußerlich nicht sehr einnehmend, wie Sie sehen konnten, aber sie hat ein Herz von Gold, und dem Kind ist sie sehr zugetan.«

»Magst du sie, Jack?« Holmes hatte sich plötzlich nach dem Jungen umgedreht. Dessen ausdrucksvolles bewegliches Gesicht überzog ein Schatten; der Knabe schüttelte den Kopf.

»Jacky hat sehr starke Zuneigungen und Abneigungen«, sagte Ferguson und nahm ihn in den Arm. »Glücklicherweise zähle ich zu seinen Zuneigungen.«

Der Junge gurrte und wuschelte den Kopf an der Brust seines Vaters. Ferguson machte sich sanft von ihm los.

»Lauf, kleiner Jacky«, sagte er, und er sah seinem Sohn liebevoll nach, bis er verschwunden war. »Mr. Holmes«, fuhr er fort, als der Junge uns verlassen hatte, »ich komme mir wirklich vor, als hätte ich Sie auf einen Holzweg geführt; denn was können Sie schon für mich tun, außer daß Sie mir Ihre Sympathie schenken? Die Angelegenheit muß Ihnen ausnehmend heikel und verwickelt erscheinen.«

»Sie ist sicherlich heikel«, sagte mein Freund mit amüsiertem Lächeln, »aber auf Verwicklung bin ich noch nicht gestoßen. Das ist ein Fall für Schlußfolgerung, und wenn dann die ursprüngliche, unabhängig von den Geschehnissen erlangte intellektuelle Deduktion sich Punkt für Punkt festigt, wird das Subjektive objektiv, und wir können voll Vertrauen sagen, daß wir unser Ziel erreicht haben. Ich war tatsächlich bereits am Ziel, ehe wir die Baker Street verließen, der Rest war nur noch Beobachtung und Bestätigung.«

Ferguson griff sich mit seiner großen Hand an die Stirn.

»Um Himmels willen, Holmes«, sagte er heiser. »Wenn Sie die Wahrheit sehen, lassen Sie mich nicht im Ungewissen. Wie stehe ich da? Was soll ich tun? Mich schert nicht, wie Sie hinter die Tatsachen gekommen sind, wenn es sich nur wirklich um die Tatsachen handelt.«

»Ich schulde Ihnen ganz gewiß die Erklärung, und Sie sollen sie auch haben. Aber Sie erlauben mir, die Sache auf meine Weise anzugehen. Ist die Dame in der Verfassung, uns zu empfangen, Watson?«

»Sie ist krank, aber sehr wohl bei Sinnen.«

»Gut. Wir können den Fall nur in ihrer Gegenwart aufklären. Lassen Sie uns zu ihr gehen.«

»Sie will mich nicht sehen«, rief Ferguson.

»O doch, sie will«, sagte Holmes. Er kritzelte

einige Zeilen auf ein Stück Papier. »Sie zumindest haben Zutritt, Watson. Hätten Sie die Güte, der Dame meine Notiz zu geben?«

Ich stieg die Treppe wieder hinauf und händigte Dolores, die vorsichtig die Tür öffnete, die Mitteilung aus. Eine Minute später hörte ich von drinnen einen Schrei, in dem Freude und Überraschung gemischt schienen.

Dolores schaute heraus.

»Sie will Sie sehen. Sie will zuhören«, sagte sie.

Ich gab die Einwilligung weiter, und Holmes und Ferguson kamen. Als wir im Zimmer waren, machte Ferguson ein oder zwei Schritte zu seiner Frau hin, die sich im Bett aufgesetzt hatte, aber sie streckte die Arme von sich und wies ihn zurück. Er ließ sich in einen Sessel fallen, und Holmes, nachdem er sich vor der Dame, die ihn mit großäugigem Staunen anblickte, verbeugt hatte, setzte sich neben ihn.

»Ich glaube, wir können Dolores entlassen«, sagte Holmes. »Aber natürlich, Madame, wenn Ihnen lieber wäre, daß sie bleibt, hätte ich keinen Einwand. Nun, Mr. Ferguson, ich bin ein beschäftigter Mann mit vielen Aufträgen, meine Methode muß kurz und direkt sein. Die schnellste Operation ist die am wenigsten schmerzhafte. Lassen Sie mich zunächst eines sagen, das Sie erleichtern wird. Ihre Gattin ist eine sehr gute, sehr liebevolle und eine sehr mißhandelte Frau.«

Ferguson fuhr mit einem Freudenschrei auf. »Beweisen Sie das, Mr. Holmes, und ich bin für immer Ihr Schuldner.«

»Das werde ich tun, aber um es tun zu können, muß ich Sie in anderer Hinsicht tief verletzen.«

»Das macht mir nichts, solange Sie meine Frau entlasten. Alles auf Erden ist, damit verglichen, unbedeutend.«

»So lassen Sie mich denn den Gang meiner Schlußfolgerungen wiedergeben, der mir in der Baker Street durch den Kopf gezogen ist. Die Vorstellung von einem Vampir war mir zu absurd. So etwas gibt es nicht in der Kriminalpraxis Englands. Und doch waren Ihre Beobachtungen präzis. Sie hatten gesehen, wie sich die Dame mit Blut an den Lippen von der Wiege des Kindes erhob.«

»So war es.«

»Ist Ihnen nie eingefallen, daß man eine frische Wunde auch aus einem anderen Grund, als um Blut zu gewinnen, aussaugen kann? Gab es in der englischen Geschichte nicht eine Königin, die eine Wunde aussaugte, um Gift aus ihr zu entfernen?«

»Gift!«

»Ein Haus mit südamerikanischem Einschlag. Mein Instinkt witterte diese Waffen an der Wand, ehe meine Augen sie sahen. Es hätte auch anderes Gift gewesen sein können; aber das ist mir sofort eingefallen. Als ich den kleinen leeren Köcher neben dem kleinen Bogen sah, war es etwas, das zu sehen ich erwartet hatte. Wenn das Kind mit einem dieser Pfeile, den man in Curare oder etwas ähnliches getaucht hatte, gestochen worden sein sollte, so hätte es den Tod bedeutet, wenn das Gift nicht ausgesaugt worden wäre.

Und der Hund! Wenn jemand solch ein Gift benützen will – wird er nicht vorher ausprobieren, ob es seine Kraft nicht schon verloren hat? Den Hund hatte ich nicht einkalkuliert. Aber wenigstens verstand ich, sein Befinden zu deuten: Es paßte in meine Rekonstruktion.

Verstehen Sie jetzt? Ihre Frau hat einen Angriff auf Ihr Baby befürchtet. Sie sah, wie er ausgeführt wurde, und rettete das Leben des Kindes, und sie ist doch davor zurückgeschreckt, Ihnen die ganze

Wahrheit zu sagen; denn sie wußte, wie Sie den Jungen lieben, und fürchtete, Ihnen könnte es das Herz brechen.«

»Jacky?«

»Ich habe ihn beobachtet, als Sie vorhin das Kind liebkosten. Sein Gesicht spiegelte sich deutlich in der Fensterscheibe vor dem Hintergrund des Ladens. Ich sah solche Eifersucht, solch grausamen Haß, wie ich es selten in einem menschlichen Gesicht wahrgenommen habe.«

»Mein Jacky!«

»Sie müssen dem ins Auge blicken, Mr. Ferguson. Es schmerzt um so mehr, als es eine irregeleitete Liebe ist, eine grotesk übersteigerte Liebe zu Ihnen und möglicherweise zu der toten Mutter, die seine Handlungen bestimmte. In tiefster Seele wird er vom Haß auf das prächtige Kind verzehrt, dessen Gesundheit und Schönheit im Gegensatz zu seiner eigenen Schwäche stehen.«

»Großer Gott! Es ist unglaublich!«

»Habe ich die Wahrheit gesagt, Madame?«

Die Dame schluchzte, das Gesicht in den Kissen vergraben. Dann wandte sie sich ihrem Ehemann zu.

»Wie hätte ich es dir sagen können, Bob? Ich fühlte, was für ein Schlag es für dich wäre. Es war besser, wenn ich wartete und wenn es von anderen Lippen als den meinen gesagt würde. Als dieser Herr, der Zauberkräfte zu besitzen scheint, mir schrieb, er wisse alles, war ich froh.«

»Ein Jahr auf See wäre meine Verordnung für Master Jacky«, sagte Holmes und erhob sich aus seinem Sessel. »Nur eines ist mir noch nebelhaft, Madame. Wir verstehen Ihre Attacken auf Master Jacky ganz und gar. Auch der Geduld einer Mutter sind Grenzen gesetzt. Aber wie konnten Sie es wagen, das

Kind in diesen letzten zwei Tagen allein zu lassen?«

»Ich hatte es Mrs. Mason erzählt. Sie wußte alles.«

»Genauso habe ich es mir vorgestellt.«

Ferguson stand am Bett, keuchend, zitternd, und streckte die Arme nach seiner Frau aus.

»Ich glaube, für uns ist es Zeit zu gehen, Watson«, flüsterte Holmes. »Wenn Sie einen Ellenbogen der allzu treuen Dolores nehmen, ich nehme den anderen. So«, fügte er hinzu, als er die Tür hinter uns geschlossen hatte, »ich denke, wir lassen sie den Rest allein miteinander ausmachen.«

Ich besitze noch eine Notiz zu diesem Fall. Es ist der Brief, den Holmes als endgültige Antwort an die Herren schrieb, mit denen die Erzählung begann. Er hat folgenden Wortlaut:

Baker Street
21. Nov.

Betrifft: Vampire

Sir,

Bezugnehmend auf Ihren Brief vom 19. bitte ich Sie, zur Kenntnis zu nehmen, daß ich die Angelegenheit Ihres Kunden Mr. Robert Ferguson, von Ferguson & Muirhead, Teehändler aus der Mincing Lane, untersucht habe und daß die Sache zu einem befriedigenden Ende gebracht worden ist. Mit Dank für Ihre Empfehlung

bin ich, Sir,
Ihr ergebener
Sherlock Holmes

Die drei Garridebs

Vielleicht war es eine Komödie, vielleicht auch eine Tragödie. Ein Mann verlor den Verstand, ich mußte Blut lassen, und ein dritter trug eine Strafe davon. Dennoch besaß die Geschichte sicherlich ein komisches Element. Nun, Sie sollen selber urteilen.

An das Datum erinnere ich mich sehr gut, weil Holmes im selben Monat die Peerswürde für Leistungen ausschlug, die vielleicht eines Tages beschrieben werden können. Ich erwähne den Umstand nur beiläufig, denn meine Stellung als Partner und Vertrauter verpflichtet mich zu besonderer Vorsicht, damit mir keine Indiskretion unterläuft. Ich wiederhole jedoch, daß ebenjenes Ereignis mich in den Stand setzt, das Datum zu nennen: es war Ende Juni 1902, kurz nach Beendigung des Burenkriegs. Holmes hatte einige Tage im Bett zugebracht, wie es bei ihm von Zeit zu Zeit vorkam, aber an diesem Morgen tauchte er wieder auf, in der Hand ein umfängliches Dokument auf Kanzleipapier, und die strengen grauen Augen zwinkerten amüsiert.

»Hier wäre eine Gelegenheit für Sie, zu Geld zu kommen, Freund Watson«, sagte er. »Haben Sie je den Namen Garrideb gehört?«

Ich gestand, ihn nie gehört zu haben.

»Nun, wenn Sie eines Garridebs habhaft werden könnten – damit wäre Geld zu verdienen.«

»Wieso?«

»Ach, das ist eine lange Geschichte, außerdem eine ziemlich wunderliche. Ich glaube nicht, daß uns bei all unseren Forschungen auf dem Gebiet menschlicher Verwicklungen jemals etwas Ausgefalleneres begegnet ist. Gleich wird der Bursche zum Kreuzverhör hier sein; deshalb will ich vorher nicht von der Sache anfangen. Für jetzt nur: Garrideb ist der Name, um den es geht.«

Das Telefonbuch lag neben mir auf dem Tisch, und ich blätterte es durch, obwohl ich das Suchen für hoffnungslos hielt. Aber zu meinem Erstaunen fand ich den seltsamen Namen an der ihm gebührenden Stelle. Ich stieß einen Triumphschrei aus.

»Ich habe ihn, Holmes! Hier!«

»Garrideb, N.«, las er, »Little Ryder Street 136, W. Tut mir leid, daß ich Sie enttäuschen muß, mein lieber Watson, aber das ist der Mann, den wir erwarten. Dieser Absender stand auf seinem Brief. Wir brauchen noch einen Garrideb.«

Mrs. Hudson trat ein, eine Karte auf dem Tablett. Ich nahm sie und warf einen Blick drauf.

»Aber jetzt haben wir ihn!« rief ich erstaunt. »Das ist ein anderer Vorname. John Garrideb, Rechtsanwalt, Moorville, Kansas, USA.«

Holmes betrachtete lächelnd die Karte. »Ich fürchte, Sie müssen sich weiterhin anstrengen, Watson«, sagte er. »Dieser Gentleman gehört auch schon zum Spiel, obgleich ich gewiß nicht erwartet habe, ihn heute morgen zu treffen. Aber wie dem auch sei: Er ist in der Lage, uns eine Menge Dinge zu erzählen, die ich wissen möchte.«

Einen Augenblick später stand er im Zimmer. Mr. John Garrideb, Rechtsanwalt, war ein kleiner kräftiger Mann mit dem runden, frischen, glattrasierten Gesicht, das für so viele amerikanische Geschäftsleute charakteristisch ist. Auf den ersten Blick wirkte er wie ein fast kindlicher Pausback, wie ein recht junger Mann, der immer lächelt. Aber seine Augen fesselten. Selten habe ich ein Augenpaar gesehen, das ein so intensives Innenleben verriet, so glänzend, so lebhaft waren sie, so schnell reagierten sie auf jeden Wechsel der Gedanken. Er sprach mit amerikanischem Akzent, aber seine Art zu reden hatte überhaupt nichts Exzentrisches an sich.

»Mr. Holmes?« fragte er und blickte zwischen uns hin und her. »Ach ja! Die Bilder sind Ihnen nicht unähnlich, Sir, wenn ich das sagen darf. Ich glaube, Sie haben von meinem Namensvetter einen Brief erhalten, Mr. Nathan Garrideb, stimmt's?«

»Bitte, setzen Sie sich«, sagte Sherlock Holmes. »Wir haben, stelle ich mir vor, ziemlich viel zu besprechen.« Er nahm das Blatt Kanzleipapier zur Hand. »Sie sind gewiß der in diesem Dokument erwähnte Mr. John Garrideb. Sicherlich haben Sie einige Zeit in England gelebt.«

»Wie kommen Sie darauf, Mr. Holmes?« Mir schien, ich konnte in den ausdrucksvollen Augen einen plötzlichen Argwohn lesen.

»Ihre ganze Ausstattung ist englisch.«

Mr. Garrideb zwang sich zu einem Lachen. »Ich habe über Ihre Tricks gelesen, Mr. Holmes, dachte aber nie, ich würde Ihr Objekt werden. Woraus haben Sie das ersehen?«

»Der Schulterschnitt Ihres Rocks, die Spitzen Ihrer Stiefel – wer dürfte da noch zweifeln?«

»Gut, gut, ich wußte nicht, daß ich so offensichtlich wie ein Brite wirke. Eine geschäftliche Angelegenheit hat mich vor einiger Zeit hierhergeführt, und so stammt, wie Sie bemerkten, fast meine ganze Ausstattung aus London. Aber ich nehme an, Ihre Zeit ist kostbar, und wir haben uns wohl nicht getroffen, um über die Form meiner Socken zu reden. Wie wär's, wenn wir gleich zu dem Papier kämen, das Sie da in der Hand halten?«

Irgendwie hatte Holmes unseren Besucher aus der

Fassung gebracht, und sein Gesicht sah längst nicht mehr so liebenswürdig aus.

»Geduld! Geduld, Mr. Garrideb!« sagte mein Freund mit beruhigender Stimme. »Dr. Watson könnte Ihnen erzählen, daß diese meine kleinen Abschweifungen manches Mal, wie sich am Ende erweist, in gewisser Beziehung zu den jeweiligen Angelegenheiten stehen. Aber warum ist Mr. Nathan Garrideb nicht mit Ihnen gekommen?«

»Warum hat er Sie überhaupt in die Sache hineingezogen?« fragte unser Besucher in einem plötzlichen Anflug von Ärger. »Was, zum Donnerwetter, sollen Sie dabei? Hier ging es zwischen zwei Gentlemen um Geschäftsfragen, und da hielt es einer von ihnen für nötig, einen Detektiv hineinzuziehen! Ich habe ihn heute früh getroffen, und er erzählte mir von diesem Narrenstreich, den er mir gespielt hat. Deshalb bin ich hier. Trotzdem ist mir nicht wohl dabei.«

»Er wollte Sie nicht kränken, Mr. Garrideb, er war nur darauf aus, Ihre Angelegenheit zu befördern, und das ist, soweit ich verstehe, für Sie beide von größter Wichtigkeit. Er wußte, ich verfüge über Mittel, Informationen einzuholen, und so finde ich es natürlich, daß er sich an mich wandte.«

Das Gesicht unseres Besuchers hellte sich allmählich auf.

»Nun, das ändert die Sache«, sagte er. »Als ich heute morgen bei ihm war und er mir sagte, er habe sich an einen Detektiv gewandt, habe ich ihn sofort nach Ihrer Adresse gefragt und bin geradewegs zu Ihnen gefahren. Ich möchte nicht, daß die Polizei sich in eine private Angelegenheit einmischt. Aber wenn Sie uns helfen wollen, den Mann zu finden, kann kein Schaden entstehen.«

»So ist es«, sagte Holmes. »Und nun, Sir, da Sie

einmal hier sind, wäre es am besten, wenn wir eine klare Darstellung aus Ihrem Mund hörten. Mein Freund hier kennt keinerlei Einzelheiten.«

Mr. Garrideb streifte mich mit einem nicht allzu freundlichen Blick.

»Muß er denn eingeweiht werden?« fragte er.

»Gewöhnlich arbeiten wir zusammen.«

»Nun, es gibt wohl keinen Grund, die Sache geheimzuhalten. Ich werde die Tatsachen so knapp wie möglich darstellen. Wenn Sie aus Kansas kämen, müßte ich Ihnen nicht erklären, wer Alexander Hamilton Garrideb war. Er machte sein Geld mit Grundstücken, später auf der Weizenbörse von Chicago, und er verwandte es dazu, am Arkansas River, westlich von Fort Dodge, soviel Land aufzukaufen, wie eine englische Grafschaft umfaßt. Es ist Weideland und Land mit Bauholz und Ackerland und erzhaltiges Land, eben jede Art von Land, das dem Eigentümer Dollars bringt.

Er besaß weder Kind noch Kegel – oder wenn er Verwandtschaft hatte, so habe ich nie davon gehört. Aber daß er einen so ausgefallenen Namen trug, erfüllte ihn mit einer Art Stolz. Das war es, was uns zusammenbrachte. Ich arbeitete in Topeka als Jurist, und eines Tages erhielt ich einen Besuch von dem alten Mann, und er war höchst vergnügt, daß er jemanden getroffen hatte, der denselben Namen wie er trug. Es war sein Steckenpferd, herauszufinden, ob es in der Welt noch mehr Garridebs gab. ›Bringen Sie mir einen dritten!‹ sagte er. Ich erwiderte, ich sei ein beschäftigter Mann und könne mein Leben nicht damit verbringen, auf der Suche nach Garridebs durch die Welt zu gondeln. ›Trotzdem‹, sagte er, ›werden Sie gerade das tun, wenn sich alles so entwickelt, wie ich es geplant habe.‹ Ich dachte, er machte Spaß, aber hinter seinen Worten steckte ein verdammt schwergewichtiger Sinn, wie mir bald klarwerden sollte.

Denn er hinterließ ein Testament, als er starb, und das war ein Jahr nachdem er diese Worte gesprochen hatte. Es war das verquerste Testament, das je im Staate Kansas registriert wurde. Sein Vermögen sollte in drei Teile gehen, und ich sollte eines unter der Bedingung bekommen, daß ich zwei Garridebs fand, die mit mir zusammen die Hinterlassenschaft übernehmen wollten. Das bedeutet bis auf den Pfennig fünf Millionen Dollar für jeden, aber wir bekommen nichts in die Finger, bevor wir nicht alle drei in Reihe dastehen.

Das war eine so große Chance, daß ich meine Anwaltspraxis sausen ließ und mich aufmachte, nach Garridebs Ausschau zu halten. In den Vereinigten Staaten fand ich keinen einzigen. Ich habe wie mit einem Staubkamm gearbeitet, Sir, und konnte keinen Garrideb auftreiben. Dann versuchte ich es mit England. Und da stand der Name im Londoner Telefonbuch. Ich suchte ihn vor zwei Tagen auf und erklärte ihm alles. Aber er ist ein alleinstehender Mann, wie ich auch, hat nur weibliche Verwandtschaft, keine männliche. Es heißt aber in dem Testament: Drei erwachsene Männer. Sie sehen also, wir haben noch immer einen Platz frei, und wenn Sie helfen könnten, ihn zu besetzen, werden wir Ihnen sehr bereitwillig Ihr Honorar zahlen.«

»Nun, Watson«, sagte Holmes lächelnd, »ich sagte, es sei eine ziemlich wunderliche Angelegenheit. Und die ist es doch wohl auch, oder nicht? Ich hätte gedacht, Sir, daß für Sie das Nächstliegende gewesen wäre, in den Zeitungen zu annoncieren.«

»Das habe ich getan, Mr. Holmes. Keine Antworten.«

»Lieber Himmel! Also bleibt ein höchst merkwürdiges kleines Problem. Vielleicht werfe ich in meiner Mußezeit einen Blick darauf. Übrigens, es trifft sich seltsam, daß Sie ausgerechnet aus Topeka kommen. Ich hatte dort einen Briefpartner – er ist nun tot – den alten Dr. Lysander Starr, der 1890 Bürgermeister war.«

»Guter alter Dr. Starr!« sagte unser Besucher. »Sein Name wird heute noch geehrt. Nun, Mr. Holmes, ich denke, alles, was wir tun können, wäre, daß wir Ihnen berichten und Sie wissen lassen, wenn wir Fortschritte machen. Ich schätze, Sie werden in einigen Tagen von uns hören.« Mit dieser Zusicherung verbeugte sich unser Amerikaner und verabschiedete sich.

Holmes hatte seine Pfeife angezündet und saß eine Weile mit einem eigentümlichen Lächeln da.

»Nun?« fragte ich schließlich.

»Ich zerbreche mir den Kopf, Watson – wirklich, ich zerbreche mir den Kopf.«

»Worüber?«

Holmes nahm die Pfeife aus dem Mund.

»Ich zerbreche mir den Kopf darüber, Watson, wieso um alles in der Welt dieser Mann uns ein solches Lügengeschwätz auftischt. Ich hätte ihn das fast gefragt – denn es gibt Momente, wo ein brutaler Frontalangriff die beste Politik ist –, aber ich erachtete es für besser, ihn annehmen zu lassen, daß er uns an der Nase herumführen kann. Da sitzt ein Mann in einem englischen Rock mit abgewetzten Ellbogen und steckt in Hosen, die an den Knien von einem Jahr Tragen ausgebeult sind, und ist doch nach diesem Dokument und seinem eigenen Erzählen ein amerikanischer Provinzler und kürzlich erst in London angekommen. In den Seufzerspalten sind keine Annoncen erschienen. Sie wissen, daß mir dort nichts entgeht. Das sind mir die Schlupfwinkel, aus denen ich die Vögel am liebsten aufstöbere; und so einen Fasanenhahn hätte ich nie übersehen. Ich habe keinen Dr. Lysander Starr aus Topeka gekannt. Packen Sie ihn, wo Sie wollen, er ist überall verlogen. Ich glaube, der Bursche ist wirklich Amerikaner, aber sein Akzent ist durch jahrelangen Aufenthalt in London abgewetzt. Was also wird gespielt, und welches Motiv steht hinter dieser abgeschmackten Suche nach Garridebs? Die Fragen sind unserer Aufmerksamkeit wert; denn obwohl wir für erwiesen halten, daß der Mann ein Schurke ist, ist er doch ein verwirrender und erfinderischer Schurke. Wir müssen nun herausfinden, ob es sich bei dem anderen, der uns den Brief geschrieben hat, auch um einen Betrüger handelt. Läuten Sie ihn gleich mal an, Watson.« Ich tat es und hörte eine dünne, zitternde Stimme am anderen Ende des Drahts.

»Ja, ja, ich bin Mr. Nathan Garrideb. Ist dort Mr. Holmes? Ich würde sehr gern mit Mr. Holmes sprechen.« Mein Freund nahm den Apparat, und ich hörte den üblichen verkürzten Dialog.

»Ja, er ist hier gewesen. Sie kennen ihn also nicht ... Wie lange? ... Erst seit zwei Tagen! ... Ja, ja, gewiß, es sind höchst bestrickende Aussichten. Sind Sie heute abend zu Hause? Ich nehme an, Ihr Namensvetter ist dann nicht anwesend ... Sehr gut, wir kommen also; ich würde wirklich lieber mit Ihnen allein plaudern ... Ich bringe Dr. Watson mit ... Aus Ihrem Brief entnahm ich, daß Sie nicht oft ausgehen ... Gut, wir sind gegen sechs bei Ihnen. Sie brauchen das vor dem amerikanischen Anwalt nicht zu erwähnen ... Sehr gut. Auf Wiedersehen!«

Es herrschte das Zwielicht eines lieblichen Frühlingsabends, und sogar die Little Ryder Street, eine der kleineren Nebenstraßen der Edgware Road, kaum einen Steinwurf vom alten Tyburn-Galgen üblen Angedenkens entfernt, lag golden und wunderbar unter den schräg einfallenden Strahlen der untergehenden Sonne. Das Haus, zu dem wir unsere Schritte lenkten, war ein großer, altmodischer, frühgeorgianischer Bau mit einer flachen Ziegelsteinfassade, die nur von zwei tiefen Erkerfenstern im Erdgeschoß unterbrochen war. Hier im Erdgeschoß wohnte unser Klient, und es stellte sich dann auch heraus, daß die unteren Fenster die Stirnseite eines großen Zimmers bildeten, in dem er die Stunden seines Wachseins verbrachte. Beim Eintritt zeigte Holmes auf das kleine Messingschild, auf dem der seltsame Name stand.

»Es ist schon einige Jahre alt«, bemerkte er, auf die verfärbte Oberfläche deutend. »Und es ist *wirklich* sein Name; das verdient, festgehalten zu werden.«

Im Haus gab es eine gemeinschaftliche Treppe für alle Mieter, und in der Halle waren eine Anzahl Namen zu lesen, von denen einige auf Büros, andere auf Privatlogis hinwiesen. Bei letzteren handelte es sich nicht um Wohnungen, sondern eher um Absteigequartiere alleinstehender Bohemiens. Unser Klient öffnete uns die Tür selber und erklärte das, indem er sagte, die Aufwartefrau gehe um vier Uhr. Mr. Nathan Garrideb war ein sehr langer Mensch mit schlenkernden Gliedern und rundem Rücken, hager und kahlköpfig, einige Jahre über die sechzig hinaus. Sein Gesicht wirkte leichenhaft, mit der stumpfen toten Haut eines Menschen, dem körperliche Bewegung etwas Unbekanntes ist. Große runde Brillengläser und ein vorstehender kleiner Spitzbart zusammen mit der gebückten Haltung verliehen ihm den Ausdruck schnüffelnder Neugier. Ganz allgemein aber wirkte er liebenswürdig, wenngleich exzentrisch.

Das Zimmer war so seltsam wie sein Bewohner.

Es wirkte wie ein Museum. In dem großen Raum standen an allen Wänden Schränke und Vitrinen, angefüllt mit geologischen und anatomischen Mustern. Schaukästen voller Schmetterlinge und Motten flankierten beidseits den Eingang. Auf einem großen Tisch in der Mitte ragte aus einem unüberschaubaren Durcheinander das große Messingrohr eines starken Mikroskops. Ich schaute umher und war überrascht von der Universalität der Interessen des Mannes. Hier stand ein Kasten mit alten Münzen, da eine Vitrine mit Werkzeugen aus Feuerstein. Hinter dem Tisch sah ich einen breiten Schrank mit fossilen Knochen. Darüber befand sich eine Reihe gipserner Schädel, unter denen Schildchen mit gedruckten Namen, wie ›neandertalensis‹, ›heidelbergensis‹, ›Cro-Magnon‹ angebracht waren. Es war klar, daß er sich mit Studien auf vielen Gebieten beschäftigte. Als er nun vor uns stand, hielt er in der rechten Hand ein Stück Sämischleder, mit dem er eine Münze polierte.

»Syracus – aus der besten Periode«, erklärte er und hielt die Münze hoch. »Gegen Ende zu sind sie mächtig entartet. In ihrer besten Periode halte ich sie für sehr hochstehend, obwohl einige die Schule von Alexandria vorziehen. Da steht ein Stuhl, Mr. Holmes. Gestatten Sie mir bitte, diese Knochen wegzuräumen. Und Sie –, ach ja, Dr. Watson –, wenn Sie die Güte hätten, die japanische Vase zur Seite zu stellen. Sie sehen mich inmitten meiner unbedeutenden Interessen am Leben. Mein Doktor hält mir Predigten, weil ich nie ausgehe, aber warum sollte ich ausgehen, wenn ich so vieles habe, das mich zu Hause hält. Ich kann Ihnen versichern, wenn ich den Inhalt einer dieser Vitrinen hinlänglich katalogisieren wollte, würde es mich reichlich drei Monate kosten.« Holmes schaute neugierig umher.

»Sie wollen mir doch wohl nicht sagen, Sie gingen *nie* aus?« fragte er.

»Hin und wieder fahre ich zu Sotheby's oder Christie's. Ansonsten verlasse ich das Zimmer sehr selten. Ich bin nicht allzu kräftig, und meine Forschungen erfordern meine ganze Kraft. Da können Sie sich vorstellen, Mr. Holmes, was für einen fürchterlichen Schock es für mich bedeutete – es war erfreulich, doch auch fürchterlich –, als ich von diesem unvergleichlichen Glück erfuhr. Es braucht nur noch einen Garrideb, um die Sache zum Abschluß zu bringen, und sicherlich wird es gelingen, einen zu finden. Ich hatte einen Bruder, aber der ist tot, und weibliche Verwandte zählen ja nicht. Doch es gibt bestimmt noch andere Garridebs auf der Welt. Ich hörte, Sie befassen sich mit seltsamen Fällen, und darum habe ich mich an Sie gewandt. Natürlich ist dieser amerikanische Gentleman ganz im Recht, und ich hätte zuerst seinen Rat einholen sollen, aber mit meiner Handlungsweise verfolgte ich nur Gutes.«

»Ich glaube, Sie handelten in der Tat sehr weise«, sagte Holmes. »Aber sind Sie wirklich begierig, Besitz in Amerika zu erwerben?«

»Gewiß nicht, Sir. Nichts könnte mich veranlassen, meine Sammlung aufzugeben. Dieser Gentleman hat mir jedoch versichert, er wolle mich auszahlen, sobald wir unsere Anteile übernommen haben. Von fünf Millionen Dollar war die Rede. Gegenwärtig befindet sich ein Dutzend verschiedenster Exemplare auf dem Markt, die die Lücken meiner Sammlung füllen würden und die ich nicht kaufen kann, weil mir ein paar hundert Pfund fehlen. Bedenken Sie nur, was ich mit fünf Millionen Dollar anfangen könnte. Ich könnte den Grundstein für eine National-Sammlung legen. Ich kann der Hans Sloane meiner Zeit werden.«

Seine Augen funkelten hinter den großen Brillengläsern. Es war ganz klar, daß Mr. Nathan Garrideb keine Mühen scheuen würde, den Namensvetter zu entdecken.

»Ich bin nur vorbeigekommen, um Ihre Bekanntschaft zu machen, und ich sehe keinen Grund, weshalb ich Sie in Ihren Studien stören sollte«, sagte Holmes. »Ich ziehe es vor, zu Leuten, mit denen ich geschäftlich zu tun habe, persönlichen Kontakt herzustellen. Ich brauche nur wenig zu fragen, da ich Ihren äußerst klaren Bericht in der Tasche habe und das Fehlende bereits ausfüllen konnte, als der amerikanische Gentleman bei mir vorsprach. Wenn ich recht verstehe, so hatten Sie bis zu dieser Woche von seiner Existenz keine Ahnung.«

»So ist es. Er meldete sich am letzten Dienstag.«

»Hat er Ihnen von unserem heutigen Gespräch erzählt?«

»Ja, er kam direkt zu mir zurück. Er war ärgerlich.«

»Aus welchem Grunde war er ärgerlich?«

»Er schien zu denken, ich hätte Ihnen geschrieben, weil ich seine Ehrenhaftigkeit anzweifelte. Aber als er wiederkam, war er dann ganz fröhlich.«

»Hat er irgendwelche Schritte vorgeschlagen?«

»Nein, Sir, vorgeschlagen hat er nichts.«

»Haben Sie ihm Geld gegeben, oder hat er Sie um Geld gebeten?«

»Nein, Sir, nie.«

»Sie sehen nichts, das er möglicherweise im Auge haben könnte?«

»Nichts, ich weiß nur, was er erklärt hat.«

»Haben Sie ihm von unserer telefonischen Verabredung erzählt?«

»Ja, Sir, das habe ich getan.«

Holmes verlor sich in Gedanken. Ich erkannte, daß ihn etwas verwirrte.

»Haben Sie in Ihrer Sammlung Gegenstände von großem Wert?«

»Nein, Sir. Ich bin kein reicher Mann. Es ist eine gute, aber keine sehr wertvolle Sammlung.«

»Einbrecher fürchten Sie nicht?«

»Nicht im geringsten.«

»Wie lange bewohnen Sie diese Zimmer?«

»Fast fünf Jahre.«

Holmes' Verhör wurde von einem fordernden Klopfen an der Tür unterbrochen. Unser Klient hatte die Klinke kaum niedergedrückt, als der amerikanische Anwalt auch schon aufgeregt in den Raum platzte.

»Hier, bitte!« schrie er, ein Papier über dem Kopf schwenkend. »Ich dachte, ich müßte sofort zu Ihnen kommen. Mr. Nathan Garrideb, meine Glückwünsche! Sie sind ein reicher Mann, Sir. Unser Geschäft ist glücklich beendet, und alles ist gut. Was Sie betrifft, Mr. Holmes, da können wir nur sagen, es tut uns leid, daß wir Ihnen nutzlos Ungelegenheiten bereiteten.«

Er überreichte das Papier unserem Klienten, und der starrte auf ein angezeichnetes Zeitungsinserat. Holmes und ich beugten uns vor und blickten ihm über die Schulter. Und das lasen wir:

HOWARD GARRIDEB
Konstrukteur von Landwirtschaftsmaschinen
Garbenbinder, Mähmaschinen und Handpflüge, Drillmaschinen,
Eggen, landwirtschaftliche Wagen, Bockwagen und alle
anderen Geräte
Kostenvoranschläge für artesische Brunnen.

Nehmen Sie Verbindung auf mit
Grosvenor Buildings, Aston.

»Herrlich!« keuchte unser Gastgeber. »Da haben wir unseren dritten Mann.«

»Ich begann mit Nachforschungen in Birmingham«, sagte der Amerikaner, »und mein dortiger Agent hat mir diese Anzeige aus einer Lokalzeitung geschickt. Wir müssen uns beeilen und die Sache in die Hand nehmen. Ich habe dem Mann geschrieben und ihm mitgeteilt, daß Sie ihn morgen nachmittag um vier Uhr in seinem Büro aufsuchen werden.«

»Sie wollen, daß *ich* ihn besuche?«

»Was sagen Sie, Mr. Holmes? Glauben Sie nicht auch, daß es besser wäre? Ich bin ein herumziehender Amerikaner mit einer wundervollen Geschichte. Warum sollte der Mann glauben, was ich ihm erzähle? Aber Sie sind ein Brite von solidem Ruf, und er muß einfach glauben, was Sie ihm sagen. Ich würde mit Ihnen gehen, wenn Sie es wünschten, aber ich habe morgen sehr viel zu erledigen. Wenn Sie irgendwie in Ungelegenheiten kommen, kann ich Ihnen immer noch hinterherfahren.«

»Nun, ich habe seit Jahren keine solche Reise unternommen.«

»Es ist gar nichts, Mr. Garrideb. Ich habe die Eisenbahnverbindungen herausgesucht. Der Zug geht um zwölf, und Sie sind bald nach zwei dort. Alles, was Sie tun sollen, ist, diesen Mann aufsuchen, ihm die Angelegenheit erklären und sich von ihm eine schriftliche Bestätigung seiner Existenz geben lassen. Bei Gott!« fügte er hitzig hinzu, »wenn Sie bedenken, daß ich die ganze Strecke vom Inneren Amerikas zurückgelegt habe, ist es sicherlich nicht zuviel verlangt, daß Sie hundert Meilen fahren, um die Sache zum Abschluß zu bringen.«

»Ganz recht«, sagte Holmes. »Ich denke, was dieser Gentleman sagt, ist sehr wahr.«

Mr. Nathan Garrideb zuckte mit trostloser Miene die Schultern.

»Wenn Sie also darauf bestehen, werde ich fahren«, sagte er. »Es fiele mir sehr schwer, Ihnen irgend etwas abzuschlagen, in Anbetracht der herrlichen Hoffnung, die Sie in mein Leben brachten.«

»Dann herrscht über den Punkt Einverständnis«, sagte Holmes, »und zweifellos werden Sie mir berichten, sobald Sie können.«

»Ich sorge dafür«, sagte der Amerikaner. »Nun«, fügte er hinzu, indem er auf seine Uhr schaute. »ich muß weiter. Ich komme morgen vorbei, Mr. Nathan, und begleite Sie zum Zug nach Birmingham. Haben wir denselben Weg, Mr. Holmes? Also dann auf Wiedersehen, und hoffentlich haben wir morgen abend gute Nachrichten für Sie.«

Ich bemerkte, daß sich meines Freundes Gesicht aufheiterte, als der Amerikaner den Raum verließ; die nachdenkliche Unruhe war verschwunden.

»Ich wünschte, ich könnte mir Ihre Sammlung ansehen, Mr. Garrideb«, sagte er. »In meinem Beruf ist jede Art zusätzlicher Kenntnisse von Nutzen, und dieses Zimmer hier ist ein wahres Lagerhaus.«

Unser Klient strahlte vor Freude, und seine Augen blitzten durch die großen Brillengläser.

»Ich habe immer gehört, Sir, daß Sie ein sehr intelligenter Mann sind«, sagte er. »Ich würde Sie herumführen, wenn Sie die Zeit hätten.«

»Unglücklicherweise habe ich sie nicht. Aber alle Ihre Muster sind so gut etikettiert und klassifiziert, daß es Ihrer persönlichen Erklärungen kaum bedürfte. Wenn ich morgen in der Lage wäre, hereinzuschauen, hätten Sie dann Einwände, daß ich sie mir ansehe?«

»Keinesfalls. Sie sind höchst willkommen. Die Wohnung wird bestimmt abgeschlossen sein, aber Mrs. Saunders ist bis um vier Uhr unten im Souterrain und würde Sie mit ihrem Schlüssel hereinlassen.«

»Gut, zufällig bin ich morgen nachmittag frei. Wenn Sie Mrs. Saunders das mitteilen würden, wäre die Angelegenheit völlig geregelt. Nebenbei, wer ist Ihr Hausverwalter?«

Unser Klient war über diese plötzliche Frage erstaunt.

»Holloway und Steele, in der Edgware Road. Aber wieso?«

»Ich bin selber etwas wie ein Archäologe, was Häuser angeht«, sagt Holmes lachend. »Ich schwankte, ob Ihr Haus Queen-Anne-Stil oder georgianisch ist.«

»Georgianisch, ohne jeden Zweifel.«

»Wirklich, ich hätte es für ein bißchen älter gehalten. Doch das ist leicht zu ermitteln. Auf Wiedersehen, Mr. Garrideb, und ich wünsche Ihnen allen Erfolg für Ihre Reise nach Birmingham.«

Die Hausverwaltung lag nahebei, aber wir sahen, daß sie an dem Tag geschlossen war, und so machten wir uns auf den Heimweg zur Baker Street. Erst nach dem Dinner kam Holmes auf den Gegenstand zurück.

»Unser kleines Problem drängt einem Schluß zu«, sagte er.

»Zweifellos haben Sie die Lösung im Geiste bereits skizziert.«

»Ich weiß nicht einmal, wo der Kopf und wo der Schwanz ist.«

»Der Kopf zeichnet sich wahrlich deutlich genug ab, und den Schwanz werden wir sicher morgen sehen. Ist Ihnen an dem Inserat nichts Eigenartiges aufgefallen?«

»Ich sah, daß das Wort ›Pflug‹ falsch geschrieben war.«

»Oh, das ist Ihnen aufgefallen, wirklich? Watson, Sie machen immerzu Fortschritte. Ja, das war schlechtes Englisch, aber gutes Amerikanisch. Der Drucker hat es so gesetzt, wie es ihm vorgelegt worden ist. Dann die Bockwagen. Das ist auch amerikanisch. Und ›Artesische Brunnen‹ sagt man drüben auch eher als hier. Es war ein typisch amerikanisches Inserat, obwohl dem Anschein nach von einer englischen Firma aufgegeben. Was halten Sie davon?«

»Ich kann nur vermuten, daß dieser amerikanische Anwalt es selber aufgegeben hat. Warum, begreife ich nicht.«

»Nun, da gibt es verschiedene Erklärungen. Auf jeden Fall wollte er das gute alte Fossil nach Birmingham locken. Das ist sonnenklar. Am liebsten hätte ich ihm gesagt, er wird eindeutig in den April geschickt; aber dann schien es mir doch besser, daß die Bühne frei wird, indem ich ihn fahren ließ. Morgen, Watson – nun, der morgige Tag wird für sich selbst sprechen.«

Holmes war früh auf und aus dem Haus. Als er zum Lunch zurückkehrte, war sein Gesicht sehr ernst.

»Die Sache ist gewichtiger, als ich erwartet habe, Watson«, sagte er. »Es ist nur fair, Ihnen das zu sagen, obwohl ich weiß, daß es für Sie nur ein zusätzlicher Grund sein wird, Ihren Kopf zu riskieren. Inzwischen sollte ich meinen Watson kennen. Aber es *besteht* Gefahr, und Sie müssen es wissen.«

»Nun, es ist nicht die erste, die wir teilen, Holmes. Ich hoffe, es wird nicht die letzte sein. Um welche besondere Gefahr handelt es sich diesmal?«

»Wir sind in einen sehr schweren Fall verwickelt. Ich habe Mr. John Garrideb, Rechtsanwalt, identifiziert. Es ist kein anderer als Killer Evans, ein Mann von finsterem, mörderischem Ruf.«

»Ich fürchte, ich bin um nichts klüger.«

»Ach, zu Ihrem Beruf gehört es nicht, immer den Newgate-Calendar im Kopf zu haben. Ich habe unseren Freund Lestrade im Yard aufgesucht. Möglicherweise herrscht dort ein Mangel an phantasiereicher Intuition, aber Gründlichkeit und methodisches Vorgehen kann man ihnen nicht absprechen. Ich hatte die Idee, wir könnten unserem amerikanischen Freund durch ihre Akten auf die Spur kommen. Und natürlich stieß ich auf sein Pausbackengesicht, es lächelte mir aus dem Verbrecheralbum entgegen. James Winter *alias* Morecroft *alias* Killer Evans stand unter dem Bild.« Holmes zog einen Umschlag aus der Tasche. »Ich habe aus der Akte ein paar Punkte abgeschrieben. Alter vierundvierzig Jahre. Geboren in Chicago. Bekanntermaßen hat er in den Staaten drei Leute erschossen. Konnte durch politischen Einfluß aus dem Zuchthaus entkommen. Ließ sich 1893 in London nieder. Schoß im Januar 1895 beim Kartenspiel auf einen Mann in einem Nachtclub in der Waterloo Road. Der Mann starb, aber es wurde so dargestellt, als wäre er der Angreifer bei dem Streit gewesen. Den Toten hat man als Rodger Prescott identifiziert, in Chicago als Urkunden- und Münzfälscher bekannt; Killer Evans wurde 1901 aus der Haft entlassen, stand seitdem unter Polizeiaufsicht, führte nun aber, soweit bekannt, ein ehrbares Leben. Ein sehr gefährlicher Mann, immer bewaffnet und bereit, die Waffe zu gebrauchen. Das, Watson, ist unser Vogel, ein Galgenvogel, wie Sie sehen.«

»Aber worauf will er hinaus?«

»Nun, das beginnt sich zu klären. Ich war bei dem

Hausverwalter. Unser Klient wohnt da, wie er uns erzählt hat, seit fünf Jahren. Vorher waren die Räume ein Jahr lang nicht vermietet. Der frühere Mieter war ein Gentleman, der sich damals Waldron nannte. An Waldrons Erscheinung erinnert man sich noch gut in dem Büro. Er war plötzlich verschwunden, und man hat nichts mehr von ihm gehört. Er war ein langer Mann mit Bart und sehr finsteren Gesichtszügen. Nun, Prescott, der Mann, den Killer Evans erschoß, war laut Scotland Yard ebenfalls lang, hatte ein finsteres Gesicht und trug Bart. Als Arbeitshypothese, denke ich, dürfen wir annehmen, daß Prescott, der amerikanische Kriminelle, in genau den Zimmern wohnte, in denen unser unschuldiger Freund jetzt sein Museum eingerichtet hat. So kommen wir endlich zu einem Verbindungsglied, wie Sie sehen.«

»Und was wäre das nächste Glied?«

»Nun, wir müssen uns jetzt auf den Weg machen und nach ihm suchen.«

Holmes nahm einen Revolver aus der Schublade und gab ihn mir.

»Ich habe meinen alten Liebling bei mir. Wenn unser Bekannter aus dem Wilden Westen versuchen sollte, sich seinem Spitznamen entsprechend aufzuführen, müssen wir vorbereitet sein. Ich gestehe Ihnen eine Stunde für die Siesta zu, Watson, und dann, denke ich, ist es Zeit für unser Abenteuer in der Ryder Street.«

Es war genau vier Uhr, als wir vor der merkwürdigen Wohnung des Nathan Garrideb standen. Mrs. Saunders, die Aufwärterin, wollte gerade gehen, aber sie zögerte nicht, uns einzulassen, da die Tür ein Schnappschloß besaß und Holmes versprach, darauf zu achten, daß alles gesichert war, wenn wir wieder gingen. Kurz danach wurde die

Haustür zugezogen. Mrs. Saunders' Hut spazierte am Erkerfenster vorüber, und wir wußten, daß wir im Erdgeschoß des Hauses allein waren. Schnell überprüfte Holmes die Wohnung. In einer dunklen Ecke gab es einen Schrank, der ein wenig von der Wand entfernt stand. Und hinter ebenden verkrochen wir uns, während Holmes im Flüsterton seine Absichten umriß.

»Er wollte unseren liebenswürdigen Freund aus diesem Zimmer entfernen – das steht fest –, und weil der Sammler nie ausgeht, bedurfte es einiger Planung, das zu erreichen. Die ganze Geschichte um die Garridebs zielt augenscheinlich auf nichts anderes. Ich muß sagen, Watson, darin steckt eine gewisse teuflische Genialität, wenn auch der seltsame Name des Mieters ihm einen Einstieg bot, was er kaum erwartet haben dürfte. Er hat sein Netz mit erstaunlicher Gerissenheit gewoben.»

»Aber was will er denn erreichen?«

»Das herauszufinden, sind wir hier. Es hat überhaupt nichts mit unserem Klienten zu tun, soweit ich die Situation beurteilen kann. Es ist etwas im Zusammenhang mit dem Mann, den er ermordet hat – dem Mann, der vielleicht einmal sein Komplize gewesen ist. Ich vermute, in dem Raum hier steckt irgendein strafbares Geheimnis. Zuerst dachte ich, unser Freund hätte vielleicht etwas in seiner Sammlung, das mehr Wert besitzt, als er weiß – etwas, das der Aufmerksamkeit eines großen Verbrechers wert ist. Aber die Tatsache, daß Rodger Prescott üblen Angedenkens in diesen Zimmern gewohnt hat, weist auf einen tiefer liegenden Grund. Nun, Watson, wir können nichts tun, als unsere Seelen in Geduld fassen und sehen, was die Stunde bringt.«

Diese Stunde schlug bald. Wir krochen tiefer in den Schatten, als wir hörten, wie die Haustür geöffnet und geschlossen wurde. Dann, nach dem scharfen metallischen Schnappen eines Schlüssels, stand der Amerikaner im Zimmer. Er machte die Tür leise hinter sich zu, warf einen schnellen Blick in die Runde, sich versichernd, daß die Luft rein war, warf den Mantel ab und ging so schnell auf den Tisch in der Mitte zu wie jemand, der genau weiß, was er zu tun hat und wie er es zu tun hat. Er schob den Tisch beiseite, zerrte den Teppich hoch, auf dem er gestanden hatte, und rollte ihn ganz zurück, zog ein Brecheisen aus der Innentasche, kniete nieder und bearbeitete energisch den Fußboden. Dann hörten wir, wie Dielen entfernt wurden, und einen Augenblick später klaffte im Boden eine Öffnung. Killer Evans riß ein Streichholz an, machte sich mit einem Kerzenstumpf Licht und entschwand aus unserem Gesichtskreis.

Jetzt war unser Moment gekommen. Holmes berührte mein Handgelenk, um mich zu verständigen, und wir stahlen uns hin zu der aufgestellten Falltür. Doch so behutsam wir uns auch bewegten, die alten Dielen mußten unter unseren Füßen geknarrt haben, denn der Kopf unseres Amerikaners tauchte aus dem Loch auf und spähte unruhig in die Runde. Das Gesicht drehte sich uns zu, mit einem Ausdruck von unterdrückter Wut, die aber allmählich einem ziemlich blöden Grinsen wich, als er begriff, daß zwei Pistolen auf seinen Kopf gerichtet waren.

»Schon gut«, sagte er kaltblütig und kletterte herauf. »Ich glaube, Sie sind einer zuviel für mich, Mr. Holmes. Sie haben mein Spiel durchschaut, nehme ich an, und haben mich von Anfang an verschaukelt. Nun, Sir, ich gebe es Ihnen. Sie haben mich geschlagen und ...«

Im Bruchteil einer Sekunde hatte er einen Revolver aus der Brusttasche gerissen und feuerte zwei

Schüsse ab. Ich spürte einen plötzlichen heißen Schmerz, als würde glühendes Eisen gegen meinen Schenkel gepreßt. Und ich hörte es krachen, als Holmes seine Pistole auf den Kopf des Mannes sausen ließ. Ich sah wie im Traum, wie er lang zu Boden fiel; Blut strömte ihm übers Gesicht, und Holmes durchsuchte ihn nach Waffen. Dann fühlte ich Holmes' sehnige Arme, und er geleitete mich zu einem Sessel.

»Sie sind nicht verletzt, Watson? Um Himmels willen, sagen Sie, daß Sie nicht verletzt sind!«

Es war eine Wunde wert – es wäre viele Wunden wert gewesen –, daß ich die Tiefe der Treue und Liebe erfuhr, die hinter der kühlen Maske lag. Die klaren, harten Augen waren für einen Moment trübe, und der feste Mund zitterte. In diesem einen und einmaligen Augenblick konnte ich einen Blick auf ein großes Herz und ein großes Hirn werfen. Alle meine Jahre bescheidenen, aber auch treuen Dienstes gelangten in diesem Augenblick der Offenbarung zum Höhepunkt.

»Es ist nichts, Holmes. Es ist nur ein Kratzer.«

Er trennte meine Hosen mit seinem Taschenmesser auf.

»Sie haben recht«, rief er, und er stieß einen gewaltigen Seufzer der Erleichterung aus. »Es ist bloß eine Fleischwunde.« Sein Gesicht wurde hart wie Stein, als er auf unseren Gefangenen blickte, der sich, noch betäubt, aufrichtete. »Bei Gott, Sie haben auch Glück gehabt. Wenn Sie Watson getötet hätten, Sie wären aus diesem Raum nicht lebend herausgekommen. Nun, Sir, was können Sie zu Ihren Gunsten sagen?«

Er konnte nichts zu seinen Gunsten sagen. Er lag nur da und blickte finster drein. Ich lehnte gegen Holmes' Arm, und gemeinsam schauten wir in den kleinen Keller, den die Geheimtür enthüllt hatte. Er war von der Kerze erhellt, die Evans mit hinuntergenommen hatte. Unser Blick fiel auf eine verrostete Maschine, auf große Papierrollen, auf weggeworfene Flaschen und auf eine Anzahl ordentlich gebündelter Päckchen auf einem Tischchen.

»Eine Druckpresse – die Ausrüstung eines Fälschers«, sagte Holmes.

»Ja, Sir«, sagte unser Gefangener und kam langsam und unter Schwanken auf die Beine, um sich in einen Sessel fallen zu lassen. »Die des größten Fälschers, den London je gesehen hat. Es ist Prescotts Maschine, und die Päckchen auf dem Tisch sind zweitausend von Prescotts Banknoten, lauter Hunderter, und jeder geht als echt durch. Bedienen Sie sich, Gentlemen. Schlagen Sie ein in den Handel.«

Holmes lachte.

»Solche Sachen machen wir nicht, Mr. Evans. Für Sie gibt es in diesem Land kein Entkommen. Sie haben diesen Prescott erschossen, nicht wahr?«

»Ja, Sir, und ich habe dafür fünf Jahre bekommen, obwohl er es war, der mich reingerissen hat. Fünf Jahre – statt dessen hätte ich eine Medaille bekommen sollen, so groß wie ein Suppenteller. Kein Mensch könnte einen Prescott von einer Note der Bank von England unterscheiden, und wenn er von mir nicht ausgeschaltet worden wäre, hätte er London mit seinen Scheinen überschwemmt. Ich war der einzige auf der Welt, der wußte, wo er sie herstellte. Sind Sie erstaunt, daß ich an seine Werkstatt herankommen wollte? Und verwundert es Sie, daß ich, als ich auf diesen blöden Einfaltspinsel von Schmetterlingssammler mit dem komischen Namen stieß, der richtiggehend auf dem Schatz hockte und nie das Zimmer verließ, alles mir Mögliche tun mußte, um ihm Beine zu machen? Vielleicht wäre es klüger gewesen, wenn ich ihn weggepustet hätte. Das wäre einfach gewesen, aber ich bin ein gutmütiger Bursche, der nicht zuerst ziehen kann, wenn der andere Mann nicht auch eine Waffe hat. Aber sagen Sie, Mr. Holmes, was habe ich denn verbrochen? Ich habe diese Einrichtung nicht benutzt. Ich habe diesem alten Kerl kein Haar gekrümmt. Wobei haben Sie mich erwischt?«

»Nur bei versuchtem Mord, soweit ich das beurteilen kann«, sagte Holmes. »Aber das ist nicht unser Job. Das ist Sache der nächsten Instanz. Was wir hier suchten, war nur Ihre werte Person. Bitte, rufen Sie den Yard an, Watson. Es wird für sie nicht ganz unerwartet kommen.«

Das also waren die Tatsachen um Killer Evans und seine bemerkenswerte Erfindung von den drei Garridebs. Wir hörten später, daß unser armer alter Freund den Schock wegen seiner zerronnenen Träume nicht verwinden konnte. Sein Luftschloß stürzte ein und begrub ihn unter den Ruinen. Als wir zuletzt von ihm hörten, befand er sich in einem Pflegeheim in Brixton. Für den Yard war es ein Freudentag, als Prescotts Einrichtung entdeckt wurde, denn obwohl man dort wußte, daß sie existierte, waren sie nach dem Tod des Mannes nicht in der Lage gewesen, herauszufinden, wo sie sich befand. Evans hatte in der Tat einen großen Dienst geleistet und insofern mehreren ehrenwerten C.I.D.-Leuten zu gesünderem Schlaf verholfen, da der Fälscher eine Klasse für sich ist und eine öffentliche Gefahr darstellt. Sie hätten ihm gern die Medaille in Größe eines Suppentellers, von der er gesprochen hatte, zubilligen wollen, aber ein verständnisloses Gericht vertrat einen weniger günstigen Standpunkt, und der Killer kehrte in das Dunkel zurück, dem er jüngst erst entstiegen.

Die Thorbrücke

Irgendwo in den Tresoren der Bank von Cox & Co. in Charing Cross gibt es eine auf Reisen abgenutzte, zerbeulte Blechkassette, deren Deckel meinen Namen, John H. Watson, M. D., ehem. Angehöriger der Indischen Armee, trägt. Sie ist vollgestopft mit Papieren, und das sind fast ausschließlich Berichte über Fälle, Illustrationen der merkwürdigen Probleme, mit denen sich Mr. Sherlock Holmes zu verschiedenen Zeiten befassen mußte. Einige, und nicht die uninteressantesten, waren komplette Fehlschläge und eignen sich insofern kaum zum Erzählen, weil es am Ende keine Lösung gibt. Ein Problem ohne Lösung mag den Studierenden ansprechen, aber den Zufallsleser wird es stark verdrießen. Eine dieser Geschichten ohne Schluß ist die des Mr. James Phillimore, der, nachdem er in sein Haus zurückgegangen war, seinen Regenschirm zu holen, nie mehr gesehen wurde. Nicht minder merkwürdig ist die vom Kutter *Alicia*, der eines Frühlingsmorgens in ein kleines Nebelgebiet hineinsegelte, aus dem er nie wieder auftauchte, und auch später hat man kein Sterbenswort mehr über Schiff und Mannschaft gehört. Ein dritter bemerkenswerter Fall ist der des Isadora Persano, des bekannten Journalisten und Duellanten, den man eines Tages total verrückt antraf, vor sich eine Streichholzschachtel, die einen bemerkenswerten, der Wissenschaft unbekannten Wurm enthielt. Abgesehen von jenen unaufgeklärten Fällen, befinden sich dort andere, die in einem Maß Geheimnisse einiger Familien in sich schließen, daß in vielen vornehmen Wohngegenden allein der

Gedanke Bestürzung auslösen würde, sie könnten den Weg in die Druckpresse finden. Ich brauche nicht zu betonen, daß ein solcher Vertrauensbruch undenkbar ist und daß diese Berichte nun, da mein Freund Zeit hat, sich ihnen zu widmen, aussortiert und vernichtet werden. Bleibt ein beträchtlicher Rest von mehr oder weniger interessanten Fällen, den ich schon herausgegeben hätte, wäre nicht zu befürchten gewesen, daß sie in der Öffentlichkeit Verdruß erregt hätten mit möglichen Folgen für den Ruf des Mannes, den ich über alles verehre. In einige dieser Fälle war ich selber einbezogen und kann also als Augenzeuge sprechen, während ich bei anderen nicht zugegen war oder nur eine so kleine Rolle spielte, daß die Vorgänge wie von einer dritten Person erzählt werden müßten. Die folgende Episode beziehe ich aus meiner eigenen Erfahrung.

Es war ein stürmischer Morgen im Oktober, und ich beobachtete, während ich mich ankleidete, wie die letzten Blätter von der einsamen Platane gewirbelt wurden, die den Hof hinter unserem Hause zierte. Ich stieg zum Frühstück hinunter, gewärtig, meinen Gefährten in gedrückter Laune vorzufinden, denn, wie alle großen Künstler, ließ er sich leicht von seiner Umwelt beeindrucken. Doch ich traf ihn, im Gegenteil, besonders heiter und fröhlich gestimmt an, und er war fast mit der Mahlzeit fertig. Er wurde von jener irgendwie ernsten Heiterkeit beherrscht, die für seine lichteren Momente charakteristisch war.

»Haben Sie einen Fall, Holmes?« fragte ich.

»Die Gabe des Schlußfolgerns scheint ansteckend zu sein, Watson«, antwortete er. »Sie hat Sie befähigt, mein Geheimnis zu ergründen. Ja, ich habe einen Fall. Nach einem Monat voller Nebensächlichkeiten und voller Stillstand drehen sich die Räder wieder.«

»Dürfte ich das Geheimnis teilen?«

»Da ist wenig zu teilen, aber wir könnten die Sache besprechen, nachdem Sie die beiden hartgekochten Eier zu sich genommen haben, mit denen unsere neue Köchin uns bedacht hat. Ihre Beschaffenheit hat vielleicht mit der Nummer des *Family Herald* zu tun, die ich gestern auf dem Tisch in der Halle entdeckt habe. Sogar eine so triviale Sache wie das Eierkochen erfordert eine Aufmerksamkeit, die sich des Vergehens von Zeit bewußt bleibt, was natürlich unvereinbar ist mit dem Genießen einer Liebesromanze in diesem hervorragenden Periodikum.«

Eine Viertelstunde später war der Tisch abgeräumt, und wir saßen einander gegenüber. Er zog einen Brief aus der Tasche.

»Sie haben von Neil Gibson gehört, dem Goldkönig?« sagte er.

»Sie meinen den amerikanischen Senator?«

»Ja, er war einmal Senator für irgendeinen Staat des Westens, man kennt ihn aber mehr als den größten Goldminen-Besitzer der Welt.«

»Ich weiß. Sicherlich hat er einige Zeit in England gelebt. Ein sehr bekannter Name.«

»Ja, etwa vor fünf Jahren kaufte er einen ansehnlichen Landsitz in Hampshire. Möglicherweise haben Sie von dem tragischen Schicksal seiner Frau gehört.«

»Stimmt. Nun erinnere ich mich. Daher ist mir der Name geläufig. Aber Einzelheiten weiß ich nicht.«

Holmes wies mit der Hand in Richtung eines Stuhls, auf dem einige Zeitungen lagen. »Ich hätte nie gedacht, daß mir der Fall in die Quere kommen würde; sonst wäre ich schon mit meinen Auszügen fertig«, sagte er. »Tatsache ist, daß dieses – wenngleich außerordentlich sensationelle – Problem keinerlei Schwierigkeiten zu bieten schien. Die interessanten Lebensumstände der Angeklagten können die Klarheit der Beweise nicht trüben. Das war die Ansicht, die sich die Jury in der Voruntersuchung gebildet hatte und die auch vorm Polizeigericht herausgekommen ist. Nun ist die Sache ans Schwurgericht in Winchester verwiesen worden. Ich fürchte, es ist ein undankbares Geschäft. Ich kann Tatsachen entdecken, Watson, aber ich kann sie nicht verändern. Wenn nicht gänzlich neue und unerwartete Dinge ans Licht kommen, sehe ich keine Hoffnung für meine Klientin.«

»Für Ihre Klientin?«

»Ach, ich vergaß, darüber habe ich Ihnen noch nichts erzählt. Ich übernehme Ihre verwirrende Gewohnheit, Watson, Geschichten von hinten nach vorn zu erzählen. Am besten lesen Sie erst einmal dies.«

Der Brief, den er mir reichte, war in einer kühnen, herrischen Handschrift gehalten und hatte folgenden Wortlaut:

Claridge Hotel, 3. Oktober

Lieber Mr. Sherlock Holmes,

ich kann nicht mit ansehen, daß die beste Frau, die Gott je geschaffen hat, in den Tod geht, ohne daß alles nur Mögliche zu ihrer Rettung unternommen wird. Ich kann die Dinge nicht erklären – ich kann nur den Versuch unternehmen, sie zu erklären, aber für mich steht außer allem Zweifel, Miss Dunbar ist unschuldig. Sie kennen die Tatsachen – wer kennte sie nicht? Sie waren das Klatschthema des Landes. Und nie erhob sich eine Stimme zu ihren Gunsten!

Es ist das verdammte Unrecht, das mich um den Verstand bringt. Diese Frau besitzt ein Herz, das sie daran hindern würde, selbst eine Fliege zu töten. Nun, ich komme morgen um elf, um zu erfahren, ob Sie ein bißchen Licht in das Dunkel bringen können. Vielleicht habe ich einen Hinweis und weiß es nicht. Wie dem auch sei: Über alles, was ich weiß und was ich besitze und was ich bin, dürfen Sie verfügen, wenn Sie sie nur retten. Wenn Sie je in Ihrem Leben Ihre Fähigkeiten haben spielen lassen, verwenden Sie sie auf diesen Fall.

Ihr ergebener J. Neil Gibson

»Das also ist es«, sagte Sherlock Holmes, klopfte die Asche aus seiner Frühstückspfeife und stopfte sie langsam wieder. »Den Herrn erwarte ich. Was die eigentliche Geschichte angeht, so hätten Sie kaum Zeit, alle diese Zeitungen zu bewältigen, deshalb muß ich sie Ihnen in nuce anbieten, wenn Sie an den Entwicklungen verständnisvoll Anteil nehmen sollen. Dieser Mann verkörpert die größte Finanzkraft der Welt, und er ist, wie ich es sehe, ein Mann von höchst gewalttätigem und furchtbarem Charakter. Er heiratete eine Frau, das Opfer der Tragödie, über die ich nicht mehr weiß, als daß sie die Blütezeit des Lebens bereits hinter sich gelassen hatte, was sich um so unglücklicher auswirkte, als eine sehr anziehende Gouvernante die Ausbildung der zwei kleinen Kinder übernahm. Es ist der Fall dieser drei Leute, und der Schauplatz ist ein herrliches altes Schloß, das Zentrum eines historischen englischen Landgutes. Und nun zur Tragödie. Die Frau wurde auf dem eigenen Grund und Boden fast eine halbe Meile vom Hause gefunden, spät in der Nacht, sie war zum Dinner angezogen, hatte einen Schal um die Schultern, und im Gehirn steckte eine

Revolverkugel. In ihrer Nähe entdeckte man keine Waffe, und es gab dort auch keinen Hinweis auf den Mörder. Keine Waffe in ihrer Nähe, Watson – halten Sie das fest! Das Verbrechen scheint spät am Abend verübt worden zu sein, der Leichnam wurde um elf Uhr von einem Wildhüter gefunden; die Polizei und der Arzt haben die Tote untersucht, ehe sie zum Haus getragen wurde. Ist mein Bericht gar zu komprimiert, oder können Sie ihm folgen?«

»Es ist alles sehr klar. Aber warum wird die Gouvernante verdächtigt?«

»Nun, vor allem gibt es einen sehr direkten Beweis. Man hat auf dem Boden ihres Kleiderschranks einen Revolver gefunden, aus dem eine Kugel fehlte, und festgestellt, daß sein Kaliber mit dem des Geschosses übereinstimmt, das im Gehirn der Toten steckte.«

Seine Augen wurden starr, und er wiederholte, schon halb abwesend: »Auf – dem – Boden – ihres – Kleiderschranks.« Dann versank er in Schweigen, und ich sah, daß er Gedanken nachhing, die zu unterbrechen töricht gewesen wäre. Plötzlich gab er sich einen Ruck und erwachte wieder zu kraftvollem Leben. »Ja, Watson, man fand den Revolver. Das sprach doch wohl für ihre Schuld, wie? Zu dem Schluß kamen die Geschworenen der beiden Verfahren. Dann fand man bei der toten Frau ein Briefchen mit einer Verabredung an genau dem Platz, und es trug die Unterschrift der Gouvernante. Wie kommt Ihnen das vor? Schließlich noch das Motiv. Senator Gibson ist ein anziehender Mann. Wer anders als die junge Dame hätte die Nachfolgerin sein sollen, wenn die Frau starb? Nach allen Berichten war ihr von seiten ihres Arbeitgebers drängende Aufmerksamkeit zuteil geworden. Liebe, Vermögen, Macht, und allem stand nur eine Frau mittleren Alters im Weg. Verhängnisvoll, Watson, höchst verhängnisvoll!«

»Ja, in der Tat, Holmes.«

»Sie konnte auch kein Alibi vorweisen. Im Gegenteil mußte sie zugeben, daß sie sich nahe der Thorbrücke – dort hat sich die Tragödie abgespielt – aufgehalten hatte, ungefähr zu dieser Zeit. Sie konnte es nicht leugnen, denn ein Einwohner des Dorfes war da vorbeigekommen und hatte sie gesehen.«

»Das scheint wirklich entscheidend zu sein.«

»Und dennoch. Watson – und dennoch! Diese Brücke – ein einziger steinerner Bogen mit seitlichen Geländern – führt an der schmalsten Stelle über ein langgezogenes, tiefes, schilfumgürtetes Wasser. Man nennt es Thor Mere. An der Auffahrt zur Brücke lag die Tote. Das sind die wichtigsten Tatsachen. Doch da, wenn ich nicht irre, ist unser Klient, beträchtlich vor der Zeit.«

Billy öffnete die Tür, aber den Namen, den er verkündete, hatten wir nicht erwartet. Mr. Marlow Bates war für uns beide ein Fremder. Er war ein dünner, nervöser Irrwisch mit erschrockenen Augen und krampfhaften, zögernden Bewegungen – ein Mann, den mein erfahrener ärztlicher Blick nur als an der Schwelle eines totalen Nervenzusammenbruchs stehend einstufen konnte.

»Sie scheinen aufgeregt zu sein, Mr. Bates«, sagte Holmes. »Bitte, setzen Sie sich. Ich fürchte, ich kann Ihnen nur wenig Zeit widmen, da ich um elf eine Verabredung habe.«

»Das weiß ich«, japste unser Besucher, und er schoß kurze Sätze heraus, als wäre er ganz außer Atem. »Mr. Gibson kommt. Mr. Gibson ist mein Dienstherr. Ich bin Inspektor auf seinem Gut. Mr. Holmes, er ist ein Schurke – ein höllischer Schurke.«

»Starke Worte, Mr. Bates.«

»Ich muß mich deutlich ausdrücken, Mr. Holmes, da die Zeit so beschränkt ist. Um nichts in der Welt darf er mich hier antreffen. Er müßte bald hier sein. Aber ich konnte nicht früher kommen. Sein Sekretär, Mr. Ferguson, hat mir erst heute morgen von seiner Verabredung mit Ihnen erzählt.«

»Und Sie sind sein Inspektor?«

»Ich habe gekündigt. In zwei Wochen werde ich seine verfluchte Sklaverei abgeschüttelt haben. Ein harter Mann, Mr. Holmes, hart gegen seine ganze Umgebung. Seine öffentliche Mildtätigkeit ist eine Maske, um seine privaten Ungerechtigkeiten zu verdecken. Aber seine Frau war sein Hauptopfer. Er behandelte sie brutal – ja, Sir, brutal! Wie es zu ihrem Tod kam, kann ich nicht sagen, aber ich bin sicher, daß er sie ins Elend gestürzt hat. Sie war ein Geschöpf der Tropen, von Geburt Brasilianerin, wie Sie zweifellos wissen.«

»Nein, das war mir entgangen.«

»Eine aus den Tropen, auch nach ihrer Natur. Ein Kind der Sonne und der Leidenschaft. Sie hat ihn geliebt, wie nur solche Frauen lieben können, aber als ihr körperlicher Zauber geschwunden war – man erzählte mir, er sei einst groß gewesen –, gab es nichts mehr, das ihn hielt. Wir alle mochten sie gern und fühlten mit ihr und haßten ihn wegen der Art, wie er mit ihr umging. Er ist einnehmend und geschickt. Das ist alles, was ich Ihnen zu sagen habe. Geben Sie bei ihm nichts auf den Schein. Es steckt mehr dahinter. Ich gehe jetzt. Nein, nein, halten Sie mich nicht auf. Er müßte bald hier sein.«

Mit einem erschrockenen Blick auf die Uhr rannte unser seltsamer Besucher buchstäblich zur Tür und war verschwunden.

»Nun! Nun!« sagte Holmes nach einer Pause des

Schweigens. »Mr. Gibson scheint von treuen Menschen umgeben zu sein. Aber die Warnung ist nützlich, und nun können wir nur noch warten, daß der Mann selber erscheint.«

Genau zur angekündigten Zeit hörten wir einen schweren Schritt auf der Treppe, und der berühmte Millionär wurde ins Zimmer gebeten. Als ich ihn ansah, verstand ich nicht nur die Ängste und die Abneigung seines Inspektors, sondern auch die Verwünschungen, die so viele geschäftliche Rivalen auf seinen Kopf häuften. Wäre ich ein Bildhauer und wollte das Ideal eines erfolgreichen Mannes im öffentlichen Leben mit Nerven aus Eisen und ledernem Gewissen schaffen, würde ich Mr. Neil Gibson zum Modell gewählt haben. Seine lange, hagere, kantige Gestalt erweckte die Vorstellung von Hunger und Raubgier. Ein Abraham Lincoln, der auf Niedriges gerichtet ist, statt auf Hochherziges, könnte eine Vorstellung von dem Mann vermitteln. Sein Gesicht hätte aus Granit gehauen sein können – ohne Gefühl, steinern, mitleidlos, von tiefen Linien durchzogen, den Narben manch einer Krise. Kalte graue Augen, die gefährlich unter borstigen Brauen blickten, musterten uns abwechselnd. Er verbeugte sich nachlässig, als Holmes meinen Namen erwähnte, und dann zog er mit einer herrischen Geste des Besitzergreifens einen Stuhl bis dicht vor meinen Gefährten und setzte sich; seine knochigen Knie berührten beinahe die von Holmes.

»Lassen Sie es mich geradezu sagen, Mr. Holmes«, hob er an, »Geld bedeutet mir in diesem Fall nichts. Sie können es verbrennen, wenn es gelingt, auf die Weise den Weg zur Wahrheit zu finden. Diese Frau ist unschuldig, und diese Frau muß reingewaschen werden, und es ist an Ihnen, das zu tun. Nennen Sie Ihre Forderung!«

»Mein Honorar bemißt sich nach feststehenden Sätzen«, sagte Holmes kühl. »Davon weiche ich nicht ab, es sei denn, ich verzichte überhaupt auf Bezahlung.«

»Gut, wenn Dollars Ihnen nichts bedeuten, dann denken Sie an Ihren Ruf. Wenn Sie in der Sache gewinnen, wird jede Zeitung in England und Amerika für Sie Reklame machen. Sie würden zum Gesprächsgegenstand beider Kontinente.«

»Danke, Mr. Gibson, aber ich denke nicht, daß ich Reklame brauche. Es überrascht Sie vielleicht, daß ich es vorziehe, in der Anonymität zu bleiben, und daß es nur das Problem ist, das mich reizt. Aber wir vergeuden Zeit. Begeben wir uns also mitten hinein in die Tatsachen.«

»Ich denke, das Hauptsächliche werden Sie in den Presseberichten finden. Ich wüßte nicht, daß ich irgend etwas hinzuzufügen hätte, das Ihnen helfen könnte. Doch wenn es etwas gibt, das Sie klarer beleuchtet haben möchten – nun, ich bin hier, um das zu tun.«

»Ja, es gibt da eine Sache.«

»Und was?«

»Wie waren genau die Beziehungen zwischen Ihnen und Miss Dunbar?«

Der Goldkönig zuckte heftig zusammen und erhob sich halb vom Stuhl. Doch dann verfiel er wieder in seine durch nichts zu erschütternde Ruhe.

»Ich nehme an, es bewegt sich noch im Rahmen Ihrer Befugnisse – und möglicherweise ist es Ihre Pflicht –, daß Sie eine derartige Frage stellen, Mr. Holmes.«

»Wir stimmen überein, wenn wir das annehmen«, sagte Holmes.

»Ich kann Ihnen versichern, daß die Beziehungen jederzeit nur die eines Arbeitgebers zu einer jungen

Dame waren, mit der er sich nie unterhielt und die er nie sah, außer sie befand sich in Gesellschaft seiner Kinder.«

Holmes erhob sich.

»Ich bin ein ziemlich beschäftigter Mann, Mr. Gibson«, sagte er, »und ich habe für sinnlose Gespräche weder die Zeit, noch finde ich Geschmack daran. Ich wünsche Ihnen einen guten Morgen.«

Unser Besucher war ebenfalls aufgestanden, und seine große, legere Gestalt überragte Holmes. Unter den borstigen Brauen glomm es böse, und in die bleichen Wangen trat ein Anflug von Farbe.

»Was, zum Teufel, soll das heißen, Mr. Holmes? Sie weisen meinen Fall ab?«

»Nun, Mr. Gibson, Sie zumindest weise ich ab. Ich sollte denken, meine Worte waren deutlich.«

»Deutlich genug, aber was steckt hinter ihnen? Wollen Sie den Preis hochtreiben, oder fürchten Sie sich, die Sache anzupacken, oder was sonst? Ich habe ein Recht auf eine deutliche Antwort.«

»Mag sein«, sagte Holmes. »Ich werde Ihnen eine Antwort geben. Dieser Fall ist an sich schon schwierig genug und bedarf nicht weiterer Komplikationen durch eine Falschinformation.«

»Das bedeutet, ich lüge.«

»Nun, ich habe versucht, es so vorsichtig wie möglich auszudrücken, aber wenn Sie auf dem Wort bestehen, will ich Ihnen nicht widersprechen.«

Ich sprang auf, denn der Ausdruck im Gesicht des Millionärs war entschieden teuflisch, und er hatte seine große knotige Faust erhoben. Holmes lächelte matt und streckte seine Hand nach der Pfeife aus.

»Machen Sie keinen Lärm, Mr. Gibson. Nach dem Frühstück fände ich selbst das kleinste Wortgefecht verwirrend. Ich kann mir vorstellen, daß ein Bummel in der Morgenluft und ein bißchen ruhiges Nachdenken Ihnen sehr gut täten.«

Der Goldkönig strengte sich an, seine Wut zu zügeln. Ich konnte nicht umhin, ihn zu bewundern, wie er durch ein Höchstmaß an Selbstbeherrschung binnen einer Minute von loderndem Zorn zu kühler und verächtlicher Gelassenheit wechselte.

»Gut, Sie haben gewählt. Ich vermute, Sie wissen, wie Sie Ihre Geschäfte zu führen haben. Ich kann Sie nicht zwingen, gegen Ihren Willen den Fall aufzunehmen. Aber Sie haben sich am heutigen Morgen nichts Gutes angetan, Mr. Holmes; denn ich habe schon stärkere Leute als Sie in die Knie gezwungen. Niemand hat sich je mit mir angelegt und ist am Ende Sieger gewesen.«

»Viele haben mir so etwas schon gesagt, und doch stehe ich hier«, sagte Holmes lächelnd. »Guten Morgen, Mr. Gibson. Sie haben noch eine Menge zu lernen.«

Unser Besucher machte einen geräuschvollen Abgang, aber Holmes rauchte in unerschütterlicher Ruhe, die Augen verträumt gegen die Zimmerdecke gerichtet.

»Haben Sie irgendwas anzumerken, Watson?« fragte er schließlich.

»Nun, Holmes, ich muß gestehen, wenn ich in Betracht ziehe, daß dieser Mann bestimmt jedes Hindernis aus dem Weg fegt, und wenn ich mich daran erinnere, daß seine Frau vielleicht ein Hindernis gewesen sein mag und ein Objekt, dem er abgeneigt war, wie dieser Herr Bates uns unumwunden erklärt hat, will mir scheinen ...«

»Exakt, Watson. Mir auch.«

»Aber welche Beziehungen unterhielt er denn zu der Gouvernante, und wie sind Sie dahintergekommen?«

»Bluff, Watson, Bluff! Als ich den leidenschaftlichen, unkonventionellen, gar nicht geschäftsmäßigen Ton seines Briefes bedachte und die beherrschte Art seines Auftretens dagegensetzte, wurde mir ziemlich klar, daß es da ein tiefes Gefühl gibt, das eher der angeklagten Frau als dem Opfer gelten dürfte. Wir müssen unbedingt genau über die Beziehungen dieser drei Personen zueinander Bescheid wissen, wenn wir die Wahrheit herausbekommen wollen. Sie haben meine gegen ihn vorgetragene Frontalattacke erlebt und gesehen, wie unerschütterlich er ihr begegnet ist. Dann bluffte ich ihn, indem ich ihm den Eindruck vermittelte, daß ich mir absolut gewiß sei, obwohl ich in Wirklichkeit nur einen starken Verdacht hatte.«

»Vielleicht kommt er zurück?«

»Auf jeden Fall kommt er zurück. Er *muß* zurückkommen. Er kann die Dinge nicht in dem Zustand belassen. Ha! hat es da nicht geklingelt? Ja, das ist sein Schritt. Nun, Mr. Gibson, ich sagte gerade zu Dr. Watson, Sie seien irgendwie überfällig.«

Der Goldkönig betrat das Zimmer, in zahmerer Stimmung, als er es verlassen hatte. Verletzter Stolz stand ihm zwar noch im Blick, aber sein gesunder Menschenverstand hatte ihm gesagt, daß er einlenken müsse, wollte er sein Ziel erreichen.

»Ich habe alles noch einmal überdacht, Mr. Holmes, und bin zu dem Ergebnis gekommen, daß ich Sie zu schnell falsch verstand. Sie haben ein Recht darauf, die Tatsachen zu erfahren, in welcher Richtung auch immer, und ich halte deswegen nur um so mehr von Ihnen. Wie dem auch sei, ich kann Ihnen versichern, daß meine Beziehungen zu Miss Dunbar den Fall wirklich nicht berühren.«

»Das kann nur ich entscheiden, oder nicht?«

»Ja, ich nehme an, so ist es. Sie sind wie ein Chirurg, der alle Symptome kennenlernen will, bevor er die Diagnose stellt.«

»Genau. So kann man sagen. Und nur der Patient, der sich zum Ziel gesetzt hat, seinen Chirurgen zu belügen, würde vor ihm die Tatsachen seines Falls verbergen.«

»Mag sein, aber Sie müssen mir zugeben, Mr. Holmes, daß die meisten Männer ein bißchen zurückschrecken, wenn man sie geradewegs nach ihren Beziehungen zu einer Frau fragt – wenn es sich wirklich um ernstere Gefühle handeln sollte. Ich glaube, Männer haben irgendwo in der Seele eine verschwiegene Ecke, in der Eindringlinge nicht willkommen sind. Und Sie sind da einfach plötzlich hineingeplatzt. Aber das Ziel entschuldigt Sie, da Sie ja nur versuchen, sie zu retten. Nun gut, der Zaun ist gefallen, alle Türen stehen offen, und Sie können auf Entdeckungsreise gehen, wo Sie wollen. Was möchten Sie hören?«

»Die Wahrheit.«

Der Goldkönig schwieg einen Augenblick, als müßte er seine Gedanken ordnen. Sein strenges, von tiefen Linien durchzogenes Gesicht war noch trauriger und noch ernster geworden.

»Ich kann sie Ihnen mit sehr wenig Worten sagen«, begann er schließlich. »Es gibt Dinge, die sehr schmerzlich sind, aber auch schwierig auszusprechen, und also werde ich nicht tiefer gehen als nötig. Ich lernte meine Frau kennen, als ich in Brasilien auf Goldsuche war. Maria Pinto war die Tochter eines Regierungsbeamten aus Manao, sie war sehr schön. Damals war ich jung und feurig, aber auch jetzt noch, wenn ich mit kühlerem Blut und kritischerem Auge zurückblicke, komme ich nicht umhin, zu sagen: Sie war einmalig in ihrer Schönheit.

Dazu besaß sie einen tiefen, reichen Charakter, war leidenschaftlich und rückhaltlos, war ein Kind der Tropen, unausgeglichen und ganz anders als die amerikanischen Frauen, die ich kannte. Um es kurz zu machen: Ich verliebte mich in sie, und ich heiratete sie. Nur daß ich, als die Romanze vorüber war – und sie währte einige Jahre –, feststellte, daß wir nichts, aber auch gar nichts gemein hatten. Meine Liebe schwand. Wäre die ihre auch geschwunden, hätte alles leichter sein können. Aber Sie kennen ja die seltsame Natur der Frauen. Ich mochte tun, was ich wollte, nichts konnte sie dazu bringen, sich von mir abzuwenden. Wenn ich hart zu ihr war, sogar brutal, wie einige meinen, dann nur, weil ich wußte, daß es für uns beide leichter würde, wenn es mir gelang, ihre Liebe abzutöten oder in Haß zu verwandeln. Aber nichts konnte sie verändern. Sie liebte mich in diesen englischen Wäldern genauso, wie sie mich zwanzig Jahre zuvor an den Ufern des Amazonas geliebt hatte. Ich konnte tun, was ich wollte, sie war mir zugetan wie eh und je.

Dann kam Miss Grace Dunbar. Sie meldete sich auf unsere Annonce und wurde Gouvernante unserer beiden Kinder. Vielleicht haben Sie ihr Bild in den Zeitungen gesehen. Alle Welt ließ verlauten, daß auch sie eine sehr schöne Frau sei. Nun, ich erhebe keinen Anspruch darauf, moralischer zu sein als meine Mitmenschen, und ich gebe zu, daß ich nicht unter demselben Dach mit ihr leben und täglichen Umgang mit ihr haben konnte, ohne eine leidenschaftliche Zuneigung zu ihr zu fassen. Verurteilen Sie mich dafür, Mr. Holmes?«

»Ich verurteile Sie nicht, weil Sie die Leidenschaft empfanden. Ich müßte Sie verurteilen, wenn Sie sie ihr gestanden hätten, denn die junge Dame befand sich gewissermaßen unter Ihrem Schutz.«

»Vielleicht haben Sie recht«, sagte der Millionär, und der Verweis brachte für einen Moment wieder das wütende Glimmen in seine Augen zurück. »Ich behaupte nicht, ich sei besser, als ich bin. Mein ganzes Leben lang war ich derjenige, der zugriff, wenn er etwas wollte, und nie habe ich etwas mehr gewollt als die Liebe und den Besitz dieser Frau. Und das sagte ich ihr.«

»Ach, wirklich?«

Holmes konnte fürchterlich aussehen, wenn ihn etwas bewegte.

»Ich sagte ihr, ich würde sie heiraten, wenn ich könnte, aber das stünde ganz außer meiner Macht. Ich sagte ihr, Geld spiele keine Rolle, und daß ich alles tun wolle, was ich könne, um sie glücklich zu machen.«

»Sehr großzügig, in der Tat«, sagte Holmes mit einem höhnischen Grinsen.

»Nun hören Sie mal zu, Mr. Holmes. Ich bin zu Ihnen gekommen, damit Sie mir einen Beweis erbringen, und nicht, um mir eine Moralpauke anzuhören. Ihre Kritik interessiert mich nicht.«

»Ich nehme mich des Falles nur um der jungen Dame willen an«, sagte Holmes streng. »Ich weiß nicht, ob das, was man ihr vorwirft, wirklich schlimmer ist als all das, was Sie von sich zugegeben haben, daß Sie nämlich versucht haben, ein hilfloses Mädchen, das unter Ihrem Dach lebte, zugrunde zu richten. Einigen von euch Reichen muß einmal beigebracht werden, daß ihr nicht die ganze Welt bestechen könnt, damit sie euch eure Missetaten nachsieht.«

Zu meinem Erstaunen steckte der Goldkönig diesen Tadel mit Gleichmut ein.

»Genauso denke ich jetzt auch darüber. Ich danke Gott, daß meine Pläne fehlschlugen. Sie wollte von mir nichts annehmen, sondern äußerte die Absicht, auf der Stelle das Haus zu verlassen.«

»Warum hat sie es nicht getan?«

»Nun, vor allem, weil es Menschen gibt, die materiell von ihr abhängig sind, und es war nicht leicht für sie, sie alle im Stich zu- lassen, indem sie ihre Stellung aufgab. Als ich ihr geschworen hatte – und das tat ich wirklich –, sie nicht mehr zu belästigen, willigte sie ein, zu bleiben. Aber da war auch noch ein anderer Grund. Sie kannte ihren Einfluß auf mich und wußte, daß er stärker war als jeder sonstige Einfluß der Welt. Sie wollte ihn zum Guten ausüben.«

»Und wie?«

»Sie kannte sich ein wenig in meinen Angelegenheiten aus. Die sind bedeutend, Mr. Holmes, bedeutender, als sich das der gemeine Mann vorstellen kann. Ich kann erschaffen oder zerbrechen – meist zerbreche ich. Und nicht nur Individuen. Auch Gemeinden, Städte, sogar Nationen. Geschäft ist ein brutales Spiel, und die Schwachen gehen dabei vor die Hunde. Ich spielte das Spiel nach allen Regeln. Ich habe nie gewinselt und mich auch nie darum gekümmert, ob der andere winselte. Sie sah die Welt nicht so. Ich nehme an, sie hatte recht. Sie war der Überzeugung, daß ein Vermögen, wenn es das zum Leben Notwendige übersteigt, nicht auf dem Rükken von Tausenden ruinierter Menschen, die ohne das Nötigste auskommen müssen, aufgebaut werden darf. So sah sie das, und ich vermute, ihr Blick ging an den Dollars vorbei auf etwas, das beständiger ist. Sie merkte, daß ich ihr zuhörte, und sie dachte, sie diene der Welt, wenn sie auf meine Aktionen Einfluß nahm. Also blieb sie – und dann geschah das.«

»Können Sie die Sache ein bißchen erhellen?«

Der Goldkönig hielt für eine Minute oder länger inne, der Kopf sank in seine Hände, und er saß in Gedanken verloren da.

»Es sieht sehr finster für sie aus. Das läßt sich nicht leugnen. Und Frauen besitzen ein besonderes Innenleben und sind womöglich imstande, etwas zu tun, das sich dem Urteil der Männer entzieht. Zuerst war ich so durcheinander und bestürzt, daß ich bereit war zu glauben, sie habe sich auf eine außergewöhnliche, ihrer Natur ganz zuwiderlaufende Art gehenlassen. Aber dann ist mir eine Erklärung eingefallen. Ich verrate sie Ihnen, Mr. Holmes, sehen Sie zu, was Sie damit anfangen können. Zweifellos war meine Frau furchtbar eifersüchtig. Zu körperlicher Eifersucht gab es für sie keinen Grund – ich glaube, das wußte sie auch –, ihre rasende Eifersucht kam aus tiefster Seele, denn sie hatte verstanden, daß dieses englische Mädchen einen Einfluß auf mein Denken und Handeln gewonnen hatte, den sie selber nie besessen hatte. Daß der Einfluß zum Guten wirkte, änderte an der Tatsache nichts. Sie war verrückt vor Haß, und südliches Feuer rumorte ihr immer im Blut. Vielleicht hat sie den Plan gefaßt, Miss Dunbar zu ermorden – oder, sagen wir, ihr mit dem Revolver zu drohen und sie aus dem Haus zu schrecken. Vielleicht gab es ein Handgemenge, und der Schuß löste sich und traf die Frau, die den Revolver hielt.«

»Diese Möglichkeit ist mir auch schon durch den Kopf gegangen«, sagte Holmes. »Darin bestünde ja wirklich die einzig einleuchtende Alternative zum vorsätzlichen Mord.«

»Aber sie streitet es entschieden ab.«

»Nun, das ist nicht endgültig – oder? Es wäre doch verständlich, daß eine Frau in einer so schrecklichen Lage nach Hause läuft und in ihrer Verwirrung den Revolver in der Hand behält. Vielleicht hat sie ihn sogar in ihren Kleiderschrank geworfen, kaum wissend, was sie tat, und als er dann gefunden wurde, mag sie, um sich aus der Sache herauszulügen, jede Begegnung mit Ihrer Frau geleugnet haben, weil Erklärungsversuche ohnehin unwahrscheinlich geklungen hätten. Was steht einer solchen Annahme entgegen?«

»Miss Dunbar selbst.«

»Nun gut, vielleicht.«

Holmes schaute auf seine Uhr.

»Ich zweifle nicht, daß wir die erforderliche Erlaubnis heute vormittag noch bekommen könnten. Dann kämen wir mit dem Abendzug in Winchester an. Nachdem ich die junge Dame gesprochen habe, werde ich Ihnen möglicherweise nützlicher sein, wenngleich ich nicht versprechen kann, daß meine Schlüsse notwendigerweise so ausfallen, wie Sie es wünschen.«

Die Ausstellung der Erlaubnis verzögerte sich, und so fuhren wir anstatt nach Winchester nach Thor Place, dem Landgut von Mr. Neil Gibson in Hampshire. Er begleitete uns zwar nicht, aber wir besaßen die Adresse von Sergeant Coventry von der örtlichen Polizei, der die ersten Untersuchungen in dem Fall geführt hatte. Er war ein großer, dünner, leichenblasser Mann, der sich geheimnistuerisch und dunkel gab und so den Eindruck beförderte, daß er viel mehr wisse oder vermute, als er auszusprechen wage. Zudem arbeitete er mit dem Trick, plötzlich die Stimme zu einem Flüstern zu senken, als wolle er auf einen Punkt von äußerster Wichtigkeit zu sprechen kommen, auch wenn dann die Information denkbar uninteressant war. Aber von diesen Eigenheiten abgesehen, erwies er sich bald als ein anständiger, ehrlicher Bursche, der sich nicht scheute, zu-

zugeben, daß er am Ende seines Witzes war und jede Hilfe dankbar begrüßen würde.

»Mir ist es sowieso lieber, ich muß mich mit Ihnen als mit Scotland Yard abgeben, Mr. Holmes«, sagte er. »Wenn der Yard zu einem Fall hinzugezogen wird, verlieren die örtlichen Behörden alle Aussicht auf Erfolg und bekommen mögliches Versagen angekreidet. Sie spielen, wie ich gehört habe, offen.«

»Ich brauche in der Sache überhaupt nicht zu erscheinen«, sagte Holmes zur sichtlichen Erleichterung unseres melancholischen Bekannten. »Wenn ich sie aufgeklärt habe, möchte ich nicht, daß mein Name erwähnt wird.«

»Also, das ist anständig von Ihnen. Und was Ihren Freund, Dr. Watson, betrifft, von dem weiß ich, daß man ihm trauen kann. Übrigens, ehe wir uns zu dem Ort begeben, hätte ich Ihnen gern eine Frage gestellt. Zu keiner Menschenseele sonst würde ich ein Wörtchen verlauten lassen.« Er sah sich um, als traute er sich kaum, die Frage vorzutragen. »Glauben Sie nicht, daß Mr. Neil Gibson selbst in den Fall verwickelt sein könnte?«

»Ich habe das bereits bedacht.«

»Sie kennen Miss Dunbar nicht. Sie ist eine herrliche, eine feine Frau in jeder Beziehung. Er könnte doch gewünscht haben, seine Frau wär aus dem Weg. Und diese Amerikaner sind mit Revolvern schneller bei der Hand als unsere Leute. Es war *sein* Revolver, müssen Sie wissen.«

»Ist das klar erwiesen?«

»Ja, Sir. Es war einer von einem Paar, das ihm gehört.«

»Einer von einem Paar? Wo ist der andere?«

»Nun, der Gentleman besitzt eine ganze Menge Schießeisen verschiedenster Arten. Es ist uns nicht gelungen, diesen besonderen Revolver zu finden – aber der Kasten hatte Platz für zwei Revolver.«

»Wenn es zwei gleiche Revolver gab, müßten Sie den anderen aber doch gefunden haben.«

»Wir haben alle Waffen nebeneinandergelegt, wenn Sie einen Blick darauf tun wollen.«

»Später vielleicht. Ich denke, wir werden erst einmal gemeinsam zum Schauplatz der Tragödie gehen.«

Diese Unterhaltung fand in dem kleinen Vorderzimmer von Sergeant Coventrys bescheidenem Häuschen statt, das als örtliche Polizeistation diente. Nach einem Spazierweg von ungefähr einer halben Meile über die windbewegte Heide, die golden und bronzen leuchtete vom verblühenden Farn, gelangten wir vor ein Seitentor des Anwesens Thor Place. Ein Pfad führte durch die Fasanengehege, und von einer Lichtung aus erblickten wir auf dem Bergkamm das weitläufige Fachwerkgebäude, das halb in Tudor-, halb in georgianischem Stil errichtet war. Vor uns erschien ein langgestreckter, verschilfter See. Wir verhielten an dessen schmalster Stelle in der Mitte, wo ihn eine steinerne, die Wagenauffahrt fortsetzende Brücke überspannte, die aus dem großen Gewässer zwei kleine Seen bildete. Unser Führer deutete auf den Boden.

»Hier lag Mrs. Gibsons Leiche. Ich habe die Stelle mit diesem Stein markiert.«

»Ich hörte, daß Sie hier waren, noch ehe jemand sie angerührt hat.«

»Ja, man hatte sofort nach mir geschickt.«

»Wer?«

»Mr. Gibson selbst. Als man das Haus alarmiert hatte und er mit den anderen hierherlief, bestand er darauf, daß vor dem Eintreffen der Polizei nichts von der Stelle bewegt werden dürfe.«

»Das war vernünftig. Den Zeitungen habe ich entnommen, daß der Schuß aus kurzer Entfernung abgegeben worden sei.«

»Ja, Sir, aus sehr kurzer Entfernung.«

»In die rechte Schläfe?«

»Etwas dahinter.«

»Wie lag die Leiche?«

»Auf dem Rücken, Sir. Keine Spuren von einem Kampf. Keine Abdrücke. Keine Waffe. Die linke Hand der Toten war um den Zettel mit der Nachricht von Miss Dunbar gekrampft.«

»Gekrampft, sagen Sie?«

»Ja, Sir, wir konnten sie kaum öffnen.«

»Das ist sehr wichtig. Es schließt aus, daß jemand die Nachricht nach dem Tod in die Hand geschoben hat, um eine falsche Fährte zu legen. Die Nachricht war, wenn ich mich recht erinnere, ziemlich kurz. ›Ich werde um neun Uhr an der Thorbrücke sein. G. Dunbar.‹ Lautete sie nicht so?«

»Ja, Sir.«

»Hat Miss Dunbar zugegeben, sie geschrieben zu haben?«

»Ja, Sir.«

»Was sagte sie zur Erklärung?«

»Sie spart ihre Verteidigung fürs Schwurgericht auf. Sie wollte nichts sagen.«

»Das Problem ist jedenfalls hochinteressant. Die Sache mit dem Brief scheint sehr unklar, meinen Sie nicht?«

»Nun Sir«, sagte unser Führer, »mir kommt es so vor, wenn ich mir die Kühnheit erlauben darf, als wäre sie der einzige richtig klare Punkt in dem ganzen Fall.«

Holmes schüttelte den Kopf.

»Angenommen, der Brief ist echt und wirklich von ihr geschrieben, dann muß die Dame ihn mit

Sicherheit einige Zeit vor der Katastrophe empfangen haben – sagen wir eine Stunde, zwei Stunden davor. Warum hielt sie ihn aber dann fest von der linken Hand umschlossen? Aus welchem Grunde hat sie ihn so sorgsam mit sich herumgetragen? Sie brauchte sich bei dem Gespräch doch nicht auf ihn zu beziehen. Erscheint das nicht merkwürdig?«

»Nun, Sir, vielleicht ist das wirklich merkwürdig, jetzt, wo Sie es sagen.«

»Ich möchte mich für ein paar Minuten ruhig hier hinsetzen und alles überdenken.«

Er ließ sich auf der Balustrade der Brücke nieder, und ich beobachtete, wie seine schnellen Augen fragende Blicke in alle Richtungen schickten. Plötzlich sprang er auf und überquerte die Brücke, riß seine Lupe aus der Tasche und begann dort, das Mauerwerk zu untersuchen.

»Das ist seltsam«, sagte er.

»Ja, Sir«, sagte der Polizist, »wir haben die Kerbe im Geländer auch entdeckt. Ich nehme an, das hat ein zufälliger Passant angerichtet.«

Der Stein war grau, aber an dieser Stelle leuchtete ein weißer Fleck, nicht größer als ein Sixpencestück. Bei genauem Hinsehen konnte man erkennen, daß die Oberfläche wie von einem heftigen Stoß abgeschlagen war.

»Dahinter muß einige Gewalt gesteckt haben«, sagte Holmes nachdenklich. Er drosch einige Male mit seinem Spazierstock auf die Brüstung, ohne daß eine Spur zurückgeblieben wäre. »Ja, ein harter Schlag muß es gewesen sein. Und dazu an einer eigenartigen Stelle aufgetroffen. Er wurde nicht von oben geführt, sondern von unten – sehen Sie selbst: Die Kerbe befindet sich an der Unterkante.«

»Aber bis zu der Stelle, wo die Leiche lag, sind es fünfzehn Fuß.«

»Sehr richtig, fünfzehn Fuß. Vielleicht hat dies nichts mit der Sache zu tun, doch es ist bemerkenswert. Ich glaube, hier können wir nun nichts mehr erfahren. Sie sagen, Fußspuren waren nicht vorhanden?«

»Das Erdreich war eisenhart, Sir. Es gab keine Spuren, gleich welcher Art.«

»Dann können wir aufbrechen. Als erstes gehen wir zum Haus hinüber und sehen uns die Waffen an, von denen Sie gesprochen haben. Dann schauen wir, daß wir nach Winchester kommen, denn ich möchte mit Miss Dunbar sprechen, ehe ich den nächsten Schritt tue.«

Mr. Neil Gibson war noch nicht aus der Stadt zurück, aber wir wurden von dem neurotischen Mr. Bates empfangen, der uns am Morgen aufgesucht hatte. Mit düsterer Befriedigung zeigte er uns die schreckenerregende Feuerwaffensammlung, die sein Brotherr im Verlauf seines abenteuerreichen Lebens zusammengetragen hatte.

»Mr. Gibson hat seine Feinde, wie sich jeder vorstellen kann, der ihn und seine Methoden kennt«, sagte er. »Er schläft mit einem geladenen Revolver in der Schublade des Nachttischchens. Er ist ein Mann der Gewalt, Sir, und es gibt Zeiten, in denen wir alle Angst vor ihm haben. Ich bin sicher, die arme Dahingeschiedene ist oft furchterfüllt gewesen.«

»Sind Sie jemals Zeuge geworden, wie er körperliche Gewalt gegen sie angewandt hat?«

»Nein, das kann ich nicht sagen. Aber ich habe Worte gehört, die fast genauso schlimm waren – Worte kalter, schneidender Verachtung, sogar vor den Bediensteten.«

»Unser Millionär scheint im Privatleben nicht gerade ein erfreulicher Mann zu sein«, stellte Holmes fest, als wir den Weg zum Bahnhof eingeschlagen hatten. »Nun, Watson, wir sind auf eine hübsche Menge Tatsachen gestoßen, darunter einige neue, und doch scheint mir, ich bin noch ein gutes Stück von einer endgültigen Schlußfolgerung entfernt. Trotz der unübersehbaren Abneigung, die Bates gegen seinen Chef hegt, darf man aus seinen Worten doch schließen, daß Gibson sich ohne jeden Zweifel in der Bibliothek befand, als die bestürzende Nachricht eintraf. Um halb neun war das Dinner beendet, und bis zu diesem Zeitpunkt verlief alles ganz normal. Zwar wurde die Tote ziemlich spät am Abend entdeckt, aber die Tragödie hat sich zweifellos zu der Stunde abgespielt, die der Zettel angibt. Wir haben überhaupt keinen Beweis für die Annahme, daß sich Mr. Gibson nach seiner Rückkehr aus der Stadt um fünf Uhr außer Haus aufgehalten hat. Andererseits gibt Miss Dunbar, soweit ich verstand, zu, eine Verabredung mit Mrs. Gibson an der Brücke getroffen zu haben. Darüber hinaus will sie nichts sagen, da ihr Rechtsanwalt sie angewiesen hat, sich bis zum Prozeß zurückzuhalten. Wir müssen einige lebenswichtige Fragen an diese junge Dame stellen, und ich finde nicht eher Ruhe, bis ich mit ihr gesprochen habe. Ich gestehe, daß ich für Miss Dunbar schwarzsähe, wäre da nicht der eine Punkt.«

»Und welcher, Holmes?«

»Der Umstand, daß man den Revolver in ihrem Kleiderschrank gefunden hat.«

»Aber um Himmels willen, Holmes!« rief ich. »Mir kommt es im Gegenteil so vor, als belaste gerade dieser Umstand sie am meisten.«

»Nein, nein, Watson. Er ist mir schon bei meinem ersten, oberflächlichen Bekanntwerden mit dem Fall als sehr seltsam aufgefallen, und jetzt, da ich näher mit der Sache vertraut bin, gründet sich auf ihn meine einzige Hoffnung. Wir müssen nach Folgerichtigkeit Ausschau halten. Und wo sie fehlt, müssen wir Täuschung annehmen.«

»Ich fürchte, ich kann Ihnen nicht folgen.«

»Aber Watson, versetzen Sie sich doch einmal in die Rolle einer Frau, die das Ziel verfolgt, auf kalte, vorbedachte Weise eine Rivalin aus dem Weg zu räumen. Sie haben alles geplant, haben ein Briefchen geschrieben. Das Opfer ist gekommen. Sie haben Ihre Waffe. Dann ist das Verbrechen verübt. Alles ist handwerklich perfekt abgelaufen. Sie können mir doch nicht erzählen, daß Sie, nachdem Sie alles mit soviel Kunstfertigkeit ausgeführt haben, Ihren Ruf als perfekter Verbrecher ruinieren, indem Sie einfach vergessen, Ihre Waffe in die nahen Binsenwucherungen zu werfen, wo sie für immer unauffindbar wäre, sie statt dessen sorgfältig nach Haus tragen und in Ihren Kleiderschrank legen, an einen Platz also, der mit Sicherheit zuerst durchsucht würde. Ihre besten Freunde, Watson, halten Sie wohl kaum für einen planenden Kopf; trotzdem könnte ich mir nicht vorstellen, daß Sie etwas so Unausgegorenes täten.«

»In der Aufregung des Augenblicks ...«

»Nein, nein, Watson, es scheint mir unmöglich. Wo ein Verbrechen mit kühlem Vorbedacht begangen wird, da werden auch mit kühlem Vorbedacht die Spuren verwischt. Und so darf ich hoffen, daß wir es gegenwärtig mit einem ernstlichen Mißverständnis zu tun haben.«

»Aber dann muß noch viel erklärt werden.«

»Nun, dann machen wir uns eben ans Erklären. Wenn man erst einmal seinen Gesichtswinkel geändert hat, wird ausgerechnet das, was so sehr für die Schuld sprach, zum Hinweis auf die Wahrheit. Zum Beispiel dieser Revolver. Miss Dunbar leugnet, von ihm gewußt zu haben. Nach unserer neuen Theorie spricht sie die Wahrheit, wenn sie das sagt. Also ist er in ihren Kleiderschrank gelegt worden. Wer hat ihn hineingelegt? Jemand, der den Verdacht auf sie lenken wollte. Und ist dann nicht dieser Jemand der wahre Täter? Wie Sie sehen, kommen wir auf diese Weise auf eine Kette höchst fruchtbarer Fragen.«

Wir mußten die Nacht in Winchester verbringen, da noch nicht alle Formalitäten erledigt waren. Aber am nächsten Morgen erhielten wir die Erlaubnis, in Begleitung von Mr. Joyce Cummings, eines jungen, emporstrebenden Anwalts, dem ihre Verteidigung anvertraut worden war, die junge Dame in ihrer Zelle zu besuchen. Nach allem, was wir gehört hatten, erwartete ich eine schöne Frau zu sehen, und so kann ich den Eindruck, den Miss Dunbar auf mich machte, nie vergessen. Es war kein Wunder, daß selbst ein so mächtiger Millionär in ihr etwas fand, das stärker war als er – etwas, das ihn zügeln und führen konnte. Man spürte ebenfalls, wenn man das starke, klare, und doch gefühlvolle Gesicht betrachtete, daß ihr, selbst wenn sie fähig wäre, eine ungestüme Tat zu begehen, ein edler Charakter innewohnte, der sie stets zum Guten lenken würde. Sie war eine große Brünette, von deren vollkommener Gestalt etwas Achtung Einflößendes ausging, doch stand in ihren dunklen Augen der anrührende Ausdruck von Hilflosigkeit der gejagten Kreatur, die die rings um sie gespannten Netze wittert und keinen Ausweg sieht, dem Garn zu entkommen. Jetzt, da sie die Gegenwart und die Hilfsbereitschaft meines berühmten Freundes spürte, stieg ein Anflug von Farbe in ihre bleichen Wangen, und ein Hoffnungsfunken glomm in dem Blick, der sich uns zuwandte.

»Hat Mr. Neil Gibson Ihnen vielleicht schon erzählt, was zwischen uns vorgefallen ist?« fragte sie mit leiser, erregter Stimme.

»Ja«, entgegnete Holmes, »Sie brauchen sich also nicht mehr mit der Erörterung dieses Teils der Geschichte abzuplagen. Nun, da ich Sie sehe, bin ich bereit, Mr. Gibsons Erklärung zu dem Einfluß, den Sie auf ihn gewannen, wie auch zu der Unschuld Ihrer Beziehungen zueinander, zu akzeptieren. Aber warum haben Sie denn diese Lage nicht in der Voruntersuchung dargestellt?«

»Ich konnte nicht glauben, daß man eine solche Anklage gegen mich erheben würde. Ich dachte, alles müsse sich von selbst aufklären und wir wären nicht gezwungen, die quälenden Einzelheiten eines Familienlebens auszubreiten, wenn wir nur warteten. Aber jetzt begreife ich, daß eine Klärung in weite Ferne gerückt ist und ich mich in einer sogar noch ernsteren Situation befinde.«

»Meine liebe junge Dame«, sagte Holmes mit Nachdruck, »ich bitte Sie, keine Illusionen zu hegen. Mr. Cummings kann Ihnen bestätigen, daß gegenwärtig alle Karten gegen uns stehen und daß wir alles uns nur Mögliche unternehmen müssen, wenn wir gewinnen wollen. Es wäre eine grausame Lüge, zu behaupten, Sie befänden sich nicht in sehr großer Gefahr. Helfen Sie mir also nach besten Kräften, an die Wahrheit zu gelangen.«

»Ich werde nichts vor Ihnen verbergen.«

»Dann erzählen Sie uns von Ihren wirklichen Beziehungen zu Mr. Gibsons Frau.«

»Sie haßte mich, Mr. Holmes. Sie haßte mich mit aller Inbrunst ihres tropischen Naturells. Sie war eine Frau, die nichts halb tat, und das Maß ihrer Liebe zu ihrem Mann bestimmte das Maß des Hasses gegen mich. Wahrscheinlich deutete sie unsere Beziehungen falsch. Ich möchte sie nicht ins Unrecht setzen, aber ihre Liebe war, in einem körperlichen Sinn, so vital, daß sie wohl kaum die gedanklichen und geistigen Bande, die ihren Mann an mich fesselten, begreifen konnte, noch sich vorzustellen vermochte, daß mein einziges Bestreben dahin ging, ihn zum Guten zu beeinflussen, und daß dieses es war, was mich unter seinem Dach hielt. Ich begreife jetzt, daß ich falsch handelte. Nichts kann mein Bleiben an einem Ort rechtfertigen, an dem ich der Grund für Unglück war, wenn auch sicher ist, daß das Unglück geblieben wäre, wenn ich das Haus verlassen hätte.«

»Miss Dunbar«, sagte Holmes, »erzählen Sie uns bitte genau, was sich an jenem Abend zutrug.«

»Ich kann Ihnen die Wahrheit sagen, soweit ich sie kenne, Mr. Holmes, aber beweisen kann ich nichts, und es gibt Punkte – die lebenswichtigen Punkte –, die ich nicht zu erklären weiß und bei denen meine Vorstellung versagt, wie andere sie erklären sollten.«

»Wenn Sie die Tatsachen beisteuern, gelingt es anderen vielleicht, die Erklärungen beizusteuern.«

»Beginnen wir also damit, wieso ich mich an jenem Abend an der Thorbrücke aufhielt. Am Morgen hatte ich eine schriftliche Nachricht von Mrs. Gibson erhalten. Sie lag auf dem Tisch im Unterrichtszimmer und ist vielleicht von ihr selbst dorthin gelegt worden. Sie bat mich um ein Treffen nach dem Dinner, da sie mir etwas Wichtiges zu sagen habe; eine Antwort sollte ich auf der Sonnenuhr im Garten hinterlegen, weil sie Mitwisser zu vermeiden wünschte. Ich sah zwar keinen Grund für solche Heimlichtuerei, tat aber, worum sie mich gebeten hatte, und nahm die Verabredung an. Außerdem hatte sie mich noch aufgefordert, ihre Nachricht zu vernichten, und so verbrannte ich sie im Kamin des

Unterrichtszimmers. Sie hatte große Angst vor ihrem Mann, der sie mit einer Härte behandelte, für die ich ihn häufig tadelte, und ich konnte mir nur vorstellen, daß sie so handelte, weil sie nicht wollte, daß er von unserer Unterredung erfuhr.«

»Und doch hat sie Ihre Antwort sorgfältig aufbewahrt?«

»Ja, ich war überrascht, zu erfahren, daß sie sie in der Hand hielt, als sie starb.«

»Gut. Und was geschah dann?«

»Ich ging zu der verabredeten Stelle, wie ich versprochen hatte. Als ich die Brücke erreichte, wartete sie schon auf mich. Bis zu dem Augenblick besaß ich keine Ahnung, wie sehr dieses arme Geschöpf mich haßte. Sie führte sich auf wie eine Verrückte – ich übertreibe nicht, ich glaube, sie *war* verrückt, heimtückisch und verrückt und von einer Hinterlist besessen, die Geisteskranken zuweilen vielleicht eigen ist. Wie sonst hätte sie mir Tag für Tag mit Gelassenheit begegnen können und trug doch einen so wütenden Haß gegen mich im Herzen. Ich will nicht wiederholen, was sie sagte. Ihre ganze wilde Wut ergoß sich in ätzenden, schrecklichen Worten. Ich habe nicht geantwortet – ich konnte es nicht. Es war gräßlich, sie zu sehen. Ich preßte mir die Hände an die Ohren und stürzte davon. Als ich floh, stand sie noch auf der Brückenauffahrt und kreischte ihre Verwünschungen hinter mir her.«

»Dort, wo sie später gefunden wurde?

»Ein paar Schritt von der Stelle entfernt.«

»Nehmen wir an, der Tod ereilte sie kurz nachdem Sie sie verlassen hatten: Haben Sie keinen Schuß gehört?«

»Nein, ich habe nichts gehört. Aber, Mr. Holmes, ich war wirklich so erregt und entsetzt von diesem furchtbaren Ausbruch, daß ich nur den einen Gedanken hatte, mich in den Frieden meines Zimmers zu flüchten, und ich war unfähig, etwas wahrzunehmen.«

»Sie sagen, Sie kehrten in Ihr Zimmer zurück. Haben Sie es vor dem nächsten Morgen noch einmal verlassen?«

»Ja. Auf die Nachricht hin, daß das arme Geschöpf tot sei, rannte ich mit den anderen hinaus.«

»Sahen Sie Mr. Gibson?«

»Ja. Er kam gerade von der Brücke zurück. Er hatte den Doktor und die Polizei benachrichtigen lassen.«

»Machte er einen sehr verstörten Eindruck auf Sie?«

»Mr. Gibson ist ein willensstarker und beherrschter Mann. Ich glaube, er zeigt seine Gefühle nie. Aber ich, die ich ihn so gut kannte, bemerkte, daß er tief betroffen war.«

»Jetzt kommen wir zum allerwichtigsten Punkt. Haben Sie je zuvor den Revolver, der in Ihrem Zimmer gefunden wurde, gesehen?«

»Nie. Das kann ich beschwören.«

»Wann wurde er gefunden?«

»Am nächsten Morgen, als die Polizei die Durchsuchung vornahm.«

»Zwischen Ihren Kleidern?«

»Ja, auf dem Boden meines Kleiderschranks, unter meinen Kleidern.«

»Sie haben wohl keine Vorstellung davon, wie lange er dort gelegen haben mag?«

»Am Morgen zuvor ist er noch nicht dagewesen.«

»Woher wissen Sie das?«

»Weil ich den Kleiderschrank aufgeräumt habe.«

»Das ist entscheidend. Dann war also jemand in

Ihrem Zimmer und hat den Revolver hineingeschmuggelt, um Sie zu belasten.«

»So muß es gewesen sein.«

»Und wann?«

»Das kann nur zur Essenszeit gewesen sein oder während der Stunden, die ich mit den Kindern im Unterrichtsraum verbrachte.«

»Als Sie auch die schriftliche Nachricht erhielten?«

»Ja, von früh an den ganzen Vormittag über.«

»Ich danke Ihnen, Miss Dunbar. Gibt es noch irgend etwas, das mich bei meinen Untersuchungen weiterbringen könnte?«

»Ich wüßte nichts.«

»Am Gestein der Brücke haben wir Anzeichen von Gewaltanwendung gefunden – eine ganz frische Kerbe genau gegenüber der Stelle, wo die Leiche lag. Können Sie sich irgendeine Erklärung dafür vorstellen?«

»Sicherlich ist es ein zufälliges Zusammentreffen.«

»Seltsam, Miss Dunbar, sehr seltsam. Wieso sollte die Kerbe zur Zeit der Tragödie geschlagen worden sein, und ausgerechnet genau an dieser Stelle?«

»Auf welche Weise kann sie nur entstanden sein? Es wäre doch große Kraft vonnöten gewesen.«

Holmes antwortete nichts. Sein blasses, eifriges Gesicht hatte plötzlich den gespannten, total abwesenden Ausdruck angenommen, den ich mit der äußersten Entfaltung seines Genius in Verbindung zu bringen gelernt hatte. So augenscheinlich war die Anspannung seines Geistes, daß keiner zu sprechen wagte, und so saßen wir denn ganz still da – der Anwalt, die Gefangene und ich – und beobachteten ihn konzentriert.

Plötzlich sprang er vom Stuhl hoch, zitternd vor

nervöser Energie und dem drängenden Bedürfnis nach Taten.

»Kommen Sie, Watson, kommen Sie!« rief er.

»Was ist, Mr. Holmes?«

»Nichts, nichts, mein liebes Fräulein. Sie werden von mir hören, Mr. Cummings. Mit Hilfe der Göttin der Gerechtigkeit verschaffe ich Ihnen einen Fall, der ganz England aufhorchen lassen wird. Morgen lasse ich Ihnen Nachricht zukommen, Miss Dunbar. Aber nehmen Sie inzwischen bereits meine Versicherung entgegen, daß die Wolken sich verziehen werden; denn ich hege die größte Hoffnung, das Licht der Wahrheit hervorbrechen zu sehen.«

Die Reise von Winchester nach Thor Place dauerte nicht lange, aber zu lange für meine Ungeduld, und Holmes – das war ihm deutlich anzusehen – kam sie endlos vor. Unrast trieb ihn von seinem Platz, und so ging er im Abteil hin und her, oder er trommelte mit den langen, empfindsamen Fingern auf die Polster der Armlehne. Plötzlich aber, wir näherten uns dem Bestimmungsort, ließ er sich mir gegenüber nieder – wir hatten ein Abteil Erster Klasse für uns –, legte die Hände auf meine Knie und sah mir mit dem seltsam mutwilligen Blick in die Augen, der bezeichnend war für seine mehr koboldhaften Stimmungen.

»Watson«, sagte er, »wenn mich mein Gedächtnis nicht täuscht, sind Sie bei unseren Exkursionen stets bewaffnet.«

Daß dem so war, kam auch ihm zugute, denn er kümmerte sich wenig um die eigene Sicherheit, wenn sein Verstand in ein Problem verstrickt war; mein Revolver war mehr als einmal zum guten Freund in der Not geworden. Ich erinnerte ihn an diesen Umstand.

»Ja, ja, ich bin ein bißchen vergeßlich in solchen Dingen. Aber haben Sie Ihren Revolver bei sich?«

Ich zog ihn aus der Hüfttasche, eine kurze, handliche, sehr brauchbare Waffe. Er löste die Trommel, schüttelte die Patronen heraus und untersuchte den Revolver genau.

»Er ist schwer – bemerkenswert schwer«, sagte er.

»Es ist ein solides Stück.«

Er blickte eine Minute lang versonnen auf die Waffe.

»Wissen Sie, Watson«, sagte er dann, »ich glaube, Ihr Revolver wird eine sehr enge Verbindung mit dem Geheimnis eingehen, das wir gegenwärtig untersuchen.«

»Mein lieber Holmes, Sie scherzen.«

»Nein, Watson, ich meine es ganz ernst. Wir haben ein Experiment zu veranstalten. Wenn es gelingt, wird alles klar sein. Und das Experiment wird davon abhängen, ob Ihre kleine Waffe sich bewährt. Eine Patrone nehme ich weg. Jetzt stecke ich die restlichen fünf in die Trommel und lege den Sicherungshebel um. So! Auf diese Weise ist er gewichtiger und besser geeignet.«

Ich hatte keinen Schimmer, was in seinem Kopf vorging, und er tat gar nichts, mich aufzuklären, sondern saß gedankenverloren da, bis wir in die kleine Hampshire-Station einfuhren. Wir mieteten eine klapprige Kutsche, und eine Viertelstunde später waren wir beim Haus unseres vertrauten Freundes, des Sergeanten.

»Einen Anhaltspunkt, Mr. Holmes? Worum handelt es sich?«

»Alles hängt vom Verhalten von Dr. Watsons Revolver ab,« sagte mein Freund. »Hier, da sehen Sie ihn. Könnten Sie mir gleich eine zehn Yard lange Schnur besorgen?«

Der Dorfkrämer hatte ein Knäuel starken Bindfaden am Lager.

»Ich denke, das ist alles, was wir brauchen«, sagte Holmes. »Und jetzt, wenn's beliebt, machen wir uns auf die – wie ich hoffe – letzte Etappe unserer Reise.«

Die Sonne ging unter und verwandelte das wellenförmige Hampshire-Moor in ein wundervolles herbstliches Panorama. Der Sergeant, der durch viele kritische und ungläubige Blicke seine tiefen Zweifel an der geistigen Gesundheit meines Gefährten zu erkennen gab, schlich neben uns her. Als wir uns dem Schauplatz des Verbrechens näherten, sah ich, daß mein Freund unter all der zur Schau getragenen Gelassenheit in Wahrheit sehr erregt war.

»Ja«, sagte er, eine Bemerkung von mir aufgreifend, »Sie haben mich schon das Ziel verfehlen sehen, Watson. Ich besitze einen Instinkt für derlei Dinge, aber der hat mich manchmal doch in die Irre geführt. Als der Gedanke in der Zelle zu Winchester zum erstenmal aufblitzte, glaubte ich, meiner Sache ganz gewiß zu sein; aber eine Schattenseite eines stets wachen Gehirns ist, daß man immer eine alternative Erklärung findet, nach der sich unsere Witterung als falsch herausstellen würde. Und trotzdem... trotzdem... Gut, Watson, wir können nichts tun als den Versuch wagen.«

Im Gehen band er ein Ende der Schnur fest um den Griff des Revolvers. Dann erreichten wir den Schauplatz der Tragödie. Sehr sorgfältig machte er nun mit Hilfe des Polizisten die genaue Stelle aus, wo der Leichnam gelegen hatte. Dann suchte er zwischen Heidekraut und Farn, bis er einen Stein von beträchtlichem Gewicht gefunden hatte. Den band er an das andere Ende der Schnur und hängte ihn über die Brückenbrüstung, so daß er frei über dem

Wasser schwang. Dann stellte er sich an den verhängnisvollen Platz in einiger Entfernung vom Brükkenrand, meinen Revolver in der Hand; die Schnur war zwischen der Waffe und dem Stein am anderen Ende straff gespannt.

»Los jetzt!« rief er.

Damit hob er den Revolver an seine Schläfe, ließ ihn aber gleich wieder los. Blitzschnell wurde die Waffe durch die Wucht des Steins weggerissen, schlug mit scharfem Knall gegen die Brüstung und war über die Seite ins Wasser verschwunden. Kaum war der Revolver fort, kniete Holmes auch schon vor der Brüstung, und ein freudiger Aufschrei zeigte an, daß er gefunden, was er erwartet hatte.

»Hat es je eine exaktere Demonstration gegeben?« rief er. »Sehen Sie, Watson, Ihr Revolver hat das Problem gelöst!«

Während er das sagte, deutete er auf eine zweite Kerbe, die genau dieselbe Größe und Form wie die erste besaß, die er an der Balustrade entdeckt hatte.

»Wir bleiben heute nacht im Wirtshaus«, fuhr er fort, stand auf und wandte sich an den staunenden Sergeanten. »Sie werden sicherlich einen Enterhaken auftreiben können. Fischen Sie damit den Revolver meines Freundes heraus. Und Sie werden daneben auch noch den Revolver, die Schnur und das Kontergewicht finden, womit die rachsüchtige Frau ihr eigenes Verbrechen zu verbergen und gleichzeitig ein unschuldiges Opfer mit einer Mordanklage zu belasten suchte. Richten Sie Mr. Gibson aus, daß ich am Morgen zu ihm komme, um Schritte zu Miss Dunbars Rechtfertigung abzusprechen.«

Als wir am Abend im Dorfgasthof beisammensaßen und unsere Pfeifen rauchten, vermittelte Holmes mir einen kurzen Rückblick auf die wirklichen Ereignisse.

»Ich fürchte, Watson«, sagte er, »Sie werden mit dieser Geschichte Ihr Ansehen nicht ein bißchen verbessern, wie es mir vielleicht gelungen ist, indem ich das Geheimnis der Thorbrücke Ihren Annalen hinzufügte. Ich war träge im Denken und ließ in der Mischung von Phantasie und Sinn für Realität, der Grundlage meiner Kunst, manches zu wünschen übrig. Ich bekenne, daß die Kerbe an der Steinbrüstung ausgereicht haben müßte, mir die richtige Lösung vorzustellen, und daß ich mir den Vorwurf mache, nicht früher schon dahintergekommen zu sein.

Man muß zugestehen, daß die Art und Weise, wie das Hirn dieser unglücklichen Frau arbeitete, dunkel und erfinderisch war, so daß es keine leichte Sache war, ihr Komplott zu enträtseln. Ich glaube, in all unseren Abenteuern sind wir nie auf ein merkwürdigeres Beispiel der Auswirkungen pervertierter Liebe gestoßen. Der Unterschied, ob Miss Dunbar in einem körperlichen oder in einem geistigen Sinn ihre Rivalin war, interessierte nicht, beides wog für sie gleich schwer und erschien unverzeihlich. Zweifellos machte sie die unschuldige Dame für die harte Behandlung und all die unfreundlichen Worte verantwortlich, womit ihr Mann ihre allzusehr zur Schau getragene Zuneigung zurückzuweisen versuchte. Ihr erster Entschluß bestand darin, dem eigenen Leben ein Ende zu setzen. Der zweite zielte darauf ab, es so zu tun, daß ihr Opfer in ein Verderben geriet, das viel ärger war als ein plötzlicher Tod.

Wir können die verschiedenen Schritte ziemlich deutlich erkennen, und sie zeichnen sich durch bemerkenswerten Scharfsinn aus. Schlau wurde Miss

Dunbar eine schriftliche Nachricht entlockt, die den Anschein erwecken mußte, sie sei es gewesen, die den Schauplatz des Verbrechens bestimmt habe. Im Eifer dann, daß die Nachricht auch ja entdeckt werde, hat die Frau den Bogen überspannt; sie behielt das Blatt bis zuletzt in der Hand. Dieser Umstand allein hätte meinen Verdacht schon früher wecken müssen.

Sie nahm einen der Revolver ihres Mannes – der besaß ja, wie Sie sehen konnten, ein ganzes Arsenal – und behielt ihn für ihre Zwecke. Einen zweiten ganz ähnlichen versteckte sie an jenem Morgen in Miss Dunbars Kleiderschrank, nachdem sie eine Patrone abgefeuert hatte, was sich in den Wäldern, ohne daß es auffiel, leicht tun ließ. Am Abend ging sie zur Brücke, wo sie diese äußerst geniale Methode, sich ihrer Waffe zu entledigen, austüftelte. Miss Dunbar erschien, und mit ihrem letzten Atem schleuderte sie dem Fräulein ihren Haß entgegen, und als die junge Dame außer Hörweite war, machte sie ihren schrecklichen Vorsatz wahr. Jedes Glied sitzt jetzt an seiner Stelle, die Kette ist komplett. Die Zeitungen werden vielleicht fragen, warum man den Teich nicht sofort abgesucht hat, aber hinterher ist weise sein leicht, aber keinesfalls ist es leicht, ein solch ausgedehntes verschilftes Wasser abzusuchen, wenn man nicht genau weiß, wonach und wo man suchen soll. Nun, Watson, wir haben einer bemerkenswerten Frau und einem gefürchteten Mann geholfen. Sollten die beiden in der Zukunft ihre Kräfte vereinen, was nicht ausgeschlossen erscheint, so wird die Finanzwelt erfahren, daß Mr. Neil Gibson etwas gelernt hat im Unterrichtszimmer des Kummers, in dem wir hienieden unsere Lektionen lernen müssen.«

Der kriechende Mann

Mr. Sherlock Holmes war immer der Meinung, daß ich die mit dem Namen Professor Presbury verbundenen ungewöhnlichen Ereignisse veröffentlichen sollte, wenn auch nur, um ein für allemal die häßlichen Gerüchte zu zerstreuen, die vor zwanzig Jahren die Universität in Aufregung versetzt und ein Echo in Gelehrtenkreisen Londons gefunden haben. Doch es gab gewisse Hindernisse, und die wahre Geschichte des seltsamen Falles blieb in der Blechkassette vergraben, die so viele Berichte von Abenteuern meines Freundes verbirgt. Jetzt haben wir endlich die Erlaubnis erhalten, die Fakten zur Sprache zu bringen, die einen der letzten Fälle kennzeichneten, den Holmes vor seinem Rückzug aus der Praxis behandelt hat. Sogar jetzt noch muß ich auf eine gewisse Zurückhaltung und Diskretion bedacht sein, wenn ich die Sache der Öffentlichkeit vorlege.

Es war an einem Sonntagabend Anfang September des Jahres 1903, als ich eine von Holmes' lakonischen Botschaften erhielt: ›Kommen Sie, wenn es Ihnen paßt – wenn es Ihnen nicht paßt, kommen Sie auch – S. H.‹ Unsere Beziehungen in jenen Tagen waren eigenartig. Er war ein Mann von Gewohnheiten, von engen und festen Gewohnheiten, und ich war eine von ihnen geworden. Ich gehörte wie die Violine, der Shag-Tabak, die alte schwarze Pfeife, die Registerbücher und anderes, vielleicht weniger Entschuldbares, zu seinem Leben. Wenn in einem Fall zugepackt werden mußte und ein Gefährte benötigt wurde, auf dessen Nerven er sich verlassen konnte, war meine Rolle offensichtlich. Aber abgesehen davon, hatte ich noch andere Aufgaben. Ich war der Wetzstein für seinen Geist. Ich regte ihn an. Er liebte es, in meiner Gegenwart laut zu denken. Von seinen Äußerungen ließe sich kaum sagen, er habe sie mir gegenüber gemacht – vieles hätte er auch seinem Bett anvertrauen können –, aber es hatte sich nun einmal so als Gewohnheit herausgebildet, daß ich aufnahm und unterbrach, und das war eine Hilfe für ihn. Wenn ich ihn durch die methodische Langsamkeit meines Verstandes irritierte, so hatte es nur die Wirkung, daß seine flammengleichen Einfälle und Eindrücke lebhafter aufloderten. Das war meine bescheidene Rolle in unserer Gemeinschaft.

Als ich in die Baker Street kam, fand ich ihn, in seinen Sessel gekauert, die Knie hochgezogen, die Pfeife im Mund und die Stirn gedankengefurcht. Es war klar, daß er mit einem verzwickten Problem in den Wehen lag. Mit einem Wink dirigierte er mich in meinen alten Sessel, aber sonst gab er während der nächsten halben Stunde kein Zeichen dafür, daß er meine Gegenwart bemerkt hätte. Dann plötzlich schien er aus seiner Entrücktheit aufzutauchen, und mit dem üblichen grilligen Lächeln begrüßte er meine Rückkehr in mein ehemaliges Zuhause.

»Sie müssen meine Geistesabwesenheit entschuldigen, lieber Watson«, sagte er. »Einige kuriose Dinge sind mir in den letzten Stunden untergekommen, und sie haben mich zu Spekulationen mehr allgemeinen Charakters angeregt. Ich trage mich ernstlich mit dem Gedanken, eine Studie über den Gebrauch von Hunden bei der Arbeit des Detektivs zu schreiben.«

»Aber Holmes, das Thema ist doch schon ausgebeutet worden«, sagte ich. »Bluthunde, Spürhunde...«

»Nein, nein, Watson, die Seite der Sache ist natürlich geklärt. Es gibt eine andere, viel subtilere. Sie werden sich erinnern, daß es mir in dem Falle, den Sie in Ihrer reißerischen Art mit dem Titel ›Das Haus ‚Zu den Blutbuchen'‹ versehen haben, gelang, dadurch auf das verbrecherische Verhalten des sehr eitlen und respektablen Vaters zu schließen, indem ich das Verhalten eines Kindes beobachtete.«

»Ja, ich erinnere mich gut.«

»Mein Gedankengang in bezug auf Hunde ist analog. Ein Hund spiegelt das Familienleben wider. Wer hat je einen fröhlichen Hund in einer düsteren Familie gesehen oder einen traurigen in einer glücklichen? Knurrende Leute haben knurrende Hunde, gefährliche Leute haben gefährliche Hunde. Stimmungen von Hunden können Stimmungen von Menschen wiedergeben.«

Ich schüttelte den Kopf. »Holmes, das ist ein bißchen weit hergeholt.«

Er hatte erneut seine Pfeife gestopft, sich wieder gesetzt und nahm keine Notiz von meinem Kommentar.

»Die praktische Nutzanwendung liegt sehr nahe bei dem Problem, an dem ich arbeite. Es ist ein verwickeltes Knäuel, und ich suche nach dem losen Ende. Möglicherweise liegt es in der Beantwortung der Frage: Warum ist Professor Presburys treuer Wolfshund Roy darauf aus, seinen Besitzer zu beißen?«

Ich lehnte mich einigermaßen enttäuscht in den Sessel zurück. Hatte er mich wegen einer so trivialen Frage von meiner Arbeit weggerufen?

Holmes sah mich an. »Ganz der alte Watson«, sagte er. »Sie werden nie begreifen, daß die schwierigsten Probleme von den kleinsten Dingen abhängen können. Aber ist es nicht bereits, oberflächlich gesehen, befremdlich, daß ein gesetzter älterer Philosoph – Sie haben wohl schon von Presbury gehört, dem berühmten Physiologen aus Camford? –, daß solch ein Mann nun schon zweimal von seinem Hund, seinem ergebenen Freund, angegriffen wurde? Was schließen Sie daraus?«

»Der Hund ist krank.«

»Gut, das muß erwogen werden. Aber er greift niemand anderen an, noch scheint es, daß er seinen Herrn außer in besonderen Situationen belästigt. Seltsam, Watson, sehr seltsam. Aber der junge Mr. Bennett hat sich verfrüht, wenn er es ist, der da klingelt. Ich hatte gehofft, ich könnte ein bißchen länger mit Ihnen plaudern, ehe er kommt.«

Von der Treppe war ein schneller Schritt zu hören, ein hartes Klopfen an der Tür, und einen Augenblick später präsentierte sich der neue Klient in Person. Er war ein großer, ansehnlicher junger Mann um die dreißig, gut gekleidet, elegant, aber etwas in seinem Auftreten ließ eher an die Scheu des Studenten als an das Selbstbewußtsein eines Mannes von Welt denken. Er schüttelte Holmes die Hand und sah dann mich mit einigem Erstaunen an.

»Die Angelegenheit ist sehr delikat, Mr. Holmes«, sagte er. »Bedenken Sie die Beziehung, in der ich zu Professor Presbury stehe, privat und öffentlich. Ich kann es kaum verantworten, vor einer dritten Person zu sprechen.«

»Haben Sie keine Furcht, Mr. Bennett. Dr. Watson ist die Verschwiegenheit in Person, und ich kann Ihnen versichern, daß dies ein Fall ist, in dem ich höchstwahrscheinlich einen Gehilfen brauchen werde.«

»Wie Sie wollen, Mr. Holmes. Sie werden sicherlich verstehen, daß ich einige Vorbehalte bei der Sache habe.«

»Sie werden das genauso sehen, Watson, wenn ich Ihnen sage, daß dieser Herr, Mr. Trevor Bennett, Assistent des großen Wissenschaftlers ist, unter seinem Dach lebt und mit seiner Tochter verlobt ist. Wir müssen also zugeben, daß der Professor Anspruch auf Mr. Bennetts Treue und Ergebenheit hat. Aber beides wird wohl am besten dadurch ausgedrückt, daß wir die notwendigen Schritte unternehmen, um jenes seltsame Geheimnis zu lüften.«

»Ich hoffe es, Mr. Holmes. Das ist mein einziges Ziel. Kennt Dr. Watson die Lage?«

»Ich hatte keine Zeit, sie ihm auseinanderzusetzen.«

»Dann wird es vielleicht das beste sein, wenn ich noch einmal die Grundsituation erkläre, ehe ich zu einigen neuen Entwicklungen komme.«

»Ich werde das selbst tun«, sagte Holmes, »um zu zeigen, daß ich die Ereignisse in der richtigen Reihenfolge kenne. Der Professor, Watson, ist ein Mann von europäischem Ruf. Er hat sein Leben der Wissenschaft gewidmet. Nie gab es einen Hauch von Skandal um ihn. Er ist Witwer und hat eine Tochter. Sie heißt Edith. Wie ich es sehe, ist er ein sehr männlicher und rechthaberischer, man könnte fast sagen, ein streitsüchtiger Mann. So stand die Angelegenheit bis vor einigen Monaten. Da nahm der Strom seines Lebens einen anderen Lauf. Er ist einundsechzig Jahre, verlobte sich aber mit der Tochter des Professors Morphy, eines Kollegen auf dem Lehrstuhl für vergleichende Anatomie. Diese Verlobung war nicht, wie ich es verstanden habe, Resultat des besonnenen Werbens eines älteren Mannes, sondern eher des leidenschaftlichen Wahns eines Jungen; nie hat es einen hingebungsvolleren

Liebhaber gegeben. Die Dame, Alice Morphy, ist ein vollkommenes Mädchen, geistig und körperlich, so daß sich die Vernarrtheit des Professors wohl erklären läßt. Dennoch fand das alles nicht die volle Zustimmung seiner Familie.«

»Wir fanden es ziemlich ungewöhnlich«, sagte unser Besucher.

»Genau. Ungewöhnlich und ein bißchen gewaltsam und unnatürlich. Professor Presbury ist jedoch reich, und von seiten des Vaters von Miss Morphy gab es keinen Einwand. Die Tochter allerdings war anderer Ansicht, und es gab auch bereits einige andere Bewerber, die, wenn sie auch vom Stand her weniger akzeptabel waren, wenigstens ihrem Alter eher entsprachen. Das Mädchen schien den Professor trotz seines exzentrischen Verhaltens zu mögen. Es war nur das Alter, das im Wege stand.

Ungefähr um diese Zeit verdunkelte ein kleines Geheimnis plötzlich das Leben des Professors. Er tat Dinge, die er nie zuvor getan hatte. Er verließ das Haus und teilte nicht mit, wohin er ging. Vierzehn Tage war er fort, und als er zurückkam, sah er ziemlich reisemüde aus. Er machte keine Andeutung, wo er sich aufgehalten hatte, obwohl er für gewöhnlich der offenherzigste Mensch der Welt war. Der Zufall brachte es mit sich, daß unser Klient, Mr. Bennett, von einem befreundeten Studenten aus Prag einen Brief erhielt, in dem stand, daß er erfreut gewesen sei, Professor Presbury dort gesehen zu haben, wenn es ihm auch nicht gelungen sei, ihn zu sprechen. Erst dadurch erfuhren die Angehörigen, wo der Professor gewesen war.

Jetzt kommt der Clou. Von dieser Zeit an veränderte sich der Professor auf seltsame Weise. Er wurde verstohlen und geheimniskrämerisch. Seine Umgebung hatte immer das Gefühl, dies sei nicht der Mann, den man kannte; vielmehr müsse er in einen Schatten geraten sein, der seine Vorzüge verdunkele. Sein Intellekt hatte nicht gelitten: Seine Vorlesungen waren brillant wie je. Aber an ihm war nun etwas Neues, Finsteres, ganz Unerwartetes. Die Tochter liebt ihn und versuchte immer wieder, das alte Verhältnis herzustellen und die Maske zu durchdringen, die ihr Vater aufgesetzt zu haben schien. Sie, mein Herr, versuchten das auch, wie ich es verstanden habe – aber alles blieb ohne Erfolg. Und nun, Mr. Bennett, erzählen Sie mit Ihren eigenen Worten den Zwischenfall mit den Briefen.«

»Sie müssen wissen, Dr. Watson, daß der Professor vor mir keine Geheimnisse hatte. Wenn ich sein Sohn gewesen wäre oder sein jüngerer Bruder, sein Vertrauen hätte nicht größer sein können. Ich war sein Sekretär, und jedes an ihn gerichtete Papier ging durch meine Hände. Ich öffnete und ordnete seine Briefe. Kurz nach seiner Rückkehr änderte sich das. Er sagte mir, es könnten Briefe aus London kommen, die durch ein Kreuz unter der Marke gekennzeichnet seien: sie sollte ich aussondern, sie wären nur für seine Augen bestimmt. Einige solcher Briefe sind durch meine Hände gegangen. Sie trugen den E. C.-Vermerk und waren von einer ungeübten Hand beschriftet. Ich weiß nicht, ob er sie beantwortet hat, jedenfalls habe ich diese Antworten nie zu Gesicht bekommen, und sie gingen auch nicht durch den Briefkorb, in dem unsere Korrespondenz gesammelt wird.«

»Und der Kasten«, sagte Holmes.

»Ah ja, der Kasten. Der Professor hat von einer seiner Reisen einen kleinen hölzernen Kasten mitgebracht, eines von diesen seltsamen geschnitzten Dingern, die man sofort mit Deutschland in Verbindung bringt. Den Kasten stellte er in seinen Instrumentenschrank. Eines Tages, als ich nach einer Kanüle suchte, hob ich den Kasten an. Zu meinem Erstaunen wurde der Professor sehr ärgerlich, und er bedachte mich mit Worten, die viel zu unbeherrscht waren für meine kleine Neugier. So etwas passierte zum erstenmal, und es verletzte mich tief. Ich versuchte ihm zu erklären, daß ich den Kasten rein zufällig berührt hätte; aber den ganzen Abend über bemerkte ich, daß er mich scharf ansah, daß der Vorfall in seinem Kopf rumorte.« Mr. Bennett zog ein kleines Tagebuch aus der Tasche. »Das war am 2. Juli«, sagte er.

»Sie sind ein bewundernswürdiger Zeuge«, sagte Holmes. »Vielleicht brauche ich einige der Daten, die Sie sich aufgeschrieben haben.«

»Unter anderem habe ich auch methodisches Vorgehen von meinem großen Lehrer gelernt. Von der Zeit an, da ich Veränderungen in seinem Verhalten beobachtete, habe ich es für meine Pflicht gehalten, seinem Fall auf den Grund zu gehen. So habe ich hier notiert, daß es am selben Tag, am 2. Juli, war, daß Roy den Professor angriff, als dieser aus seinem Arbeitszimmer in die Halle kam. Am 11. Juli gab es eine Szene derselben Art, eine weitere habe ich unter dem 20. Juli vermerkt. Danach mußten wir Roy in den Stall verbannen. Er war ein liebes, anhängliches Tier ... Aber ich fürchte, ich ermüde Sie.«

Mr. Bennett sagte das in vorwurfsvollem Ton, denn Holmes hörte offenbar nicht zu. Sein Gesicht war starr, und seine Augen blickten gedankenverloren zur Zimmerdecke. Mit einem Ruck sammelte er sich.

»Seltsam! Höchst seltsam!« murmelte er. »Diese Einzelheiten waren mir neu, Mr. Bennett. Ich glaube, wir haben die Grundsituation nun genügend geklärt. Doch Sie sagten, es habe einige neue Entwicklungen gegeben.«

Das angenehme, offene Gesicht unseres Besuchers verdüsterte sich, verdrießliche Erinnerungen warfen ihre Schatten.

»Was ich jetzt erzähle, geschah in der vorletzten Nacht«, sagte er. »Ich wurde gegen zwei Uhr morgens wach und vernahm ein dumpfes, undeutliches Geräusch, das aus dem Korridor kam. Ich öffnete die Tür und spähte hinaus. Ich sollte noch sagen, daß der Professor am Ende des Korridors schläft...«

»Das war an welchem Tag?« fragte Holmes.

Unseren Besucher verdroß die Unterbrechung durch eine so nebensächliche Frage sichtlich. »Ich sagte bereits, Sir, daß es in der vorletzten Nacht war – also am 4. September.«

Holmes nickte und lächelte. »Bitte, fahren Sie fort«, sagte er.

»Er schläft also am Ende des Flurs und muß, um die Treppe zu erreichen, an meiner Tür vorüber. Es war ein wirklich furchterregendes Erlebnis, Mr. Holmes. Ich glaube, ich habe Nerven, aber was ich sah, erschütterte mich. Der Korridor war dunkel, nur durch ein Fenster etwa in der Mitte fiel ein Lichtstreifen herein. Ich konnte sehen, daß etwas den Flur entlangkam, etwas Dunkles, Gebücktes. Dann plötzlich geriet es in den Lichtstreifen, und ich erkannte, daß er es war. Er kam gekrochen, Mr. Holmes – er kroch! Nicht auf den Händen und Knien. Ich würde eher sagen, auf den Händen und den Füßen, und der Kopf baumelte zwischen den Armen. Und dennoch schien er sich leicht zu bewegen. Ich war von diesem Anblick gelähmt, so daß ich erst imstande war, an ihn heranzutreten und ihn zu fragen, ob ich ihm helfen könne, als er vor meiner Tür ankam. Seine Antwort war außerordentlich. Er richtete sich auf, spie mir einige abscheuliche Wörter entgegen und lief schnell weiter und die Treppe hinab. Ich wartete etwa eine Stunde, aber er kam nicht zurück. Es muß schon taghell gewesen sein, ehe er wieder in seinem Zimmer war.«

»Na, Watson, was halten Sie davon?« fragte Holmes mit der Miene eines Pathologen, der ein seltenes Exemplar vorführt.

»Hexenschuß, möglicherweise. Ich habe einmal einen schweren Anfall erlebt, bei dem ein Mann gezwungen war, sich genauso fortzubewegen; nichts kann einen mehr außer sich bringen.«

»Gut, Watson. Sie versuchen immer, uns phantasielos am Boden zu halten. Aber Hexenschuß können wir schwerlich annehmen, da er imstande war, sich aufzurichten.«

»Um seine Gesundheit hat es nie besser gestanden«, sagte Bennett. »Er ist tatsächlich so kräftig, wie ich ihn seit Jahren nicht kannte. Das sind nun alle Fakten, Mr. Holmes. Es ist kein Fall, in dem wir die Polizei konsultieren könnten; aber wir sind mit unserer Weisheit am Ende und wissen nicht, was wir tun sollen. Wir haben das dunkle Gefühl, daß wir auf ein Unglück zutreiben. Edith – Miss Presbury – denkt wie ich, daß wir nicht länger untätig bleiben dürfen.«

»Das ist ein ganz seltsamer Fall, der zu mancherlei Vermutungen Anlaß gibt. Was meinen Sie, Watson?«

»Als Arzt«, sagte ich, »scheint es mir eher ein Fall für den Psychiater zu sein. Die Hirntätigkeit des alten Herrn ist durch die Liebesaffäre in Unordnung geraten. Er machte eine Auslandsreise in der Hoffnung, er könnte sich von der Leidenschaft losreißen. Die Briefe und der Kasten hängen vielleicht mit irgendwelchen anderen privaten Angelegenheiten zusammen – eine Anleihe oder Aktien mögen sich in dem Kasten befinden.«

»Und der Wolfshund mißbilligt zweifellos das Finanzgeschäft. Nein, nein, Watson, da steckt mehr dahinter. Nun, ich kann mir nur vorstellen...«

Was Holmes sich gerade vorstellte, wird nie bekannt werden, denn in diesem Augenblick öffnete sich die Tür, und eine junge Dame wurde ins Zimmer geführt. Bei ihrem Erscheinen sprang Mr. Bennett mit einem Schrei auf; er lief ihr mit ausgestreckten Händen entgegen und umfaßte ihre ebenfalls ausgestreckten Hände.

»Edith! Liebes! Es ist doch hoffentlich nichts passiert?«

»Ich mußte dir folgen. O Jack, ich hatte so fürchterliche Angst! Es ist schrecklich, allein dort zu sein.«

»Mr. Holmes, das ist die junge Dame, von der ich gesprochen habe. Meine Verlobte.«

»Allmählich wären wir selber darauf gekommen, nicht wahr, Watson?« antwortete Holmes lächelnd. »Ich nehme an, Miss Presbury, daß es etwas Neues gibt und daß Sie dachten, wir sollten davon wissen.«

Unsere Besucherin, ein heiteres, hübsches Mädchen vom konventionellen englischen Typus, erwiderte Holmes' Lächeln, als sie sich neben Mr. Bennett setzte.

»Ich hörte, Mr. Bennett habe das Hotel verlassen, und da dachte ich, ich könne ihn hier finden. Er hat mir selbstverständlich gesagt, daß er Sie konsultieren wollte. Ach, Mr. Holmes, können Sie nichts für meinen armen Vater tun?«

»Ich hoffe es, Miss Presbury, aber der Fall liegt noch im Dunkeln. Vielleicht kann das, was Sie zu sagen haben, ein neues Licht werfen.«

»Es war in der vergangenen Nacht, Mr. Holmes. Den ganzen Tag über ist er sehr sonderbar gewesen.

Ich bin sicher, daß er zeitweise keine Erinnerungen an das hat, was er tut. Er lebt wie in einem seltsamen Traum. Gestern zum Beispiel. Das war nicht mein Vater. Seine äußere Hülle war da, aber das war nicht wirklich er.«

»Erzählen Sie mir, was geschehen ist.«

»In der Nacht wachte ich vom wütenden Gebell des Hundes auf. Armer Roy, er ist jetzt beim Stall angekettet. Ich muß noch sagen, daß ich immer bei abgeschlossener Tür schlafe, denn, wie Jack – wie Mr. Bennett Ihnen bestätigen kann, haben wir alle das Gefühl drohender Gefahr. Mein Zimmer liegt in der zweiten Etage. Meine Jalousie war hochgezogen, und der Mond schien hell. Wie ich so dalag, die Augen auf das Lichtquadrat gerichtet, und auf das wilde Bellen des Hundes horchte, war ich bestürzt, als ich meinen Vater hereinschauen sah. Mr. Holmes, ich wäre vor Überraschung und Schrecken fast gestorben. Das Gesicht war gegen die Scheibe gepreßt, und er hatte eine Hand erhoben, als wollte er das Fenster hochschieben. Wenn sich das Fenster geöffnet hätte, ich glaube, ich wäre verrückt geworden. Das war keine Täuschung, Mr. Holmes. Lassen Sie sich von solch einer Überlegung nicht irreleiten. Ich glaube, ich habe ungefähr zwanzig Sekunden wie gelähmt gelegen und das Gesicht beobachtet. Dann verschwand es, aber ich konnte nicht – ich konnte nicht aus dem Bett springen und nachsehen. Kalt und zitternd lag ich bis zum Morgen. Beim Frühstück benahm er sich verletzend und grimmig und erwähnte das nächtliche Abenteuer mit keinem Wort. Ich sagte auch nichts, aber ich erfand eine Ausrede, um in die Stadt fahren zu können, und hier bin ich.«

Holmes war von Miss Presburys Erzählung sichtlich überrascht.

»Meine liebe junge Dame, Sie sagen, daß Ihr Zimmer im zweiten Stock liegt. Gibt es eine lange Leiter im Garten?«

»Nein, Mr. Holmes, das ist ja das Erstaunliche an dem Vorfall. Es ist unmöglich, das Fenster zu erreichen – und doch war er da.«

»Das war am 5. September«, sagte Holmes. »Das kompliziert die Sachlage.«

Jetzt war es an der jungen Dame, verwundert dreinzusehen.

»Dies ist das zweite Mal, daß Sie sich auf ein Datum beziehen, Mr. Holmes«, sagte Bennett. »Ist es möglich, daß das für den Fall eine Bedeutung hat?«

»Es ist möglich – sehr wohl möglich – und doch, ich habe noch nicht alles Material beisammen.«

»Sie denken möglicherweise an einen Zusammenhang zwischen Geisteskrankheit und den Phasen des Mondes?«

»Nein, bestimmt nicht. Ich habe einen ganz anderen Gedanken. Vielleicht können Sie mir Ihr Notizbuch hierlassen, damit ich die Daten überprüfen kann. Jetzt, Watson, glaube ich, ist unser Plan völlig klar. Die junge Dame hat uns mitgeteilt – und ich habe das größte Vertrauen zu dem, was sie sagt –, ihr Vater erinnere sich an wenig oder nichts, was sich an bestimmten Tagen ereignet. Deshalb werden wir ihn an solch einem Tag besuchen und so tun, als hätte er sich mit uns verabredet. Er wird es auf seine Gedächtnislücken schieben. So werden wir unsere Schlacht eröffnen, indem wir ihn uns genau ansehen.«

»Das ist hervorragend«, sagte Mr. Bennett. »Dennoch muß ich Sie warnen, denn der Professor ist zuzeiten jähzornig und gewalttätig.«

Holmes lächelte. »Es gibt Gründe, weshalb wir

ihn sofort aufsuchen sollten – gewichtige Gründe, wenn meine Theorie zutrifft. Morgen, Mr. Bennett, werden wir uns bestimmt in Camford sehen. Wenn ich mich recht erinnere, gibt es dort ein Gasthaus ›Zum Schachbrett‹, wo der Portwein nicht schlecht ist und die Bettbezüge keinen Anlaß zur Klage geben. Ich glaube, Watson, wir beide hätten die nächsten Tage unter weniger angenehmen Umständen verbringen können.«

Am Montagmorgen waren wir auf dem Weg zu der berühmten Universitätsstadt – ein Leichtes für Holmes, der keine Wurzeln hatte, von denen er sich losreißen mußte, für mich aber eine Sache, die mich in fieberhafte Planungen und in Eile gestürzt hatte, da meine Praxis zu dieser Zeit durchaus nicht unbeträchtlich war. Holmes machte keine Anspielung auf den Fall, bis wir unsere Koffer in dem alten Hotel abgestellt hatten.

»Ich denke, Watson, wir können den Professor noch vor dem Lunch abfangen. Er hat um elf eine Vorlesung und wird zu Hause eine Pause machen.«

»Welche mögliche Entschuldigung haben wir für unseren Besuch?«

Holmes warf einen Blick in sein Notizbuch.

»Am 26. August gab es eine Phase der Aufregung. Wir nehmen an, daß er ein bißchen unsicher ist in bezug auf das, was er in solchen Zeiten getan hat. Wenn wir darauf bestehen, daß wir auf eine Verabredung hin kommen, wird er, glaube ich, kaum daran denken, uns zu widersprechen. Haben Sie die Stirn, das durchzuhalten?«

»Uns bleibt nichts, als den Versuch zu machen.«

»Hervorragend, Watson! Ein Kompositum aus ›Bienenfleiß‹ und ›Höhenflug‹. Uns bleibt nichts, als den Versuch zu machen: der Wahlspruch der Firma.

Ein freundlicher Einheimischer wird uns sicherlich hinführen.«

Ein solcher auf dem Rücksitz eines flotten Hansom dirigierte uns an einer Reihe altertümlicher Cottages vorüber, und nachdem wir in einen baumgesäumten Fahrweg eingebogen waren, hielten wir vor der Tür eines bezaubernden Hauses, das von Rasen umgeben und mit roten Wisterien bedeckt war. Professor Presbury besaß nicht nur jede Art von Bequemlichkeit, sondern lebte luxuriös. Als wir vorfuhren, erschien im Fenster ein grauer Schopf, und wir sahen ein Paar spähende Augen unter buschigen Brauen, die uns durch eine große Hornbrille beobachteten. Eine Sekunde später waren wir wirklich in seinem Allerheiligsten, und der geheimnisvolle Wissenschaftler, dessen tolle Streiche uns von London hierhergebracht hatten, stand vor uns. In seinem Benehmen oder in seiner Erscheinung lag kein Zeichen von Überspanntheit; er war ein gesetzter Mann mit einem großen Gesicht, ernst, hochgewachsen, trug einen Gehrock und gab sich mit der Würde, die ein Professor braucht. Die Augen beherrschten das Gesicht, sie waren scharf, beobachtend und klug bis an die Grenze der Verschlagenheit.

Er sah auf unsere Visitenkarten. »Bitte, setzen Sie sich, meine Herren. Was kann ich für Sie tun?«

Holmes lächelte liebenswürdig.

»Das ist eben die Frage, Herr Professor, die ich an Sie stellen wollte.«

»An mich, mein Herr?«

»Vielleicht liegt ein Irrtum vor. Ich hörte durch eine zweite Person, daß Professor Presbury aus Camford meine Dienste brauche.«

»Ach, wirklich!« Es schien mir, als leuchtete in seinen gespannten grauen Augen ein boshafter

Funke auf. »Das haben Sie wirklich gehört? Dürfte ich den Namen Ihres Informanten wissen?«

»Es tut mir leid, Herr Professor, aber die Sache war ziemlich vertraulich. Wenn ich einen Fehler gemacht haben sollte, es hat ja keinem weh getan. Ich kann nur mein Bedauern aussprechen.«

»Aber nicht doch. Ich möchte tiefer in die Angelegenheit eindringen. Sie interessiert mich. Haben Sie irgendein Papier, einen Brief oder ein Telegramm, das Ihre Angabe belegen könnte?«

»Nein. Dergleichen habe ich nicht.«

»Ich nehme an, Sie gehen nicht so weit, zu behaupten, ich hätte Sie herbestellt?«

»Ich möchte lieber keine Fragen beantworten«, sagte Holmes.

»Das glaube ich Ihnen gern«, sagte der Professor scharf. »Dennoch kann diese besondere Frage sehr leicht auch ohne Ihre Hilfe beantwortet werden.«

Er ging durch den Raum zum Klingelzug. Auf den Ruf hin erschien unser Londoner Freund Mr. Bennett.

»Kommen Sie herein, Mr. Bennett. Diese beiden Herren sind unter dem Eindruck aus London gekommen, daß sie herbestellt worden seien. Sie erledigen meine ganze Korrespondenz. Gibt es da einen Brief, der an eine Person namens Holmes gegangen ist?«

»Nein, Sir«, antwortete Bennett und errötete.

»Das ist schlüssig«, sagte der Professor und blickte meinen Gefährten zornig an. »Nun, mein Herr« – er stützte sich mit beiden Händen auf den Tisch und lehnte sich vor –, »mir scheint, daß Sie sich in einer sehr fragwürdigen Lage befinden.«

Holmes zuckte die Schultern.

»Ich kann nur wiederholen, es tut mir sehr leid, daß wir Sie unnötig gestört haben.«

»Das genügt nicht, Mr. Holmes!« schrie der alte Mann mit hoher kreischender Stimme, und in seinem Gesicht stand außerordentliche Bosheit. Während er sprach, trat er zwischen uns und die Tür und schüttelte gegen uns die Fäuste in wilder Wut. »So leicht werden Sie da kaum rauskommen.« Sein Gesicht zuckte, und er fletschte die Zähne und stieß in Raserei sinnlose Wörter hervor. Ich bin überzeugt, wir hätten uns den Weg freikämpfen müssen, wäre nicht Mr. Bennett eingesprungen.

»Mein lieber Herr Professor«, rief er, »bedenken Sie Ihre Position! Bedenken Sie den Skandal an der Universität! Mr. Holmes ist ein sehr bekannter Mann. Sie können ihn unmöglich so unhöflich behandeln.«

Verdrießlich gab unser Gastgeber – wenn ich ihn so nennen darf – den Weg zur Tür frei. Wir waren froh, als wir das Haus verlassen hatten und auf dem ruhigen baumgesäumten Fahrweg standen. Holmes schien über den Zwischenfall sehr amüsiert.

»Die Nerven unseres gelehrten Freundes sind ein wenig durcheinander. Vielleicht war unser Eindringen ein bißchen ungeschliffen, und doch haben wir nun den persönlichen Kontakt hergestellt, den ich mir wünschte. Aber um Himmels willen, Watson, er ist uns sicherlich auf den Fersen. Der Kerl verfolgt uns!«

Hinter uns hörten wir das Geräusch schneller Schritte, aber es war, zu meiner Erleichterung, nicht der fürchterliche Professor, sondern sein Assistent, der um die Wegkurve bog. Keuchend erreichte er uns.

»Es tut mir sehr leid, Mr. Holmes. Ich möchte mich entschuldigen.«

»Mein lieber Herr, das ist nicht nötig. So etwas hängt nun einmal mit meinem Beruf zusammen.«

»Ich habe ihn nie in einer gefährlicheren Laune gesehen. Er verfinstert sich immer mehr. Jetzt verstehen Sie, warum wir, seine Tochter und ich, alarmiert sind. Und dennoch ist sein Geist völlig klar.«

»Zu klar. Das war meine Fehlkalkulation. Es hat sich erwiesen, daß sein Gedächtnis viel verläßlicher ist, als ich dachte. Übrigens: Können wir, ehe wir gehen, das Fenster von Miss Presburys Zimmer sehen?«

Mr. Bennett bahnte den Weg durch einige Sträucher, und wir taten einen Blick auf die Seite des Hauses.

»Dort ist es, das zweite von links.«

»Gott, das Fenster scheint kaum erreichbar. Aber sehen Sie die Kletterpflanzen und das Regenrohr, das dem Fuß Halt geben kann?«

»Ich könnte nicht da hinaufklettern«, sagte Bennett.

»Wahrscheinlich nicht. Es wäre sicherlich ein gefährlicher Ausflug für einen normalen Mann.«

»Da ist noch etwas, das ich Ihnen sagen möchte, Mr. Holmes. Ich habe die Adresse des Mannes in London, mit dem der Professor korrespondiert. Heute morgen scheint er an ihn geschrieben zu haben; ich habe den Namen vom Löschpapier abgelesen. Das ist für einen Sekretär, dem man vertraut, eine unwürdige Handlung. Aber was soll ich tun?«

Holmes warf einen Blick auf das Stück Löschpapier und steckte es in die Tasche.

»Dorak – ein seltsamer Name. Kommt mir slawisch vor. Ja, das ist ein wichtiges Kettenglied. Wir fahren morgen nachmittag nach London zurück, Mr. Bennett. Ich sehe in unserem Bleiben keinen Sinn. Wir können den Professor nicht einsperren, er hat schließlich kein Verbrechen begangen, und wir können ihn nicht unter Aufsicht stellen, da sich nicht beweisen läßt, daß er verrückt ist. Zur Zeit ist ein Einschreiten nicht möglich.«

»Was sollen wir denn dann um Himmels willen tun?«

»Üben Sie sich ein bißchen in Geduld, Mr. Bennett. Die Dinge werden in Bewegung kommen. Wenn ich nicht irre, könnte der nächste Dienstag eine Krise bringen. An dem Tag werden wir gewiß in Camford sein. Bis dahin bleibt die allgemeine Lage zweifellos unerfreulich, und wenn Miss Presbury ihren Besuch ausdehnen könnte...«

»Das ist leicht.«

»Dann soll sie bleiben, bis wir ihr zusichern können, daß die Gefahren vorüber sind. Bis dahin soll man ihm seinen Willen lassen und ihm nicht in die Quere kommen. Solange er gute Laune hat, ist alles in Ordnung.«

»Dort kommt er!« flüsterte Bennett erschrocken.

Durch die Zweige sahen wir, wie die hohe Gestalt des Professors aufrecht aus der Haustür trat. Er blickte umher. Er stand leicht gebückt, die Arme schwangen vorm Körper. Er drehte den Kopf hin und her. Mit einem letzten Winken verschwand der Sekretär zwischen den Bäumen, und wir beobachteten, wie er vor seinem Chef stehenblieb und die beiden dann in anscheinend lebhafter, ja erregter Unterhaltung ins Haus gingen.

»Ich schätze, der alte Herr hat zwei und zwei zusammengezählt«, sagte Holmes auf dem Weg zum Hotel. »Nach dem bißchen, was ich sehen konnte, scheint er mir einen sehr klaren und logischen Verstand zu haben. Ohne Zweifel explodiert er leicht, aber von seinem Standpunkt aus hatte er ja auch Anlaß, in die Luft zu gehen: Man hat Detektive auf ihn angesetzt, und er argwöhnt, es sind Leute aus seinem eigenen Haus gewesen. Ich kann mir vorstellen, unserem Freund Bennett stehen ein paar unbequeme Tage bevor.«

Holmes hielt am Postamt und gab ein Telegramm auf. Die Antwort erreichte uns am Abend, und er schob sie mir hin.

»War in der Commercial Road. Habe Dorak gesehen. Verbindlicher Mensch, Böhme, mittleren Alters. Besitzt großen Gemischtwarenladen – Mercer.«

»Mercer kenne ich so lange, wie ich Sie kenne. Er erledigt für mich unterschiedlichste Routinearbeiten. Es war wichtig, etwas über den Mann zu erfahren, mit dem unser Professor geheim korrespondiert. Seine Nationalität paßt auf den Besuch in Prag.«

»Gott sei Dank paßt endlich etwas zu etwas anderem«, sagte ich. »Mir scheint, als wären wir im Moment mit einer langen Folge unerklärlicher Ereignisse konfrontiert, in der nichts zueinanderpaßt. Wie, zum Beispiel, fügen sich ein wütender Wolfshund und ein Besuch in Böhmen zusammen? Oder wie fügt sich beides zu einem Mann, der nachts den Flur entlangkriecht? Und Ihr Spiel mit den Daten ist mir vollends unerklärlich.«

Holmes lächelte und rieb sich die Hände. Wir saßen im altmodischen Salon des Hotels bei einer Flasche eines berühmten Jahrgangs. Holmes hatte ja bereits vorausgesagt, daß der Portwein hier nicht schlecht sei.

»Nun gut, nehmen wir erst einmal die Daten«, sagte er, als spräche er zu einer Klasse, und legte die Fingerspitzen aneinander.

»Das Tagebuch dieses vorzüglichen jungen Mannes zeigt, daß am 2. Juli Beunruhigendes vorgefallen ist, was sich von da an in Abständen von neun Tagen wiederholt zu haben scheint, mit einer Ausnahme, soweit ich mich erinnere. Den letzten Ausbruch gab es am Freitag, dem 3. September, und das Datum paßt in die Serie, genauso wie der 26. August. So etwas liegt jenseits des Zufalls.«

Ich mußte zustimmen.

»So wollen wir denn die vorläufige Theorie aufstellen, daß der Professor alle neun Tage eine starke Droge nimmt, die einen vorübergehenden, aber höchst schädlichen Effekt hat. Sein natürlicher Hang zur Gewalttätigkeit wird durch sie intensiviert. Er hat sich angewöhnt, sie zu nehmen, als er in Prag war, und jetzt wird er von einem böhmischen Zwischenhändler aus London versorgt. Das alles hängt zusammen, Watson!«

»Aber der Hund, das Gesicht am Fenster, der kriechende Mann im Flur?«

»Nun, nun, wir haben einen Anfang gemacht. Ich erwarte nicht, daß sich vor dem nächsten Dienstag etwas Neues ergibt. Bis dahin können wir nur mit unserem Freund Verbindung halten und die Annehmlichkeiten dieser bezaubernden Stadt genießen.«

Am nächsten Morgen kam Mr. Bennett, um uns über die letzten Ereignisse zu berichten. Wie Holmes vorausgesagt hatte, lagen hinter dem Sekretär nicht gerade leichte Stunden. Ohne ihn direkt zu beschuldigen, daß er für unser Erscheinen verantwortlich sei, hatte der Professor ihn sehr barsch und grob angeredet und sich überhaupt aufgeführt, als habe er guten Grund zur Klage. Dennoch war er am Morgen wieder ganz er selbst gewesen und hatte eine seiner brillanten Vorlesungen vor überfülltem Auditorium gehalten. »Abgesehen von seinen sonderbaren Anwandlungen«, sagte Bennett, »scheint er jetzt mehr Kraft und Vitalität zu besitzen als früher, und sein

Verstand war nie klarer. Aber er ist nicht er selbst – er ist nicht der, den wir kannten.«

»Ich glaube, daß Sie für wenigstens eine Woche nicht das mindeste zu fürchten haben. Ich bin ein beschäftigter Mann, und Dr. Watson hat Patienten, um die er sich kümmern muß. Kommen wir überein, daß wir uns hier am nächsten Dienstag um die gleiche Zeit treffen. Ich wäre überrascht, wenn wir nicht in der Lage sein sollten, Ihre Mißlichkeiten zu klären, ehe wir dann auseinandergehen. Aus der Welt schaffen können wie sie möglicherweise nicht. Lassen Sie uns in der Zwischenzeit durch die Post wissen, was geschieht.«

Während der nächsten Tage sah ich nichts von meinem Freund, aber am Abend des folgenden Montags erhielt ich eine kurze Nachricht, in der ich gebeten wurde, ihn am Dienstagmorgen am Zug zu treffen. Nach dem, was er mir auf der Fahrt erzählte, war in Camford alles gut verlaufen, der Friede im Haus der Presburys ungestört und das Verhalten des Professors normal geblieben. Das besagte auch der Bericht, den uns Mr. Bennett persönlich erstattete, als er uns am Abend in unserem alten Quartier im ›Schachbrett‹ besuchte. »Heute hat er wieder Post aus London bekommen, einen Brief und ein kleines Paket, beides trug das Kreuz unter der Marke, das mir verbietet, die Sendungen zu öffnen. Sonst hat es nichts gegeben.«

»Das genügt vielleicht auch«, sagte Holmes. »Heute abend, Mr. Bennett, denke ich, werden wir zu einem Schluß gelangen. Wenn meine Folgerungen richtig sind, werden wir Gelegenheit bekommen, die Dinge zur Entscheidung zu bringen. Dafür ist es nötig, den Professor unter Beobachtung zu halten. Ich schlage deshalb vor, daß Sie wach bleiben und aufpassen. Sollten Sie ihn an Ihrer Tür vorbeigehen hören, dann stören Sie ihn nicht, sondern folgen Sie ihm so unauffällig, wie Sie können. Dr. Watson und ich werden nicht weit sein. Übrigens: Wo ist der Schlüssel zu dem Kästchen, von dem Sie uns erzählt haben?«

»An seiner Uhrkette.«

»Ich glaube, unsere Untersuchung liegt in der Richtung. Im schlimmsten Fall wird das Schloß wohl nicht unbezwingbar sein. Gibt es kräftige Männer in der Nähe?«

»Den Kutscher, Macphail.«

»Wo schläft er?«

»Über den Ställen.«

»Möglicherweise brauchen wir ihn. Nun, wir können nicht mehr tun als warten und sehen, wie es sich entwickelt. Auf Wiedersehen, Mr. Bennett – ich nehme an, daß wir uns vor dem Morgen wiedersehen.«

Es war fast Mitternacht, als wir in den Büschen unmittelbar vor der Eingangstür zum Haus des Professors Posten bezogen. Die Nacht war schön, aber kühl, und wir waren froh, daß wir warme Mäntel trugen. Es ging eine Brise, und Wolken zogen über den Himmel, die den Halbmond von Zeit zu Zeit verdeckten. Es wäre eine trübe Nachtwache gewesen ohne die Erwartung und die Aufregung und die Versicherung meines Freundes, daß wir wahrscheinlich an das Ende der seltsamen Folge von Vorfällen gelangt waren, die unsere Aufmerksamkeit in Anspruch genommen hatten.

»Wenn der Zyklus von neun Tagen eingehalten wird, bekommen wir den Professor heute nacht in seiner schlimmsten Verfassung zu sehen«, sagte Holmes. »Die Tatsache, daß die befremdlichen Symptome nach seinem Besuch in Prag einsetzten, daß er geheime Verbindung mit einem böhmischen Händler in London unterhält, der wahrscheinlich der Vertreter von jemandem in Prag ist, und daß er gerade heute ein Päckchen bekommen hat: All das weist in *eine* Richtung. Was er einnimmt, und warum er es einnimmt, liegt außerhalb unserer Kenntnis, aber daß die Sache irgendwie von Prag ausgeht, liegt offen zutage. Er nimmt es nach strenger Anweisung, die auf einem Neun-Tage-System basiert – das hat überhaupt als erstes meine Aufmerksamkeit erregt. Außerdem sind die Symptome äußerst bemerkenswert. Haben Sie seine Fingerknöchel beachtet?«

Ich mußte bekennen, daß ich sie nicht beachtet hatte.

»So dick und hornig, wie ich es noch nicht gesehen habe. Sie müssen immer zuerst auf die Hände sehen. Dann auf die Manschetten, die Hosenknie und die Schuhe. Sehr seltsame Knöchel, was nur durch den Modus der Fortbewegung erklärt werden kann, der beobachtet wurde...« Holmes hielt inne und schlug sich plötzlich die Hand vor die Stirn. »O Watson, Watson, was war ich für ein Narr! Es scheint unglaublich, und doch muß es wahr sein. Alles weist in eine Richtung. Wie konnte ich nur den Zusammenhang übersehen? Diese Knöchel – wie konnte ich nur die Knöchel übersehen? Und der Hund! Und der Efeu! Es ist an der Zeit, daß ich mich auf die kleine Farm zurückziehe, von der ich schon so lange träume. Vorsicht, Watson! Da ist er! Es gibt Grund genug, uns vorzusehen.«

Die Tür zur Halle war langsam geöffnet worden, und gegen den hellen Hintergrund hob sich Professor Presburys hohe Gestalt ab. Er trug einen Morgenmantel. Er stand deutlich umrissen in der Tür, aufrecht, doch vornübergebeugt, und die Arme baumelten, wie wir es letzthin schon gesehen hatten.

Nun trat er auf den Fahrweg, und eine außerordentliche Wandlung ging mit ihm vor. Er hockte sich nieder und lief auf Händen und Füßen, sprang auch dann und wann, als hätte er zuviel Kraft und Vitalität. Er bewegte sich an der Hausmauer entlang und bog um die Ecke. Als er verschwand, schlüpfte Bennett durch die Tür und folgte ihm vorsichtig.

»Los, Watson, los!« rief Holmes, und wir stahlen uns, so leise wir konnten, aus den Büschen, bis wir einen Punkt erreicht hatten, von dem aus wir die vom Licht des Halbmonds überflutete Seite des Hauses sehen konnten. Der Professor war deutlich auszumachen, wie er am Fuß der efeubewachsenen Wand kauerte. Plötzlich begann er mit unglaublicher Wendigkeit emporzuklettern. Von Ranke zu Ranke sprang er mit sicherem Fuß und festem Griff in anscheinend reiner Freude an seiner Kraft und ohne bestimmtes Ziel. In seinem Morgenmantel, der ihn umflatterte, sah er, ein großer dunkler Fleck an der Mauer, wie eine riesige Fledermaus aus. Dann wurde er des Vergnügens müde, ließ sich von Ranke zu Ranke hinunter, hockte sich wieder in seiner früheren Haltung hin und kroch auf die Ställe zu. Jetzt war auch der Wolfshund draußen, bellte wütend und erregte sich noch mehr, als er seinen Herrn erblickte. Er zerrte an der Kette und zitterte vor Rage und Gier. Der Professor verharrte mit Bedacht außerhalb der Reichweite des Hundes und fing an, das Tier auf jede nur mögliche Art zu reizen. Er nahm eine Handvoll Steinchen vom Weg und warf sie ihm ins Gesicht, neckte ihn mit einem Stock, fuchtelte mit den Händen wenige Zentimeter vor seinem aufgesperrten Maul herum und tat überhaupt alles, das schon äußerst aufgebrachte Tier noch mehr zu reizen.

Ich weiß nicht, ob sich mir bei all unseren Abenteuern jemals ein seltsamerer Anblick geboten hat als dieses Bild eines stumpfen und trotz allem noch würdig aussehenden Mannes, der wie ein Frosch auf der Erde hockte und den längst rasend gemachten Hund, der vor ihm tobte und sich bäumte, mit allem, was Grausamkeit nur ersinnen konnte, immer weiter anstachelte.

Dann geschah es in einem Augenblick! Nicht daß die Kette riß: das für den dicken Hals eines Neufundländers gefertigte Halsband rutschte dem Hund über den Kopf. Wir hörten das Klirren fallenden Metalls, und im nächsten Moment rollten Hund und Herr auf der Erde, der eine mit Wutgeheul, der andere in schrillen Schreckenstönen kreischend. Das Leben des Professors hing an einem Haar. Die wilde Kreatur hatte ihn an der Kehle gepackt und ihre Fangzähne tief eingegraben. Der Professor war bewußtlos, ehe wir zur Stelle waren und sie auseinanderzerren konnten. Für uns wäre es ein gefährliches Unterfangen gewesen, doch Bennetts Gegenwart und Stimme beruhigten den großen Wolfshund. Der Aufruhr hatte den verschlafenen, erstaunten Kutscher aus seiner Stube über den Ställen gelockt.

»Das überrascht mich nicht«, sagte er kopfschüttelnd. »Ich habe ihn schon öfter dabei beobachtet. Ich wußte, der Hund würde ihn früher oder später zu fassen kriegen.«

Der Hund war wieder angekettet; wir trugen den Professor in sein Zimmer, und Bennett, der einen medizinischen Grad besaß, half mir, die zerschundene Kehle zu verbinden. Die scharfen Zähne waren gefährlich nahe der Halsschlagader eingedrungen, und die Wunde blutete bedenklich. Nach einer halben Stunde war das Schlimmste vorüber, ich hatte dem Patienten eine Morphiuminjektion gegeben, und er lag in tiefem Schlaf. Nun erst hatten wir

Zeit, einander anzusehen und die Lage zu bedenken.

»Ein erstklassiger Chirurg sollte sich um ihn kümmern«, sagte ich.

»Um Gottes willen, nein!« rief Bennett. »Noch ist der Skandal auf unser Haus begrenzt, und hier ist er gut aufgehoben. Wenn er über diese Mauern hinausdringt, wird er nie zu Ende kommen. Bedenken Sie seine Stellung an der Universität, seinen europäischen Ruf und die Gefühle seiner Tochter.«

»Ganz recht«, sagte Holmes. »Mir scheint, es sollte möglich sein, die Angelegenheit unter uns zu halten und auch einen Rückfall zu verhüten, nun, da wir freie Hand haben. Den Schlüssel von der Uhrkette, bitte, Mr. Bennett. Macphail wird bei dem Patienten wachen und uns benachrichtigen, wenn es irgendwelche Veränderungen gibt. Jetzt wollen wir sehen, was wir in dem geheimnisvollen Kasten des Professors finden.«

Es war nicht viel, aber es genügte. Ein leeres Fläschchen, ein weiteres, noch fast volles, eine Subkutanspritze, einige Briefe in einer ungelenken Handschrift, die auf einen Ausländer schließen ließ. Die Zeichen auf den Kuverts verrieten, daß es die Briefe waren, die der Sekretär nicht hatte öffnen dürfen, und ein jeder kam aus der Commercial Road und war mit A. Dorak unterzeichnet. Es waren einfache Geschäftsbriefe, die mitteilten, daß ein neues Fläschchen an Professor Presbury abgegangen sei, oder es waren Bestätigungen für erhaltenes Geld. Dann war da noch ein anderes Kuvert, das eine gebildetere Handschrift und eine österreichische Briefmarke mit Prager Poststempel trug. »Hier haben wir das Wichtigste!« rief Holmes, als er das Schreiben aus dem Umschlag gezogen hatte.

»Geehrter Kollege«, (hieß es da) »seit Ihrem geschätzten Besuch habe ich viel über Ihren Fall nachgedacht, und obgleich es unter Ihren Umständen besondere Gründe für eine Behandlung gibt, würde ich dennoch Vorsicht empfehlen, da meine Resultate ausweisen, daß sie mit gewissen Gefahren verbunden ist.

Es ist möglich, daß das Serum von Anthropoiden besser wäre. Ich habe, wie ich Ihnen erklärte, den schwarzmaskigen Langur benutzt, weil ein Exemplar der Art erreichbar war. Der Langur ist natürlich ein Kriecher und Kletterer, während der Anthropoid aufrecht geht und in jeder Hinsicht dem Menschen näher ist.

Ich bitte Sie, jede nur mögliche Vorsicht walten zu lassen, damit der Verlauf der Behandlung nicht vorzeitig entdeckt wird. Ich habe noch einen Klienten in England, und Dorak wird Sie als mein Agent beide betreuen.

Ich bitte um wöchentliche Berichte.

Hochachtungsvoll
H. Lowenstein.«

Lowenstein! Der Name brachte mir einen Zeitungsartikel in Erinnerung, wo von einem obskuren Wissenschaftler die Rede war, der auf noch unbeschrittenen Wegen nach dem Geheimnis der Verjüngung und dem Elixier des Lebens suchte. Lowenstein aus Prag! Lowenstein mit dem wunderbaren, kräftespendenden Serum, das von der Wissenschaft mit einem Tabu belegt worden war, weil er sich weigerte, dessen Quelle zu enthüllen. Mit wenigen Worten sagte ich, woran ich mich erinnerte. Bennett hatte ein Nachschlagewerk der Zoologie vom Regal genommen.

»Langur«, las er, »der große schwarzgesichtige

Affe von den Hängen des Himalaja, größter und menschenähnlichster der Kletteraffen. – Hier stehen noch viele Einzelheiten. Nun, Mr. Holmes, ich danke Ihnen. Jetzt ist es ganz klar, daß wir dem Übel auf den Grund gekommen sind.«

»Der wahre Grund«, sagte Holmes, »liegt natürlich in dieser unpassenden Liebesaffäre; daher rührt der Einfall unseres ungestümen Professors. Um sich seinen Wunsch zu erfüllen, mußte er sich in einen Jüngeren verwandeln. Wenn jemand sich über die Natur erhebt, gerät er in Gefahr, von ihr zerstört zu werden. Die höchste Ausprägung des Menschen kann sich zum Tier zurückentwickeln, wenn sie die gerade Straße der Bestimmung verläßt.« Sinnend saß er eine Weile, das Fläschchen in der Hand, und betrachtete die klare Flüssigkeit. »Wenn ich diesem Mann geschrieben und ihm erklärt haben werde, daß ich ihn für ein Verbrechen verantwortlich halte, weil er ein Gift in Umlauf bringt, werden wir vor ihm Ruhe haben. Aber es kann Wiederholungen geben. Andere könnten einen besseren Weg finden. Die Gefahr bleibt – eine sehr reale Gefahr für die Menschheit. Überlegen Sie, Watson, alle materiell eingestellten, sinnlichen, eigennützigen Menschen wollten ihr unwürdiges Leben verlängern! Der geistige Mensch würde sich seiner Bestimmung nicht entziehen. Es würde das Überleben des Untauglichsten bedeuten. Was für eine Kloake würde wohl aus unserer armen Welt werden?«

Plötzlich verschwand der Träumer Holmes, und Holmes, der Mann der Tat, sprang vom Stuhl auf. »Ich glaube, es gibt nichts mehr zu sagen, Mr. Bennett. Die verschiedenen Vorfälle fügen sich nun in das allgemeine Schema. Der Hund hat natürlich die Veränderungen viel schneller wahrgenommen als Sie, durch seinen Geruchssinn. Es war der Affe, nicht der Professor, den er angriff, und es war der Affe, der Roy quälte. Der Kreatur bereitete das Klettern Freude; und ich nehme an, es ist nur dem Zufall zuzuschreiben, daß er vor dem Fenster der jungen Dame auftauchte. Es gibt einen Frühzug nach London, Watson, aber ich denke, uns bleibt noch Zeit für eine Tasse Tee im ›Schachbrett‹, ehe wir am Bahnhof sein müssen.«

Die Löwenmähne

Es war schon äußerst eigenartig, daß ich an den dunkelsten und ungewöhnlichsten Fall meiner langen beruflichen Laufbahn geriet, nachdem ich mich zurückgezogen hatte, und daß er mir sozusagen direkt vor die Haustür gebracht wurde. Es geschah, als ich schon in mein kleines Haus in Sussex übergesiedelt war und mich ganz dem sanften Leben am Busen der Natur hingab, wonach ich mich während all der Jahre im trüben London gesehnt hatte.

Zu dieser Zeit war der gute Watson schon fast aus meinem Gesichtskreis entschwunden. Höchstens, daß ich ihn noch bei gelegentlichen Wochenendbesuchen sah. So muß ich also als mein eigener Chronist auftreten. Ach, wäre er doch bei mir gewesen – wieviel hätte er aus einem so wunderbaren Ereignis gemacht und aus dem Triumph, den ich schließlich über alle Widrigkeiten davontrug! Aber wie die Dinge liegen, muß ich die Geschichte auf die mir eigene simple Art erzählen, indem ich mit meinen Worten jeden Schritt auf der gewundenen Straße beschreibe, die ich ging, als ich das Geheimnis der Löwenmähne enträtselte.

Mein Landhaus steht an einem südlichen Hang und gewährt einen herrlichen Ausblick auf den Ärmelkanal. In diesem Abschnitt besteht die Küste aus Kreidefelsen, und man kann sie nur auf einem langgezogenen, beschwerlichen Pfad hinuntersteigen, der dazu noch steil und schlüpfrig ist. Unten liegt über eine Strecke von hundert Yard Steingeröll und Kies, auch dann, wenn die Gezeiten ihren Höhepunkt erreicht haben. Hier und da stößt man aber auf Einbuchtungen und auf Gruben, die, von jeder Flut aufs neue gefüllt, ausgezeichnete Schwimmbekken abgeben. Diese bewundernswürdige Strandlandschaft zieht sich nach beiden Seiten über einige Meilen weit hin, nur einmal von dem kleinen Schlupfhafen des Dorfes Fulworth unterbrochen.

Mein Haus liegt einsam. Ich, meine alte Haushälterin und meine Bienen haben das ganze Anwesen für uns. Eine halbe Meile weiter dann betreibt Harold Stackhurst im Haus ›Zu den Giebeln‹ seine wohlbekannte Präparationsschule, in der sich ein paar Dutzend junge Männer unter Leitung einiger Lehrer auf verschiedene Berufe vorbereiten. Stackhurst war einmal ein berühmter Ruderer im Boot von Oxford und ist ein ausgezeichneter, rundum gebildeter Gelehrter. Er und ich waren von dem Tag an befreundet, da ich mich dort niederließ, und er war der einzige, mit dem ich so gut stand, daß wir einander abends ohne Einladung besuchen konnten.

Gegen Ende Juli des Jahres 1907 herrschte ein schwerer Sturm, der den Kanal aufwärts blies, das Meer bis an die Klippen hob und beim Gezeitenwechsel eine Lagune zurückließ. An dem Morgen, von dem ich spreche, war der Wind abgeflaut, und die ganze Natur präsentierte sich reingewaschen und frisch. An einem solch köstlichen Tag war es unmöglich zu arbeiten, und so stromerte ich vor dem Frühstück umher und genoß die ausgezeichnete Luft. Ich ging den Klippenpfad entlang, der zu dem steilen Abstieg führte. Während ich so spazierte, hörte ich hinter mir einen Ruf, und dann sah ich Harold Stackhurst fröhlich winken.

»Was für ein Morgen, Mr. Holmes! Mir war danach, Sie ins Freie zu locken.«

»Wie ich sehe, wollen Sie schwimmen.«

»Schon wieder dabei, die alten Beobachtungstricks spielen zu lassen«, sagte er lachend und klopfte auf seine prallgefüllte Tasche. »Ja. McPherson ist schon früh aufgebrochen, und ich hoffe, ihn da zu treffen.«

Fitzroy McPherson war der Physiklehrer, ein angenehmer, aufrichtiger junger Mann, der an einer Herzkrankheit litt, die er von einem rheumatischen Fieber zurückbehalten hatte. Aber von Natur ein athletischer Typ, glänzte er dennoch in allen Sportarten, die ihn nicht gar zu sehr anstrengten. Sommers wie winters ging er schwimmen, und da ich selber ein leidenschaftlicher Schwimmer bin, begleitete ich ihn oft.

In diesem Augenblick sahen wir den Mann. Sein Kopf erschien am Rand der Klippen, dort, wo der Pfad endet. Dann wurde die ganze Gestalt sichtbar; er torkelte wie ein Betrunkener. Eine Sekunde später warf er die Arme hoch, stieß einen schrecklichen Schrei aus und fiel vornüber. Stackhurst und ich stürzten zu ihm hin – uns trennten vielleicht fünfzig Yard – und drehten ihn auf den Rücken. Augenscheinlich lag er im Sterben. Die glasigen eingesunkenen Augen und die schrecklich blassen Wangen ließen keine andere Deutung zu. Für einen Moment trat wieder ein Funken Leben in sein Gesicht, und er stammelte eine dringliche Warnung. Er sprach unverständlich, aber ich glaubte aus der letzten, mit einem Schrei von den Lippen gebrachten Äußerung die Worte »Mähne des Löwen« herauszuhören, etwas, das gänzlich belang- und sinnlos schien und das ich doch so vernommen hatte und nicht anders auslegen konnte. Dann kam er noch einmal halb hoch, warf die Arme in die Luft und fiel zur Seite.

Mein Begleiter war von dem plötzlichen Schreck

gelähmt, aber in mir spannten sich, wie sich vorstellen läßt, die Sinne aufs äußerste. Und das war auch nötig, denn im Nu wurde klar, daß wir vor einem außerordentlichen Fall standen. Der Mann trug nur seinen Burberry-Mantel, eine Hose und ein Paar nicht zugeschnürte Leinenschuhe. Als er den Sturz tat, war der nur um die Schultern geworfene Mantel zu Boden geglitten und hatte den Oberkörper enthüllt. Auf ihn starrten wir jetzt mit Entsetzen. Der Rücken war über und über mit dunkelroten Linien bedeckt, als wäre er mit einer dünnen Drahtpeitsche gegeißelt worden. Das Instrument, mit dem die Bestrafung geschehen war, mußte offensichtlich sehr elastisch gewesen sein, denn die langen blutigroten Striemen zogen sich weiter um Schultern und Rippen. Vom Kinn tropfte Blut, weil er sich im Todeskampf die Unterlippe durchgebissen hatte. Das erschöpfte und verzerrte Gesicht ließ ahnen, wie furchtbar der Todeskampf gewesen sein mußte.

Als ich bei der Leiche kniete und Stackhurst neben mir stand, fiel ein Schatten auf uns, und dann erkannten wir, daß Ian Murdoch zu uns getreten war. Murdoch war der Mathematiklehrer am Institut, ein großer, dunkler, dünner Mann, so schweigsam und in sich zurückgezogen, daß sich von niemandem sagen ließ, er sei sein Freund. Er schien in den höheren abstrakten Gefilden der irrationalen mathematischen Größen und der Kegelschnitte zu leben, und man konnte meinen, ihn verbinde kaum etwas mit dem gewöhnlichen Dasein. Die Studenten hielten ihn für einen sonderbaren Kauz, und er wäre wohl Zielscheibe ihres Spotts geworden, hätte nicht das fremdländische Blut in seinen Adern, angezeigt durch die kohlschwarzen Augen und die dunkle Gesichtsfarbe, gelegentlich zu Ausbrüchen geführt, die man nur als wild bezeichnen konnte. Einmal belästigte ihn ein kleiner Hund, der McPherson gehörte; er ergriff das Geschöpf und schleuderte es durch die Fensterscheibe, eine Handlungsweise, derentwegen ihn Stackhurst bestimmt entlassen hätte, wäre er nicht ein so vorzüglicher Lehrer gewesen. Das also war der seltsame und komplizierte Mann, der sich jetzt zu uns gesellt hatte. Der Anblick schien ihn wirklich zu erschüttern, wenngleich, wie die Geschichte mit dem Hund beweist, nicht viel Sympathie zwischen dem Toten und ihm bestanden haben mochte.

»Armer Kerl! Armer Kerl! Was kann ich nur tun? Wie kann ich helfen?«

»Waren Sie mit ihm zusammen? Können Sie uns sagen, was geschehen ist?«

»Nein, nein. Ich bin heute morgen verspätet. Ich war überhaupt nicht am Strand. Ich komme direkt von der Schule. Was kann ich tun?«

»Laufen Sie gleich zum Polizeirevier in Fulworth und melden Sie den Vorfall.«

Ohne ein Wort entfernte er sich eiligst, und ich kümmerte mich weiter um die Angelegenheit, während Stackhurst, noch ganz benommen von der Tragödie, neben der Leiche blieb. Natürlich mußte ich zuerst feststellen, wer sich am Strand aufhielt. Von der höchsten Stelle des Pfads her konnte ich ihn ganz überblicken, und ich fand ihn völlig verlassen, von den zwei oder drei Gestalten abgesehen, die sich in der Ferne nach dem Dorf Fulworth zu bewegten. Als dieser Punkt geklärt war, stieg ich langsam den Pfad hinunter. Der Grund war Lehm oder weicher, mit Kreide vermischter Mergel, und so konnte ich da und dort den Abdruck immer desselben Fußes entdecken, einmal seewärts gerichtet, dann wieder aufsteigend. An diesem Morgen hatte also kein anderer den Weg beschritten. An einer

Stelle fiel mir der Abdruck einer offenen Hand auf, die Finger wiesen hangaufwärts. Das konnte nur bedeuten, daß der arme McPherson beim Aufstieg gefallen war. Es gab auch runde Abdrücke, die darauf schließen ließen, daß er mehrmals in die Knie gesunken war. Am Ende des Pfads hatte das zurückweichende Wasser eine recht ausgedehnte Lagune hinterlassen. Daneben hatte sich McPherson ausgezogen, denn hier auf einem Felsstück lag sein Handtuch. Es war zusammengefaltet und trocken, und so schien es möglich, daß er gar nicht im Wasser gewesen war. Einige Male stieß ich in Sandstellen im Geröll auf Abdrücke seines Leinenschuhs und auch seines nackten Fußes. Die letzteren bewiesen, daß er sich zum Baden vorbereitet hatte, wenn auch das trockene Handtuch die Vermutung nahelegte, daß er nicht ins Wasser gegangen war.

Nun stand das Problem klar umrissen vor mir – ein Problem, das so ungewöhnlich war wie nur je eines, dem ich mich früher gegenübergesehen hatte. Der Mann hatte nicht länger als höchstens eine Viertelstunde am Strand zugebracht. Stackhurst war ihm vom Haus ›Zu den Giebeln‹ nachgefolgt; so konnte in dem Punkte kein Zweifel bestehen. McPherson wollte baden und hatte sich entkleidet, wie der Abdruck der nackten Füße bezeugte. Dann warf er sich plötzlich wieder in seine Kleider – unordentlich, er schloß die Knöpfe nicht, und die Schuhe band er auch nicht zu – und kehrte, ohne gebadet, jedenfalls ohne sich abgetrocknet zu haben, wieder um. Und der Grund für diese Änderung der Absichten lag darin, daß man ihn irgendwie auf grausame, unmenschliche Weise gegeißelt, ihn derart gequält hatte, daß er sich in der Agonie die Lippe durchbiß, und man hatte erst von ihm abgelassen, als ihm nur noch die Kraft geblieben war, fortzukriechen, um zu sterben. Wer hatte diese barbarische Tat begangen? Es gab kleine Grotten und Höhlen hier unten zwischen den Klippen, aber die Strahlen der schwachen Sonne fielen direkt in sie hinein, so daß sich dort niemand versteckt halten konnte. Dann waren da noch die Gestalten am Strand. Aber die schienen zu weit entfernt, man konnte sie nicht mit dem Verbrechen in Verbindung bringen, und außerdem lag die breite, bis zum Fels reichende Lagune, in der McPherson hatte baden wollen, trennend zwischen ihnen und ihm. Auf dem Meer schwammen zwei oder drei Fischerboote in nicht zu weitem Abstand vom Land. Die Besatzungen würden bei passender Gelegenheit befragt werden. So gab es für die Untersuchung verschiedene Wege, aber keinen, der ein klarumrissenes Ziel erkennen ließ.

Als ich schließlich zu der Leiche zurückkehrte, sah ich, daß sich eine kleine Gruppe Wanderer dort angesammelt hatte. Natürlich stand Stackhurst noch da, und Murdoch war soeben mit dem Dorfkonstabler Anderson eingetroffen, einem großen Mann mit gelblichem Schnurrbart von der langsamen, soliden Art der Leute von Sussex, die hinter schwerfälligem, schweigsamem Äußeren viel gesunden Menschenverstand verbirgt. Er hörte zu, schrieb sich alles auf, was wir sagten, und zog mich schließlich beiseite.

»Ich wäre froh, wenn Sie mir raten könnten, Mr. Holmes. Die Sache ist ein paar Nummern zu groß für mich, und wenn ich was falsch mache, hängt mir Lewes das an.«

Ich riet ihm, seinen unmittelbaren Vorgesetzten und einen Arzt zu benachrichtigen, ferner, dafür Sorge zu tragen, daß nichts von seinem Platz bewegt würde und daß möglichst wenig neue Fußspuren hinzukämen. Ich durchsuchte dann noch die Taschen des Toten. Ich fand ein Taschentuch, ein großes Messer und ein kleines Visitenkartentäschchen, aus dem ein Stück Papier ragte. Ich entfaltete es und übergab es dem Konstabler. Da stand in krakliger weiblicher Handschrift: »Ich werde dasein, auf jeden Fall – Maudie.« Das deutete auf eine Liebesaffäre, auf ein Stelldichein, wenn wir auch über Ort und Zeit nichts wußten. Der Konstabler steckte den Zettel wieder in das Täschchen und schob es mit den anderen Sachen zurück in eine Tasche des Burberry. Dann – da mir sonst nichts zu tun blieb – ging ich zu meinem Haus, um zu frühstücken, nicht ohne jedoch dafür gesorgt zu haben, daß auch unten bei den Klippen alles gründlich abgesucht würde.

Stackhurst kam nach geraumer Zeit bei mir vorbei und berichtete, der Leichnam sei ins Haus ›Zu den Giebeln‹ gebracht worden; dort sollte die amtliche Totenschau abgehalten werden. Er konnte mir auch genau einige schwerwiegende Neuigkeiten mitteilen. Wie ich erwartet hatte, war in den kleinen Höhlen unterhalb der Klippen nichts gefunden worden; aber er hatte die Papiere in McPhersons Schreibtisch durchgesehen und dabei etwas entdeckt, wovon sich herausstellte, daß es intime Korrespondenz mit einer gewissen Miss Maud Bellamy aus Fulworth war. Auf diese Weise wußten wir nun, wer die Nachricht geschrieben hatte.

»Die Briefe sind im Besitz der Polizei«, erklärte er. »Ich konnte sie also nicht mitbringen. Aber ich darf sagen, es besteht kein Zweifel, daß es sich um eine ernsthafte Liebesaffäre handelt. Ich sehe jedoch keinen Grund, diese Angelegenheit mit dem furchtbaren Geschehen in Zusammenhang zu bringen, außer, natürlich, die Dame war dort mit ihm verabredet.«

»Wohl kaum an einer Stelle, wo sie alle zu baden pflegten«, merkte ich an.

»Daß nicht einige Studenten McPherson begleitet haben, ist ein reiner Zufall.«

»Wirklich ein reiner Zufall?«

Stackhurst legte gedankenvoll die Stirn in Falten.

»Ian Murdoch hat sie zurückgehalten«, sagte er. »Er bestand darauf, vor dem Frühstück Erläuterungen zur Algebra vorzutragen. Der arme Kerl ist tief betrübt wegen allem.«

»Und doch waren er und der Tote keine Freunde, wie mir scheint.«

»Es gab eine Zeit, da waren sie es nicht. Aber ein Jahr oder noch länger stand Murdoch McPherson so nahe, wie es ihm überhaupt mit jemandem möglich ist. Er ist von Natur nicht sehr gesellig.«

»Das dachte ich auch. Haben Sie mir nicht einmal etwas von einem Streit wegen der Mißhandlung eines Hundes erzählt?«

»Die Geschichte ist längst ausgestanden.«

»Aber sind da nicht möglicherweise Rachegelüste zurückgeblieben?«

»Nein, nein, ich bin sicher, sie waren wirklich Freunde.«

»Nun gut, wir müssen in der Sache mit dem Mädchen weiterkommen. Kennen Sie sie?«

»Jeder kennt sie. Sie ist die Schönste der Gegend – eine wirkliche Schönheit, Holmes, die überall Aufmerksamkeit erregt. Ich wußte, daß McPherson von ihr angetan war, ahnte aber nicht, daß die Beziehung so weit ging, wie diese Briefe vermuten lassen.«

»Wer ist sie?«

»Die Tochter vom alten Tom Bellamy, dem alle Boote und Badehütten in Fulworth gehören. Als er anfing, war er ein einfacher Fischer. Jetzt ist er ein ziemlich vermögender Mann. Er und sein Sohn William betreiben das Geschäft gemeinsam.«

»Sollen wir nach Fulham gehen und sie aufsuchen?«

»Unter welchem Vorwand?«

»Ein Vorwand findet sich leicht. Schließlich hat der arme Kerl sich auf diese abscheuliche Art nicht selber mißhandelt. Die Geißel hat sich in irgend jemandes Hand befunden, wenn es wirklich eine Geißel war, womit diese Verletzungen zugefügt wurden. Sein Bekanntenkreis in dieser einsamen Gegend war sicherlich begrenzt. Wenn wir den nach allen Richtungen durchforschen, können wir das Motiv kaum verfehlen, und das wiederum wird uns zu dem Verbrecher führen.«

Der Spaziergang über die nach Thymian duftenden Hügel wäre angenehm gewesen, wären unsere Hirne nicht von der Tragödie, deren Zeugen wir geworden waren, vergiftet gewesen. Das Dorf Fulworth umgab im Halbkreis eine Strandbucht. Hinter dem altertümlichen Dorf, wo das Land ansteigt, waren einige moderne Häuser errichtet. Zu einem geleitete mich Stackhurst.

»Das ist ›Der Hafen‹, wie Bellamy sein Haus nennt, dort, das mit dem Eckturm und dem Schieferdach. Nicht schlecht für einen Mann, der mit nichts angefangen hat als einem... Aber, lieber Gott, was ist denn das?«

Die Gartenpforte wurde geöffnet, und ein Mann trat heraus. Die hochgewachsene, eckige, einsame Gestalt konnte nicht mißdeutet werden. Es war Ian Murdoch, der Mathematiker. Einen Augenblick später standen wir ihm auf der Straße gegenüber.

»Hallo!« sagte Stackhurst. Der Mann nickte uns zu, streifte uns mit einem Seitenblick aus seinen seltsamen dunklen Augen und wäre an uns vorübergegangen, hätte sein Chef ihn nicht gestellt.

»Was tun Sie hier?« fragte er.

Murdochs Gesicht lief rot an vor Wut. »Ich bin Ihr Untergebener, Sir, unter Ihrem Dach. Ich bin mir jedoch nicht bewußt, daß ich Ihnen im geringsten Rechenschaft über mein Privatleben schulde.«

Stackhursts Nerven lagen bloß, nach allem, was er durchgemacht hatte. Sonst hätte er sich vielleicht zurückgehalten. Aber er verlor völlig die Geduld.

»Unter den gegebenen Umständen, Mr. Murdoch, ist Ihre Antwort die reine Unverschämtheit.«

»Vielleicht fällt Ihre Frage unter denselben Begriff.«

»Es ist heute ja nicht zum erstenmal, daß ich Ihre unbotmäßige Art übersehen soll. Auf jeden Fall aber ist es das letzte Mal. Sehen Sie sich freundlicherweise so schnell als möglich nach einem anderen Fortkommen um.«

»Das hatte ich ohnehin vor. Heute habe ich den einzigen Menschen verloren, der das Haus ›Zu den Giebeln‹ erträglich machte.« Und er ging seines Wegs, während Stackhurst ihm mit wütenden Blikken nachstarrte.

»Ist das nicht ein unmöglicher, unerträglicher Mensch?« rief er.

Das einzige, was sich mir mit Macht einprägte, war der Umstand, daß Ian Murdoch die erste sich bietende Gelegenheit ergriffen hatte, um den Schauplatz des Verbrechens zu verlassen. Verdacht, noch unbestimmt und nebulös, nahm in meinem Hirn Gestalt an. Vielleicht konnte der Besuch bei den Bellamys einiges Licht in die Angelegenheit bringen. Stackhurst faßte sich, und gemeinsam gingen wir auf das Haus zu.

Es stellte sich heraus, daß Mr. Bellamy ein Mann

in mittleren Jahren mit einem flammendroten Bart war. Er schien sehr ärgerlicher Stimmung, und sein Gesicht war ebenso rot wie sein Bart.

»Nein, Sir, ich möchte nicht in die Einzelheiten gehen. Mein Sohn«, – er wies auf einen mächtigen jungen Mann mit massigem, finsterem Gesicht in einer Ecke des Wohnzimmers –, »ist wie ich der Meinung, daß Mr. McPhersons Aufmerksamkeiten gegenüber Maud beleidigend waren. Jawohl, Sir, das Wort Heirat ist nie laut geworden, und doch gab es Briefe und Stelldicheins und noch vieles sonst; das konnten wir nicht dulden. Sie hat keine Mutter mehr, nur wir beide sind ihre Beschützer. Wir sind entschlossen …«

Aber die Worte wurden ihm durch das Erscheinen der jungen Dame selbst vom Mund genommen. Es ließ sich nicht leugnen, sie hätte jeder Gesellschaft in der Welt zur Zierde gereicht. Wer hätte sich vorgestellt, daß eine solch einmalige Blume aus solcher Wurzel sprießen und in solch einer Atmosphäre gedeihen konnte? Selten habe ich mich von Frauen angezogen gefühlt, denn mein Verstand hat immer die Herrschaft über mein Herz behalten, aber dieses schöngeschnittene Gesicht, in dessen zarter Tönung sich die sanfte Frische des Küstenlandes niedergeschlagen hatte, konnte ich dennoch nicht anschauen, ohne gewahr zu werden, daß es keinem jungen Mann gelingen würde, ihren Pfad unbeschadet zu kreuzen. Von der Art also war das Mädchen, das die Tür geöffnet hatte und nun großäugig und gespannt vor Harold Stackhurst stand.

»Ich weiß schon, daß Fitzroy tot ist«, sagte sie. »Zögern Sie nicht, mir Näheres mitzuteilen.«

»Der andere Herr, mit dem du verkehrst, hat uns die Nachricht gebracht«, erklärte der Vater.

»Ich sehe nicht ein, warum meine Schwester in

die Sache hineingezogen werden soll«, grollte der jüngere Mann.

Die Schwester warf ihm einen scharfen, heftigen Blick zu.

»Das ist meine Angelegenheit, William. Überlaß es mir bitte, sie auf meine Weise zu regeln. Schließlich ist ein Verbrechen verübt worden. Wenn ich dazu beitragen kann, den ausfindig zu machen, der es begangen hat, so wäre dies das mindeste, was ich für den Toten tun kann.«

Mit ungeteilter Konzentration, die mir bedeutete, daß sie neben der großen Schönheit auch einen starken Charakter besaß, lauschte sie einem kurzen Bericht meines Begleiters. Maud Bellamy wird mir für immer als eine höchst vollkommene und bemerkenswerte Frau in Erinnerung bleiben. Anscheinend kannte sie mich schon vom Sehen, denn am Ende wandte sie sich an mich.

»Bringen Sie sie vor den Richter, Mr. Holmes. Sie können auf meine Sympathie und auf meine Hilfe zählen, wer immer die Täter sein mögen.«

Mir schien, als blickte sie dabei herausfordernd ihren Vater und ihren Bruder an.

»Vielen Dank«, sagte ich. »Ich schätze den Instinkt einer Frau in solchen Lagen hoch. Sie gebrauchten das Wort sie. Denken Sie, daß mehrere beteiligt sind?«

»Ich kannte Mr. McPherson gut genug, um zu wissen, daß er ein tapferer und starker Mann war. Kein einzelner Mensch hätte solch einen Frevel an ihm verüben können.«

»Dürfte ich mit Ihnen ein Wort unter vier Augen wechseln?«

»Misch dich da nicht ein, Maud«, rief ihr Vater wütend.

Hilflos sah sie mich an.

»Was soll ich tun?«

»Bald wird die ganze Welt die Tatsachen kennen, und so kann es nicht schaden, wenn wir sie hier besprechen«, sagte ich. »Ich hätte eine vertrauliche Unterhaltung vorgezogen, aber wenn Ihr Vater es nicht gestatten will, muß er an der Erörterung teilnehmen.«

Ich erzählte von der Nachricht, die in der Tasche des Mannes gefunden worden war. »Sicherlich wird sie bei der gerichtlichen Voruntersuchung eine Rolle spielen. Dürfte ich Sie bitten, den Umstand nach Möglichkeit zu erhellen.«

»Ich sehe nicht, weshalb ich ein Geheimnis daraus machen sollte«, antwortete sie. »Wir waren verlobt, wollten heiraten und haben das nur für uns behalten, weil Fitzroys Onkel, der sehr alt ist und von dem es heißt, daß er bald sterben werde, ihn im Falle einer Heirat gegen seinen Willen vielleicht enterbt hätte. Es gab keinen anderen Grund.«

»Das hättest du uns sagen können«, brummte Mr. Bellamy.

»Das wäre geschehen, wenn du jemals Sympathie gezeigt hättest.«

»Ich habe etwas dagegen, daß sich meine Tochter mit Männern anfreundet, die nicht zu unserem Stand gehören.«

»Es war dein Vorurteil gegen ihn, das uns hinderte, dir etwas zu sagen. Und was zu meiner Nachricht noch zu sagen wäre« – sie kramte in ihrem Kleid und förderte einen zerknitterten Zettel zutage –, »sie war eine Antwort auf dies hier.«

»Liebste«, lautete die Botschaft, »an der gewohnten Stelle am Strand, Dienstag, gleich nach Sonnenuntergang. Zu anderer Zeit kann ich nicht von hier weg. F. M.«

»Heute ist Dienstag, und heute abend wollte ich mich mit ihm treffen.«

Ich betrachtete den Zettel.

»Das ist nie mit der Post gekommen. Wie haben Sie ihn erhalten?«

»Die Frage möchte ich lieber nicht beantworten. Sie hat wirklich nichts mit dem Fall zu tun, in dem Sie Nachforschungen anstellen. Aber auf alles, was damit wirklich zusammenhängt, werde ich freimütig Antwort geben.«

Sie stand zu ihrem Wort, aber aus dem, was sie dann sagte, sprang nichts heraus, das für die Untersuchung von Nutzen gewesen wäre. Sie konnte keinen Hinweis auf geheime Feinde ihres Verlobten geben, bejahte aber, daß sie mehrere heiße Verehrer besäße.

»Dürfte ich erfahren, ob Mr. Ian Murdoch dazugehörte?« fragte ich.

Sie errötete und schien verwirrt.

»Es gab eine Zeit, da dachte ich es. Aber das änderte sich, als er begriff, in welchem Verhältnis Fitzroy und ich zueinander standen.«

Wieder schienen mir die Schatten um diesen seltsamen Mann bestimmte Gestalt anzunehmen. Seine Vergangenheit mußte überprüft werden. Seine Zimmer mußten ohne sein Wissen durchsucht werden. Auf Stackhursts Unterstützung war zu rechnen, denn auch in seiner Vorstellung verdichtete sich der Verdacht. Als wir von unserem Besuch im Haus ›Der Hafen‹ zurückkehrten, hegten wir die Hoffnung, daß wir ein freies Ende des verworrenen Knäuels in die Hand bekommen hatten.

Eine Woche war vergangen. Die gerichtliche Voruntersuchung hatte kein Licht in den Fall gebracht und war zu weiterer Beweiserhebung vertagt worden. Stackhurst hatte vorsichtig Ermittlungen über seinen Untergebenen angestellt, und seine Zimmer waren oberflächlich inspiziert worden, aber ohne Ergebnis. Ich selber hatte das ganze Tatgeschehen noch einmal durchforscht, in praxi und auch geistig, doch keinerlei neue Schlußfolgerungen erlangt. Der Leser wird in den vielen Berichten über meine Arbeit nicht noch einen Fall finden, der mich so völlig an den Rand meiner Möglichkeiten gebracht hätte. Sogar meine Phantasie fand keine Lösung des Geheimnisses. Und dann ereignete sich der Zwischenfall mit dem Hund.

Es war meine alte Haushälterin, die als erste davon erfuhr, über die eigenartige drahtlose Telegraphie, mittels derer solche Leute das Neueste erfahren.

»Traurige Geschichte, Sir, das mit dem Hund von Mr. McPherson«, sagte sie eines Abends.

Im allgemeinen ermutige ich derartige Gespräche nicht, aber die Worte erregten meine Aufmerksamkeit.

»Was ist mit Mr. McPhersons Hund?«

»Er ist tot, Sir. Gestorben aus Trauer um seinen Herrn.«

»Woher wissen Sie das?«

»Darüber sprechen doch alle. Er hat sich den Verlust schrecklich zu Herzen genommen und eine Woche lang nichts mehr gefressen. Und heute haben ihn zwei der jungen Herrn aus dem Haus ›Zu den Giebeln‹ tot aufgefunden – unten am Strand, Sir, an derselben Stelle, wo seinen Herrn der Tod ereilte.«

»An derselben Stelle.« Die Worte prägten sich mir klar ins Gedächtnis. Nebelhaft setzte sich die Vorstellung in mir fest, daß die Sache entscheidend sein könnte. Daß der Hund gestorben war, stimmte ganz mit der herrlichen treuen Art der Hunde überein. Aber: »An derselben Stelle!« Warum sollte der einsame Strand verhängnisvoll für den Hund geworden sein? War es möglich, daß auch er das Opfer einer Rache wurde? War es möglich...? Gewiß, die Vorstellung war nebelhaft, begann aber schon irgendwie in meinem Kopf Form anzunehmen. Einige Minuten später befand ich mich auf dem Weg zum Haus ›Zu den Giebeln‹, wo ich Stackhurst in seinem Arbeitszimmer antraf. Auf mein Begehren schickte er nach Sudbury und Blount, den beiden Studenten, die den Hund gefunden hatten.

»Ja, er lag direkt am Wasser«, sagte einer von ihnen. »Er muß der Spur seines toten Herrn gefolgt sein.«

Ich sah das treue kleine Geschöpf, wie es in der Halle auf einer Matte lag – ein Airedaleterrier. Der Körper war starr und steif, die Augen hervorgetreten, die Glieder verdreht. Vom ganzen Tier war der Todeskampf abzulesen.

Vom Haus ›Zu den Giebeln‹ ging ich zu der Badestelle hinunter. Die Sonne war gesunken, und der Schatten der großen Klippe lag schwarz über dem Wasser, das stumpf schimmerte wie eine Bleiplatte. Die Gegend war verlassen, nur zwei Seevögel zogen oben kreischend ihre Kreise. Im schwindenden Licht konnte ich eben noch die Spur des kleinen Hundes erkennen, sie verlief im Sand genau um den Stein herum, auf dem das Handtuch seines Herrn gelegen hatte. Lange stand ich da, tief in Überlegungen versunken, derweil die Schatten rings dunkler wurden. In meinem Kopf jagten sich die Gedanken. Jeder hat erfahren, was es heißt, einen Alptraum zu durchleben; man fühlt, daß es ein bestimmtes Ding von äußerster Wichtigkeit gibt, nach dem man sucht und von dem man weiß, daß es da ist, und das man dennoch nie zu fassen bekommt. Genau das erlebte ich an jenem Abend, als ich allein an der Stätte des

Todes stand. Schließlich riß ich mich los und wandte mich langsam heimwärts.

Ich hatte eben den Pfad bewältigt, als mir die Eingebung kam. Blitzartig bildete sich mir die Erinnerung an das, wonach ich so eifrig vergebens gesucht hatte. Sicherlich wissen Sie (oder Watson hätte mit seiner Schreiberei nichts ausgerichtet), daß ich über einen großen Vorrat von ziemlich abgelegenen und wissenschaftlich überhaupt nicht systematisierten Kenntnissen verfüge, die mir bei meiner Arbeit dennoch sehr zugute kommen. Mit meinem Hirn ist es wie mit einem überfüllten Lagerhaus, in das alle Sorten von Paketen abgelegt wurden, und zwar in solcher Menge, daß ich nicht einmal einen ungefähren Begriff davon habe, was alles sich darin befindet. Ich hatte gewußt, daß es etwas gab, das auf den Fall passen würde. Die Vorstellung war verschwommen, aber wenigstens wußte ich, wie ich sie würde klären können. Sie erschien zwar ungeheuerlich, unglaublich und lag doch im Bereich des Möglichen. Ich wollte sie bis zum letzten erproben.

Mein kleines Haus besitzt einen großen Dachboden, der mit Büchern vollgestopft ist. Dorthin zog ich mich zurück und suchte eine Stunde lang herum. Nach dieser Zeit tauchte ich wieder auf, mit einem kleinen Buch mit schokoladenbraunem Einband und silbernen Lettern. Begierig schlug ich das Kapitel auf, an das ich mich verschwommen erinnerte. Ja, es war wirklich eine weithergeholte, unwahrscheinliche Annahme, und doch konnte ich keine Ruhe finden, ehe ich mich nicht überzeugt hatte, ob sie zutraf. Ich ging sehr spät zu Bett, den Kopf voller Gedanken an die Arbeit des kommenden Tages.

Aber meine Arbeit erfuhr eine ärgerliche Verzögerung. Kaum hatte ich meine erste Tasse Tee in mich hineingegossen und wollte mich auf den Weg zum Strand machen, als Inspektor Bardle von der Polizei in Sussex mich aufsuchte – ein sicher auftretender, solider, bulliger Mann, der mich kummervoll anblickte.

»Ich weiß, Sie sind ein ungeheuer erfahrener Mann, Sir«, sagte er. »Ich komme ganz inoffiziell, und niemand braucht etwas davon zu erfahren. Aber ich bin im McPherson-Fall mit meinem Latein ziemlich am Ende. Es stellt sich die Frage: Soll ich ihn verhaften oder nicht?«

»Meinen Sie Ian Murdoch?«

»Ja, Sir. Wie oft man darüber auch nachdenkt, es kann kein anderer gewesen sein. Das ist der Vorteil dieser abgelegenen Gegend. Wir können hier den Kreis sehr einengen. Wenn er es nicht getan hat, wer soll es dann getan haben?«

»Was bringen Sie gegen ihn vor?«

Er hatte in der gleichen Furche wie ich geackert. Da war die Frage nach Murdochs Charakter und dem Geheimnis, das diesen Mann anscheinend umgab. Diese wilden Temperamentsausbrüche, wie zum Beispiel bei dem Zwischenfall mit dem Hund; die Tatsache, daß er sich früher einmal mit McPherson gestritten hatte; der gewisse Verdacht, daß er McPhersons Beziehung zu Miss Bellamy übelnahm. Der Inspektor war auf diese Punkte gestoßen, hatte aber keine neuen Aspekte zu bieten, bis auf den einen, daß Murdoch Vorbereitungen zur Abreise zu treffen schien.

»In welche Lage würde ich geraten, wenn ich ihn entkommen ließe, bei all dem Verdacht, der sich gegen ihn angehäuft hat?« Der plumpe, phlegmatische Mann war sehr besorgt.

»Bedenken Sie«, sagte ich, »all die wesentlichen Leerstellen in dem Fall. Für den Morgen des Verbrechens kann er mit Sicherheit ein Alibi beibringen. Er ist bis zum letzten Augenblick mit seinen Schülern zusammengewesen und stieß erst einige Minuten nach McPhersons Auftauchen aus entgegengesetzter Richtung zu uns. Und überlegen Sie ferner die absolute Unmöglichkeit, daß er allein seine Wut an einem Mann ausgelassen haben könnte, der genauso stark war wie er selbst. Und schließlich bleibt die Frage nach dem Instrument, mit dem diese Verwundungen zugefügt worden sind.«

»Was anderes als eine Geißel oder eine biegsame Peitsche hat das sein können?«

»Haben Sie die Wunden untersucht?« fragte ich.

»Ich habe sie mir angesehen, genau wie der Doktor.«

»Aber ich habe sie sehr behutsam untersucht, mit einer Lupe. Sie weisen Besonderheiten auf.«

»Woher stammen sie?«

Ich ging zu meinem Schreibpult und holte eine vergrößerte Fotografie heraus. »Das ist in solchen Fällen meine Methode«, erläuterte ich.

»Sie erledigen Ihre Arbeit gründlich, Mr. Holmes.«

»Ich wäre kaum der geworden, der ich bin, wenn ich das nicht täte. Betrachten wir einmal diese Strieme, die sich bis über die rechte Schulter zieht. Fällt Ihnen daran nichts Bemerkenswertes auf?«

»Ich kann nichts entdecken.«

»Ganz augenscheinlich ist sie nicht überall gleich stark. Hier sehen Sie einen Fleck, ausgetretenes Blut, dort noch einen. Ähnliche Merkmale finden sich unten an dem anderen Striemen. Worauf könnte das hindeuten?«

»Ich habe keine Erklärung. Sie etwa?«

»Vielleicht habe ich eine, vielleicht auch nicht.

Bald werde ich in der Lage sein, dazu mehr zu sagen. Alles, was bestimmen hilft, woher die Striemen stammen, wird uns dem Verbrecher ein großes Stück näherbringen.«

»Es ist natürlich eine absurde Idee«, sagte der Polizist. »Aber wenn über dem Rücken ein rotglühendes Drahtnetz gelegen hätte, dann wären die ausgeprägten Marken die Kreuzungsstellen der Drähte.«

»Ein höchst scharfsinniger Vergleich. Oder sollten wir annehmen, es sieht aus wie von einer sehr straffen neunschwänzigen, mit kleinen harten Knoten besetzten Katze?«

»Bei Gott, Mr. Holmes, ich glaube, Sie haben es getroffen.«

»Die Striemen können aber auch von etwas anderem herrühren, Mr. Bardle. Ihre Sache ist jedenfalls viel zu schwach für eine Verhaftung. Außerdem gibt es dieses letzte Wort – ›Löwenmähne‹.«

»Ich fragte mich schon, ob nicht Ian ...«

»Ja, das habe ich auch in Betracht gezogen. Wenn ›Mähne‹ so ähnlich wie ›Murdoch‹ geklungen hätte – aber das hat es nicht. Er schrie fast. Ich bin sicher, daß es ›Mähne‹ hieß.«

»Können Sie denn keine Alternative anbieten, Mr. Holmes?«

»Vielleicht kann ich sie anbieten. Aber ich möchte sie nicht diskutieren, ehe wir nicht Solideres in der Hand haben, um es zu diskutieren.«

»Und wann wird das sein?«

»In einer Stunde, möglicherweise schon früher.«

Der Inspektor rieb sich das Kinn und sah mich zweifelnd an.

»Ich wollte, ich könnte lesen, was in Ihrem Kopf vorgeht, Mr. Holmes. Vielleicht denken Sie an die Fischerboote.«

»Nein, nein, die lagen zu weit draußen.«

»Na gut, vielleicht meinen Sie Bellamy und seinen großen Sohn? Die beiden waren nicht gerade gut auf Mr. McPherson zu sprechen. Könnten die sich an ihm vergriffen haben?«

»Geben Sie sich keine Mühe, Sie locken mich nicht aus der Reserve, bevor ich fertig bin«, sagte ich und mußte lächeln. »Jetzt aber, Inspektor, hat ein jeder von uns seine eigene Arbeit zu erledigen. Wenn Sie mich vielleicht gegen Mittag hier treffen wollen ...«

So weit waren wir gekommen, als sich etwas Furchtbares ereignete, das das Ende einleitete.

Die Haustür wurde aufgerissen, wir hörten irrende Schritte im Flur, und dann taumelte Ian Murdoch ins Zimmer, bleich, aufgelöst, die Kleidung in wilder Unordnung. Die knochigen Hände krallten sich an den Möbeln fest, so hielt sich der Mann aufrecht.

»Kognak! Kognak!« stieß er hervor und fiel dann stöhnend aufs Sofa.

Er war nicht allein. Hinter ihm kam, keuchend und ohne Hut, Stackhurst, fast genauso *distrait* wie sein Gefährte.

»Ja, ja, Kognak!« schrie er. »Der Mann tut bald seinen letzten Schnaufer. Ich konnte ihn eben noch hierher bringen. Unterwegs hat er zweimal das Bewußtsein verloren.«

Ein halbes Wasserglas von dem starken Weinbrand vollbrachte eine wundersame Wandlung. Mit einem Arm stützte Murdoch sich hoch und warf den Rock von den Schultern.

»Um Himmels willen! Öl, Opium, Morphium!« schrie er. »Egal was, daß es nur den höllischen Schmerz lindert.«

Der Inspektor und ich schrien auf bei dem gebotenen Anblick. Kreuz und quer über die nackten

Schultern des Mannes zogen sich netzartig die roten entzündeten Striemen, die bei Fitzroy McPherson die Zeichen des Todes gewesen waren.

Es schmerzte offensichtlich schrecklich, und der Schmerz war nicht lokal begrenzt, denn der Leidende hörte für eine Zeit auf zu atmen, und sein Gesicht lief schwarz an, dann wieder griff er sich schweratmend ans Herz, und Schweißperlen standen ihm auf der Stirn. Jeden Augenblick konnte der Tod eintreten. Immer mehr Kognak schütteten wir in ihn hinein, und jedes neue Glas brachte ihn für kurze Zeit wieder zum Leben zurück. In Salatöl getunkte Wattebäusche schienen den Todesschmerz, der von den seltsamen Wunden ausging, zu lindern. Schließlich fiel sein Kopf schwer aufs Kissen. Die erschöpfte Natur hatte Zuflucht in der letzten Bastion der Lebenskraft gefunden. Er sank in einen Zustand zwischen Schlaf und Bewußtlosigkeit, aber jedenfalls schien der Schmerz gemildert.

Ihn zu befragen, war jetzt unmöglich, aber in dem Moment, da wir hinsichtlich seiner Verfassung Gewißheit besaßen, wandte sich Stackhurst mir zu.

»Mein Gott!« rief er, »was ist das, Holmes? Was ist das?«

»Wo haben Sie ihn gefunden?«

»Unten am Strand. Genau dort, wo der arme McPherson sein Ende fand. Wenn sein Herz so schwach wäre wie das von McPherson, läge er jetzt nicht hier. Mehr als einmal auf dem Weg hierher dachte ich, er sei schon tot. Bis zum Haus ›Zu den Giebeln‹ war es zu weit, deshalb brachte ich ihn zu Ihnen.«

»Sahen Sie ihn am Strand?«

»Ich spazierte oben auf dem Klippenweg, da hörte ich ihn schreien. Er stand direkt am Wasser, taumelte wie ein Betrunkener. Ich lief hinunter, warf ihm ein paar Kleidungsstücke über und zog ihn mit mir. Um Himmels willen, Holmes, nutzen Sie all Ihre Fähigkeiten und scheuen Sie keine Mühe, um diesen Ort vom Fluch zu befreien. Das Leben hier ist allen unerträglich geworden. Können Sie, der weltbekannte Detektiv, denn nichts für uns tun?«

»Ich glaube, ich kann, Stackhurst. Kommen Sie sofort mit mir. Auch Sie, Inspektor. Wir wollen doch sehen, ob wir Ihnen diesen Mörder nicht liefern können.«

Wir überließen den Bewußtlosen der Pflege meiner Haushälterin und begaben uns zu der tödlichen Lagune. Auf einem Stein lag das Häuflein Handtücher und Kleider, das der angefallene Mann zurückgelassen hatte. Langsam schritt ich neben dem Wasser hin, meine Begleiter folgten mir im Gänsemarsch. Es war ziemlich seicht, aber unter der Klippe, wo die Gezeiten den Sand weggespült hatten, erreichte es eine Tiefe von vier oder fünf Fuß. Dorthin würde jeder Schwimmer streben, und das Wasser war kristallklar und wunderbar durchsichtig. Eine Reihe Felsblöcke lag am Fuß der Klippe, und darüber setzte ich meinen Weg fort, unverwandt scharf in die Tiefe spähend. Als ich die stillste und tiefste Stelle erreicht hatte, erblickte ich, wonach ich gesucht hatte, und konnte einen Triumphschrei nicht zurückhalten.

»Cyanea!« schrie ich. »Cyanea! Da sehen Sie die Löwenmähne!«

Das fremdartige Objekt, auf das ich deutete, war eine wirre Masse, die wirklich so aussah, als sei sie von der Mähne eines Löwen abgerissen. Es lag auf einem Felsbrocken, vielleicht drei Fuß tief unter Wasser, eine wedelnde, zitternde, haarige Kreatur mit Silberfäden zwischen gelben Haaren. Langsam und schwerfällig dehnte sie sich aus, zog sich wieder zusammen.

»Sie hat genug Unglück angerichtet. Ihre Tage sind vorbei!« rief ich. »Helfen Sie mir, Stackhurst! Wir wollen dem Mörder für immer das Handwerk legen.«

Wir ruckelten an einem großen Stein, bis er unter fürchterlichem Spritzen ins Wasser stürzte. Nachdem die Ringe sich verzogen hatten, sahen wir, daß er genau auf den Felsbrocken unter Wasser gefallen war. Eine wedelnde gelbe Franse zeigte an, daß unser Opfer dazwischen lag. Dicker öliger Schaum stieg langsam an die Oberfläche und verschmutzte das Wasser.

»Das wirft mich um!« rief der Inspektor. »Was war das? Ich bin in dieser Gegend geboren und aufgewachsen, aber ich habe so ein Ding noch nie gesehen. Das gehört nicht nach Sussex.«

»Zum Glück für Sussex«, antwortete ich. »Vielleicht war es der Sturm aus Südwest, der es mitgeschwemmt hat. Kommen Sie, gehen wir ins Haus zurück, und ich werde Sie mit der fürchterlichen Erfahrung eines Mannes bekanntmachen, der allen Grund hatte, sein Zusammentreffen mit dieser Gefahr des Meeres in der Erinnerung zu bewahren.«

Als wir mein Arbeitszimmer betraten, fanden wir einen Murdoch vor, der sich so weit erholt hatte, daß er wieder sitzen konnte. Er war noch benommen, und dann und wann durchschüttelte ihn ein Schmerzanfall. Stockend erklärte er uns, er habe keinen Begriff davon, was ihm geschehen sei, abgesehen von plötzlichen Schmerzen, die ihn durchzuckten, und daß er alle körperlichen und seelischen Kräfte habe anspannen müssen, um das Ufer zu erreichen.

»Durch dieses Buch«, sagte ich und nahm den kleinen Band, »ist das erste Licht in einen Fall gekommen, der sonst möglicherweise für immer im Dunkel gebieben wäre. Sein Titel lautet ›In der freien Natur‹, und der Verfasser ist der berühmte Forscher J. G. Wood. Wood selbst wäre fast an der Berührung mit diesem abscheulichen Geschöpf zugrunde gegangen, und so wußte er genau, was er schrieb. *Cyanea Capillata,* so lautet der volle Name des Ungeheuers, und eine Berührung mit ihm kann so lebensgefährlich und weitaus schmerzlicher sein als der Biß der Kobra. Lassen Sie mich kurz das Wesentliche zusammenfassen.

›Wenn der Badende einer losen, rundlichen Masse von gelbbraunen Schleimhäuten und Fibern ansichtig wird, die aussieht wie ein großes Stück Löwenmähne, in dem auch Silberfäden erkennbar sind, soll er sich aufs äußerste in acht nehmen, denn es handelt sich um die schreckliche *Cyanea Capillata.*‹ Könnte es eine treffendere Beschreibung des Monsters geben, das auch wir sahen? Anschließend stellt der Autor seine Begegnung mit dem Geschöpf vor der Küste von Kent dar. Er teilt die Erfahrung mit, daß es beinahe unsichtbare Fäserchen auf eine Entfernung von fünfzig Fuß aussendet und daß jedem, der sich in diesem Umkreis des todbringenden Zentrums befindet, Lebensgefahr droht. Wood selber hatte einen beträchtlichen Abstand, und doch war es fast um ihn geschehen. ›Die Fäserchen riefen auf der Haut hellrote Linien hervor, bei näherer Betrachtung unzählige winzige Knötchen oder Pusteln, und alle diese Verletzungen senden einen Schmerz durch die Nervenbahnen, der dem von glühenden Nadeln verursachten vergleichbar ist.‹

Der örtliche Schmerz, erklärt er, war aber das geringste der außerordentlichen Qual. ›Schmerzanfälle zerrissen mir die Brust, daß ich wie von einer Kugel getroffen zu Boden fiel. Der Puls wurde schnell schwächer, und dann machte das Herz sechs oder sieben wilde Sprünge, als wollte es mit Gewalt aus der Brust ausbrechen.‹

Er wäre fast daran gestorben, obwohl seine Begegnung im aufgewühlten Meer und nicht im ruhigen Wasser eines Badesees stattfand. Er schreibt, daß er sich hinterher kaum wiedererkannt habe, so bleich, zerfurcht und zusammengefallen war sein Gesicht. Er trank dann gierig Kognak, eine ganze Flasche, und das scheint ihm das Leben gerettet zu haben. Hier ist das Buch, Inspektor. Es enthält die vollständige Erklärung der Tragödie des armen McPherson.«

»Und mich befreit es nebenbei auch noch vom Verdacht«, fügte Ian Murdoch mit einem gequälten Lächeln hinzu. »Ich mache Ihnen keine Vorwürfe, Inspektor, und Ihnen auch nicht, Mr. Holmes, denn es war nur natürlich, daß Sie mich verdächtigten. Mir scheint, als hätte sich unmittelbar vor der Verhaftung meine Unschuld dadurch erwiesen, daß ich das Schicksal meines bedauernswerten Freundes teilen mußte.«

»Nein, Mr. Murdoch. Ich befand mich bereits auf der richtigen Spur, und wäre ich so zeitig aus dem Haus gekommen, wie es meine Absicht war, hätte ich Sie sehr wohl vor diesem schrecklichen Erlebnis bewahren können.«

»Aber woher nahmen Sie nur dieses Wissen, Mr. Holmes?«

»Ich bin ein Allesleser mit sonderbar zähem Gedächtnis für Kleinigkeiten. Das Wort Löwenmähne rumorte in meinem Kopf. Ich wußte, ich war irgendwo in unerwartetem Zusammenhang auf die Bezeichnung gestoßen. Wie Sie sehen konnten, charakterisiert sie das Geschöpf ziemlich genau. Zweifellos trieb es an der Wasseroberfläche, als McPherson es entdeckte, und nur mit dieser Umschreibung konnte er uns vor der Kreatur warnen, die seinen Tod verursacht hatte.«

»So bin ich denn wenigstens entlastet«, sagte Murdoch und erhob sich mühsam. »Ich möchte aber noch ein paar erklärende Worte äußern, denn ich weiß, in welcher Richtung sich Ihre Untersuchungen bewegten. Es stimmt, ich liebte die junge Dame, aber von dem Tag an, da sie sich für meinen Freund McPherson entschieden hatte, war mein ganzes Streben darauf gerichtet, ihnen zum Glück zu verhelfen. Ich stand beiseite und begnügte mich damit, ihr Bote zu sein. Oft habe ich Botschaften hin und her getragen, und weil ich ihr Vertrauen genoß und weil sie mir so lieb war, beeilte ich mich, ihr den Tod meines Freundes mitzuteilen, ehe irgend jemand, der ihr die Nachricht zu plötzlich und herzlos überbracht hätte, mir zuvorkommen konnte. Sie wollte Ihnen nichts über unsere Beziehung sagen, denn sie befürchtete, Sie könnten sie tadelnswert finden und ich müßte darunter leiden. Doch mit Ihrer Erlaubnis möchte ich nun versuchen, zum Haus ›Zu den Giebeln‹ zurückzugehen; es verlangt mich sehr nach meinem Bett.«

Stackhurst streckte ihm die Hand entgegen. »Unsere Nerven waren zum Zerreißen gespannt«, sagte er. »Vergeben Sie mir, was in der Vergangenheit geschah. In der Zukunft werden wir uns besser verstehen.«

Sie verließen Arm in Arm das Zimmer als Freunde.

Der Inspektor blieb noch und starrte mich aus seinen ochsenhaften Augen an.

»Also, das haben Sie geschafft«, rief er schließlich.

»Ich hatte schon über Sie gelesen, wollte aber nicht glauben, was man über Sie schreibt. Es ist wunderbar!«

Ich konnte nur abwehrend den Kopf schütteln. Denn solches Lob anzunehmen hätte bedeutet, unter das eigene Niveau zu gehen.

»Zu Beginn war ich schwerfällig, sträflich schwerfällig. Hätte die Leiche im Wasser gelegen, wäre ich wohl kaum fehlgegangen. Es war das Handtuch, das mich auf die falsche Fährte gebracht hat. Dem armen Burschen war es natürlich unmöglich, daran zu denken, sich abzutrocknen, und so gab es bei mir den Fehlschluß, daß er nicht im Wasser gewesen sei. Da konnte ich denn auch nicht gleich auf den Gedanken verfallen, daß ein Wassertier hinter dem Angriff steckte. An dem Punkt ging ich in die Irre. Nun gut, Inspektor, ich habe mir erlaubt, die Herren von der Polizei ein bißchen aufzuziehen; die *Cyanea Capillata* hätte Scotland Yard beinahe gerächt.«

Die verschleierte Mieterin

Wenn man bedenkt, daß Sherlock Holmes dreiundzwanzig Jahre aktiv war und ich ihm siebzehn Jahre lang bei seiner Arbeit helfen und Aufzeichnungen seiner Taten machen durfte, wird erklärlich, daß ich über sehr viel Material verfüge. Das Problem war niemals die Suche, sondern die Auswahl. Die lange Reihe der Jahrbücher, die ein ganzes Regal füllt, und die Aktenmappen mit Dokumenten stellen eine wahre Fundgrube dar für jemanden, der nicht lediglich am Verbrechen, sondern auch an den sozialen und öffentlichen Skandalen der spätviktorianischen Epoche Interesse nimmt. Im Hinblick auf das letztere möchte ich versichern, daß die Schreiber angsterfüllter Briefe, in denen darum gebeten wurde, die Ehre einer Familie oder den Ruf berühmter Ahnen unangetastet zu lassen, nichts befürchten müssen. Die Diskretion und die hohe Auffassung von Berufsehre, die meinen Freund immer auszeichneten, wirken bei der Auswahl zu diesen Memoiren fort, und Vertrauen wird unter keinen Umständen mißbraucht. Insofern stelle ich mich auch entschieden gegen die in letzter Zeit unternommenen Versuche, die Papiere zu entwenden und zu vernichten. Der Urheber solcher Gewalttaten ist bekannt, und für den Fall, daß sich derartiges wiederholt, besitze ich Mr. Holmes' ausdrückliche Zustimmung, die ganze Geschichte um den Politiker, den Leuchtturm und den dressierten Kormoran der Öffentlichkeit vorzulegen. Es gibt wenigstens einen Leser, der weiß, was ich hiermit meine.

Es wäre unvernünftig anzunehmen, daß Holmes

ein jeder seiner Fälle Gelegenheit geboten hätte, die besonderen Gaben des Instinkts und der Beobachtung, die ich in diesen Memoiren herauszustellen trachtete, glänzen zu lassen. Manches Mal bereitete es ihm viel Mühe, die Frucht zu pflücken, und dann wieder fiel sie ihm in den Schoß.

Oft auch waren die schrecklichsten menschlichen Tragödien gerade mit den Fällen verbunden, in denen für ihn nur geringe Möglichkeiten bestanden, sich auszuzeichnen, und über einen von diesen Fällen will ich nun berichten. Dabei werde ich Namen und Schauplätze leicht verändern; die Tatsachen jedoch stimmen mit dem wirklichen Geschehen überein.

Eines Vormittags, es war gegen Ende das Jahres 1896, erreichte mich ein eiliger Brief von Holmes, in dem er um meine Mitarbeit bat. Ich traf ihn in rauchgeschwängerter Luft an, und auf dem Stuhl ihm gegenüber saß eine ältere, mütterliche Frau vom Typ der drallen Zimmervermieterinnen.

»Das ist Mrs. Merrilow aus South Brixton«, sagte mein Freund und deutete auf die Besucherin. »Mrs. Merrilow erträgt Tabakrauch, Watson, falls Sie den Wunsch haben sollten, Ihrer ordinären Gewohnheit zu frönen. Mrs. Merrilow will uns eine interessante Geschichte erzählen, bei der vielleicht noch etwas nachkommt, worin Sie nützlich sein könnten.«

»Alles, was ich zu tun vermag...«

»Sie werden verstehen, Mrs. Merrilow, daß ich, wenn ich Mrs. Ronder aufsuche, gern einen Zeugen dabei hätte. Das müssen Sie ihr klarmachen, ehe wir eintreffen.«

»Gott segne Sie, Mr. Holmes«, sagte unsere Besucherin. »Sie ist so auf die Begegnung mit Ihnen versessen, daß Sie die ganze Pfarrgemeinde mitbringen könnten.«

»Dann werden wir am frühen Nachmittag dort sein. Nun sollten wir uns aber bemühen, mit den Tatsachen ins reine zu kommen. Wenn wir sie noch einmal durchgehen, hilft es gleichzeitig Dr. Watson, die Lage zu verstehen. Sie sagen, Mrs. Ronder wohnt seit sieben Jahren bei Ihnen zur Miete und Sie hätten erst einmal ihr Gesicht gesehen.«

»Und ich wünsche inständig, ich hätte es nicht gesehen«, sagte Mrs. Merrilow.

»Soviel ich verstanden habe, war es schrecklich entstellt.«

»Nun, Mr. Holmes, man kann kaum sagen, daß es ein Gesicht war, so wie es aussah. Unser Milchmann hat es einmal zu sehen bekommen, als sie sich flüchtig am Fenster zeigte, und der Mann ließ seine Kanne fallen, und die ganze Milch lief in den Vorgarten. Von der Art ist das Gesicht. Als ich es sah – das war ganz unvermutet für sie – bedeckte sie sich schnell und sagte dann: ›Jetzt wissen Sie wenigstens, Mrs. Merrilow, warum ich nie meinen Schleier lüfte.‹«

»Ist Ihnen etwas von ihrer Vergangenheit bekannt?«

»Überhaupt nichts.«

»Besaß sie Empfehlungen, als sie sich bei Ihnen einmieten wollte?«

»Nein, Sir, aber sie besaß gutes Geld, und das reichlich. Die Miete für ein Vierteljahr im voraus bar auf den Tisch und kein Wort über die Bedingungen. In diesen Zeiten kann eine arme Frau wie ich so eine Gelegenheit nicht ausschlagen.«

»Hat sie gesagt, warum sie ausgerechnet auf Ihr Haus gekommen war?«

»Mein Haus liegt ein Stück von der Straße weg, dadurch ist es stiller als die meisten anderen. Und dann nehme ich auch nur einen Mieter, und ich selbst habe keine Familie. Ich denke mir, sie hat sich auch anderswo umgesehen, und mein Haus hat ihr am besten gefallen. Sie will vor allem Zurückgezogenheit und ist in der Lage, dafür zu zahlen.«

»Sie sagten, Sie hätten vom ersten Tag bis heute nie ihr Gesicht gesehen, außer überraschend das eine Mal. Nun, das ist eine bemerkenswerte, äußerst bemerkenswerte Geschichte, und es wundert mich nicht, daß Sie sie untersucht haben möchten.«

»Aber ich möchte das ja gar nicht, Mr. Holmes. Solange ich meine Miete kriege, bin ich ganz zufrieden. Ich könnte keinen ruhigeren Mieter haben und keinen, der weniger Mühe macht.«

»Wodurch ist dann die Angelegenheit so dringlich geworden?«

»Ihr Gesundheitszustand, Mr. Holmes. Es sieht aus, als ob sie verfällt. Und etwas Schreckliches bedrückt sie. ›Mord!‹ schreit sie, ›Mord!‹ Und einmal habe ich gehört: ›Du grausame Bestie! Du Monster!‹ Das war in einer Nacht, und es schallte ganz schön durchs Haus, mir ist es richtig kalt den Rücken runtergelaufen. Am Morgen bin ich dann zu ihr gegangen. ›Mrs. Ronder‹, hab ich gesagt, ›wenn Sie irgendwas bedrückt, dafür gibt's den Pastor‹, sage ich, ›und die Polizei. Eins von beidem sollte helfen können.‹

›Um Gottes willen, nicht die Polizei!‹ sagt sie, ›und der Pastor kann nichts ändern, was vorbei ist. Und doch‹, sagt sie, ›würde es mein Gewissen erleichtern, wenn jemand die Wahrheit wüßte, ehe ich sterbe.‹ – ›Na gut‹, sage ich, ›wenn Sie mit den Offiziellen nichts zu tun haben wollen, da gibt es den Detektiv, von dem wir gelesen haben‹ – entschuldigen Sie, Mr. Holmes. Und sie, sie ist ganz aus dem Häuschen. ›Das wäre der Mann‹, sagt sie. ›Warum bin ich nicht schon selber drauf gekommen. Bringen

Sie ihn her, Mrs. Merrilow, und wenn er nicht kommen will, sagen Sie ihm, ich bin die Frau von dem Ronder mit der Tierschau. Sagen Sie ihm das und nennen Sie den Namen Abbas Parva.‹ Hier hat sie es aufgeschrieben: Abbas Parva. ›Dann wird er kommen, wenn er der Mann ist, für den ich ihn halte.‹«

»Und ich werde kommen«, bemerkte Holmes. »Also gut, Mrs. Merrilow. Jetzt möchte ich mich ein bißchen mit Dr. Watson unterhalten. Das dauert ungefähr bis zum Lunch. Gegen drei Uhr können Sie uns in Ihrem Haus in Brixton erwarten.«

Kaum war unsere Besucherin aus dem Zimmer gewatschelt – Mrs. Merrilows Art, sich fortzubewegen, kann man nicht anders bezeichnen –, da stürzte sich Sherlock Holmes mit wilder Energie auf den Stapel seiner Aufzeichnungen in der Ecke. Einige Minuten war nichts als das Geräusch des Umblätterns zu hören, und dann vernahm ich ein befriedigtes Grunzen; er war auf die Stelle gestoßen, die er gesucht hatte. Er war so aufgeregt, daß er sich nicht einmal erhob, sondern, seltsam wie ein Buddha anzuschauen, mit gekreuzten Beinen auf dem Boden sitzen blieb, um sich herum die großen Archiv-Bände, einen davon auf den Knien.

»Seinerzeit habe ich mich mit dem Fall abgeplagt, Watson. Das können Sie hier an den Randbemerkungen erkennen. Ich gestehe, ich habe nicht viel mit ihm anfangen können. Und doch war ich überzeugt, daß der Coroner mit seiner Meinung nicht recht hatte. Erinnern Sie sich nicht an die Tragödie, die der Name Abbas Parva hervorruft?«

»Nein, Holmes.«

»Und doch haben wir schon damals zusammengearbeitet. Aber auch meine Kenntnis blieb oberflächlich, weil es nichts gab, woran man sich halten konnte, und weil keine der Parteien meine Dienste in Anspruch nahm. Möchten Sie die Papiere nicht lesen?«

»Könnten Sie mir wohl das Wichtigste erzählen?«

»Das ist schnell geschehen. Vielleicht erinnern Sie sich wieder, wenn Sie zuhören. Ronder, das war ein stehender Begriff. Er war der Konkurrent von Wombwell und von Sanger, einer der größten Schausteller seiner Zeit. Doch es ist erwiesen, daß er zu trinken anfing, er und seine Schau waren auf dem absteigenden Ast, als sich die große Tragödie ereignete. Die Truppe kampierte über Nacht in Abbas Parva, einem kleinen Dorf in Berkshire, als das Schreckliche geschah. Sie waren unterwegs nach Wimbledon, zogen über die Landstraßen; sie hatten nur ihr Lager aufgeschlagen und die Schau nicht gezeigt, da der Ort so klein war, daß sich eine Vorstellung nicht gelohnt hätte.

Unter den Tieren befand sich ein prächtiger nordafrikanischer Löwe. Sie nannten ihn ›König der Sahara‹, und Ronder und seine Frau pflegten das Tier in seinem Käfig zu präsentieren. Hier ist eine Fotografie von der Nummer, und darauf sehen Sie, daß Ronder groß und fett, seine Frau aber sehr schön war. Bei der Voruntersuchung wurde ausgesagt, es habe Anzeichen dafür gegeben, daß der Löwe gefährlich war, jedoch hätte, wie gewöhnlich, Vertrautheit zur Geringschätzung der Gefahr geführt, niemand widmete dem Umstand Aufmerksamkeit.

Ronder oder seine Frau gingen immer abends den Löwen füttern. Manchmal tat das einer allein, manchmal taten es beide, aber sie erlaubten nie jemand anderem, das Tier zu füttern, denn sie glaubten, wenn nur sie dem Löwen zu fressen gäben, würde er sie als seine Wohltäter ansehen und sie nie belästigen. An diesem Abend nun, vor sieben Jahren, gingen sie beide zu dem Tier, und es passierte etwas Furchtbares, das in den Einzelheiten nie aufgeklärt wurde.

Anscheinend wurde das ganze Lager gegen Mitternacht vom Brüllen des Tiers und dem Kreischen der Frau aufgeschreckt. Alle Stallburschen und mehrere Angestellte stürzten aus den Zelten, griffen sich Laternen, und bei deren Licht bot sich ein grausiges Bild. Ronder lag ungefähr zehn Yard vom offenstehenden Käfig entfernt, mit zertrümmertem Hinterkopf und tiefen Klauenspuren über dem Skalp. Nahe der Käfigtür lag Mrs. Ronder auf dem Rücken, und die Kreatur kauerte knurrend über ihr. Das Gesicht war so zugerichtet, daß niemand glaubte, sie würde mit dem Leben davonkommen. Unter Leitung von Leonardo, dem Kraftmenschen der Truppe, und Clown Griggs trieben einige Leute die Bestie mit Stangen von der Frau weg und zurück in den Käfig, den sie sofort verriegelten. Unerklärlich blieb, wie das Tier hatte die Freiheit gewinnen können. Man nahm dann an, das Paar hätte die Tür entriegelt und gerade den Käfig betreten wollen, da sei die Kreatur losgestürzt. Bei der Zeugenbefragung konzentrierte sich das Interesse auf diesen Punkt und darauf, daß die Frau, als man sie in ihren Wohnwagen trug, im Delirium immer wieder die Beschimpfung ›Feigling, Feigling!‹ ausgestoßen hatte. Es dauerte sechs Monate, ehe sie aussagen konnte, aber die gerichtliche Voruntersuchung wurde vorschriftsmäßig abgewickelt und führte zu dem naheliegenden Spruch ›Tod durch Unglück‹.«

»Was hätte man auch sonst annehmen können?« sagte ich.

»Ganz recht. Und doch gab es da einige Punkte, die dem jungen Edmunds von der Polizei von

Berkshire Kopfzerbrechen bereiteten. Ein aufgeweckter Bursche. Später ist er nach Allahabad versetzt worden. Durch ihn wurde ich in die Sache einbezogen; eines Tages schaute er bei mir vorbei und erzählte die Angelegenheit bei einigen Pfeifen.«

»War er so ein Dünner, Blonder?«

»Genau. Ich war sicher, Sie würden sofort anspringen.«

»Aber was bereitete ihm Kopfschmerzen?«

»Kopfschmerzen plagten uns beide. Es war so verteufelt schwer, den Fall zu rekonstruieren. Sehen wir uns einmal die Sache vom Löwen aus an. Er war freigekommen. Was tut er? Er macht ein paar Sätze und hat Ronder erreicht. Ronder versucht zu fliehen – die Spuren der Pranken zeigen, daß es ihn am Hinterkopf erwischte –, und der Löwe reißt ihn nieder. Doch dann läuft er nicht weiter, setzt seine Flucht nicht fort, sondern wendet sich zurück zu der Frau, die neben der Tür stand, reißt sie zu Boden und zerbeißt ihr Gesicht. Ihre Schimpfworte, als man sie zum Wohnwagen trug, könnten bedeuten, daß ihr Mann sie im Stich gelassen hatte. Aber wie hätte der arme Teufel ihr denn helfen können? Sehen Sie die Schwierigkeit?«

»Ziemlich.«

»Und dann ist da noch eine andere Frage. Jetzt, wo ich alles durchdenke, komme ich darauf. Es ist nämlich ausgesagt worden, daß zur selben Zeit, als der Löwe brüllte und die Frau kreischte, ein Mann in Angst schrie.«

»Das war zweifellos Ronder.«

»Seine Schädeldecke war zertrümmert; so ist kaum zu erwarten, daß er noch etwas von sich hören lassen konnte. Wenigstens zwei Leute haben bezeugt, daß ein Mann und eine Frau geschrien hätten.«

»Nach meiner Vorstellung war wohl das ganze Lager von Schreien erfüllt. Was die anderen Punkte angeht, glaube ich Ihnen eine Lösung anbieten zu können.«

»Ich würde sie gern in Erwägung ziehen.«

»Die beiden standen beieinander, zehn Yard vom Käfig entfernt, als der Löwe ausbrach. Der Mann wandte sich zur Flucht und wurde niedergestreckt. Der Frau kam der Einfall, in den Käfig zu stürzen und die Tür zu schließen. Es war der einzige Zufluchtsort. Sie hat es versucht, den Käfig schon erreicht, als die Bestie nachsprang und sie zu Boden riß. Sie wütete gegen ihren Mann, weil der durch seine Flucht die Rage der Bestie herausforderte. Deshalb ihre Rufe ›Feigling! Feigling!‹«

»Brillant, Watson! Aber in Ihrem Diamanten sehe ich einen Flecken.«

»Und der wäre, Holmes?«

»Wenn die zwei zehn Schritt vom Käfig entfernt waren, wie hat denn dann der Löwe freikommen können?«

»Vielleicht besaßen sie einen Feind, und der hat den Riegel zurückgezogen.«

»Und warum sollte das Tier sie wild angreifen, da es doch daran gewöhnt war, im Käfig mit ihnen zu spielen und Kunststückchen vorzuführen?«

»Vielleicht hat dieser Feind zuvor etwas unternommen, um es in Wut zu versetzen?«

Holmes sah nachdenklich drein und schwieg für einige Augenblicke.

»Nun, Watson, auf Ihre Theorie läßt sich einiges antworten. Ronder war ein Mann mit vielen Feinden. Edmunds erzählte mir, daß er im Suff fürchterlich gewesen sei. Ein Kerl wie ein Riesenbulle, er fluchte und drosch auf jeden ein, der seinen Weg kreuzte. Ich nehme an, wenn seine Frau, wie unsere Besucherin berichtete, nächtens von einem Monster schreit, so deshalb, weil sie Erinnerungen an den lieben Dahingegangenen plagen. Wie dem auch sei, ehe wir nicht alle Tatsachen kennen, bleibt unser Spekulieren unfruchtbar. Auf der Anrichte steht kalter Fasan, Watson, und eine Flasche Montrachet. Wir wollen unsere Kräfte erneuern, ehe wir sie wieder beanspruchen.«

Unser Hansom setzte uns vor dem Haus der Mrs. Merrilow ab, und wir sahen die dicke Dame, den Eingang zu ihrem bescheidenen, einsamen Haus versperrend, in der Tür warten. Es war deutlich, daß ihr Hauptziel darin bestand, den Verlust eines wertvollen Mieters zu verhindern, und ehe sie uns nach oben führte, bat sie dringlich, wir sollten nichts sagen und tun, was ein solch unwillkommenes Resultat herbeiführen könne. Nachdem wir sie beruhigt hatten, folgten wir ihr über die steile, mit einem abgetretenen Läufer belegte Treppe zum Zimmer der geheimnisvollen Mieterin.

Der Raum war eng, muffig, schlecht gelüftet, wie wir es uns hätten vorstellen können, da die Bewohnerin ihn selten verließ. Mir schien, als habe die Frau durch ihre Übung, Tiere in Käfigen zu halten, selbst Gewohnheiten eines Tieres im Käfig angenommen. Sie saß in einem wackligen Lehnstuhl in einem dunklen Winkel. Lange Jahre der Untätigkeit hatten den Körper plump gemacht; aber seine üppige Fülle verriet noch, daß sie einmal sehr schön gewesen sein mußte. Ein dichter dunkler Schleier bedeckte das Gesicht, er endete jedoch bereits in Höhe der Oberlippe und ließ einen vollkommen gebildeten Mund und ein fein geformtes Kinn frei. Ich konnte mir gut vorstellen, daß sie ehedem eine sehr bemerkenswerte Frau war. Ihre Stimme klang tönend und angenehm.

»Mein Name ist Ihnen anscheinend nicht unbekannt, Mr. Holmes«, sagte sie. »Ich dachte mir schon, Sie würden kommen, wenn Sie ihn hören.«

»Sehr wohl, Madam, wenn ich auch nicht recht weiß, wie Sie annehmen konnten, daß mich Ihr Fall interessiert.«

»Das erfuhr ich bereits, als ich mich erholt hatte und von Mr. Edmunds, dem Vertreter der Bezirkspolizei, vernommen wurde. Ich fürchte, ich habe ihn damals angelogen. Vielleicht wäre es klüger gewesen, ihm die Wahrheit zu sagen.«

»Es ist in der Regel klüger, die Wahrheit zu sagen. Aber warum haben Sie ihn denn angelogen?«

»Weil das Schicksal eines Menschen davon abhing. Ich weiß, er war ein wertloses, unwürdiges Geschöpf, und doch wollte ich nicht seinen Ruin auf mein Gewissen laden. Wir waren einander einmal nah – so nah!«

»Liegt dieses Hindernis jetzt nicht mehr im Wege?«

»Ja, Sir. Derjenige, auf den ich anspiele, ist tot.«

»Aber warum erzählen Sie nicht jetzt der Polizei alles, was Sie wissen?«

»Weil es noch eine andere Person betrifft. Diese Person bin ich. Ich könnte den Skandal und das öffentliche Aufsehen, das eine Vernehmung durch die Polizei mit sich bringen würde, nicht ertragen. Ich werde nicht mehr lange leben, doch ich möchte in Ruhe sterben. Ich brauche auch einen urteilsfähigen Menschen, um meine schreckliche Geschichte zu erzählen, damit man, wenn ich nicht mehr bin, alles versteht.«

»Sie machen mir Komplimente, Madam. Ich bin aber auch ein verantwortungsbewußter Mann. So darf ich Ihnen nicht versprechen, daß ich es nicht, nachdem Sie gesprochen haben, als meine Pflicht erachten könnte, den Fall der Polizei vorzutragen.«

»Ich glaube, Mr. Holmes, Sie werden das nicht tun. Dazu kenne ich Ihren Charakter und Ihre Methoden zu gut; ich habe Ihre Arbeit einige Jahre lang verfolgt. Lesen ist das einzige Vergnügen, das mir blieb, und mir entgeht wenig von den Geschehnissen in der Welt. Doch ich will mich auf jeden Fall Ihnen anvertrauen, ganz gleich, was Sie dann aus meiner Tragödie machen. Es erleichtert mein Gewissen, wenn ich Ihnen erzähle.«

»Mein Freund und ich wären sehr froh, Ihre Geschichte zu hören.«

Die Frau erhob sich und entnahm einer Schublade die Fotografie eines Mannes. Es war deutlich zu sehen, daß sie einen Akrobaten darstellte, den ein bewundernswerter Körperbau auszeichnete; die kräftigen Arme waren über einer muskulösen Brust verschränkt, und ein Lächeln lag um den Mund unter dichtem Schnurrbart – das selbstbewußte Lächeln eines Mannes, der Erfolg gewohnt ist.

»Leonardo«, sagte sie.

»Leonardo, der Kraftmensch, der seine Aussage machte?«

»Ja, der. Und das hier ist mein Mann.«

Es war ein schreckliches Gesicht – ein menschliches Schwein, oder vielmehr ein wilder Eber in Menschengestalt, fürchterlich anzusehen in seiner Tierhaftigkeit. Man konnte sich vorstellen, wie dieser abstoßende Mund in der Wut mahlte und schäumte und wie diese kleinen, verschlagen blikkenden Augen die reine Boshaftigkeit versprühten, wenn sie in die Welt sahen. Ein Raufbold, ein Bulle, eine Bestie – all das stand in dem Gesicht mit der mächtigen Kinnlade geschrieben.

»Mit Hilfe dieser beiden Bilder werden Sie, meine

Herren, die Geschichte verstehen. Ich war ein armes Kind vom Zirkus, das man aufs Sägemehl der Manege führte und das durch den Reifen springen mußte, bevor es noch zehn Jahre alt war. Als ich Frau geworden war, sagte mir dieser Mann, daß er mich liebe, doch es war die Begierde, die den Namen Liebe nicht verdient, und in einem unglücklichen Augenblick wurde ich seine Gattin. Seit dem Tag war das Leben für mich eine Hölle und er der Teufel, der mich quälte. In der Truppe gab es niemanden, der nicht wußte, wie er mich behandelte. Er betrog mich mit anderen. Er fesselte mich und bearbeitete mich mit der Reitpeitsche, wenn ich mich beklagte. Sie bemitleideten mich und verfluchten ihn, aber was hätten sie tun können? Sie fürchteten ihn, alle miteinander. Denn er war immer fürchterlich, und wenn er trank, gebärdete er sich mörderisch. Immer wieder wurde er angeklagt, weil er andere tätlich angriff und die Tiere quälte, aber er besaß viel Geld, und Strafen machten ihm nichts aus. Die besten Leute verließen uns, und mit der Schau ging es allmählich bergab. Nur Leonardo und ich blieben bei ihm und noch Jimmy Griggs, der Clown. Der arme Teufel hatte nicht mehr viel, was ihn fröhlich machen konnte, aber er tat sein Mögliches, die Dinge zusammenzuhalten.

Dann drängte Leonardo mehr und mehr in mein Leben. Sie sehen, was das für ein Mensch war. Jetzt weiß ich, daß in dem herrlichen Körper ein armseliger Geist steckte, aber im Vergleich zu meinem Mann schien er mir der Erzengel Gabriel. Er bedauerte mich und half mir, bis aus unserer Vertrautheit schließlich Liebe wurde, tiefe, tiefe, leidenschaftliche Liebe – eine Liebe, von der ich geträumt, die zu erfahren ich jedoch nie gehofft hatte. Mein Mann ahnte davon, aber ich glaube, er war nicht nur ein

Raufbold, sondern auch ein Feigling, und Leonardo war der Mann, der ihm Angst einflößte. Er nahm auf seine Weise Rache, denn er quälte mich mehr als zuvor. Eines Abends zog mein Schreien Leonardo zu unserem Wohnwagen. An diesem Abend tat sich der Abgrund vor uns auf, mein Liebhaber und ich erkannten, daß die Tragödie unvermeidlich war. Mein Mann war nicht wert zu leben, und wir beschlossen, daß er sterben sollte.

Leonardo besaß einen schlauen intriganten Verstand. Er war es, der den Plan entwarf. Das sage ich nicht, um ihm die Schuld zu geben, denn ich war bereit, den ganzen Weg mit ihm gemeinsam zurückzulegen. Aber ich hätte mir einen solchen Plan nie ausdenken können. Wir fertigten eine Keule an – das heißt, Leonardo fertigte sie an –, in den Bleikopf steckte er fünf lange Stahlnägel mit den Spitzen nach außen, die eine Spur wie die Krallen eines Löwen hinterließen. Damit wollten wir meinem Mann den Todesstreich versetzen, und doch würden wir beweisen können, daß der Löwe, den wir loslassen wollten, den Schlag ausgeführt habe.

Es war eine stockdunkle Nacht, und mein Mann und ich gingen wie gewöhnlich, das Tier zu füttern. Wir trugen rohes Fleisch in einem Zinkeimer. Leonardo wartete bei dem großen Wohnwagen, den wir auf dem Weg zum Käfig passieren mußten. Aber er reagierte zu langsam, wir waren schon vorüber, ehe er ausholen konnte. Er folgte uns auf Zehenspitzen. Als der Schlag fiel, hörte ich am Geräusch, wie der Schädel meines Mannes zerbarst. Dabei tat mein Herz einen Freudensprung. Ich stürzte zum Käfig des großen Löwen und zog den Riegel auf, der die Tür verschloß.

Und dann geschah das Fürchterliche. Vielleicht haben Sie davon gehört, wie schnell diese Geschöpfe Menschenblut wittern und wie sehr dieser Geruch sie aufbringt. Instinktiv wußte die Bestie, daß ein menschliches Wesen erschlagen worden war. Als ich den Riegel zurückschob, jagte sie heraus und stand in Sekundenschnelle über mir. Leonardo hätte mich retten können. Wenn er hinzugesprungen wäre und das Tier mit der Keule bearbeitet hätte, wäre es eingeschüchtert gewichen. Aber der Mann verlor den Mut. Ich vernahm seinen Angstschrei und sah, daß er umkehrte und weglief. Im selben Augenblick bohrten sich mir die Zähne des Löwen ins Gesicht. Sein heißer, stinkender Atem hatte mich schon fast von Sinnen gebracht, und ich spürte den Schmerz kaum. Mit den Händen versuchte ich das dampfende, blutbefleckte große Maul von mir abzuhalten und schrie um Hilfe. Ich merkte, daß das Lager in Aufruhr geriet, und dann weiß ich noch dunkel, wie mehrere Männer – Leonardo, Griggs und andere – gelaufen kamen und mich den Klauen des Löwen entrissen. Das war meine letzte Erinnerung, Mr. Holmes, und sie blieb mir während so vieler langer, quälender Monate. Als ich wieder zu mir kam und mich im Spiegel sah, verwünschte ich den Löwen – oh, wie ich ihn verfluchte! –, nicht weil er meine Schönheit zerstört hatte, sondern weil er nicht auch mein Leben zerstört hatte. Ich hatte nur noch ein Verlangen, Mr. Holmes, und ich besaß genügend Geld, es mir zu erfüllen. Ich bedeckte von da an mein armes Gesicht, damit es niemand erblicken sollte, und bezog eine Wohnung, wo mich keiner von denen, die mich früher gekannt hatten, finden würde. Mir war nichts anderes übriggeblieben, und mehr wollte ich dann auch nicht. Ein armes, wundes Tier hat sich in seine Höhle verkrochen, um zu sterben – das ist das Ende der Eugenia Ronder.«

Nachdem die unglückliche Frau ihre Geschichte erzählt hatte, saßen wir eine Weile schweigend da. Dann streckte Holmes seinen langen Arm aus und tätschelte ihr die Hand mit solcher Sympathie, wie ich sie ihn selten habe äußern sehen.

»Armes Mädchen!« sagte er. »Armes Mädchen! Die Wege des Schicksals sind wirklich schwer begreiflich. Wenn es keinen Ausgleich nach dem Tod gibt, die Welt wäre ein grausamer Scherz. Aber was wurde aus Leonardo?«

»Ich habe ihn nie wieder gesehen, noch von ihm gehört. Vielleicht war es unrecht, daß ich gegen ihn solche Bitternis hegte. Vielleicht hätte er, wie diese Mißgeburten, mit denen er durchs Land reiste, auch das Ding lieben können, das der Löwe übriggelassen hat. Aber die Liebe einer Frau darf man nicht so einfach beiseite stoßen. Er hatte mich unter den Tatzen der Bestie liegen lassen, er war von mir gegangen, als ich ihn nötig brauchte; und doch konnte ich es nicht über mich bringen, ihn an den Galgen zu liefern. Was mich selber betrifft, so war gleichgültig, was aus mir würde. Was konnte schlimmer sein als mein Leben, wie es jetzt war? Aber von dem, was ich tat oder unterließ, hing Leonardos Schicksal ab.«

»Und er ist jetzt tot?«

»Er ertrank letzten Monat in der Gegend von Margate beim Schwimmen. Ich habe es in der Zeitung gelesen.«

»Aber was wurde aus der Keule mit den fünf Nägeln, dem wirklich einmaligen, genialen Teil Ihrer Geschichte?«

»Ich weiß es nicht, Mr. Holmes. In der Nähe des Lagers gab es eine Kreidegrube, in der sich ein tiefer grünlicher See gebildet hatte. Vielleicht, daß auf dem Grunde des Sees ...«

»Nun, das ist jetzt kaum noch von Bedeutung. Der Fall ist abgeschlossen.«

»Ja«, sagte die Frau, »der Fall ist abgeschlossen.«

Wir waren aufgestanden und wollten gehen, doch etwas in der Stimme der Frau erregte Holmes' Aufmerksamkeit. Schnell wandte er sich ihr zu.

»Ihr Leben gehört Ihnen nicht«, sagte er. »Legen Sie nicht Hand an sich!«

»Wem nützt es noch?«

»Wer weiß. Allein das Beispiel geduldig ertragenen Leidens wäre bereits eine höchst wertvolle Lektion für eine ungeduldige Welt.«

Die Antwort der Frau war schrecklich. Sie hob den Schleier und trat ans Licht.

»Ich frage mich, ob Sie es ertragen könnten«, sagte sie.

Was wir sahen, war grauenvoll. Kein Wort vermag dieses Gesicht zu beschreiben, das keines mehr war. Zwei schöne braune Augen voller Leben, die traurig aus einer grauen Vernichtung schauten, verschlimmerten den Anblick nur noch. Holmes erhob eine Hand zum Zeichen des Mitleids und Protests, und gemeinsam verließen wir das Zimmer.

Zwei Tage später, als ich meinen Freund besuchte, deutete er nicht ohne Stolz auf eine kleine blaue Flasche, die auf dem Kaminsims stand. Ich nahm sie in die Hand. Sie war mit einer Giftwarnung versehen. Als ich sie öffnete, entstieg ihr ein angenehmer Duft nach Mandeln.

»Blausäure?« sagte ich.

»So ist es. Sie kam mit der Post. ›Hiermit schicke ich Ihnen meinen Versucher. Ich werde Ihren Ratschlag befolgen‹: Diese Worte waren beigefügt. Ich glaube, Watson, wir besitzen eine Vorstellung, wie die tapfere Frau heißt, die das geschickt hat.«

Shoscombe Old Place

Sherlock Holmes hatte lange Zeit über ein Mikroskop gebeugt gesessen. Jetzt richtete er sich auf und sah sich triumphierend um.

»Es ist Leim, Watson«, sagte er. »Unzweifelhaft Leim. Werfen Sie einen Blick auf die Partikel, die ich unter das Mikroskop getan habe.«

Ich trat heran und stellte das Instrument auf meine Augenstärke ein.

»Die Haare sind Fasern aus einem Tweed-Jackett. Das undefinierbar Graue ist Staub. Links erkennen Sie Hautfetzen. Aber die braunen Kügelchen in der Mitte, das ist zweifelsfrei Leim.«

»Nun gut«, sagte ich und lachte. »Ich bin bereit, Ihnen zu glauben. Hängt denn irgend etwas davon ab?«

»Damit habe ich einen ganz klaren Beweis«, antwortete er. »Vielleicht erinnern Sie sich, im St.-Pancras-Fall wurde neben dem toten Polizisten eine Mütze gefunden. Der Beschuldigte leugnet, daß sie ihm gehört. Aber er ist ein Bilderrahmer, und die gehen für gewöhnlich mit Leim um.«

»Ist es einer Ihrer Fälle?«

»Nein. Mein Freund Merivale vom Yard hat mich gebeten, in die Angelegenheit einen Blick zu tun. Seit ich den Falschmünzer durch das Vorhandensein von Zink- und Kupferspuren am Ärmelaufschlag überführen konnte, beginnen sie die Wichtigkeit des Mikroskops zu begreifen.« Ungeduldig schaute er auf seine Uhr. »Ein neuer Klient hat sich angesagt, er ist schon überfällig. Übrigens, Watson, verstehen Sie etwas vom Pferderennen?«

»Eigentlich müßte ich. Schließlich opfere ich dafür ungefähr die Hälfte meiner Verwundetenrente.«

»Wenn das so ist, ernenne ich Sie zu meinem ›Handführer durch alle Fragen des Turfs‹. Wie steht's mit Sir Robert Norberton? Können Sie mit dem Namen was anfangen?«

»Das darf ich wohl sagen. Er lebt in Shoscombe Old Place, die Gegend kenne ich gut, denn ich hatte da unten mal eine Sommerwohnung. Norberton wäre fast einmal in Ihre Domäne geraten.«

»Wie das?«

»Als er Sam Brewer, den bekannten Geldverleiher aus der Curzon Street, auf der Rennbahn Newmarket Heath mit der Reitpeitsche verprügelte. Er hätte den Mann fast umgebracht.«

»Ah, das klingt interessant. Läßt er sich öfters auf diese Weise gehen?«

»Nun, er steht in dem Ruf eines Mannes, der gefährlich lebt. Er ist der verwegenste Reiter Englands – war vor ein paar Jahren Zweiter im Grand National. Er gehört zu jenen, die eigentlich nicht ins Heute hineinpassen. Er wirkt eher wie ein Draufgänger aus der Zeit der Regentschaft – ein Boxer, ein Athlet, ein waghalsiger Wetter auf dem Turf, ein Liebhaber schöner Damen –, und nach allem, was man hört, hat er sich wohl so gründlich verrannt, daß er vielleicht nie mehr auf den Weg findet.«

»Herrlich, Watson! Eine Skizze aus lockerem Handgelenk. Jetzt habe ich eine Vorstellung, als kennte ich den Mann. Können Sie mir auch ein Bild von Shoscombe Old Place vermitteln?«

»Ich kann nur sagen, daß das Gut inmitten des Parks von Shoscombe liegt; dort befindet sich auch das berühmte Shoscombe-Gestüt und die Trainingsstätte.«

»Und der Cheftrainer«, sagte Holmes, »ist John Mason. Sie brauchen nicht so erstaunt dreinzusehen wegen meines Wissens, Watson. Der Brief, den ich jetzt entfalte, kommt von ihm. Aber erzählen Sie mir ein bißchen mehr von Shoscombe. Anscheinend bin ich da bei Ihnen auf eine reiche Ader gestoßen.«

»Da wären die Shoscombe-Spaniels«, sagte ich. »Bei jeder Hundeschau machen sie Aufhebens. Die exklusivste Zucht, die es in England gibt. Sie sind der besondere Stolz der Herrin von Shoscombe Old Place.«

»Ich nehme an, das ist die Gattin von Sir Robert Norberton.«

»Sir Robert war nie verheiratet. Zum Glück, wenn ich bedenke, wie es um ihn steht. Er lebt bei Lady Beatrice Falder, sie ist seine verwitwete Schwester.«

»Sie meinen wohl, sie lebt bei ihm.«

»Nein, nein. Der Besitz gehörte ihrem verstorbenen Gatten, Sir James. Norberton hat auf ihn überhaupt keinen Anspruch. Der Lady ist die lebenslange Nutzung zugesprochen worden; nach ihrem Tod fällt er an den Bruder ihres Gatten. Sie kassiert die Jahreseinkünfte.«

»Und Bruder Robert, nehme ich an, verlebt besagte Einkünfte.«

»So ungefähr. Er ist ein Teufelskerl und bereitet ihr vermutlich ein unruhiges Dasein. Trotzdem hörte ich, sie soll ihm sehr zugetan sein. Aber sagen Sie, was ist faul in Shoscombe?«

»Genau das möchte ich auch wissen. Und hier kommt der Mann, der uns, so hoffe ich, über den Punkt aufklären kann.«

Die Tür hatte sich geöffnet, und der Diener ließ einen großen glattrasierten Mann eintreten, dessen

Gesicht von jenem festen strengen Ausdruck geprägt war, den man nur bei Menschen findet, die über Pferde oder Knaben regieren. Auf Mr. John Mason traf beides zu, und er machte den Eindruck, er sei seinen Aufgaben gewachsen. Kühl und beherrscht verbeugte er sich und setzte sich dann auf den Stuhl, den Holmes ihm zuwies.

»Haben Sie meine Nachricht erhalten, Mr. Holmes?«

»Ja, aber sie erklärt nichts.«

»Die Sache ist zu heikel, als daß man Einzelheiten dem Papier hätte anvertrauen können. Und zu kompliziert. Nur von Mann zu Mann kann ich über sie reden.«

»Nun, wir stehen zu Ihrer Verfügung.«

»Vor allem, Mr. Holmes, ich glaube, mein Chef, Sir Robert, ist verrückt geworden.«

Holmes zog die Augenbrauen hoch. »Wir sind hier in der Baker Street und nicht in der Harley Street«, sagte er. »Aber wieso nehmen Sie das an?«

»Nun, Sir, wenn ein Mann sich ein- oder zweimal sonderbar benimmt, findet man dafür vielleicht eine Erklärung, aber wenn er nur noch komische Sachen macht, fängt man an, sich zu wundern. Ich glaube, Shoscombe Prince und das Derby haben seinen Verstand durcheinandergebracht.«

»Das ist wohl der Hengst, der für Sie läuft?«

»Der beste von ganz England, Mr. Holmes. Wenn das einer beurteilen darf, dann ich. Ich will Ihnen reinen Wein einschenken, denn ich weiß, daß Sie beide Ehrenmänner sind und also nichts, was gesprochen wird, über diese vier Wände hier hinausgeht. Sir Robert muß das Derby gewinnen. Er steckt bis zum Kragen in Schulden, es ist seine letzte Chance. Alles, was er aufbringen und leihen konnte, steckt in dem Pferd – und die Quoten stehen ausgezeichnet. Momentan können Sie noch vierzig für zehn bekommen; aber als er anfing, das Pferd aufzubauen, waren es fast hundert.«

»Aber wie kommt denn das, wo das Pferd doch so gut ist?«

»Das Publikum weiß nicht, wie gut es ist. Sir Robert hat den Agenten der Buchmacher ein Schnippchen geschlagen. Zum Training läßt er immer nur den Halbbruder von Prince heraus. Die zwei kann man nicht voneinander unterscheiden. Und doch schlägt Prince den anderen um zwei Längen auf eine Achtelmeile, wenn's zum Galopp kommt. Sir Robert denkt an nichts sonst als an sein Pferd und das Rennen. Darauf steht sein ganzes Leben. Die Geldverleiher hält er bis zum Derby hin. Wenn Prince verliert, ist es um ihn geschehen.«

»Das scheint mir ein recht riskantes Spielchen. Aber was ist daran verrückt?«

»Nun, Sie müßten ihn sich nur einmal ansehen. Ich glaube, er schläft keine Nacht mehr. Zu jeder Stunde kann man ihn im Stall finden. All das übersteigt seine Nervenkraft. Und dann, wie er Lady Beatrice behandelt!«

»Aha! Und wie behandelt er sie?«

»Sie waren immer im besten Einvernehmen. Die beiden hatten den gleichen Geschmack, und sie liebte Pferde genauso heftig wie er. Jeden Tag fuhr sie zu den Ställen, um sie sich anzusehen – und vor allem: sie liebte Prince. Wenn er die Räder auf dem Kies knirschen hörte, spitzte er die Ohren. Jeden Morgen kam er an ihren Wagen, um sein Stückchen Zucker in Empfang zu nehmen. Aber das ist jetzt vorbei.«

»Warum?«

»Sie scheint jedes Interesse an den Pferden verloren zu haben. Seit einer Woche schon fährt sie an den Ställen einfach vorüber und sagt nicht einmal mehr guten Morgen.«

»Nehmen Sie an, es hat eine Auseinandersetzung gegeben?«

»Ja, und wahrscheinlich eine bitterböse, wüste, gehässige Auseinandersetzung. Wieso sonst hätte er ihren Lieblingsspaniel weggegeben, den sie wie ein eigenes Kind liebte? Er hat den Hund vor einigen Tagen Barnes geschenkt; das ist der Wirt des ›Green Dragon‹ in Crendall, drei Meilen vom Gut entfernt.«

»Das mutet wahrlich seltsam an.«

»Natürlich konnte sie ihn bei ihrem schwachen Herzen und mit der Wassersucht in den Beinen nicht überallhin begleiten, aber er hat jeden Abend zwei Stunden bei ihr im Zimmer verbracht. Und er tat gut daran, alles für sie zu tun, was er konnte, denn sie war zu ihm gut und freundlich, wie man es selten findet. Aber auch das ist jetzt vorbei. Er geht nicht mehr zu ihr. Und sie nimmt sich das zu Herzen. Sie grübelt, sie verkümmert und trinkt, Mr. Holmes – sie schluckt wie ein Fisch.«

»Hat sie schon vor der Entfremdung getrunken?«

»Nun, dann und wann ein Glas, aber jetzt ist es oft eine ganze Flasche an einem Abend. Das hat mir Stephens, der Butler, erzählt. Alles hat sich geändert, Mr. Holmes, und an der Sache ist verdammt etwas faul. Und dann: Was macht der Herr nachts in der Krypta der alten Kapelle? Und wer ist der Mann, mit dem er sich dort trifft?«

Holmes rieb sich die Hände.

»Fahren Sie fort, Mr. Mason. Was Sie da erzählen, wird immer interessanter.«

»Der Butler hat ihn gesehen, wie er hinging. Es war zwölf Uhr nachts, und es regnete stark. Also bin ich die nächste Nacht zum Haus rüber, und natürlich ging der Chef wieder los. Stephens und ich schlichen ihm nach, und das war eine kitzlige Angelegenheit, denn es wäre schlecht gewesen, wenn er uns gesehen hätte. Wenn ihn etwas aufbringt, ist er schnell mit den Fäusten dabei, und dann kommt es ihm nicht mehr darauf an, wen er vor sich hat. So hüteten wir uns dann, ihm zu nahe zu kommen, aber wir ließen ihn nicht aus den Augen. Und wieder stieg er in die verwunschene Krypta, und da wartete ein Mann auf ihn.«

»Was hat es mit der verwunschenen Krypta auf sich?«

»Nun, Sir, im Park steht eine zerfallene Kapelle. Sie ist so alt, daß niemand mehr weiß, wann sie gebaut wurde. Und unter ihr befindet sich die Krypta, die für uns ein verrufener Ort ist. Schon am Tag ein düsterer, feuchter, einsamer Platz, ich kenne nur wenige im Bezirk, die den Nerv hätten, bei Nacht dort hinzugehen. Aber mein Herr kennt keine Furcht. Nie im Leben hat er sich vor etwas gefürchtet. Doch was tut er da bei Nacht?«

»Einen Moment, bitte!« sagte Holmes. »Sie sagen, da war noch ein Mann. Das muß doch einer von den Ställen oder vom Hauspersonal sein. Sie brauchten also nur festzustellen, wer es ist, und ihn zu befragen.«

»Der Mann war keiner, den ich kenne.«

»Wie können Sie das behaupten?«

»Weil ich mit ihm zusammengetroffen bin, Mr. Holmes. Es war in dieser zweiten Nacht. Sir Robert hatte sich zum Gehen gewandt und kam an uns – Stephens und mir – vorbei, wir hockten wie zwei Kaninchen im Gebüsch, weil in dieser Nacht der Mond ein bißchen schien. Wir hörten, wie sich der andere im Hintergrund bewegte. Vor ihm hatten wir keine Angst. Und so kamen wir aus dem Gebüsch, als Sir Robert weg war, und taten, als unternähmen wir einen Mondscheinspaziergang. Und dann traten wir auf ihn zu, so zufällig und unschuldig, wie Sie es sich nur vorstellen können. ›Na, Kumpel, wer bist du?‹ sage ich. Er hat uns bestimmt nicht kommen hören, denn als er uns über die Schulter erblickte, war sein Gesicht verzerrt, als sähe er den Teufel persönlich aus der Hölle fahren. Er stieß einen Schrei aus und lief so schnell davon, wie es in der Dunkelheit nur möglich war. Wie der rennen konnte! Das muß man bewundern. Nach einer Minute war von ihm nichts mehr zu hören und zu sehen. Wer er war und was ihn da hinzog, haben wir nicht herauskriegen können.«

»Aber Sie haben ihn deutlich im Mondlicht gesehen?«

»Ja, ich würde das gelbe Gesicht jederzeit wiedererkennen – ein gemeiner Lump, würde ich sagen. Was kann Sir Robert nur mit so einem zu tun haben?«

Holmes saß eine Weile gedankenverloren.

»Wer leistet Lady Beatrice Falder Gesellschaft?« fragte er schließlich.

»Nun, ihre Zofe, Carrie Evans. Sie hat sie seit fünf Jahren bei sich.«

»Und die ist ihr zweifellos ergeben?«

Mr. Mason scharrte unbehaglich mit den Füßen.

»Ergeben schon«, antwortete er schließlich, »fragt sich nur, wem.«

»Aha!« sagte Holmes.

»Ich will nicht aus der Schule plaudern.«

»Das verstehe ich völlig, Mr. Mason. Die Situation erscheint ohnehin ziemlich klar. Wie Dr. Watson mir Sir Robert beschrieben hat, ist wohl keine Frau vor ihm sicher. Glauben Sie nicht, daß hierin der Streit zwischen Bruder und Schwester wurzelt?«

»Nun, der Skandal liegt schon lange ziemlich klar zutage.«

»Vielleicht hat sie ihn früher nicht wahrgenommen. Stellen wir uns einmal vor, sie ist plötzlich dahintergekommen. Sie möchte die Frau loswerden. Ihr Bruder erlaubt das nicht. Die Kranke mit ihrem schwachen Herzen, nicht fähig, sich überallhin zu bewegen, verfügt über keinerlei Mittel, ihren Willen durchzusetzen. Sie bleibt an die verhaßte Zofe gefesselt. Die Lady verweigert das Sprechen, zürnt, beginnt zu trinken. In seiner Rage nimmt Sir Robert ihr den Lieblingsspaniel weg. Wären das nicht Zusammenhänge?«

»Ja – soweit, vielleicht.«

»Genau! Soweit, ja. In welcher Verbindung könnte das alles aber zu den nächtlichen Besuchen in der alten Krypta stehen? Nein, die Kryptasache paßt wohl nicht in unseren Entwurf.«

»Nein, Sir, und es gibt noch etwas, das ich nicht einpassen könnte. Warum sollte Sir Robert einen Leichnam ausgraben wollen?«

Holmes' Körper straffte sich augenblicklich.

»Die Entdeckung machten wir erst gestern – als ich Ihnen schon geschrieben hatte. Gestern ist Sir Robert nach London gefahren, und Stephens und ich stiegen in die Krypta. Dort war alles wie gewohnt, nur daß in einer Ecke Teile eines menschlichen Körpers lagen.«

»Ich nehme an, Sie haben die Polizei benachrichtigt.«

Unser Besucher lächelte verdrießlich.

»Ich glaube kaum, Sir, daß die dafür Interesse aufbrächten. Es handelte sich um den Kopf und Stücke vom Skelett einer Mumie, vielleicht tausend Jahre alt. Aber das hat vorher nicht da gelegen. Das nehme ich auf meinen Eid, und Stephens ist derselben Meinung. Die Knochen waren in einer Ecke verborgen, mit einem Brett zugedeckt. Diese Ecke ist immer leer gewesen.«

»Was haben Sie mit den Knochen gemacht?«

»Wir haben sie nicht angerührt.«

»Das war klug. Sie sagten, Sir Robert war gestern außer Haus? Ist er zurückgekommen?«

»Wir erwarten ihn heute.«

»Wann hat Sir Robert den Hund seiner Schwester weggegeben?«

»Genau heute vor einer Woche. Das Geschöpf heulte vor dem alten Brunnenhaus, und Sir Robert hatte an diesem Morgen wieder mal seine schlechte Laune. Er fing das Tier ein, und ich glaubte, er würde es umbringen. Dann aber übergab er den Hund Sandy Bain, dem Jockey, und befahl, ihn zum alten Barnes vom ›Green Dragon‹ zu bringen. Er wolle ihn nie wiedersehen.«

Eine Weile saß Holmes still in Gedanken. Er hatte seine älteste und schlechteste Pfeife angezündet.

»Ich bin mir noch nicht darüber im klaren, Mr. Mason, was ich in der Angelegenheit unternehmen soll«, sagte er dann. »Können Sie sich vielleicht noch genauer ausdrücken?«

»Vielleicht wird es durch das hier genauer, Mr. Holmes«, sagte unser Besucher.

Er zog ein Päckchen aus der Tasche, wickelte vorsichtig das Papier ab, und zum Vorschein kam ein verkohlter Knochen.

Holmes untersuchte ihn interessiert.

»Woher haben Sie das?«

»Aus dem Ofen für die Zentralheizung im Keller unter dem Zimmer der Lady Beatrice. Er war einige Zeit nicht in Betrieb, aber Sir Robert klagte über die Kälte, und so ist er wieder angeheizt worden. Harvey bedient ihn – er ist einer von meinen Jungen. Heute früh kam er zu mir und hat mir das da gezeigt. Er hat es gefunden, als er die Asche ausräumte. Sein Aussehen gefiel ihm nicht.«

»Es gefällt mir auch nicht«, sagte Holmes. »Was halten Sie davon, Watson?«

Der Knochen war stark verkohlt, aber hinsichtlich seiner anatomischen Bedeutung gab es keine Frage.

»Es handelt sich um den Gelenkkopf eines menschlichen Schenkels«, sagte ich.

»So ist es!« Holmes war sehr ernst geworden. »Wann arbeitet der Junge an dem Ofen?«

»Er füllt ihn abends auf, dann hat er bis zum Morgen an ihm nichts mehr zu tun.«

»Dann kann also nachts jeder an den Ofen heran?«

»Ja, Sir.«

»Kommt man auch von draußen in den Keller?«

»Ja, es gibt eine Tür, man kann von draußen hinein. Eine andere Tür führt zu einer Treppe nach dem Flur, an dem Lady Beatrices Zimmer liegt.«

»Wir sind auf tiefes Wasser gestoßen, Mr. Mason, auf tiefes, ziemlich schmutziges Wasser. Sie sagten, Sir Robert war in der vergangenen Nacht nicht zu Hause?«

»Das stimmt.«

»Dann kann also er es nicht gewesen sein, der da Knochen verbrannt hat.«

»Das ist wohl wahr, Sir.«

»Wie heißt das Wirtshaus, das Sie erwähnten?«

»Green Dragon.«

»Kann man in Ihrem Teil von Berkshire gut angeln?«

Der ehrenwerte Trainer zog ein Gesicht, von dem deutlich die Furcht abzulesen war, daß noch ein

Verrückter in sein geplagtes Dasein getreten sein könnte.

»Schon gut. Watson und ich sind berühmte Angler – stimmt's, Watson? Demnächst könnten Sie uns im ›Green Dragon‹ finden – ab heute abend vermutlich. Ich brauche Ihnen wohl nicht zu sagen, daß wir Sie dort nicht sehen wollen, aber eine schriftliche Nachricht wird uns immer erreichen. Und ich werde Sie auch zu erreichen wissen, wenn es nötig sein sollte. Wenn wir ein bißchen tiefer in die Angelegenheit eingedrungen sind, werde ich Ihnen unsere reiflich überlegte Meinung zukommen lassen.«

So geschah es, daß Holmes und ich einen heiteren Maiabend in einem Coupé Erster Klasse auf dem Weg zu der kleinen Station von Shoscombe verbrachten, auf der die Züge nur auf Verlangen hielten. Im Gepäcknetz über uns lagen Angeln, Spulen und Körbe. Vom Zielbahnhof gelangten wir nach kurzer Fahrt zu einer alten Taverne, wo sich Josiah Barnes, ein sportlicher Wirt, mit uns eifrig in ein Gespräch einließ, wie man die Fische der Umgebung ausrotten könne.

»Wie steht's mit dem Hall-See, ist es möglich, dort auf Hechte auszugehen?« fragte Holmes.

Das Gesicht des Gastwirts verdüsterte sich.

»Das würde kaum klappen, Sir. Womöglich finden Sie sich im See wieder, ehe Sie noch zu was gekommen sind.«

»Wie das?«

»Sir Robert, Sir. Er ist höllisch hinter Spionen her. Wenn zwei Fremde so nah bei seinem Trainingslager erscheinen, dann hat er sie, das ist so sicher wie das Amen in der Kirche. Der macht keine Ausnahmen, Sir Robert nicht.«

»Ich hörte, er hat ein Pferd für das Derby gemeldet.«

»Ja, und das ist ein toller Hengst. Auf den haben wir unser ganzes Geld gesetzt, und Sir Robert selber steckt bis zum Hals mit im Geschäft. Übrigens« – er sah uns nachdenklich an –, »will ich nicht annehmen, daß Sie vom Turf sind.«

»Nein, sind wir wirklich nicht. Wir sind nur zwei ermattete Londoner, die ein bißchen gute Luft von Berkshire dringend nötig haben.«

»Na, da sind Sie aber am richtigen Ort. Davon gibt's hier mehr als genug. Aber vergessen Sie nicht, was ich Ihnen von Sir Robert erzählt habe. Der ist von der Sorte, die erst zuschlägt und hinterher spricht. Bleiben Sie weit genug von seinem Park weg.«

»Auf alle Fälle, Mr. Barnes. Das werden wir tun. Übrigens: Das ist ein herrlicher Spaniel, der unten in der Halle heulte.«

»Das können Sie laut sagen. Echte Shoscombe-Zucht. In ganz England finden Sie nichts Besseres.«

»Ich bin Hundeliebhaber«, sagte Holmes. »Ist die Frage erlaubt, was so ein Prachtstück von Hund wohl kosten würde?«

»Mehr als ich aufbringen könnte, Sir. Sir Robert persönlich hat ihn mir gegeben. Deshalb muß ich ihn auch an der Kette halten. Wenn ich dem seinen Willen ließe, wär der im Handumdrehn wieder im Herrenhaus von Shoscombe.«

»Wir kriegen ein paar Trümpfe in die Hand, Watson«, sagte Holmes, nachdem der Wirt uns verlassen hatte. »Die Partie ist nicht leicht zu spielen, aber in ein oder zwei Tagen werden wir klarer sehen. Sir Robert ist übrigens noch in London, wie ich hörte. Vielleicht können wir heute abend den heiligen Grund betreten, ohne einen Angriff befürchten zu müssen. In einigen Punkten möchte ich noch genauer Bescheid wissen.«

»Haben Sie schon eine Theorie, Holmes?«

»Nur soviel weiß ich, daß vor ungefähr einer Woche etwas geschehen ist, das tief in das Leben der Leute von Shoscombe eingegriffen hat. Aber was ist es? Wir können nur von den Auswirkungen her Vermutungen anstellen. Und die sind, wie es aussieht, seltsam gemischt. Aber gerade deshalb werden wir bestimmt weiterkommen. Nur die farblosen Fälle, in denen nichts passiert, sind hoffnungslos.

Überlegen wir doch einmal, was wir bereits wissen. Der Bruder besucht nicht mehr die geliebte kranke Schwester. Er verschenkt ihren Lieblingshund. Ihren Hund, Watson! Bringt Sie der Umstand nicht auf einen Gedanken, Watson?«

»Nur auf den, daß der Bruder boshaft ist.«

»Gut, vielleicht wär's das. Oder... Es gibt eine Alternative. Bleiben wir bei der Situation jenes Tages, als der Streit begann – wenn es einen Streit gegeben hat. Die Lady verläßt nicht mehr ihr Zimmer, ändert ihre Gewohnheiten, bleibt unsichtbar, außer wenn sie mit der Zofe ausfährt, weigert sich, bei den Ställen anzuhalten, um ihr Lieblingspferd zu begrüßen, und fängt anscheinend an zu trinken. Damit wohl ist der Fall erfaßt, oder nicht?«

»Mit Ausnahme der Geschichte in der Krypta.«

»Die gehört zu einem anderen Gedankengang. Es gibt zwei Gedankenfolgen, die wir abgehen müssen, und ich bitte Sie, sie nicht durcheinanderzubringen. Gedankengang A, der Lady Beatrice betrifft, hat doch wohl auch für Sie einen irgendwie finsteren Anflug?«

»Ich kann mir keinen Reim drauf machen.«

»Gut, dann also zu Gedankengang B, der Sir Robert betrifft. Er ist ganz verrückt darauf, das Derby zu gewinnen. Die Geldverleiher haben ihn fest im Griff, sie können ihn jederzeit pfänden lassen und den Reitstall unter den Hammer bringen. Er ist ein waghalsiger, verzweifelter Mann. Er bezieht seinen Lebensunterhalt von seiner Schwester. Die Zofe der Schwester ist sein williges Werkzeug. Soweit befinden wir uns auf ziemlich festem Grund, oder nicht?«

»Und was ist mit der Krypta?«

»Ach ja, die Krypta. Nehmen wir einmal an – und es ist eine schändliche Annahme, eine Hypothese, die ich aufstelle, um das Für und Wider zu klären –, nehmen wir also an, Sir Robert hat seine Schwester umgebracht…«

»Aber mein lieber Holmes, so etwas ist völlig unmöglich!«

»Höchstwahrscheinlich ist es unmöglich. Sir Robert ist ein Mann ehrbarer Abstammung. Aber es gibt manchmal ein Luder von Krähe unter den Adlern. Lassen Sie uns für einen Augenblick von dieser Voraussetzung ausgehen. Er kann nicht außer Landes fliehen, ehe er sein Vermögen unter Dach und Fach gebracht hat, und zwar ein Vermögen, das sich nur realisiert, wenn ihm der Coup mit Shoscombe Prince gelingt. Also muß er erst einmal seinen Platz behaupten. Um das zu erreichen, müßte er die Leiche seines Opfers aus der Welt schaffen, und zugleich müßte eine Helferin zur Hand sein, die die Schwester verkörpert. Mit der Zofe als Vertrauter wäre das nicht unmöglich. Den Leichnam der Frau könnten sie in die Krypta gebracht haben, einen Ort, der selten aufgesucht wird, und von dort könnten sie ihn stückweise heimlich nachts holen, um ihn im Heizungsofen zu verbrennen; dabei würden solche Beweise zurückbleiben, wie wir sie gesehen haben. Was sagen Sie dazu, Watson?«

»Gut, da Sie von einer solch ungeheuerlichen Unterstellung ausgehen, wäre das alles möglich.«

»Ich schätze, Watson, wir müssen morgen ein kleines Experiment veranstalten, damit ein wenig Licht in die Angelegenheit kommt. Vorerst aber sollten wir, denn anders geht es nicht, unsere Rolle weiterspielen, den Wirt zu einem Glas seines Weins einladen und ein bißchen hochgestochene Konversation über Aal und Hasel führen, was, wie mir scheint, uns geradewegs seine Sympathie sichern wird. Und im Lauf der Unterhaltung könnten wir überdies auf nützlichen Dorfklatsch stoßen.«

Am Morgen entdeckte Holmes, daß wir die Blinker für den Hecht vergessen hatten, und das bewahrte uns an diesem Tag vor dem Angeln. Gegen elf Uhr vormittags verabschiedeten wir uns auf einen Spaziergang, und er erhielt die Genehmigung, den schwarzen Spaniel mitzunehmen.

»Hier sind wir richtig«, sagte er, als wir ein hohes Parktor erreichten, auf dessen seitlichen Säulen je ein stilisierter Greif thronte. »Gegen Mittag, hat Mr. Barnes mich wissen lassen, unternimmt die alte Dame ihre Ausfahrt. Während das Tor geöffnet wird, muß die Kutsche ihre Geschwindigkeit verringern und langsam fahren, bis das Tor passiert ist; bevor sie wieder schneller wird, möchte ich, Watson, daß Sie den Kutscher mit irgendeiner Frage aufhalten. Kümmern Sie sich nicht um mich. Ich werde hinter diesem Ilexstrauch stehen und sehen, was ich zu sehen bekomme.«

Wir mußten nicht lange warten. Nach einer Viertelstunde erblickten wir eine große offene gelbe Barutsche, die die lange Auffahrt herunterkam, gezogen von zwei prächtigen, hochtrabenden grauen Pferden. Holmes kroch mit dem Hund hinter den

Busch. Ich stellte mich unbekümmert, meinen Spazierstock schwingend, mitten auf den Fahrweg. Ein Wärter kam gelaufen und öffnete das Tor.

Der Wagen rollte im Schrittempo, und so war es mir möglich, einen Blick hineinzuwerfen und die Insassen voll zu erfassen. Eine aufgeputzte junge Frau mit hellblondem Haar und dreisten Augen saß links. Zu ihrer Rechten sah ich eine ältere Person mit rundem Rücken und einem Wirrwarr von Schals um Gesicht und Schultern, offenbar die Kranke. Als die Pferde die Straße erreichten, hielt ich eine Hand gebieterisch hoch, und nachdem der Kutscher das Gefährt zum Halten gebracht hatte, fragte ich, ob Sir Robert in Shoscombe Old Place anzutreffen sei.

Im selben Augenblick trat Holmes aus dem Gebüsch und ließ den Spaniel los. Mit freudigem Winseln schoß er auf den Wagen zu und sprang aufs Trittbrett. Dann aber, in Sekundenschnelle, wandelte sich die eifrige Begrüßung in wildes Wüten, und das Tier schnappte nach dem schwarzen Rocksaum über seinem Kopf.

»Fahr zu! Fahr zu!« schrie eine rauhe Stimme. Der Kutscher drosch auf die Pferde ein, und wir blieben mitten auf der Landstraße stehen.

»Gut, Watson, das hätten wir erledigt«, sagte Holmes, indem er die Leine wieder am Hals des aufgeregten Hundes befestigte. »Er dachte, es wäre seine Herrin, und wurde dann gewahr, daß es jemand Fremdes war. Hunde irren nicht.«

»Aber es war die Stimme eines Mannes!« rief ich.

»Genau! Wir haben jetzt einen Trumpf mehr auf der Hand, Watson, müssen aber weiterhin vorsichtig spielen.«

Mein Gefährte besaß anscheinend für den Rest des Tages keinen Plan, und tatsächlich kam es dahin, daß wir unsere Angelausrüstung im Mühlbach erproben konnten, mit dem Ergebnis, daß wir zum Abend eine Forellenmahlzeit auf dem Tisch hatten. Erst nach dem Essen legte Holmes wieder Anzeichen von Tatendurst an den Tag. Wieder standen wir auf der Straße, die zum Parktor führte. Dort erwartete uns eine hochgewachsene, dunkle Gestalt; sie stellte sich als unser Londoner Bekannter, der Trainer John Mason, heraus.

»Guten Abend, die Herren«, sagte er. »Ich habe Ihr Briefchen erhalten, Mr. Holmes. Sir Robert ist bis jetzt nicht zurückgekommen, aber man erwartet ihn, wie ich erfahren habe, heute abend noch.«

»Wie weit ist die Krypta vom Haus entfernt?« fragte Holmes.

»Gut eine Viertelmeile.«

»Dann brauchen wir uns um ihn nicht zu kümmern.«

»Ich kann es mir nicht erlauben, Mr. Holmes. Bei seinem Eintreffen will er sofort das Neueste über Shoscombe Prince von mir erfahren.«

»So ist das also. Dann müssen wir eben ohne Sie an die Arbeit gehen, Mr. Mason. Bringen Sie uns zur Krypta, danach können Sie uns allein lassen.«

Es war stockdunkel, kein Mond schien, doch Mason geleitete uns sicher über Wiesen, bis vor uns eine dunkle Masse aufragte, die uralte Kapelle, wie sich bald erwies. Wir traten durch eine Öffnung, früher einmal war hier das Portal gewesen, und unser Führer suchte zwischen Haufen umherliegenden Mauerwerks seinen Weg zu einer Ecke des Gebäudes. Von dort gelangten wir über eine steile Treppe in die Krypta hinunter. Er entzündete ein Streichholz und beleuchtete den traurigen Ort: ein trübes, überlriechendes Gelaß zwischen alten bröckelnden Mauern aus rohbehauenen Quadern, Stapel von Särgen aus Blei und Stein, an einer Seite bis hinauf zum Kreuzgewölbe getürmt, das Ende verlor sich im Dunkel über unseren Köpfen. Holmes zündete seine Laterne an. Sie warf einen Kegel lebhaften gelben Lichts auf den beklagenswerten Schauplatz. Die Strahlen enthüllten Sargplatten, von denen viele mit dem Wappentier und der Krone der alten Familie geschmückt waren, wodurch deren Ansehen bis an die Pforte des Todes bewahrt wurde.

»Sie sprachen von Knochen, Mr. Mason. Könnten Sie uns die zeigen, ehe Sie gehen?«

»Sie liegen dort drüben in dem Winkel.« Der Trainer ging voran und stand dann stumm staunend da, als der Schein unserer Laterne auf die Stelle gerichtet war. »Sie sind weg«, sagte er.

»Das habe ich erwartet«, sagte Holmes und lachte in sich hinein. »Ich vermute, die Asche finden wir in dem Heizungsofen, der zuvor bereits Teile der Leiche verzehrte.«

»Aber weshalb, um alles in der Welt, sollte jemand die Knochen eines Menschen verbrennen wollen, der tausend Jahre tot ist?« fragte John Mason.

»Das herauszufinden, sind wir hier«, sagte Holmes. »Diese Nachforschung dauert vielleicht lange, und wir wollen Sie deswegen nicht aufhalten. Dennoch stelle ich mir vor, daß wir die Lösung vor Morgengrauen in Händen haben werden.«

Nachdem John Mason uns verlassen hatte, begann Holmes mit der Arbeit, untersuchte sorgfältig die Särge, beginnend mit einem sehr alten in der Mitte, der aus sächsischer Zeit zu stammen schien, über eine lange Reihe von Stätten normannischer Hugos und Odos, bis wir auf Sir William und Sir Denis Falter aus dem achtzehnten Jahrhundert stießen. Nach vielleicht einer Stunde trat Holmes an einen Bleisarg, der gleich neben dem Eingang zum Gewölbe stand. Ich hörte seinen schwachen Ausruf der Befriedigung und merkte an seinen eiligen, dabei zielgerichteten Bewegungen, daß ein Ergebnis bevorstand. Mit der Lupe untersuchte er eifrig die Ränder des schweren Deckels. Dann zog er ein kurzes Brecheisen aus der Tasche, stieß es in einen Spalt und konnte so das Oberteil anheben, das anscheinend nur durch einige Beschläge gehalten war. Als sich der Deckel löste, gab es ein reißendes Geräusch. Aber er stand noch nicht zur Gänze offen, der Blick erfaßte erst einen Teil des Inhalts, als wir gestört wurden.

Oben in der Kapelle ging jemand umher. Wir hörten den festen, schnellen Schritt eines Menschen, der zu bestimmtem Zweck gekommen war und den Boden unter den Füßen gut kannte. Über die Treppe fiel ein Lichtstrom ein, und eine Sekunde später stand ein Mann im Rahmen des gotischen Bogengangs. Es war eine schreckliche, riesige, ungestüme Gestalt. Die große Stallaterne beleuchtete von unten her ein breites Gesicht mit großem Schnurrbart und wütenden Augen, die in alle Winkel des Gewölbes drangen und schließlich mit tödlichem Starren auf meinem Gefährten und mir verweilten.

»Wer, zum Teufel, sind Sie?« donnerte der Mann. »Und was suchen Sie auf meinem Grund und Boden?« Als Holmes nicht antwortete, kam er einige Schritte näher und hob einen schweren Knüppel, den er bei sich trug. »Hört ihr mich?« schrie er. »Wer seid ihr? Was tut ihr hier?«

Sein Knüppel fuhr durch die Luft.

Aber Holmes schrak nicht zurück, sondern trat ihm entgegen.

»Ich habe auch eine Frage zu stellen, Sir Robert«, sagte er mit sehr fester Stimme. »Wer ist das hier? Und was hat das hier zu suchen?«

Er wandte sich um und riß den Sargdeckel hoch. Im Schein der Laterne erblickte ich einen Körper, der vom Hals bis zu den Füßen mit einem Laken bedeckt war; schreckliche, hexenhafte Züge, die anscheinend nur aus Nase und Kinn bestanden; aus farblosem, zerfallendem Gesicht starrten trübe glasige Augen.

Der Baron taumelte mit einem Schrei zurück und hielt sich an einem steinernen Sarkophag fest.

»Woher wußten Sie davon?« rief er. Und dann fügte er, der seine wilde Art teilweise wiedergewonnen hatte, hinzu: »Was gehen Sie die Dinge hier überhaupt an?«

»Mein Name ist Sherlock Holmes«, sagte mein Gefährte. »Vielleicht ist er Ihnen vertraut. Jedenfalls gehen sie mich soviel an wie jeden guten Bürger, der das Gesetz unterstützt. Mir scheint, Sie werden sich für vieles verantworten müssen.«

Sir Robert blickte wieder wild umher, doch Holmes' ruhige Stimme und seine kalte, sichere Art hatten bereits gewirkt.

»Bei Gott, Mr. Holmes, alles ist in bester Ordnung«, sagte er. »Der Schein spricht gegen mich, das gebe ich zu, aber anders konnte ich nicht handeln.«

»Ich schätzte mich glücklich, wenn dem so wäre, aber ich fürchte, Sie müssen Ihre Erklärungen vor der Polizei abgeben.«

Sir Robert zuckte die breiten Schultern.

»Gut, was sein muß, muß sein. Kommen Sie mit ins Haus, dann werden Sie beurteilen können, wie die Dinge liegen.«

Eine Viertelstunde später befanden wir uns in einem Raum, der, nach den glänzenden Läufen hinter Glastüren zu schließen, das Gewehrzimmer des

Hauses zu sein schien. Er war komfortabel eingerichtet. Für einige Augenblicke ließ uns Sir Robert allein. Bei seiner Rückkehr begleiteten ihn zwei Personen: die eine war die auffallende junge Frau, die wir im Wagen gesehen hatten, die andere ein kleiner rattengesichtiger Mann mit widerlichem, geheimnistuerischem Gehabe. Die beiden schauten völlig verwirrt drein, ein Zeichen dafür, daß der Baron noch nicht Zeit gefunden hatte, ihnen zu erklären, welche Wendung die Ereignisse genommen hatten.

»Dies hier«, sagte Sir Robert mit einer vorstellenden Handbewegung, »sind Mr. und Mrs. Norlett. Mrs. Norlett war unter ihrem Mädchennamen Evans einige Jahre lang die vertraute Zofe meiner Schwester. Ich habe die beiden mitgebracht, weil ich glaube, es ist am besten, wenn ich Ihnen den wahren Stand der Dinge erläutere; sie sind die einzigen Menschen auf der Welt, die meine Worte erhärten können.«

»Ist das wirklich nötig, Sir Robert? Haben Sie bedacht, was Sie tun?« rief die Frau.

»Was mich angeht«, sagte der Mann, »so weise ich alle Verantwortung von mir.«

Sir Robert bedachte ihn mit einem Blick der Verachtung.

»Ich nehme alle Verantwortung auf mich«, sagte er. »Und jetzt, Mr. Holmes, hören Sie sich die offene Darlegung der Tatsachen an.

Sie haben sich augenscheinlich reichlich tief in meine Angelegenheiten hineinbegeben, sonst hätte ich Sie nicht dort gefunden, wo ich Sie fand. So wissen Sie bereits aller Wahrscheinlichkeit nach, daß ich beim Derby ein bis jetzt getarntes Pferd laufen lassen will und daß für mich vom Erfolg alles abhängt. Gewinne ich, ist meine Lage geklärt. Verliere ich – nun, an den Fall wage ich nicht zu denken.«

»Ich begreife die Lage, in der Sie sich befinden«, sagte Holmes.

»Ich bin von meiner Schwester, Lady Beatrice, abhängig, in allem. Aber bekanntlich dürfen die Einkünfte aus dem Besitztum nur für ihr persönliches Leben verwandt werden. Was mich angeht, so bin ich ganz und gar in den Händen der Geldverleiher. Ich wußte immer, daß sich meine Gläubiger wie eine Geierschar auf mein Eigentum stürzen würden, wenn meine Schwester sterben sollte. Alles würden sie in Beschlag nehmen, meine Ställe, meine Pferde – alles. Nun, Mr. Holmes, meine Schwester ist wirklich gestorben, vor einer Woche.«

»Und das haben Sie niemandem erzählt!«

»Was sollte ich machen? Mir stand der totale Ruin bevor. Wenn es mir gelang, die Mitteilung um drei Wochen hinauszuschieben, konnte alles in Ordnung kommen. Der Ehemann der Zofe meiner Schwester – dieser Mann hier – ist Schauspieler. Da kam es uns – kam es mir in den Kopf, daß er für diese kurze Zeit meine Schwester spielen könnte. Es ging nur darum, daß er sich täglich im Wagen zeigte, denn ihr Zimmer brauchte niemand zu betreten, mit Ausnahme der Zofe. Das Ganze war nicht schwierig zu bewerkstelligen. Meine Schwester starb an der Wassersucht, an der Krankheit hatte sie lange gelitten.«

»Darüber wird der Coroner befinden müssen.«

»Ihr Arzt wird bescheinigen, daß die Symptome schon seit Monaten ein Ende befürchten ließen.«

»Nun gut, was haben Sie also getan?«

»Die Leiche konnte nicht im Haus bleiben. In der Nacht nach ihrem Tod trugen Norlett und ich sie in das alte Brunnenhaus, das nicht mehr in Betrieb ist. Aber ihr Spaniel folgte uns, und weil er unausgesetzt vor der Tür jaulte, begriff ich, daß ein sicherer

Platz nötig war. Ich entledigte mich des Hundes, und wir trugen den Leichnam in die Krypta der Kapelle. Dabei war nichts Würdeloses und keine Unehrerbietigkeit. Ich hatte nie das Gefühl, der Toten unrecht zu tun.«

»Mich mutet Ihr Vorgehen unentschuldbar an, Sir Robert«, sagte Holmes.

Der Baron schüttelte heftig den Kopf.

»Predigen ist leicht«, sagte er. »Vielleicht dächten Sie anders, wenn Sie in meiner Lage steckten. Man kann nicht abwarten, wie alle Hoffnungen und Pläne im letzten Augenblick zerschellen, ohne etwas dagegen zu unternehmen. Mir schien die Krypta kein unwürdiger Ruheplatz; wenn wir sie vorübergehend in einen der Särge der Vorfahren ihres Mannes betteten, so geschah das jedenfalls in geweihter Erde. Wir öffneten einen Sarg, holten den Inhalt heraus und legten sie hinein; Sie haben sie ja gesehen. Die Überreste des alten Toten, die wir herausgenommen hatten, konnten wir nicht in der Krypta auf dem Boden liegenlassen. So taten Norlett und ich sie beiseite, und er stieg nachts in den Keller und verbrannte sie im Ofen der Zentralheizungsanlage. Das ist meine Geschichte, Mr. Holmes; es ist mir gewiß schwerer gefallen, sie zu erzählen, als ich sagen kann, aber Sie hatten mich ja dazu gezwungen.«

Holmes dachte eine Weile nach.

»In Ihrer Erzählung gibt es eine brüchige Stelle, Sir Robert«, sagte er schließlich. »Ihre Rennwetten und damit Ihre Zukunftshoffnung wären nicht geschmälert worden, wenn die Gläubiger Hand auf Ihren Besitz gelegt hätten.«

»Das Pferd hätten sie als einen Teil des Besitzes betrachtet. Was kümmern die meine Wetten? Wahrscheinlich hätten sie meinen Hengst überhaupt nicht an den Start gehen lassen. Mein Hauptgläubiger ist unglücklicherweise mein erbittertster Feind – Sam Brewer, ein Schurke, den ich einmal beim Newmarket-Heath-Rennen mit der Peitsche traktieren mußte. Glauben Sie, er hätte den Versuch unternommen, mich zu retten?«

»Nun, Sir Robert«, sagte Holmes und stand auf. »Die Sache muß selbstverständlich der Polizei gemeldet werden. Meine Pflicht ist es, Tatsachen ans Licht zu fördern, und im Licht müssen sie bleiben. Was die Moral oder doch die Schicklichkeit Ihrer Handlungsweise angeht, darüber möchte ich nicht richten. Es ist fast Mitternacht, Watson, und ich denke, wir machen uns auf den Weg zu unserer bescheidenen Wohnstatt.«

Es ist allgemein bekannt, daß dieser einmalige Zwischenfall glücklicher endete, als Sir Robert es nach seiner Handlungsweise verdient hätte. Shoscombe Prince gewann das Derby tatsächlich, sein Sieg trug dem Eigentümer achtzigtausend Pfund an Wettgewinnen ein, die Gläubiger hielten sich bis nach dem Rennen zurück. Dann wurden sie bis auf den letzten Penny bezahlt, und es blieb für Sir Robert genug übrig, um sich wieder angemessen im Leben einzurichten. Die Polizei wie auch der Coroner betrachteten die Angelegenheit mit Nachsicht, und abgesehen von einer milden Rüge wegen des Versäumnisses der rechtzeitigen Meldung des Todes der Lady ging der glückliche Pferdebesitzer ohne Schaden aus dieser seltsamen Affäre hervor. Seither hat er zu einem Leben gefunden, das bald die Schatten vergessen machte und erwarten läßt, daß er sein Dasein in einem geehrten hohen Alter beschließen wird.

Der Farbenhändler im Ruhestand

Sherlock Holmes befand sich an jenem Morgen in einer melancholischen und philosophischen Stimmung. Seine lebhafte, aktive Natur war solchen Reaktionen manchmal ausgesetzt.

»Haben Sie ihn gesehen?« fragte er.

»Sie meinen den alten Knaben, der eben hinausging,«

»Genau den.«

»Ja, ich traf ihn an der Tür.«

»Was halten Sie von ihm?«

»Eine rührende, nutzlose, gebrochene Kreatur.«

»Exakt, Watson. Rührend und nutzlos. Aber ist nicht das ganze Leben rührend und nutzlos? Wir kommen an. Wir ergreifen Besitz. Und was halten wir am Ende in den Händen? Einen Schatten. Oder Ärgeres als einen Schatten – das Elend.«

»Ist er einer Ihrer Klienten?«

»Nun, ich nehme an, ich darf ihn so nennen. Der Yard hat ihn geschickt. So wie manchmal Ärzte ihre Unheilbaren zu einem Quacksalber schicken. Sie begründen das damit, daß sie nichts mehr tun können und daß es dem Patienten, was auch immer geschieht, nicht übler ergehen kann, als es ihm schon ergeht.«

»Worum handelt es sich?«

Holmes nahm eine ziemlich schmuddelige Visitenkarte vom Tisch. »Josiah Amberley. Er sagt, er war Juniorpartner von Brickfall & Amberley, einer Firma, die Künstlerbedarf herstellt. Sie können die Namen auf Malkästen lesen. Er hat ein bißchen was zurückgelegt, zog sich mit einundsechzig vom Geschäft zurück, kaufte ein Haus in Lewisham und ließ sich nieder, um von einem Leben in unaufhörlicher Plakkerei auszuruhen. Man sollte annehmen, daß seine Zukunft leidlich gesichert war.«

»Ja, in der Tat.«

Holmes überflog einige Notizen, die er auf die Rückseite eines Umschlags gekritzelt hatte.

»Zurückgezogen hat er sich 1896, Watson. Zu Anfang des Jahres 1897 heiratete er eine zwanzig Jahre jüngere Frau, die überdies gut aussah, wenn die Fotografie nicht schmeichelt. Ein Auskommen, eine Frau, Muße – eine gerade Straße schien vor ihm zu liegen. Und doch war er binnen zweier Jahre, wie Sie gesehen haben, so gebrochen und elend, wie ein Geschöpf unter der Sonne nur sein kann.«

»Aber was ist passiert?«

»Die alte Geschichte, Watson. Ein verräterischer Freund und ein wankelmütiges Weib. Wie es scheint, gibt es in Amberleys Leben ein einziges Hobby, das Schachspiel. Nicht weit von ihm in Lewisham wohnte ein junger Arzt, ebenfalls ein Schachspieler. Ich habe den Namen als Dr. Ray Ernest notiert. Ernest war häufig im Hause, und als natürliche Folge ergab sich, daß er und Mrs. Amberley miteinander intim wurden; denn Sie müssen zugeben, unser unglücklicher Klient hat ein wenig anziehendes Äußeres, was er auch für innere Werte besitzen mag. Das Paar hat sich letzte Woche davongemacht – mit unbekanntem Ziel. Mehr noch: die treulose Gattin ließ die Dokumentenschatulle des alten Mannes als ihr persönliches Reisegepäck mitgehen, in der sich ein Großteil seiner Ersparnisse für den Lebensabend befand. Können wir die Lady finden? Können wir das Geld sicherstellen? Ein alltäglicher Fall, was sich bis jetzt sagen läßt, und doch ein lebenswichtiger für Josiah Amberley.«

»Was wollen Sie tun?«

»Nun, die unmittelbare Frage, mein lieber Watson, muß eigentlich lauten: Was wollen *Sie* tun? – Wenn Sie so gut sein wollen, mich zu unterstützen. Sie wissen, daß ich vollauf mit dem Fall der beiden koptischen Patriarchen beschäftigt bin, der sich wahrscheinlich heute zuspitzen wird. Ich habe wirklich keine Zeit, mich nach Lewisham auf den Weg zu machen, auch wenn am Ort aufgenommene Beweise besonderen Wert besitzen. Der alte Bursche war ganz darauf versessen, daß ich komme, aber ich habe meine Schwierigkeiten erklärt. Er ist vorbereitet, daß ein Stellvertreter ihn besucht.«

»Das ist ja schön und gut«, sagte ich, »aber ich gestehe, ich sehe nicht, daß ich sehr dienlich sein kann. Dennoch bin ich willens, mein Bestes zu geben.« Und so geschah es, daß ich eines Sommernachmittags in Richtung Lewisham aufbrach, ohne zu ahnen, daß die Affäre, in die ich mich einmischte, binnen einer Woche zu heftigsten Debatten in ganz England führen würde.

Es war schon spät am Abend, als ich in die Baker Street zurückkehrte und über meine Mission berichtete. Holmes' hagere Gestalt lag tief in seinen Sessel vergraben, aus seiner Pfeife stiegen Girlanden beißend riechenden Tabakqualms, und seine Lider sanken so träge über die Augen, daß er wie im Schlafe aussah, doch bei jeder Stockung oder fraglichen Passage meiner Erzählung kam er halb hoch, und zwei graue Augen, blitzend und scharf wie Rapiere, durchstachen mich mit forschendem Blick.

»Mr. Josiah Amberleys Haus trägt den Namen ›Der Hafen‹«, erklärte ich. »Ich dachte, es würde Sie interessieren, Holmes. Es wirkte wie ein ärmlicher Patrizier, der in die Gesellschaft seiner Untergebenen abgesunken ist. Sie kennen dieses Viertel, die einförmigen Ziegelsteinzeilen, die ermüdenden vorörtlichen Landstraßen. So richtig mittendrin, eine Insel ehemaliger Kultur und Behaglichkeit, liegt dieses alte Heim, umgeben von einer hohen, sonnenbestrahlten Mauer, flechtenbedeckt und oben mit Moos bewachsen, die Art Mauer...«

»Lassen Sie die Poesie weg, Watson«, sagte Holmes ungerührt. »Ich halte fest, es war eine hohe Backsteinmauer.«

»Genau. Ich hätte nicht erfahren, wo ›Der Hafen‹ liegt, hätte ich nicht einen Müßiggänger gefragt, der auf der Straße rauchte. Es gibt einen Grund, ihn zu erwähnen. Es war ein großer, dunkler Mann mit schwerem Schnurrbart, wirkte fast militärisch. Er nickte als Antwort auf meine Frage und bedachte mich mit einem neugierigen Blick, an den ich mich wenig später wieder erinnerte.

Ich war kaum durchs Gartentor getreten, als auch schon Mr. Amberley die Auffahrt hinunterkam. Am Morgen hatte ich ihn nur flüchtig gesehen und doch den bestimmten Eindruck von ihm als einem sonderbaren Wesen gewonnen; aber als ich ihm bei Tageslicht begegnete, erschien er mir eher abnormal.«

»Ich habe ihn gewiß sehr genau betrachtet, aber Ihr Eindruck würde mich doch interessieren«, sagte Holmes.

»Er schien mir buchstäblich von Sorge niedergedrückt. Sein Rücken war krumm, als trüge er eine schwere Bürde. Trotzdem ist er kein Schwächling, wie ich erst angenommen hatte, denn Schultern und Brust sind wie für einen Riesen gemacht, wenn er auch auf spindeldürren Beinen daherstakt.«

»Linker Schuh faltig, rechter glatt.«

»Das habe ich nicht beachtet.«

»Nein, das haben Sie nicht. Mir ist sein künstliches Bein gleich aufgefallen. Aber fahren Sie fort.«

»Mich haben die sich schlängelnden grauen Lokken frappiert, die unter dem alten Strohhut hervorquollen, und sein Gesicht mit dem grimmigen, heftigen Ausdruck und den tiefen Furchen.«

»Schon gut, Watson. Was sagte er?«

»Er begann die Geschichte seiner Nöte auszuschütten. Wir gingen zusammen die Auffahrt entlang, und natürlich schaute ich mich gut um. Ich habe nie ein ungepflegteres Stück Land gesehen. Alles schießt ins Kraut. Es bietet ein Bild wilder Vernachlässigung, den Pflanzen ist es erlaubt, ihre Natur auszuleben, anstatt sich gärtnerischer Kunst zu beugen. Wie eine ehrbare Frau einen solchen Zustand dulden konnte, begreife ich nicht. Auch das Haus war im höchsten Grade verschlampt, aber der arme Mann scheint das selber zu wissen und Abhilfe schaffen zu wollen, denn mitten in der Halle stand ein großer Topf voll grüner Farbe, und in seiner linken Hand trug er einen dicken Pinsel. Er hatte am Holzwerk gearbeitet.

Er geleitete mich in sein schmutziges Allerheiligstes, und wir führten ein langes Gespräch. Er war natürlich enttäuscht, daß Sie nicht selber gekommen sind. ›Ich durfte wohl kaum erwarten‹, sagte er, ›daß eine so geringe Person wie ich, besonders nach diesem schweren finanziellen Verlust, die volle Aufmerksamkeit eines so berühmten Mannes wie Mr. Sherlock Holmes erlangen könnte.‹

Ich versicherte ihm, daß die finanzielle Lage keine Rolle spiele.

›Gewiß, bei ihm handelt es sich um Kunst um der Kunst willen‹, sagte er, ›aber sogar im Hinblick auf die künstlerische Seite des Verbrechens hätte er hier vielleicht etwas lernen können. Und die menschliche

Natur, Dr. Watson – sie ist die schwärzeste Undankbarkeit! Wann hätte ich ihr einen Wunsch verweigert? Wurde je eine Frau so verwöhnt? Und der junge Mann – er hätte mein eigener Sohn sein können. Er ist bei mir ein und aus gegangen. Und doch, sehen Sie, wie sie mich verraten haben! Oh, Dr. Watson, es ist eine furchtbare, furchtbare Welt.‹

Das war der Refrain seines Gesanges, über eine Stunde oder länger. Er hat, wie es scheint, keinen Verdacht gehegt, daß eine Liebelei im Gange sein könne. Sie wohnten allein dort, eine Frau kam morgens und ging jeden Abend um sechs wieder. Für den fraglichen Abend hatte der alte Amberley, um seiner Frau etwas zu bieten, zwei Karten für den zweiten Rang im Haymarket-Theater besorgt. Im letzten Moment klagte sie über Kopfweh und wollte nicht mitgehen. Er ging allein. Über diese Tatsache gibt es anscheinend keinen Zweifel, denn er hat mir die unbenutzte Eintrittskarte vorgewiesen, die er für seine Frau gekauft hatte.«

»Das ist bemerkenswert – höchst bemerkenswert«, sagte Holmes, dessen Interesse an dem Fall sichtlich stieg. »Fahren Sie bitte fort, Watson. Ich finde Ihre Erzählung sehr fesselnd. Haben Sie diese Eintrittskarte geprüft? Sie haben sich nicht zufällig die Nummer gemerkt?«

»Es ergab sich«, antwortete ich einigermaßen stolz. »Zufällig war es meine alte Nummer in der Schule, einunddreißig, und also prägte sie sich mir ein.«

»Ausgezeichnet, Watson! Sein Platz war dann entweder dreißig oder zweiunddreißig.«

»Ganz recht«, antwortete ich etwas verwirrt, »und in der B-Reihe.«

»Das ist höchst zufriedenstellend. Was hat er Ihnen noch erzählt?«

»Er zeigte mir seinen Sicherheitsraum, wie er ihn nannte. Es ist ein wirklich feuer- und einbruchsfester Raum – wie in einer Bank –, mit einer eisernen Tür und eisernen Läden. Allerdings scheint die Frau vom Schlüssel ein Duplikat besessen zu haben, und die beiden haben mehr als siebentausend Pfund in Bargeld und Wertpapieren mit sich fortgenommen.«

»Wertpapiere! Wie wollen sie über die verfügen?«

»Er sagt, er habe der Polizei eine Liste gegeben, und er hoffe, daß sie sie nicht werden verkaufen können. Er kam gegen Mitternacht vom Theater zurück und fand den Raum geplündert, die Tür und das Fenster offen, und die beiden waren geflohen. Es gab weder Brief noch Botschaft, und er hat auch seither kein Wort gehört. Er hat sofort der Polizei Meldung erstattet.«

Holmes brütete minutenlang.

»Sie sagen, er war beim Anstreichen. Was strich er an?«

»Nun, er malte im Korridor. Aber er hatte bereits die Tür und alles Holz in dem Raum, von dem ich sprach, gestrichen.«

»Finden Sie das nicht eine seltsame Beschäftigung unter den gegebenen Umständen?«

»›Man muß etwas tun, um den Schmerz des Herzens zu lindern.‹ Das war seine eigene Erklärung. Es war exzentrisch, zweifellos, aber er ist offensichtlich ein exzentrischer Mann. Er zerrriß in meiner Gegenwart eine Fotografie seiner Frau – zerriß sie voller Wut, in einem Sturm der Leidenschaft. ›Ich möchte ihr verdammtes Gesicht nie wieder sehen‹, kreischte er.«

»Noch etwas, Watson?«

»Ja, etwas ist mir besonders aufgefallen. Ich war mit dem Wagen zur Blackheath Station gefahren und bin dort in den Zug gestiegen; gerade als er abfuhr, sah ich einen Mann in den folgenden Wagen einsteigen. Sie wissen, daß ich ein rasches Auge für Gesichter besitze, Holmes. Es war unzweifelhaft der große, dunkle Mann, den ich in der Straße angeredet hatte. Ich sah ihn noch einmal am Bahnhof London Bridge, dann verlor ich ihn in der Menge. Aber ich bin überzeugt, daß er mir folgte.«

»Zweifellos! Zweifellos!« sagte Holmes. »Ein großer, dunkler Mann mit schwerem Schnurrbart, sagten Sie, und er trug eine Sonnenbrille mit graugefärbten Gläsern?«

»Holmes, Sie sind ein Zauberer. Ich sagte es nicht, aber er trug wirklich eine Sonnenbrille mit graugefärbten Gläsern.«

»Und die Krawattennadel eines Freimaurers?«

»Holmes!«

»Ganz einfach, mein lieber Watson. Aber steigen wir hinab in die Praxis. Ich muß einräumen, dieser Fall, der mir zuerst so lächerlich simpel vorkam, daß ich ihn kaum meiner Kenntnisnahme wert befand, gewinnt sehr schnell ein völlig anderes Aussehen. Wenn Sie auch bei der Ausführung Ihres Auftrags alles Wichtige übersehen haben, so geben doch bereits jene Dinge, die sich Ihrer Aufmerksamkeit von selber aufdrängten, Anlaß zu ernsten Gedanken.«

»Was habe ich übersehen?«

»Seien Sie nicht verletzt, mein lieber Junge. Sie wissen, ich meine es nicht persönlich. Niemand hätte es besser gemacht. Manche womöglich nicht einmal so gut. Aber offensichtlich ist Ihnen einiges von Bedeutung nicht aufgefallen. Was denken die Nachbarn über diesen Mann Amberley und seine Ehefrau? Das ist auf jeden Fall wichtig. Wie denkt man über Dr. Ernest? Ist er der heitere Lothario, wie man vermuten würde? Mit Ihrem natürlichen

Charme, Watson, könnten Sie jede Dame zur Gehilfin und Komplizin machen. Wie haben Sie es mit dem Fräulein von der Post oder mit der Frau des Gemüsehändlers gehalten? Ich kann mir lebhaft vorstellen, wie Sie der jungen Wirtin vom ›Blauen Anker‹ zart Nichtigkeiten zuflüstern und dafür als Gegengabe harte Tatsachen erfahren. Das alles haben Sie unterlassen.«

»Ich kann es noch nachholen.«

»Das ist schon geschehen. Dank des Telefons und der Hilfe des Yard kann ich gewöhnlich das für mich Wesentliche erlangen, ohne dieses Zimmer verlassen zu müssen. Wie die Dinge liegen, erhärten meine Informationen die Geschichte des Mannes. In der Gegend gilt er als Geizhals und als mürrischer, strenger Ehemann. Es stimmt, er bewahrte eine große Summe Geldes in diesem gesicherten Raum auf. Ebenfalls stimmt es, daß der junge Dr. Ernest, ein unverheirateter Mann, mit Amberley Schach spielte, und womöglich spielte er auch mit dessen Ehefrau. Das alles scheint eine klare Sache zu sein, und man sollte annehmen, daß nichts mehr dazu zu sagen wäre... und dennoch!... und dennoch!«

»Wo liegen die Schwierigkeiten?«

»In meiner Einbildung, vielleicht. Gut, lassen wir sie dort, Watson. Entfliehen wir dieser mühseligen Alltagswelt durch die Seitentür der Musik. Carina singt heute abend in der Albert Hall, und wir haben noch Zeit, uns anzuziehen, zu dinieren und uns zu amüsieren.«

Am Morgen war ich zeitig auf, aber an einigen Toastkrümeln und zwei leeren Eierschalen erkannte ich, daß mein Gefährte noch früher dran war. Auf dem Tisch fand ich eine flüchtig hingeworfene Mitteilung.

›Lieber Watson,
Es gibt ein oder zwei Punkte, die ich mit Mr. Josiah Amberley klären sollte. Wenn ich das erledigt habe, können wir den Fall als abgetan betrachten – oder auch nicht. Ich möchte Sie nur bitten, um drei Uhr zur Verfügung zu stehen, da ich es für möglich halte, daß ich Sie brauche.

S. H.

Ich sah den ganzen Tag nichts von Holmes, aber zur genannten Stunde kehrte er zurück, ernst, gedankenvoll, distanziert.

»War Amberley schon hier?«

»Nein.«

»Ich erwarte ihn.«

Er wurde nicht enttäuscht. Der alte Bursche stellte sich augenblicklich ein, auf dem strengen Gesicht lag ein Ausdruck von Besorgnis und Verwirrung.

»Ich habe ein Telegramm erhalten, Mr. Holmes. Ich kann damit nichts anfangen.« Er reichte das Blatt Holmes, und der las es laut.

»Unbedingt sofort kommen. Kann Ihnen Informationen zu Ihrem kürzlichen Verlust geben. – Elman. Vikariat.«

»Aufgegeben um zwei Uhr zehn in Little Purlington«, sagte Holmes. »Little Purlington liegt in Essex, glaube ich, unweit von Frinton. Gewiß wollen Sie sofort aufbrechen. Das Telegramm kommt offensichtlich von einer ernst zu nehmenden Person, dem Vikar des Ortes. Wo ist mein Crockford? Ja, hier haben wir ihn. J. C. Elman, M. A., wohnhaft in Mossmoor-cum-Little Purlington. Schauen Sie nach den Zügen, Watson.«

»Einer fährt fünf Uhr zwanzig ab Liverpool Street.«

»Hervorragend. Am besten, Sie begleiten ihn, Watson. Er könnte Hilfe oder Rat benötigen. Sicherlich steht die Affäre jetzt vor der Entscheidung.«

Aber unser Klient schien keineswegs auf die Fahrt versessen.

»Das ist total absurd, Mr. Holmes«, sagte er. »Wie soll dieser Mann überhaupt wissen, was hier passiert ist? Es wäre Vergeudung von Zeit und Geld.«

»Er hätte Ihnen nicht telegrafiert, wenn er nicht irgend etwas wüßte. Telegrafieren Sie sofort zurück, daß Sie kommen.«

»Ich glaube nicht, daß ich hinfahren muß.«

Holmes setzte seine strengste Miene auf.

»Es würde den denkbar schlechtesten Eindruck auf die Polizei und auch auf mich machen, Mr. Amberley, wenn Sie sich weigern, einem so offensichtlichen Hinweis nachzugehen. Wir müßten annehmen, daß es Ihnen mit der Untersuchung nicht wirklich ernst ist.«

Die Vorstellung schien für unseren Klienten entsetzlich.

»Wenn Sie es so betrachten, muß ich natürlich fahren«, sagte er. »Auf den ersten Blick scheint mir der Gedanke absurd, daß dieser Pfarrer etwas wissen sollte, doch wenn Sie meinen...«

»Ich meine wirklich«, sagte Holmes mit Nachdruck, und so wurden wir auf die Reise geschickt. Bevor wir das Zimmer verließen, nahm Holmes mich beiseite und gab mir einen Ratschlag, der zeigte, daß er die Sache für wichtig hielt. »Wie Sie es auch anstellen, achten Sie vor allem darauf, daß er tatsächlich hinfährt«, sagte er. »Sollte er sich von Ihnen trennen oder umkehren, gehen Sie zum nächsten Telefon und übermitteln Sie das Signalwort ›Durchgegangen‹. Ich richte es hier so ein, daß es mich erreicht, wo immer ich mich befinde.«

Little Purlington ist ein Ort, den man nicht leicht erreicht, denn er liegt an einer Nebenlinie. Meine Erinnerung an die Reise ist nicht angenehm. Es herrschte heißes Wetter, der Zug war langsam und mein Begleiter mürrisch und schweigsam, kaum daß er ein Wort sprach, außer gelegentlichen hämischen Bemerkungen über die Sinnlosigkeit unserer Unternehmung. Als wir schließlich auf der kleinen Station angekommen waren, mußten wir noch zwei Meilen fahren, ehe wir vor dem Vikariat anlangten, wo uns ein umfänglicher, feierlicher, ziemlich hochtrabender Geistlicher empfing und in sein Arbeitszimmer einlud. Unser Telegramm lag vor ihm.

»Nun, Gentlemen«, fragte er, »was kann ich für Sie tun?«

»Wir kommen«, erklärte ich, »in Antwort auf Ihre Depesche.«

»Meine Depesche! Ich habe keine Depesche geschickt.«

»Ich meine die, die Sie an Mr. Josiah Amberley wegen seiner Frau und seines Geldes gesandt haben.«

»Wenn das ein Scherz sein soll, ist es ein sehr fragwürdiger«, sagte der Vikar ärgerlich. »Ich habe niemals von dem Gentleman, den Sie da nennen, gehört, und ich habe niemandem eine Depesche gesandt.«

Der Klient und ich blickten uns erstaunt an.

»Vielleicht liegt ein Versehen vor«, sagte ich. »Gibt es hier vielleicht zwei Vikariate? Hier habe ich das Telegramm, unterzeichnet Elman, aufgegeben im Vikariat.«

»Es gibt nur ein Vikariat, Sir, und nur einen Vikar, und dieses Telegramm ist eine skandalöse Fälschung, dessen Urheber man durch die Polizei aufspüren lassen sollte. Inzwischen sehe ich keinen

Grund, weshalb ich dieses Gespräch fortsetzen sollte.«

Und so fanden Mr. Amberley und ich uns auf der Straße des, wie mir schien, primitivsten Städtchens von ganz England wieder. Wir gingen zum Telegrafenamt, aber es war bereits geschlossen. Es gab jedoch in dem kleinen ›Railway Arms‹ ein Telefon, und ich konnte mich mit Holmes, der unser Erstaunen über das Ergebnis der Reise teilte, in Verbindung setzen.

»Höchst ungewöhnlich!« sagte die ferne Stimme. »Höchst merkwürdig! Ich fürchte sehr, mein lieber Watson, daß es heute abend keinen Zug zurück gibt. Ich habe Sie unwissentlich zu den Schrecken eines ländlichen Wirtshauses verurteilt. Allerdings, dort haben Sie immer Natur um sich, Watson, Natur und Josiah Amberley – mit beiden können Sie enge Freundschaft schließen.« Ich hörte sein trockenes Kichern, ehe er den Hörer wieder einhängte.

Bald stellte es sich heraus, daß der Ruf meines Gefährten als Geizhals verdient war. Er hatte gemurrt über die Ausgaben für die Reise, hatte darauf bestanden, daß wir dritter Klasse fuhren, und machte nun lärmend Einwände wegen der Hotelrechnung. Am nächsten Morgen, als wir endlich in London eintrafen, ließ sich kaum sagen, wer von uns schlechterer Laune war.

»Sie kommen am besten auf einen Sprung mit in die Baker Street«, sagte ich. »Mr. Holmes hat vielleicht neue Anweisungen für Sie.«

»Wenn die nicht mehr wert sind als die letzten, werden sie nicht viel nützen«, sagte Amberley mit boshaftem, finsterem Blick. Dennoch begleitete er mich. Ich hatte Holmes per Telegramm die Stunde unserer Ankunft angekündigt, aber statt seiner fanden wir eine Nachricht vor, er sei in Lewisham und würde uns dort erwarten. Das war eine Überraschung, aber eine noch größere erlebten wir, als wir ihn nicht allein im Wohnzimmer unseres Klienten antrafen. Neben ihm saß ein ernst blickender, unbeweglicher, dunkel wirkender Mann, der grau gefärbte Gläser trug und in dessen Krawatte eine große Freimaurernadel steckte.

»Das ist mein Freund Mr. Barker«, sagte Holmes. »Er interessiert sich auch für Ihre Angelegenheit, Mr. Josiah Amberley, doch haben wir unabhängig voneinander gearbeitet. Aber beide müssen wir Ihnen die gleiche Frage stellen!«

Mr. Amberley setzte sich schwer. Er witterte Gefahr. Das las ich aus seinen gespannten Augen und den zuckenden Zügen.

»Wie lautet die Frage, Mr. Holmes?«

»Nur: Was haben Sie mit den Leichen gemacht?«

Der Mann sprang mit einem heiseren Schrei auf. Seine knochigen Hände krallten sich in die Luft. Sein Mund stand offen, und für den Augenblick sah er wie ein entsetzlicher Raubvogel aus. Von einer Sekunde auf die andere bekamen wir einen Eindruck vom wirklichen Josiah Amberley, einem mißgestalteten Dämon mit einer Seele, die so verkrüppelt war wie sein Körper. Er ließ sich in seinen Sessel zurückfallen, schlug die Hand vor den Mund, als wollte er einen Husten ersticken. Holmes sprang ihm wie ein Tiger an die Kehle und drückte sein Gesicht zu Boden. Eine weiße Pille fiel aus dem keuchenden Mund.

»Kein kurzer Prozeß, Josiah Amberley. Alles muß den rechten Weg gehen und seine Ordnung haben. Was nun, Barker?«

»Ich habe einen Wagen vor der Tür«, sagte unser schweigsamer Mitarbeiter.

»Es sind nur wenige hundert Yard bis zum Revier. Wir werden zusammen hingehen. Sie können hierbleiben, Watson. Ich werde in einer halben Stunde zurück sein können.«

Der alte Farbenhändler hatte in seinem schweren Körper die Kraft eines Löwen, aber in Händen der beiden in solchen Situationen erfahrenen Männer war er hilflos. Er wand und drehte sich, doch sie schleppten ihn zum wartenden Wagen. Ich blieb allein zu meiner einsamen Nachtwache in dem Unglückshaus. Aber noch eher, als er angekündigt hatte, war Holmes in Gesellschaft eines schneidigen jungen Polizeiinspektors zurück.

»Ich habe Barker zurückgelassen, damit er sich um die Formalitäten kümmert«, sagte Holmes. »Sie kannten Barker noch nicht, Watson. Er ist mein verhaßter Rivale in Surrey. Als Sie von einem großen, dunklen Mann sprachen, war es für mich nicht schwer, das Bild zu vervollständigen. Auf seiner Habenseite stehen mehrere gute Fälle, stimmt's, Inspektor?«

»Gewiß, er hat mehrere Male eingegriffen«, antwortete der Inspektor zurückhaltend.

»Er wendet irreguläre Methoden an, zweifellos, wie auch ich. Manchmal sind die Freischärler nützlich, das wissen Sie. Sie zum Beispiel, mit Ihrer obligaten Warnung, daß alles, was er sagt, gegen ihn verwandt werden kann, hätten diesen Schurken niemals derart täuschen können, daß er im wesentlichen ein Geständnis ablegte.«

»Vielleicht. Aber wir kommen auch ans Ziel, Mr. Holmes. Glauben Sie nur nicht, wir hätten uns nicht schon unsere Ansichten zu dem Fall gebildet und nicht die Hand auf den Mann gelegt. Sie können uns nicht verübeln, daß wir sauer werden, wenn

Sie sich mit Methoden einmischen, deren wir uns nicht bedienen dürfen, und uns so den Erfolg wegschnappen.«

»Etwas der Art wird es diesmal nicht geben, MacKinnon. Ich versichere Ihnen, daß ich für meinen Teil mich von jetzt an in den Schatten zurückziehe; und was Barker anbelangt, so hat er nichts unternommen, als was ich ihm gesagt habe.«

Der Inspektor schien ziemlich erleichtert.

»Das ist sehr großmütig von Ihnen, Mr. Holmes. Ihnen kann an Lob oder Tadel wenig gelegen sein; wir sind da in einer ganz anderen Lage, wenn die Zeitungen uns Fragen zu stellen beginnen.«

»So ist es. Aber auf jeden Fall werden sie Fragen stellen, und so wäre es gut, wenn wir Antworten parat hätten. Was wollen Sie zum Beispiel sagen, wenn Sie von einem intelligenten, unternehmungslustigen Reporter nach den genauen Umständen gefragt werden, die Ihren Verdacht erregt und Sie schließlich zu der Gewißheit über die wahren Tatsachen gebracht haben?«

Der Inspektor blickte verwirrt drein.

»Es sieht aus, als würden wir die wirklichen Tatsachen noch nicht kennen, Mr. Holmes. Sie sagen, der Häftling habe in Gegenwart dreier Zeugen praktisch gestanden, seine Ehefrau und ihren Liebhaber ermordet zu haben, indem er einen Selbstmordversuch unternahm. Welche anderen Tatsachen besitzen Sie?«

»Haben Sie alles für die Suche nach den Leichen vorbereitet?«

»Drei Konstabler sind unterwegs.«

»Dann werden Sie bald über die klarste aller Tatsachen verfügen. Die Toten können nicht weit weg sein. Versuchen Sie es in Keller und Garten. Es kann nicht viel Zeit kosten, an den Stellen zu graben, wo sie wahrscheinlich zu finden sind. Dieses Haus ist älter als die Wasserleitungen, also muß es irgendwo einen stillgelegten Brunnen geben. Versuchen Sie dort Ihr Glück.«

»Aber wie konnten Sie von den wirklichen Vorgängen erfahren? Und wie hat er es gemacht?«

»Ich werde Ihnen vorstellen, wie er es gemacht hat, und dann werde ich die Erklärung geben, die ich Ihnen und mehr noch meinem geduldigen Freund hier schuldig bin, dessen Hilfe von Anfang bis Ende unschätzbar war. Aber zuerst möchte ich Ihnen Einblick in die Mentalität des Mannes geben. Sie ist sehr ungewöhnlich – so ungewöhnlich, daß ich glaube, seine Endstation wird wahrscheinlich eher Broadmoor als das Schaffott sein. Er besitzt in einem hohen Grad die Gemütsart, die man eher mit der mittelalterlichen italienischen Natur als der des modernen Briten assoziiert. Er ist ein elender Geizhals, der seine Frau durch seine knickrigen Gewohnheiten so unglücklich machte, daß sie reife Beute für jeden Abenteurer war. Ein solcher betrat die Szene in der Person des schachspielenden Arztes. Amberley brillierte im Schach – ein Hinweis, Doktor, auf einen planenden Verstand. Wie alle Geizhälse war Amberley eifersüchtig, und seine Eifersucht entwikkelte sich zu rasendem Wahnsinn. Zu recht oder unrecht hegte er den Verdacht, daß die beiden ein Verhältnis hätten. Er beschloß, Rache zu üben, und er plante sie mit teuflischer Gerissenheit. Kommen Sie mit!«

Er führte uns durch den Korridor mit soviel Sicherheit, als wohnte er in dem Hause, und hielt vor der Tür zu dem feuer- und einbruchssicheren Raum.

»Pfui! was für ein schauderhafter Farbgeruch!« rief der Inspektor.

»Das war der erste Hinweis für uns«, sagte Holmes. »Dafür können Sie sich bei Dr. Watsons Beobachtungsgabe bedanken, obwohl er versäumt hat, den Schluß daraus zu ziehen. Ich folgte dieser Spur. Weshalb hatte der Mann es zu solch einem Zeitpunkt darauf angelegt, sein Haus mit solch starken Gerüchen zu verpesten? Offensichtlich, um einen anderen Geruch, den er verheimlichen wollte, zu überdecken – einen Geruch nach Verbrechen, einen, der Verdacht erregen konnte. Als nächstes kam der Gedanke an einen Raum, wie Sie ihn hier sehen, mit Tür und Läden aus Eisen – einen hermetisch abgeschlossenen Raum. Diese beiden Tatsachen zusammen genommen – wohin führen sie? Das konnte ich nur entscheiden, wenn ich das Haus persönlich untersuchte. Ich war bereits sicher, daß es sich um einen äußerst ernsten Fall handelte, denn ich hatte beim Haymarket-Theater den Sitzplan eingesehen – wieder einer von Dr. Watsons Schüssen ins Schwarze – und ermittelt, daß weder B dreißig noch B zweiunddreißig im zweiten Rang an dem Abend besetzt waren. Also war Amberley nicht im Theater, und sein Alibi entfiel. Er beging einen schlimmen Schnitzer, als er meinem schlauen Freund gestattete, sich die Platznummer der Karte für seine Frau zu merken. Nun stellte sich mir die Frage, wie es gelingen könnte, das Haus zu durchsuchen. Ich schickte einen Agenten an den unmöglichsten Ort, der mir einfiel, und ließ meinen Mann dorthin bestellen, und zwar zu einer Zeit, die es keinesfalls gestattete, daß er am selben Tag noch zurückkehrte. Um ein Mißlingen zu verhindern, gab ich ihm Dr. Watson bei. Den Namen des guten Vikars entnahm ich selbstverständlich meinem Crockford. Drücke ich mich klar genug aus?«

»Das alles ist meisterhaft«, sagte der Inspektor ehrfürchtigen Tones.

«Da ich Störung nicht zu befürchten brauchte, machte ich mich daran, in das Haus einzubrechen. Einbrecher zu sein, hatte ich mir schon immer als alternativen Beruf für mich vorstellen können, wenn ich mich nur dafür hätte entscheiden mögen, und ich zweifle kaum, daß ich auch darin erstklassig geworden wäre. Schauen Sie, was ich entdeckt habe. Sie sehen hier die Gasleitung an der Scheuerleiste. Nun gut. Sie macht dort einen Knick und verläuft weiter die Wand hinauf, und hier in der Ecke befindet sich ein Ventil. Das Rohr geht dann durch die Wand in den einbruchsicheren Raum, wie Sie sehen, und endet in der Stuckrose in er Mitte der Decke, verborgen in den Ornamenten. Das Ende steht weit offen. Wenn hier das Ventil gedreht wird, kann man in den Raum Gas einströmen lassen. Sind nun Tür und Läden geschlossen und ist das Ventil voll geöffnet, würde ich keinem, der dort eingesperrt ist, noch zwei Minuten Leben bei Bewußtsein geben. Unter welch teuflischem Vorwand er sie hineingelockt hat, weiß ich nicht, aber sowie er sie drin hatte, waren sie ihm ausgeliefert.«

Der Inspektor betrachtete das Rohr mit Interesse. »Einer unserer Beamten erwähnte Gasgeruch«, sagte er, »aber da standen Fenster und Tür offen, und die Farbe war wenigstens zum Teil schon aufgetragen. Er hatte mit dem Streichen am Tag zuvor begonnen. Aber wie ging es weiter, Mr. Holmes?«

»Nun, es bleibt übrigens ein Zwischenfall zu erwähnen, den ich selber kaum erwartet hätte. Frühmorgens schlüpfte ich durch das Fenster der Speisekammer, da fühlte ich eine Hand am Kragen, und eine Stimme sprach: ›Na, du Schurke, was willst du hier?‹ Als ich den Kopf wieder drehen konnte, sah ich in die gefärbten Gläser meines Freundes und Rivalen Mr. Barker. Es war ein seltsames Zusammentreffen, und wir mußten beide lächeln. Es scheint, die Familie von Dr. Ray Ernest hatte ihn engagiert, Ermittlungen anzustellen, und er war zu dem gleichen Schluß gekommen, daß hier ein dreckiges Spiel getrieben wurde. Er hatte das Haus einige Tage lang beobachtet, und Dr. Watson war ihm als einer der offensichtlich verdächtigen Typen aufgefallen, die dort Besuch machten. Er konnte Watson schwerlich festnehmen, aber als er jemanden erwischte, der durchs Speisekammerfenster stieg, überschritt das die Grenze seiner Zurückhaltung. Natürlich erzählte ich ihm, wie die Dinge standen, und wir bearbeiteten von da an den Fall zusammen.«

»Warum arbeiteten Sie mit ihm? Warum nicht mit uns?«

»Weil ich den kleinen Test veranstalten wollte, der so vortrefflich ausfiel. Ich fürchte, so weit wären Sie nicht gegangen.«

Der Inspektor lächelte.

»Na, vielleicht nicht. Ich habe Sie so verstanden: Sie haben Ihr Wort gegeben, Mr. Holmes, daß Sie jetzt wirklich aus dem Fall aussteigen und alle Ihre Ergebnisse uns überlassen wollen.«

»Gewiß, so habe ich es immer gehalten.«

»Gut. Ich danke Ihnen in Namen der Polizei. Nach Ihrer Darlegung scheint der Fall klar, und hinsichtlich der Leichen dürfte es nicht mehr viele Schwierigkeiten geben.«

»Ich werde Ihnen ein scheußliches kleines Beweisstück zeigen«, sagte Holmes, »und ich bin sicher, daß es selbst Amberley nicht aufgefallen ist. Man kommt zu Ergebnissen, Inspektor, indem man sich in die Lage des anderen versetzt und überlegt, was man selber tun würde. Das kostet ein bißchen Vorstellungskraft, aber es zahlt sich aus. Nun, nehmen wir an, Sie wären in diesem kleinen Raum eingeschlossen, hätten nicht mehr zwei Minuten zu leben, aber Sie spürten das Verlangen, sich an dem Teufel zu rächen, der hinter der Tür stand und Sie womöglich verspottete. Was würden Sie tun?«

»Eine Botschaft schreiben.«

»Genau. Sie würden den Menschen mitteilen wollen, wie Sie starben. Es wäre nicht sinnvoll, auf Papier zu schreiben. Das würde gefunden werden. Schrieben Sie an die Wand, könnte der Blick drauffallen. Nun, sehen Sie hier! Gleich über der Scheuerleiste steht mit rotem Tintenstift gekritzelt: ›Wir wur…‹ Das ist alles.«

»Was schließen Sie daraus?«

»Nun, es steht nur einen Fußbreit überm Boden. Der arme Teufel lag auf den Dielen und starb, als er schrieb. Er verlor die Sinne, ehe er den Satz beenden konnte.«

»Er wollte schreiben: ›Wir wurden ermordet.‹«

»Genauso lese ich es. Wenn Sie bei der Leiche einen Tintenstift finden …«

»Wir werden danach suchen, das versichere ich Ihnen. Aber die Wertpapiere? Selbstverständlich hat es einen Diebstahl überhaupt nicht gegeben. Und doch hat er diese Papiere besessen. Wir haben es nachgeprüft.«

»Sie können sicher sein, er hat sie an einem sicheren Ort versteckt. Wenn die ganze Fluchtgeschichte der Vergangenheit angehört hätte, hätte er sie plötzlich hervorgeholt und gemeldet, das schuldige Paar habe Reue gezeigt und die Beute zurückgeschickt oder sie unterwegs weggeworfen.«

»Mir scheint, Sie haben alle Unklarheiten ausräumen können«, sagte der Inspektor. »Natürlich, uns mußte er einbeziehen, aber ich verstehe nicht, wieso er auf den Gedanken verfiel, sich an Sie zu wenden.«

»Der reine Übermut!« antwortete Holmes. »Er

hielt sich für so sicher und gescheit, daß er sich einbildete, keiner würde ihn erwischen. Er hätte zu jedem Nachbarn, der ihm nicht traute, sagen können: ›Sehen Sie, welche Schritte ich unternommen habe. Ich habe nicht nur die Polizei um Rat gefragt, sondern sogar Sherlock Holmes.‹«

Der Inspektor lachte.

»Wir müssen Ihnen Ihr ›Sogar‹ vergeben, Mr. Holmes«, sagte er. »Ein meisterlicheres Stück Arbeit habe ich kaum einmal gesehen.«

Ein paar Tage später warf mir mein Freund ein Exemplar der Halbmonatsschrift *North Surrey Observer* zu. Unter einer Folge knalliger Schlagzeilen, die mit ›Die Schrecken vom ‚Hafen'‹ begannen und mit ›Brillante Aufklärungsarbeit der Polizei‹ endeten, fand sich in einer eng gedruckten Kolumne der erste zusammenhängende Bericht über die Affäre. Der Schlußabsatz war typisch für das Ganze. Er lautete folgendermaßen:

›Der bemerkenswerte Scharfsinn, mit dem Inspektor MacKinnon aus dem Farbgeruch ableitete, daß andere Gerüche, der von Gas zum Beispiel, überdeckt werden sollten, die kühne Schlußfolgerung, der feuer- und einbruchsichere Raum könnte die Todeskammer sein, und die daraus sich ergebende Ermittlungsarbeit, die zur Entdeckung der Leichen in einem unbenutzten Brunnen führte, der von einer Hundehütte geschickt verborgen war, sollten in die Geschichte des Verbrechens eingehen als schlagendes Beispiel für die Intelligenz unserer Kriminalisten.‹

»Nun, nun, MacKinnon ist ein guter Kerl«, sagte Holmes mit tolerantem Lächeln. »Reihen Sie es in unser Archiv ein. Eines Tages wird vielleicht die wahre Geschichte erzählt werden.«

Anmerkungen

Der berühmte Klient

5 *Türkisches Bad:* Schwitzbad in trockener Heißluft, erfreute sich zuerst in Irland, später auch auf den Britischen Inseln als Heilmittel großer Beliebtheit.

9 *Khyber-Paß:* Gebirgspaß zwischen Pandshab und Afghanistan, über den britisch-indische Truppen zum zweiten Eroberungskrieg gegen Afghanistan vordrangen.

13 *Simpson:* in der Londoner City eines der berühmtesten und typischsten englischen Restaurants.

17 *Apachen ... am Montmartre:* In Paris nannte man die Schlägertypen der Unterwelt Apachen.

26 *Hansom:* zweirädrige Kutsche mit Verdeck und hinter den Sitzplätzen erhöht angebrachtem Kutschbock.

27 *Brougham:* geschlossener, zweirädriger, meist als Einspänner gefahrener Zweisitzer, benannt nach dem englischen Politiker Henry Peter Brougham (1778 bis 1868).

30 *Hung-wu* (1368–1398): erster Kaiser der Ming-Dynastie.

Yung-lo: bedeutendster Kaiser der Ming-Dynastie (1403–1425).

Tang-yin: chinesischer Maler der Mingzeit (1470 bis 1523).

Perioden der Song und Yuan: Zeiträume von 960–1279 bzw. 1271–1368.

31 *Eierschalen-Keramik:* weißes und rotes Porzellan, dessen Wände in den feinsten Stücken nicht stärker waren als ein Blatt Bambuspapier.

Ming-Dynastie: Herrschaftszeit von 1368–1644.

32 *Christie's oder Sotheby's:* zwei traditionsreiche Londoner Handels- und Auktionshäuser für Kunstgegenstände.

36 *Kaiser Shomu:* japanisches Staatsoberhaupt (724 bis 748).

Shoso-in bei Nara: um 752 aus Holz gebautes Schatzhaus auf dem Plan des Tempels Todaiji bei Nara, enthält vor allem die kostbaren Haushaltsgegenstände des Kaisers Shomu, die seine Gattin Komyo 756 dem Daibutsu (Großen Buddha) von Nara stiftete, darunter Erzeugnisse chinesischen, koreanischen und japanischen Kunstgewerbes der Zeit.

Nördliche Wei-Dynastie: Herrschaftszeit von 386–534.

Der bleiche Soldat

44 *Imperial Yeomanry:* eine neben dem Berufsheer gebildete militärische Reitertruppe auf regionaler Basis.

46 *Krimkrieg:* vom zaristischen Rußland gegen die Türkei, Frankreich, Großbritannien und Sardinien um die Vorherrschaft in Südeuropa und am Schwarzen Meer geführter Krieg (1853/56), in dem Rußland nach Anfangserfolgen unterlag.

57 *Trap:* leichte, zweirädrige Kutsche.

65 *Buren:* Nachkommen der im 17./18. Jh. in Kapland eingewanderten europäischen Siedler waren 1836/39 ins Innere Südafrikas weitergezogen und hatten, die eingeborene Bevölkerung verdrängend und unterwerfend, die Staaten Transvaal und Oranje gegründet. Im Burenkrieg (1899–1902) wurden sie vom imperialistischen Großbritannien besiegt und zur Anerkennung der britischen Herrschaft gezwungen.

69 *Lord Roberts:* Anspielung, vermutlich auf den britischen Feldmarschall und zeitweiligen Oberbefehlshaber Frederick S. Lord Roberts.

Der Mazarin-Stein

78 *Minories:* Straße in London.

80 *C.I.D.:* Abkürzung von: Criminal Investigation Department, Abteilung zur Untersuchung von Kriminalfällen in Scotland Yard.

Das Haus ›Zu den drei Giebeln‹

107 *Crown-Derby-Teeservice:* Geschirr aus der seit 1766 in der mittelenglischen Stadt Derby von Duesbury und Heath betriebenen berühmten Porzellanfabrikation. Die Firmenmarke des Stammbetriebes zeigte ein ›D‹ (Derby) und eine Krone.

116 *belle dame sans merci:* frz., schöne Dame ohne Gnade; Titel eines Gedichts von John Keats.

Der Vampir von Sussex

135 *Tudor-Schornstein:* Kamin aus der Zeit des Tudor- oder Perpendikularstils, des Spätstils der englischen Gotik (14.–16. Jh.).

Die drei Garridebs

154 *Tyburn-Galgen:* Beim Dorfe Tyburn, nördlich des Hyde Park, befand sich bis zum Jahre 1783 der Richtplatz von London.

157 *Hans Sloane* (1660–1753): englischer Arzt und Naturforscher, Mitglied mehrerer europäischer Akademien, dessen umfangreiche naturwissenschaftliche Sammlungen den Kern des 1759 eröffneten Britischen Museums bildeten.

162 *Queen-Anne-Stil:* Bezeichnung für den in der englischen Baukunst zu Anfang des 18. Jh. aufgekommenen schlicht konstruktiven Stil des bürgerlichen Wohnhauses.

163 *›Pflug‹:* engl. plow, amerik. plough.

164 *Newgate-Calendar:* regelmäßig veröffentlichtes Berichtsblatt über verhandelte Kriminalfälle.

Der kriechende Mann

215 *E.C.-Vermerk:* Abkürzung von East Central, Name eines Londoner Postbezirks.

237 *Überleben des Untauglichsten:* offensichtlich eine Anspielung auf das geflügelte Wort des Philosophen Herbert

Spencer vom ›Überleben des Tauglichsten‹ (The Survival of the Fittest).

Die Löwenmähne

242 *Burberry-Mantel:* wetterfester Mantel.
259 *neunschwänzige ... Katze:* neunfache Peitsche, die in Gefängnissen verwendet wurde.
260 *distrait:* frz., zerstreut, außer Fassung.

Shoscombe Old Place

288 *Harley Street:* Straße in London, in der berühmte Ärzte wohnen und praktizieren.
303 *sächsische Zeit:* die Zeit, beginnend mit der Einwanderung der Jüten, Angeln und Sachsen Mitte des 5. Jh. in England bis zur Eroberung des Landes durch die Normannen 1066.
307 *Coroner:* amtlicher Leichenbeschauer und Untersuchungsrichter in Fällen gewaltsamen oder plötzlichen Todes.

Der Farbenhändler im Ruhestand

317 *Lothario:* Verführer, Don Juan; nach der Rolle des Lothario in der Tragödie ›The Fair Penitent‹ (Die schöne Büßerin) des englischen Dramatikers Nicholas Rowe (1674–1718).
319 *Crockford:* bekanntes Adreßbuch jener Zeit.
M.A.: Abkürzung für Master of Arts, akademischer Titel, mit dem die Lehrberechtigung an Hochschulen verbunden ist.
325 *Konstabler:* Polizist.
326 *Broadmoor:* Anstalt für kriminelle Geistesgestörte in Berkshire.

Inhalt